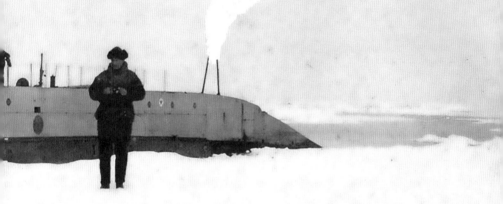

儒勒·凡尔纳（Jules Verne）像，纳达尔（Nadar）摄于约 1878 年

后浪 插图珍藏版

VINGT MILLE LIEUES SOUS LES MERS

海底两万里

[法] 儒勒·凡尔纳 著

[法] 阿方斯·德·诺伊维尔 绘

潘丽珍 译

江苏凤凰文艺出版社
JIANGSU PHOENIX LITERATURE AND
ART PUBLISHING

图书在版编目（CIP）数据

海底两万里 : 插图珍藏版 / (法) 儒勒·
凡尔纳著 ; (法) 阿方斯·德·诺伊维尔绘 ; 潘丽珍译 . —— 南
京 : 江苏凤凰文艺出版社, 2023.9（2024.2 重印）
ISBN 978-7-5594-7831-3

Ⅰ.①海… Ⅱ.①儒… ②阿… ③潘… Ⅲ.①幻想
小说 – 法国 – 近代 Ⅳ.① I565.44

中国国家版本馆 CIP 数据核字 (2023) 第 110186 号

海底两万里（插图珍藏版）

［法］儒勒·凡尔纳 著　　［法］阿方斯·德·诺伊维尔 绘　　潘丽珍 译

编辑统筹	尚　飞	
责任编辑	曹　波	
特约编辑	沈凌波	
装帧设计	墨白空间·Yichen	
内文排版	严静雅	
出版发行	江苏凤凰文艺出版社	
	南京市中央路 165 号，邮编：210009	
网　址	http://www.jswenyi.com	
印　刷	河北中科印刷科技发展有限公司	
开　本	880 毫米 × 1230 毫米　1/32	
印　张	16.75	
字　数	434 千字	
版　次	2023 年 9 月第 1 版	
印　次	2024 年 2 月第 2 次印刷	
书　号	ISBN 978-7-5594-7831-3	
定　价	118.00 元	

江苏凤凰文艺版图书凡印刷、装订错误，可向出版社调换，联系电话 025-83280257

目　录

上　卷

第一章

神出鬼没的暗礁

    1866 年发生了一件离奇诡异之事。对于这件怪事，人们至今记忆犹新，但在当时，没有人给过合理的解释，也无法解释清楚。且不说种种传闻让沿海居民群情激昂，内陆民众人心震撼，就连航海人员也心潮澎湃，激动不已。欧美两洲的大商贾、船主和船长、各国海军军官，以及两大洲的各国政府，都以极大的热忱密切关注这件事。

确实，一段时间以来，好些航船在海上邂逅了一个"庞然大物"。它身材修长，形似纺锤，有时磷光闪烁，身体比鲸大许多，速度也快许多。

有关这个庞然大物的情况，如该物体或生物的身体构造，它那闻所未闻的运动速度、匪夷所思的运动机能、似是天赋的生命力等等，各种航海日志的记载大同小异，如出一辙。如果说这的确是一种鲸目生物，那它的体积超过了科学史上迄今已归类的一切鲸类生物。不管是居维叶[①]，还是拉塞佩德[②]，或是迪梅里[③]先生、德·卡特法热[④]先生，他们都不会承认确有这种怪物存在，除非他们真的看见过，正所谓用他们科学家的眼睛目睹过。

有些人对这怪物的估计过低，说它只有 200 英尺[⑤]长，而另一些人则夸大其词，说它有 1 海里[⑥]宽、3 海里长。抛开过高和过低的估计，取多次观察结果的平均值，可以肯定，这个怪物，假若它果真存在，其大小远远超过鱼类学家们至今所确认的海洋生物的体积。

然而，它确实存在，这已是不容置疑的事实。再说，人们生性喜欢穷竭脑汁，想出千奇百怪的东西来，因此不难理解为什么这个超自然之物的出现会轰动整个世界。但是，切莫将此事归于无稽之谈。

事实上，1866 年 7 月 20 日，加尔各答 - 布纳奇航运公司的希金森总督号轮船，在离澳大利亚东海岸 5 海里的海面上，曾遇见过这个

---

① 居维叶（1769—1832），法国动物学家和古生物学家，比较解剖学的创始人。除特别说明外，本书注释皆为译注。
② 拉塞佩德（1756—1825），法国博物学家，在鱼类和爬行动物类方面做出了独创性的贡献。
③ 迪梅里（1774—1860），法国医生和生物学家。
④ 德·卡特法热（1810—1892），法国博物学家和人类学家。
⑤ 英尺，英美制长度单位，1 英尺相当于 304.8 毫米。
⑥ 海里，计量海洋上距离的长度单位，1 海里等于 1852 米。

游动的庞然大物。贝克船长起初以为是一座新出现的暗礁，甚至准备测定其确切位置，突然，这个诡异的物体喷出两道水柱，水柱呼啸着直射高空，高达150英尺。因此，除非这座暗礁上有喷泉间歇地喷出水柱，否则希金森总督号面对的，确实是人类迄今尚不认识的某种海洋哺乳动物，它能从鼻孔中喷出带气雾的水柱。

同年7月23日，西印度-太平洋航运公司的克里斯托巴尔-科隆号在太平洋上也有过类似发现。此外，希金森总督号和克里斯托巴尔-科隆号在地图上相隔700多海里的两个地方先后遇见过这个怪物，时间仅隔3日，可见这个匪夷所思的鲸目动物，能以超凡的速度从一地转移到另一个地方。

15天后，在离上述地点2000法里①处，国家航运公司的埃尔维蒂亚号和皇家邮轮公司的香农号，在美国和欧洲之间的大西洋上相向而驶时，都在北纬42°15′、西经60°35′分别发现了这个大怪物。根据两船同时观察到的结果估计，这头哺乳动物至少长350多英尺②，而香农号和埃尔维蒂亚号都不如它长，尽管它们从艏至艉长达100米。然而，经常出没于阿留申群岛③的库拉马克岛和乌姆古里克岛海域的鲸，最长的也没超过56米——即便能达到这个长度，那又怎样？

消息频频传来。横渡大西洋的佩雷尔号客轮新做的多次观察报告、伊斯曼航线上埃特纳号与怪物的不期而遇、法国诺曼底舰队军官们所写的航海日志、克里德勋爵号军舰指挥官菲茨-詹姆斯身边参谋人员所做的精密测算，这一切使舆论大为震撼。在乐天开朗的国家里，这件奇事成为人们谈笑的内容，而在严肃务实的国家里，如英国、美国和德国，大家则十分关注这件事。

---

① 法里，指法国古里，1法国古里约合4千米。书名中的"里"也是法里，"两万里"相当于80000千米。

② 350英尺，约合106米。

③ 阿留申群岛，北美洲阿拉斯加西南火山岛弧。从阿拉斯加半岛西端向西延伸约1770千米。

在各大城市里，怪物成了人们的新宠。咖啡馆里有人歌唱它，报刊上有人嘲讽它，剧院里有人饰演它。于是，庸俗小报终于有了散布流言蜚语的机会。由于不是转载，人们看到，各家报刊上出现了形形色色关于巨型海怪的报道，有的说是白鲸，有的说是北极海中骇人的"莫比·狄克①"，还有的说是大海怪克拉肯②。据说克拉肯的触手可以缠住 500 吨位的航船，并将它拖入海底。有人甚至引经据典，搬出亚里士多德③和普林尼④承认怪物存在的言论、彭托皮丹⑤主教的挪威记事、保尔·埃纪德的论述，以及哈林顿先生的报告。哈林顿先生说，1857 年，他乘坐卡斯蒂兰号时，曾遇见过一种巨型海蛇，这种巨蛇以往仅仅出没于立宪号航行的海域里。哈林顿先生这些话的真实性是毋庸置疑的。

于是，在知识团体中和科学报刊上，轻信派和怀疑派之间爆发了一场无尽无休的论战。"怪物问题"使人热血沸腾。标榜科学的记者同信奉神怪的记者势不两立，争论不休。在这场难忘的论战中，他们挥毫泼墨，针锋相对，有人甚至还流了几滴血，因为由海蛇引发的论战，最终变成了言辞尖刻、冒犯尊严的人身攻击。

论战持续了 6 个月，难分胜负。各种小报绘声绘色，大肆攻击巴西地理研究所、柏林皇家科学院、不列颠科学协会、华盛顿斯密森科研机构等所发表的权威文章，攻击在《印度群岛报》、穆瓦尼奥神甫的《宇宙报》和皮特曼的《消息报》上刊登的讨论文章，以及法国及其他国家各大报刊的科学专栏文章。那些才华横溢的小报记者，戏谑

---

① 莫比·狄克，19 世纪美国小说家赫尔曼·梅尔维尔的著名长篇小说《白鲸》中的一条可怕的大白鲸的名字。

② 克拉肯，北欧民间传说中类似章鱼的大型海怪。

③ 亚里士多德（前 384—前 322），古希腊哲学家、科学家、教育家。

④ 普林尼（23—79），古罗马作家，代表作有《博物志》。

⑤ 彭托皮丹（1698—1764），丹麦神学家、作家。

地模仿怪物怀疑论者，用对方曾用过的林奈①的一句话回敬对方，挖苦说"大自然不制造蠢人"，恳请世人切莫违背大自然，不要否认海妖、海蛇、"莫比·狄克"的存在，不要否认那些狂热水手的胡言乱语。最后，还有更糟糕的事，一家极善讽刺挖苦的报纸，由最受欢迎的编辑撰文，像希波吕托斯②那样，向怪物发起猛攻，给以致命一击，在一片笑声中把它结果了。神怪战胜了科学。

　　1867 年头几个月里，怪物问题似乎已被埋葬，好像也不可能死灰复燃。可就在这时，几起新的船损事件又摆到了公众面前。这已不再是一个亟待解决的科学问题，而是一个必须避免的真实而严重的危险。问题以完全不同的面目出现。怪物又变成了小岛、岩石、暗礁，但是神出鬼没、行踪不定、神秘莫测。

　　1867 年 3 月 5 日夜间，蒙特利尔航运公司的穆拉维安号行驶到北纬 27°30'、西经 72°15' 的海面时，艉部右侧撞上了一块岩礁，可任何航海图上都未标明这一带海域有礁石。撞击发生时，由于风力的相帮和 400 马力的推动，船正以 13 节③之速度向前飞驰。毫无疑问，若不是船体十分坚固，穆拉维安号一定会被撞得体无完肤，连同来自加拿大的 237 名乘客一起葬身海底。

　　事故发生在早晨 5 时左右，旭日正从东方升起。值班人员急忙奔向船艉，仔细观察海面。但是，他们什么也没发现，只看见一个大旋涡，在离船艉 3 链④处碎成浪花，仿佛大片水面受到了猛烈的冲击。穆拉维安号准确记录下出事地点，而后继续前进，表面看来船体并无损伤。它是撞上了一块海底暗礁，还是某艘巨轮残骸呢？这不得而知。

---

① 林奈（1707—1778），瑞典博物学家，双名命名法的创立人。
② 希波吕托斯，希腊神话中的人物。据说，他是雅典国王忒修斯和希波吕忒的儿子，因受国王第 2 任妻子诬陷而遭父亲谴责，并被放逐，最终，他的战车被海神波塞冬派去的海怪所惊吓，导致他撞岩而身亡。
③ 节，航速单位，1 节即 1 海里 / 小时。
④ 链，计量海洋上距离的长度单位。1 链合 0.1 海里。

但是，船到码头后，在船坞检查船体机身时，才发现龙骨部分已有损伤。

事件的性质十分严重，若不是 3 周后，在相同情况下又发生了类似事件，这件事很可能和其他许多船损事件一样，被抛到九霄云外了。只是鉴于受损船只的国籍及其所属公司的声望，这第 2 次撞船事件引起了巨大的反响。

英国船主屈纳德的大名声震天下。1840 年，这位精明睿智的企业家，开辟了利物浦①和哈利法克斯②之间的邮政服务业务。那时，他只有 3 艘 400 马力、1162 吨位的木船。8 年后，公司壮大了，增添了 4 艘 650 马力、1820 吨位的客轮。而后，又过了两年，又增加了两艘功率更强、载重量更大的高级邮轮。1853 年，屈纳德公司再次获得邮政快运特许权，先后增添了阿拉伯号、波斯号、中国号、斯科舍号、爪哇号、俄罗斯号等轮船。这些船，是继大东方号之后，在大海上航行速度最快、规模最大的邮船。就这样，到了 1867 年，屈纳德公司已经拥有 12 艘邮船，其中 8 艘为轮式，4 艘为螺旋桨式。

我之所以扼要介绍这些细节，是为了让大家了解这家海运公司举足轻重的地位，它以精明睿智的管理名震寰宇。任何一家跨洋航运公司都不及它管理有方、生意兴隆。26 年来，屈纳德公司的邮船在大西洋上穿越 2000 次，从未有过一次失误，从未有过一次晚点，也从未遗失过一封信，丢失过一个人，损失过一艘船。因此，尽管与法国公司的竞争异常激烈，但旅客们还是宁愿选择屈纳德公司的航线。近几年的官方统计文献清楚地证明了这一点。了解了这些情况，就没有人会对屈纳德公司一艘最漂亮的邮轮遭遇不测所引起的巨大反响感到诧异了。

1867 年 4 月 13 日，大海风平浪静，美不胜收。斯科舍号行驶

---

① 利物浦，英国港口城市。
② 哈利法克斯，加拿大港口城市。

到西经 15°12'、北纬 45°37' 的洋面上。它在 1000 马力的驱动下，以 13.43 节的速度向前航行。机轮平稳而规律地拍击海水。吃水深度为 6.7 米，排水量为 6624 立方米。

下午 4 时 17 分，乘客们正聚在大厅里用餐，斯科舍号的艉部，左舷机轮稍后的地方，遭到难以觉察的轻微撞击。

不是斯科舍号撞击别的物体，而是它自己被撞了。更确切地说，它不是被撞了，而是被利器划破或穿透了。震动似乎轻得难以察觉，要不是货舱管理员跑上甲板叫嚷"船要沉了！船要沉了！"，也许船上没有人会理会。

刚听到喊声，旅客们都惊骇不已。安德森船长赶紧让大家平静下来。确实，危险并非迫在眉睫。斯科舍号被水密隔板分成 7 个小舱，个把漏洞无关大体。

安德森船长立即来到底舱，发现第五小舱已然进水。海水侵入如此之快，说明漏洞很大。幸好锅炉不在里面，否则早就熄火了。

安德森船长下令立即停止前进。一名水手潜入水下，检查船体受损状况。他很快发现船体机身上有一个 2 米宽的大洞。洞口太大，堵不胜堵。机轮一半浸在水中，斯科舍号只得在这种状态下继续前进。当时，该船离克利尔海岬 300 海里。等它抵达公司船坞时，已晚了 3 天。利物浦港人心惶惶。

斯科舍号被放在干船坞上，工程师们进行检查。他们简直不敢相信自己的眼睛。在吃水线下 2.5 米处，有一个形状规则、形似等腰三角形的大洞。船底钢板上的裂口整齐有致，就是钻孔机也未必能钻得如此干净。因此，戳穿船底的利器一定无比坚硬，它以不可思议的力量向前猛冲，穿透 4 厘米厚的钢板后，自己还能全身而退，真让人百思不解。

这就是最后这次撞船事件的经过。这样一来，舆论再次轰动。事实上，从此以后，以往所有不明原因的海难事件，都记到了怪物的头上。这头诡异的动物要对所有沉船事件负责，不幸的是沉船太多。据法国韦里塔船舶分类公司的统计，每年报损的 3000 艘船只中，因下落不明而被认为连人带货全沉的轮船和帆船不少于 200 艘！

不管有无道理，反正船只失踪的事件都记在"怪物"头上。由于这头怪物的存在，各大陆之间的海上交通日趋危险。因此，公众亮明态度，坚决要求不惜一切代价，把这个可怕的鲸类怪物清除出海洋。

第二章

赞成与反对

　　这些事件发生时，我刚从美国内布拉斯加州的贫瘠地区科学考察归来。我受法国政府委派，以巴黎自然博物馆客座教授之身份，参加了这次科考活动。我在内布拉斯加州度过了半年时光，3月底，我满载珍贵标本来到纽约，预定5月初动身回法国。在纽约等待航船期间，我把采集的矿物和动植物标本整理分类，这时候，斯科舍号出事了。

　　这个热门问题，我知道得一清二楚。再说，我又怎能不知道呢？我反复阅读美国和欧洲的各种报刊，却对事件的真相依旧茫然不知。这件事是那样神秘莫测，使我惊讶不已。我拿不定主意，在两种极端看法之间徘徊不定。这里面肯定有文章，这点毋庸置疑。如若有人不信，那就请他们说说斯科舍号的创口是怎么回事。

　　我到纽约时，关于这个问题的争论如火如荼。一些无能之辈提出假设，说那是漂浮的小岛，是神出鬼没的暗礁，但这些假设已被彻底否定。确实，礁石怎能如此迅速移动，除非腹内装有机器。

　　还有人说那是漂浮的船体，是遇难船只的残骸，这种说法也被排除了，理由仍然是移动的速度太快。

　　那么，这个问题就只剩下两种可能的解释了，由此产生了观点迥然不同的两派：一派说，这是一个力气超大的怪物；另一派说，这是一艘功率超强的"潜水船"。

　　这后一种假设，应该说还差强人意，但它架不住欧美各国进行的调查。一个普通人不大可能拥有这样的机械。他什么时候、在什么地方建造这种船呢？又怎能保证造船的秘密不泄露出去呢？

　　只有一个国家的政府才可能拥有这种毁灭性机器。当今，人类正费尽心思增加战争武器的威力，在这灾难深重的时代，确有可能一个国家会背着其他国家，试制这种骇人听闻的武器。继夏斯勃军用步枪之后，有水雷，水雷之后，有船艏水下冲角，接下来——依此类推，会有更新的武器相继问世。至少，我希望是这样的。

但是，面对各国政府的声明，所谓战争机器的假说又不攻自破了。因为这涉及公众利益，既然横跨大洋的交通深受其害，那么就不容怀疑各国政府的真诚态度了。何况，假设真有人建造这艘潜水船，怎么可能掩人耳目呢？在这种情况下，要想保守秘密，对个人而言，简直难如登天，而对一个国家，则根本不可能做到，因为它的一举一动都会受到敌对强国的严密监视。

因此，当英国、法国、俄国、普鲁士、西班牙、意大利、美国，甚至土耳其等国都进行调查之后，"潜水船"一说也就彻底被推翻了。

这头怪物不顾小报冷嘲热讽，又重新浮出海面。人们想入非非，异想天开，虚构出一种荒唐的鱼类学。种种诡异离奇的神怪故事应运而生。

我到纽约后，不少人屈尊向我请教对这件怪事的看法。我曾在法国出版过一部4开本著作，共两卷，书名为《海底的秘密》。这部书备受学术界推重，我也因此而成为博物学中这部分仍相当神秘的学科的专家。人们要我谈谈看法。只要有可能，我就坚决否认事情的真实性。但我很快就碰壁了，于是我不得不阐明自己的看法。就连《纽约先驱论坛报》也请"巴黎自然博物馆教授，尊敬的皮埃尔·阿罗纳克斯先生"发表一下自己的看法。

我阐明了自己的看法。既然不能保持沉默，索性开口说话。我从政治和科学上，多方面地探讨了这个问题。我在4月30日的《纽约先驱论坛报》上发表了一篇内容翔实的文章。这里摘录几段。

我说："就这样，我对形形色色的假设，逐一进行了研究。鉴于其他一切假设均已排除，那就必须承认，确实存在着一种威力无比的海洋动物。

"我们对海洋最深处的情况一无了解。探测器探测不到那些地方。在这些深不可测的地方会发生什么？在离水面12海里或15海里的地方，生活或可能生活着什么样的生物？这些生物有怎样的身体构造？对此几乎无法臆测。

"不过，我所面临的问题，可以用二难推理法来解决。

"生活在地球上的生物形形色色，或者我们全部了解，或者只知其中一部分。

"如果我们不全知道，如果在鱼类学方面，大自然还有一些秘密我们尚不了解，那么，最好还是承认，在探测器不可探测的水层中，存在着鱼类或鲸类的新品种，它们的器官适合潜伏在深水的'坑洼'中。隔很长一段时间，一个突发事件，或者忽发奇想，也可以说心血来潮，都可能促使它们浮到海面上来。

"相反，假若我们对地球上的所有生物全都认识，那就应该在已分类的海洋生物中，找寻我们所说的那个动物。在这种情况下，我得承认有一种独角巨鲸的存在。

"普通的独角鲸，或曰独角兽，身长一般为60英尺。你把这个长度扩大5倍，乃至10倍，再赋予这个鲸目动物与其身材相配的力量，增强其攻击能力，你就能得到你想要的动物了。它将拥有香农号高级船员们所测定的尺寸，它将具有穿透斯科舍号所需的利器和戳穿船体所需的冲力。

"这个独角鲸确实武装着象牙般的利剑，照某些博物学家的说法，拥有戟一样的武器。那是一颗钢铁般坚硬的大牙。有人在普通鲸身上发现过几颗这种插入体内的大牙，独角鲸进攻普通鲸总是无往而不胜。还有人费了很大的劲儿从船体机身拔出过几颗独角鲸的大牙，鲸牙戳穿船身，就像钻头钻透木桶那样易如反掌。巴黎医学院陈列馆收藏着这样一颗巨牙，长2.25米，基部宽48厘米！

"好吧！你假定那武器的威力要强 10 倍，那动物的力量要大 10 倍，你让它以 20 海里的时速向前冲击，再把重量乘以速度，你就能得出造成斯科舍号海难所需的撞击力了。

"因此，从目前掌握的资料看，我认为这是一头独角巨鲸，它武装的不是利戟，而是像装甲驱逐舰或战舰那样，具备货真价实的冲角锥，同时又具有战舰的重量和驱动力。

"这样，那无法解释的诡异现象就得以解释了，除非什么也没有——不管人们看见，或依稀看见，或感觉到什么——这也并非不可能！"

这最后几句话说明我是懦夫。我这么说，在某种程度上是想保全教授的尊严，不想给美国人提供笑料，因为他们笑起人来是毫不吝啬的。我给自己留了一条退路。其实，我是承认"怪物"存在的。

我的文章引起了激烈的讨论，产生了强烈的反响。一定数量的人赞同我的看法。此外，我提出的答案，可以任人在想象中自由驰骋。人的头脑生来爱想入非非，幻想出一些超自然的生物来。而海洋恰恰是巨型生物的最佳载体，是它们赖以繁衍生息的唯一场所。和它们相比，陆上的动物，诸如大象、犀牛之类，不过是侏儒而已。海洋输送着人所共知的各种大型哺乳动物，说不定也藏匿着硕大无朋的软体动物、令人望而生畏的甲壳动物，如 100 米长的鳌虾、200 吨重的螃蟹。为什么不能呢？从前，地质时期的陆上动物，如四足动物、四手动物、爬行动物和鸟类，一个个都是按照魁伟的模子造出来的。造物主把它们投进巨型模具中，不过，随着时光的消逝，模具渐渐缩小了。地核几乎天天在变化，而海洋却一成不变，那么，在深不可测的海底，为什么不能保存着古生代巨型生物的样本呢？海洋内部为什么不能隐藏着这些巨型生物的最后变种呢？它们的一年就是陆上百年，它们的百年就是陆上千年。

我任凭自己陷入脱离现实的空想中！关于怪物的空想可以告一段

落了，因为在我看来，时间已把它们变成了可怕的现实。我再说一遍，舆论对这一怪现象的性质已有定论，公众一致承认存在着一种神奇的生物。这生物与传说中的海蛇毫无共同之处。

尽管有些人认为这完全是一个有待解决的科学问题，但是其他人，尤其是英国人和美国人，他们更讲求实际，主张把这可怕的怪物清除出海洋，以确保跨洋航行的安全。工商界的报刊主要持这种观点。《航运商报》《洛伊德船舶协会报》《邮船报》《海上殖民杂志》，以及所有对保险公司忠心耿耿，赞成他们提高保险费的报刊，在这个问题上的观点如出一辙。

舆论界的观点一经发表，美国各州便率先表态。在纽约，开始为远征追捕独角鲸做准备。一艘亚伯拉罕·林肯号快速驱逐舰加紧筹备，争取早日挺进海洋。法拉居特舰长紧锣密鼓，积极备战，各海军兵工厂为其敞开大门。

就如常常发生的那样，正当人们决定追击怪物时，恰恰在这个时候，它却销声匿迹了。在两个月的时间内，没有一个人听说过它，没有一艘船遇见过它，好像独角鲸知道有人在对它策划阴谋似的。之前，人们谈论它太多，甚至通过大西洋海底电缆议论它！因此，爱逗乐的人说，这机灵调皮的家伙截获了什么电报，从中获得消息，有了防备。

因此，尽管远征驱逐舰装备齐全，配有精良的捕鱼器械，却不知开往哪里。不耐烦的情绪与日俱增。7月3日，突然传来消息，从加利福尼亚州的旧金山开往上海的一班轮船，3个星期前，在太平洋北部海面上又一次遇见了那头动物。

这则消息引起了轰动。大家催促法拉居特舰长立即起航，一天也不得耽搁。粮食已装上船，煤炭已堆满底舱，船员已各就各位，只待点火、加热、起锚了！哪怕耽搁半天，大家都饶不了他！再说，法拉居特舰长巴不得马上就出发呢！

在亚伯拉罕·林肯号离开布鲁克林码头前 3 小时，我收到一封信，内容如下：

纽约，第五大街旅馆，巴黎自然博物馆教授阿罗纳克斯先生启

先生：

如果您愿意代表法国加盟亚伯拉罕·林肯号的远征行动，合众国政府将感到万分荣幸。法拉居特舰长已准备了一间舱房供您使用。

此致

敬礼

海军部长 J.-B. 霍布森

第三章

我听先生的

在收到霍布森邀请信之前 3 秒钟，我并不想去追踪独角鲸，就像不想穿越美国大西北一样。读了尊敬的海军部长来信之后 3 秒钟，我终于明白，我真正的使命，我此生唯一的目标，就是追捕这头令人惶悚不安的怪物，把它从世界上彻底清除。

我刚旅行归来，旅途劳顿，感到疲惫不堪，非常需要休息。此前，我只想重返家园，与朋友们重逢，回到植物园我小小的寓所里，重新见到我宝贵珍奇的收藏。但现在什么也挡不住我了。我把一切都抛至脑后，忘记了疲劳，忘记了朋友和珍藏，不假思索就接受了美国政府的邀请。

"再说，"我想，"条条道路通欧洲。独角鲸不会有失礼貌，一定会把我引向法国海岸！这个可敬的动物，为了博我欢心，会在欧洲海域束手就擒。我可要给巴黎自然博物馆带回至少半米长的牙戟呢。"

但目前，我必须到太平洋北部海域去寻找这头独角鲸。这和回法国的方向正好背道而驰。

"孔塞耶！"我急不可耐地叫起来。

孔塞耶是我的仆人。小伙子赤胆忠心，我每次出行，他都伴我左右。这是一个正直朴实的佛兰芒人，我喜欢他，他对我也很好。他生性冷静，安分守己，平时积极肯干，遇事神色不惊。他心灵手巧，无所不能。他尽管名叫孔塞耶[①]，却从不提建议，即使征求他的意见，他也不开尊口。

---

① 孔塞耶，Conseil 的音译。法语中，普通名词 conseil 的意思为"主意、建议"。所以，作者说"他尽管名叫孔塞耶，却从不提建议"。

　　孔塞耶生活在植物园这个小世界里，经常与学者们打交道，耳濡目染，倒也学会了一些东西。他成了我身边一位精通博物学分类的专家。他可以像杂技演员爬梯子那样，非常娴熟地说出博物学的各种类别，从门、类、纲、亚纲、目、科、属，直至亚属、种和变种。但是，他的学问也就到此为止。给博物分门别类，就是他的生活。除此之外，他什么都不知道。他全身心投入分类理论，但缺少实践。我想，他可能连抹香鲸和露脊鲸都分不清。但不管怎样，这个小伙子是多么正直，多么值得尊敬啊！

　　10年来，我为科学四处奔忙，孔塞耶始终寸步不离我左右。他从不计较长途跋涉、舟车劳顿。不管去哪里，去中国还是刚果，不管路途多么遥远，他从不提出异议，提起行李就出发。再说，他身体健康，不畏疾病；他肌肉坚实，但没有神经，看上去不像有神经的样子——不言而喻，是指精神方面。

　　小伙子30岁。他的年龄比起主人的来，就像15岁之于20岁一样。请原谅我用这种方式告诉大家我40岁了。

　　不过，孔塞耶有一个毛病。他过分拘泥形式，同我说话，从来只用第三人称，这真叫人恼火。

　　"孔塞耶！"我又喊了一次，一边手忙脚乱地收拾行装，准备动身。

　　当然，我对这个赤胆忠心的小伙子绝对信任。往常，我从不问他愿不愿意跟我去旅行。但这一次非同儿戏。这次远征也许会无限期延长，是一次冒险行动，去追捕一种可怕的动物，它能像砸碎核桃那样，轻而易举地击沉一艘军舰！面对这样的旅行，最沉着冷静的人也会瞻前顾后，三思而行。孔塞耶会说什么呢？

　　"孔塞耶！"我第三次喊他。

　　孔塞耶出来了。

　　"先生叫我吗？"他进来时说。

"是的，小伙子。快帮我准备，你自己也快做准备。两小时后出发。"

"我听先生的。"孔塞耶不急不忙地回答。

"一刻也不得耽搁。把我所有的旅行用具统统装箱，外衣、内衣、袜子，不必一一清点，尽量多带些。要快！"

"那先生的标本呢？"孔塞耶提醒说。

"再说吧。"

"什么！先生的古巨猪、史前始祖马、岳齿兽、河猪等化石标本，以及其他一些动物化石标本都不管啦？"

"先寄存在旅馆里吧。"

"先生那只活鹿豚呢？"

"我们不在时托人喂养吧。此外，我会叫人把我们那些动物运回法国的。"

"那我们不回巴黎了？"孔塞耶问。

"回……当然回……"我闪烁其词地回答，"不过要绕个弯。"

"先生喜欢绕弯子。"

"哦！这没什么！不是走直路，如此而已。我们搭乘亚伯拉罕·林肯号。"

"先生高兴就行。"孔塞耶平静地回答。

"你知道，朋友，是为了那头怪物……那头臭名昭著的独角鲸……我们要把它清除出海洋。我写过《海底的秘密》，4开本，两卷。作为这部著作的作者，怎能不随同法拉居特舰长一起远航呢？这是光荣的使命，但也危险重重。不知道要去哪里！那些动物可能很任性，但我们还是得去！我们有一位大胆果断的舰长……"

"先生怎么做，我就怎么做。"孔塞耶回答。

"好好考虑一下！我不想对你有任何隐瞒。这一次出去，说不定就回不来了。"

"我听先生的。"

一刻钟后，我们的行李收拾停当。孔塞耶不费吹灰之力就收拾好了，我相信什么都不会落下，因为这个小伙子整理衣物，跟给鸟类或哺乳动物分类一样得心应手。

旅馆的电梯将我们送至中2楼大堂。我走下几个梯级，来到底层。我挤到大柜台前结了账，那里总是人群熙攘。我叫人把打好包的动植物标本运回法国巴黎。我留下一笔经费，足以用来喂养鹿豚。孔塞耶跟着我，跳上一辆马车。

马车跑一次，收费20法郎。我们从百老汇街来到团结广场，然后经过第四大街，一直行至鲍维里街的十字路口，再经过卡特琳街，在34号码头停了下来。那里，卡特琳渡轮把我们连人带马车一起送到布鲁克林。布鲁克林是纽约的一个大区，位于东河左岸。几分钟后，我们便来到亚伯拉罕·林肯号停泊的码头。亚伯拉罕·林肯号的两座烟囱正吐出滚滚浓烟。

我们的行李立即被送到战舰的甲板上。我赶紧上船。我要求见法拉居特舰长。一名水手把我带到艉楼。我看见一位红光满面的军官，他向我伸出手，对我说：

"您是皮埃尔·阿罗纳克斯先生吧？"

"是的，"我回答，"您是法拉居特舰长？"

"正是。欢迎您，教授先生。您的舱房早已准备好了。"

我向舰长告辞，叫人带我到为我准备的舱房里，好让舰长继续做起航的准备工作。

亚伯拉罕·林肯号是为这次新使命而精心挑选和装备的战舰。这是一艘快速驱逐舰，装有蒸汽过热器，可以把气压升至7个大气压。在这个压力下，亚伯拉罕·林肯号的平均航速可达每小时18.3海里。这个速度已经很快了，但要和那头巨鲸角逐，仍力不从心。

战舰的内部设备符合海上航行的要求。我的舱房位于船艉，门对面是军官餐厅，我非常满意。

"我们在这里会很好的。"我对孔塞耶说。

"先生别见怪,"孔塞耶回答,"就跟寄居蟹生活在蛾螺壳里一样。"

我让孔塞耶留下来整理行李,独自登上甲板,观看起航准备。

这时,法拉居特舰长正下令解开亚伯拉罕·林肯号拴在布鲁克林码头上的最后几根缆绳。如果我再晚一刻钟,甚至不到一刻钟,战舰就会不等我而起航了,那我就会错过这次非同寻常的、匪夷所思的、难以置信的远征了。对于这次远征,即使我将来完全据实讲述,也可能还会有人不相信。

法拉居特舰长连一天,甚至一小时都不愿耽搁。他要立即赶往不久前那头动物出现过的海域。他把工程师叫来。

"压力足了吗?"他问工程师。

"足了,先生。"工程师回答。

"起航。"法拉居特舰长喊道。

命令通过气压传声筒传送至轮机房。机械师接到命令,立即启动整装待发的机轮。阀门刚打开,蒸汽便呼啸着奔涌而入。横向排列的长活塞嘎吱作响,推动着机轴连杆。螺旋桨的叶片拍击海浪,速度越来越快。亚伯拉罕·林肯号威风凛凛地驶离港口,周围有上百只满载观众的渡轮和汽艇簇拥着为它送行。

布鲁克林码头和纽约市东河沿岸整个地区人山人海,挤满了好奇的观众。50万人发自肺腑的三声欢呼响彻天空。成千上万条手帕在这密集的人群头上挥舞,向亚伯拉罕·林肯号致敬,直到它驶入哈得孙河①口,到达纽约市这个长形半岛的岬角处。

于是,战舰沿着新泽西州哈得孙河右岸前进。岸上别墅林立,风景秀色可餐。它从两岸的炮台之间驶过,炮台礼炮齐鸣,向它致意。

---

① 哈得孙河,美国纽约州东部河流,南流至河口附近构成纽约、新泽西两州的州界,注入上纽约湾。

亚伯拉罕·林肯号连升 3 次美国国旗，以示答谢。国旗上 39 颗星星[①]
在后桅旗杆顶上熠熠生辉。接着，战舰改变航向，驶入设置信标的航
道。在桑迪岬海湾内，航道呈弧形，舰艇掠过岬角狭长的沙洲，那里，
又有万千观众向它欢呼致敬。

　　渡轮和汽艇一直簇拥在战舰后面，直到信号船附近才停下来。信
号船的两盏信号灯表明，这里是纽约航道的出口处。

　　此刻正是下午 3 时。领航员走下战舰，跳上自己的小艇，重返在
下风处等候他的纵帆小船上。亚伯拉罕·林肯号加大火力，螺旋桨加
速拍击波涛，战舰沿着长岛黄色低海岸行驶。晚上 8 时，西北方向火
岛[②] 的灯火已消失在黑暗中，亚伯拉罕·林肯号战舰开足马力，全速
行驶在大西洋黑黢黢的水面上。

---

① 当时美国有 39 个州，所以国旗上有 39 颗星。现已增至 50 个州。
② 火岛，纽约长岛南海岸的岛屿。

第四章

尼德·兰

法拉居特舰长是位出类拔萃的海员，无愧于他所指挥的战舰。他和战舰已融为一体。他是战舰的灵魂。关于那头鲸目动物，他在心里从不置疑。他不允许船上有人质疑这个动物的存在。他相信这怪物确实存在，有如有些女人相信海中有利维坦①一样——这是出于信仰，而不是理智。既然怪物存在，他就立下誓言，定要把它从海上彻底清除。这有点像罗得岛②一位名叫迪厄多内·德·戈宗的骑士前往迎击肆虐海岛的蛇妖一样。不是法拉居特舰长消灭独角鲸，便是独角鲸杀死法拉居特舰长。没有中间道路可走。

船上的军官都赞同舰长的看法。应该听一听他们的谈话、讨论和争论，看他们如何估算遇到这头独角鲸的可能性，如何目不转睛地观察浩淼洋面上的动静。他们中不止一人主动请缨，要到顶桅上去值班。若在其他情况下，对这等苦差事，他们一定会抱怨不迭。而现在，只要太阳还在天上画着弧形，船桅周围总是挤满了水手，尽管甲板烫得人无法原地站立。其实，那时亚伯拉罕·林肯号的船头还没接触太平洋的可疑水域呢！

至于全体船员，他们只盼早点邂逅独角鲸，用捕鲸炮箭击中它，把它拖上船、剁成块。他们专心致志、一丝不苟地观察着洋面。况且，法拉居特舰长说，不管是谁，不管是见习水手，还是老水手、水兵，或是军官，谁先发现独角鲸，就可以获得2000美元的奖金。大家想想，

---

① 利维坦，犹太教神话中的一种兽。据《圣经》记载，利维坦将成为海洋的统治者。各种资料表明，利维坦可能是鲸、鳄鱼或蛇，众说不一。

② 罗得岛，希腊岛屿，位于爱琴海最东部。古时岛上多蛇。

在亚伯拉罕·林肯号上工作，眼睛是不是很受锻炼啊。

至于我，我从不欠别人的情，自己日常的观察任务，我总是亲力亲为。这艘战舰也许有 100 条理由可以命名为阿耳戈斯①号。在所有人中，唯独孔塞耶与众不同，对我们热衷的问题漠不关心，与船上普遍的热情水火不容。

前面我说过，法拉居特舰长为他的战舰精心配备了捕鲸的专用器械，就是捕鲸船也不会武装得更好。各种众所周知的器械一应俱全，从手掷的鱼叉，到短铳的倒钩箭，再到猎枪的爆炸弹。船艏甲板上安放着一门改进型后膛炮，炮闩装弹，炮壁很厚，炮膛狭窄，其模型将在 1867 年的万国博览会上展出。这种宝贵的美式大炮，可以轻轻松松地把一颗 4 千克重的锥形炮弹，发射到平均 16 公里远的地方。

因此，亚伯拉罕·林肯号不缺任何毁灭性武器。而且，还有更好的，那就是，船上有鱼叉王尼德·兰。

尼德·兰是加拿大人。他眼疾手快，非同寻常，在捕鲸这样危险的行业中，无人能与之匹敌。他机敏冷静，智勇双全，他的这些品质超群绝伦，只有聪敏狡黠的露脊鲸或机智奸诈的抹香鲸，才逃得过他的鱼叉。

尼德·兰四十来岁。他身材魁岸（身高超过 6 英尺），体魄健壮，神情严肃，性格内向，有时脾气暴躁，倘若被惹恼了，他会火冒三丈。他的外表引人注目，尤其那双炯炯有神的眼睛，使他的脸部表情格外丰富。

我认为，法拉居特舰长把此人请上船来，是很明智的做法。无论是眼力还是臂力，他一人抵得上全体船员。我不知道怎样比喻他，只好把他比作一架高倍望远镜，同时，又是一门随时准备发射的大炮。

加拿大人就是半个法国人。尽管尼德·兰很少与人交往，但我得

---

① 阿耳戈斯，希腊神话中的百眼巨人，他日夜惕厉，睡觉时，总有 50 只眼睛睁着。

承认，他对我却有一定的好感。想必我的国籍对他有吸引力吧。对他来说，这是个说话的机会，对我而言，则可以听见拉伯雷^①时代的古老法语，这种法语在加拿大某些省份至今仍在使用。这位鱼叉手的老家在魁北克，在这座城市还属于法国的年代，他们家就已经成为勇敢无畏的渔民了。

渐渐地，尼德·兰对交谈有了兴趣。我喜欢听他讲在北极海上的险遇。他讲起捕鱼和战斗的故事来，淳朴自然，富有诗意。他讲述的故事具有史诗的意味，我仿佛在听一位加拿大的荷马^②吟诵北极的《伊利亚特》。

我按照我现在对他的认识，来描绘这位勇敢无畏的朋友。因为我们已成为老朋友了，我们历尽千难万险结下的友谊坚如磐石，万古长青！啊！可敬的尼德！但愿我能再活 100 年，好让我能有更多的时间怀念您！

那么，尼德·兰当时对海洋怪物是怎么看的呢？我不得不承认，他不大相信有独角鲸，船上唯有他跟大家的意见相左。他甚至避而不谈这个话题。我认为，应该找个时间同他聊一聊。

7 月 30 日晚，夜色迷人。亚伯拉罕·林肯号经过三星期航行，来到了布兰卡湾^③附近海面上，离巴塔哥尼亚^④海岸约 30 海里的下风处。我们已越过南回归线，麦哲伦海峡^⑤展现在南方不到 700 海里的地方。不用一个星期，亚伯拉罕·林肯号就将在太平洋上乘风破浪了。

我和尼德·兰一起坐在艉楼甲板上，我们一边天南海北聊着天，一边望着这至今仍深不可测的神秘大海。我很自然地把话题转到独角

---

① 拉伯雷（约 1494—1553），法国作家。代表作有长篇小说《巨人传》。

② 荷马（约前 9—前 8 世纪），古希腊诗人，专事行吟的盲歌手。相传著名史诗《伊利亚特》和《奥德赛》为他所作。

③ 布兰卡湾，阿根廷的一个海湾。

④ 巴塔哥尼亚，大部分在阿根廷，小部分在智利南部。

⑤ 麦哲伦海峡，南美洲大陆南端和火地岛之间沟通大西洋和太平洋的海峡。

巨鲸上，我分析这次远征成与败的各种可能性。我见尼德只管听我说，自己一言不发，就单刀直入，逼他说话。

"尼德，"我问他，"您怎么会不相信我们追捕的鲸类动物确实存在呢？您如此怀疑，是不是有什么特别的理由？"

鱼叉手没有立即回答，他看了看我，习惯地用手拍拍宽脑门，沉思似的闭上双眼，然后才说：

"也许是吧，阿罗纳克斯先生。"

"可是，尼德，您，一位职业捕鲸手，熟悉海洋中的特大哺乳动物，凭您的想象力，应该很容易接受有关巨鲸的假设，在目前这种情况下，您应该是最不怀疑的那个人呀！"

"您错了，教授先生，"尼德回答，"普通人相信有不寻常的彗星划过天空，相信地球内居住着洪荒时代的怪物，这还情有可原。可是，天文学家、地质学家决不会接受这些奇谈怪论。捕鲸手也一样。我追捕过很多鲸目动物，我用鱼叉叉过不少鲸，我也杀死过好几头。但是，不管它们力量有多大，器官有多锋利，可它们的尾巴，它们的巨牙，都不可能戳穿轮船的钢板。"

"可是，尼德，被独角鲸的牙齿戳穿的船可不乏其例呀。"

"木船，有可能，"加拿大人回答说，"可我从没亲眼见过。因此，在有相反证明之前，我不相信露脊鲸、抹香鲸或独角鲸会造成这样的结果。"

"您听我说，尼德……"

"不，教授先生，不。除此之外，您说什么都可以。说不定是一条特别大的章鱼……"

"这更不可能，尼德。章鱼不过是软体动物。顾名思义，章鱼的肉是不坚实的。章鱼不是脊椎动物，哪怕它身长 500 英尺，也绝无可能对斯科舍号或亚伯拉罕·林肯号这类舰船造成伤害。因此，关于克拉肯大海怪或其他类似怪物的壮举，都应视作无稽之谈。"

"那么，博物学家先生，"尼德·兰嘲笑我说，"那您还坚持认为真有巨鲸存在吗？……"

"是的，尼德。我再对您说一遍，我确信无疑，因为我有事实依据。我确信存在着一种哺乳动物，它肌体发达，和露脊鲸、抹香鲸或海豚一样，属于脊椎动物，长着一颗角质长牙，有着极强的穿透力。"

鱼叉手摇摇头，哼了一声，一脸不愿相信的样子。

"请注意，我可敬的加拿大朋友，"我接着说，"假定这样的动物存在，假定它生活在海洋深处，经常在离水面几海里的深水里活动，那它必定有无比坚实的肌体。"

"为什么必须有那样坚实的肌体呢？"尼德问。

"因为要在深水中生存，要顶住海水的压力，必须拥有无可比拟的力量。"

"真的吗？"尼德眨了下眼，看着我说。

"千真万确。要证明这一点并不难，举几个数字就行了。"

"哦！数字！"尼德反驳说，"数字可以随意使用！"

"那是生意上，尼德，数学上可不是这样。听我说，假定 1 个大气压相当于 32 英尺高的水柱压力，其实，水柱的高度还可以降低一些，因为这里是海水，海水的密度大于淡水。好吧，当您潜入水中时，尼德，您潜水的深度有多少个 32 英尺，身体就要承受同等倍数的大气压。也就是说，您身体表面每平方厘米，要承受同等倍数千克的压力。由此可以算出，在 320 英尺深的海中，是 10 个大气压；在 3200 英尺，是 100 个大气压；在 32000 英尺，即在大约 2.5 法里的深度，则是 1000 个大气压。这就是说，如果您可以潜到海洋的这个深度，那身体表面每平方厘米就要承受 1000 千克的大气压。然而，我的好尼德，您知道您身体表面是多少平方厘米吗？"

"我没有想过，阿罗纳克斯先生。"

"大约有 17000 平方厘米。"

"这么多？！"

"而实际上，1个大气压要比每平方厘米1千克的压力还稍微高一点，那么，您身体表面17000平方厘米就要承受17568千克的压力。"

"我怎么感觉不到？"

"您是感觉不到。您之所以没有被这么大的压力压垮，那是因为进入您体内的空气也有相等的压力。因此，内部压力和外部压力互相抵消，达到了完美的平衡。这样，您就能承受得住了。但在水里就是另一回事了。"

"是的，我懂了，"尼德回答说，他听得更专心了，"因为水只包围我，而不进入我体内。"

"正是，尼德。因此，在水下32英尺深处，您要承受17568千克的压力，在320英尺的深处，要承受10倍于此，即175680千克的压力，在3200英尺的深处，要承受100倍，即1756800千克的压力，在32000英尺的深处，要承受1000倍，即17568000千克的压力。就是说，您会被压成薄片，就好像是从水压机的平台上拉出来似的！"

"唉哟！"尼德说。

"好吧，我可敬的鱼叉手，有一些脊椎动物，有数百米长，那相应来说，它们的身体也一定很粗，如果它们长期生活在这样深的海底，而它们身体的表面积有数百万平方厘米，那它们所承受的压力估计得有数十亿千克。请计算一下，它们的骨骼和肌体需要有多大的力量，才能顶得住这样的压力啊！"

"必须和装甲舰一样，用8英寸厚的钢板来制造。"尼德·兰回答说。

"正如您所说，尼德。您想一想，这样一个庞然大物，以快车的速度向一条船冲去，会给船体造成怎样的破坏。"

"是的……确实……也许。"加拿大人回答说，他被这些数字动摇了，但他不愿认输。

"所以，您相信我说的了？"

"您使我相信了一件事，博物学家先生，那就是如果海底存在这样的动物，那一定像您所说的那样强大。"

"可是，如果海底不存在这样的动物，固执的鱼叉手，那您怎么解释斯科舍号发生的事故呢？"

"这也许……"尼德迟疑地说。

"说呀！"

"因为……这不是真的！"加拿大人回答，他无意中引用了阿拉哥①一句用作应答的名言。

不过，这个回答只能说明鱼叉手的固执，而不是别的。那天，我不想更多地逼问他。斯科舍号发生的事故是不容置疑的。船底确实有窟窿，不得不把它堵上了，我认为，没有比这更能证明窟窿的存在。然而，窟窿是不会无缘无故产生的，既然不是暗礁或武器所致，那一定是某种动物锋利的器官造成的。

然而，在我看来，而且根据前面推定的种种理由，这种动物属于脊椎动物门，哺乳纲，鱼形类，鲸目。至于它属哪一科，是露脊鲸、抹香鲸，还是海豚，它应列入哪个属，归于哪个种，这是个尚待弄清的问题。要找到答案，就得解剖这个神秘的怪物；要解剖它，就得抓住它；要抓住它，就得使用鱼叉——这是尼德·兰的事；要用鱼叉叉它，就得看见它——这是全体船员的事；要看见它，就得遇见它——这就得看我们的造化了。

---

① 阿拉哥（1786—1853），法国著名物理学家、天文学家。

第五章

盲目行动

亚伯拉罕·林肯号海上航行已有一段时间，途中没发生任何意外。但后来有一件事充分展示了尼德·兰眼尖心秀的高超本领，同时也证明他是一个多么值得信赖的人。

6月30日，在马鲁因群岛①海域，战舰与美国一些捕鲸船取得联系，得知他们不知道独角鲸的任何情况。但其中有个人，门罗号的船长，知道尼德·兰在亚伯拉罕·林肯号上，要请他帮忙捕猎一头已经发现的鲸。法拉居特舰长很想看看尼德·兰有多大能耐，便批准他去门罗号上捕鲸。我们这位加拿大朋友运气实在太好，他不是叉中一头鲸，而是两头，一头刺中心脏，另一头追了几分钟，也一举抓获！

如果哪天怪物撞上尼德·兰的鱼叉，我决不会把赌注压在怪物身上。

亚伯拉罕·林肯号以异乎寻常的速度，沿着美洲东南海岸航行。7月3日，我们驶至麦哲伦海峡口，与处女岬处于同一纬度。但是，法拉居特舰长不愿在这蜿蜒曲折的海峡上航行，而是决定驾驶战舰从合恩角②绕过去。

船员们一致认为他的决定不无道理。确实，在这狭窄的海峡里能遇见独角鲸吗？许多水手都断定怪物不会从这里经过："它身体太大过不去！"

7月6日，下午3时许，亚伯拉罕·林肯号在南美最南端15海里

---

① 马鲁因群岛，法语旧称，即现在的马尔维纳斯群岛，是位于南大西洋的群岛，由索莱达岛、大马尔维纳岛以及附近约200个小岛组成，距阿根廷巴塔哥尼亚海岸约500千米。阿根廷和英国对群岛主权的归属一直存在争议。

② 合恩角，南美洲最南端合恩岛上陡峭的岬角，属智利，是大西洋和太平洋的分界。

处绕过了这个荒僻的小岛。这个位于美洲大陆南端的荒凉礁岩，一些荷兰水手硬是用故乡城市的名字，给它起名叫合恩角。过了合恩角，战舰向西北方向航行。翌日，它的螺旋桨终于在太平洋上斩浪劈波了。

"睁大眼睛！睁大眼睛！"亚伯拉罕·林肯号的水手们不断重复说。

他们把眼睛睁得大大的。确实，2000美元的赏金使他们目眩神迷，他们的眼睛和望远镜没有片刻休息。大家日夜惕厉，观察洋面。患夜视症的人黑暗中看得更清楚，发现怪物的概率比常人高50%，获得这笔赏金的可能性也就更大。

我呢，金钱对我并无多大的诱惑力，可我观察海面并不是船上最不认真的。我每天吃饭只用几分钟，睡觉只有几小时，其他时间不怕日晒雨淋，寸步不离甲板。我时而俯在艏楼舷墙上，时而倚在船艉栏杆上，专注地盯着那棉絮般的航迹，白茫茫的航迹一望无垠！多少次，当一头鲸心血来潮地在波涛上露出灰黑的脊背时，我和全船上下一样精神激奋。转眼间甲板上挤满了人。官兵们从舱口一拥而上，个个气喘吁吁，眼睛发花，仍竞相观察着那头鲸的动向。我看啊看，看得我眼睛发胀，眼花缭乱。而孔塞耶呢，他始终安之若素，不止一次用冷静的口吻对我说：

"假如先生不把眼睛瞪得这么大，也许看得更清楚！"

可大家总是空激动一场：亚伯拉罕·林肯号改变航向，向发现的动物冲过去，却原来是一头普通的露脊鲸或平常的抹香鲸，它很快就在一片咒骂声中销声匿迹！

不过，天气一直很帮忙。我们一路顺风。然而，当时正值南半球气候恶劣的季节，这一带7月的天气，相当于我们欧洲的1月，但这次海上风平浪静，纵目四顾，视线可及很远的地方。

尼德·兰固执己见，始终持怀疑态度。除了值班时间外，他连海面都不瞧一眼——至少在没有鲸出现时。他的神奇的眼力本来是大有

用武之地的，但是，每天 12 个小时中，这个固执的加拿大人有 8 个小时都在舱房里看书或睡觉。我无数次批评他不该如此漠不关心。

"算了吧！"他回答说，"什么都没有，阿罗纳克斯先生。即使有什么动物出现，我们可能发现吗？难道我们不是在盲目冒险吗？据说，有人看见这头不可找到的动物又在太平洋公海上现身了。就算是这样，但至今两个月过去了，照您那头独角鲸的性情，它是绝不愿意在同一海域闲待很长时间的！它游动起来敏捷神速。然而，教授先生，您比我更清楚，大自然不会做自相矛盾的事，它不会让一种天性行动缓慢的动物，具有迅速移动的能力，如果这种能力对它没有用处的话。因此，即使这个动物存在，也早已跑得无影无踪了！"

听他这么说，我不知该如何回答。显然，我们是在盲目行进。可是，不这样又能怎样呢？我们成功的概率很小。但是，没有一个人对成功表示怀疑，没有一个水手敢说独角鲸不存在，敢说它近期不会出现。

7 月 20 日，我们在西经 105°穿过南回归线。同月 27 日，我们又在西经 110°越过赤道线。测定方位后，战舰更坚定地朝西航行，驶入太平洋中部海域。法拉居特舰长不无道理地认为，最好远离大陆和海岛，开往大洋深水域，因为那怪物似乎一直在回避陆地和海岛。"可能它觉得那里的水不够深！"水手长如是说。因此，战舰穿过波莫图群岛①、马克萨斯群岛②和桑威奇群岛③海面后，在西经 132°穿过北回归线，向中国海驶去。

我们终于来到了怪物最近嬉戏玩耍过的地方！总之，船上的人都不再过日子了。他们的心跳加剧，都会导致出现不治之症——血管瘤

---

① 波莫图群岛，即土阿莫土群岛，太平洋中南部法属波里尼西亚东部岛群，位于西经 135°至 149°、南纬 14°至 19°之间。

② 马克萨斯群岛，太平洋中南部法属波里尼西亚北部岛群，位于西经 138°25′至 140°50′、南纬 7°50′至 10°35′之间。

③ 桑威奇群岛，即夏威夷群岛。

了。船员们高度紧张的神经，我无法用语言来描绘。大家不吃也不睡。有时，一名凭栏瞭望的水手判断错了或看错了，就会给大家造成难以遏制的恐惧。类似情况每天都要重演无数次。一次次惊心动魄的恐惧，使我们精神近乎崩溃，不可能不导致不良反应。

事实上，不良反应很快就出现了。3个月中，每度过一天，如同度过一个世纪！在这3个月中，亚伯拉罕·林肯号把太平洋北部海域搜了个遍，看到鲸就追过去，常常突然偏离航道，忽而改变航向，忽而停下不走，忽而开足马力，忽而紧急刹车，折腾来折腾去，顾不得机器来回颠簸，从日本海岸到美洲海岸，没有一个地方没搜索到。结果一无所获！只见苍茫浩渺的滚滚波涛！什么独角巨鲸、水下小岛，什么海难沉船、神出鬼没的暗礁，什么妖魔鬼怪，一概没有看到！

各种反应接踵而来。首先是心灰意冷，这为怀疑打开了缺口。继而船上出现了另一种情绪，就是三分羞愧、七分恼怒。让一个虚幻的怪物牵着鼻子走，这实在"太荒唐"，更令人气愤！一年来堆积如山的论据一下都崩塌了。谁都想把没有吃的饭、没有睡的觉好好补回来，以弥补因愚蠢而白白浪费了的时光。

人的思想生来变幻无常，容易从一个极端走到另一个极端。这次行动最热烈的支持者，势必成为最激烈的诽谤者。这一变化首先来自底舱，从司炉工，最后蔓延到军官。若不是法拉居特舰长一再坚持，战舰恐怕早就掉头向南返航了。

但是，这种毫无效果的搜寻不能再继续下去了。亚伯拉罕·林肯号为获成功已不遗余力，没有什么可自责的。美国海军没有一艘战舰比它更有耐心和热情。它的失败不应归咎于自己。现在它别无选择，只有打道回府。

有人劝舰长返航。舰长拒不接受。水手们毫不掩饰不满情绪，船上的各项工作受到了影响。我不是说船员们造反了。但是，法拉居特舰长坚持了相当长一段时间后，他像昔日哥伦布那样，恳请大家再耐心等 3 天。如果 3 天内怪物不现身，舵手就将舵轮转 3 圈，亚伯拉罕·林肯号就取道欧洲回美国去。

舰长在 11 月 2 日许下了这番诺言，结果垂头丧气的船员精神振奋了。大家又开始专注地观察洋面。每个人都想最后看一眼大海，目光中凝聚着他们所有的记忆。望远镜左右环顾，充满了活力和激情。这是对独角巨鲸的最后通牒。对这张传票，这一次它可没有理由拒绝"出庭"！

两天过去了。亚伯拉罕·林肯号缓缓行驶在大海上。倘若这头怪物出现在海面上，该如何吸引它的注意力，刺激它麻木的神经呢？大家想方设法，还把大块大块的肥肉拖在船后面，应该说，这倒让鲨鱼大快朵颐了。亚伯拉罕·林肯号停止前进时，就把所有小艇投放入水，在其周围到处搜寻，不留任何一个死角。但是，直到 11 月 4 日晚，这个海底秘密仍没真相大白。

翌日，11 月 5 日，中午时分，约定的期限就要到了。法拉居特舰长是个言而有信的人，期限一过，他就该下令战舰调转船头向东南方向航行，永远离开太平洋北部海域。

此时，舰艇位于北纬 31°15'、东经 136°42'。日本陆地就在离我们不到 200 海里的下风处。夜幕徐徐降临。8 时的钟声刚刚敲过。团团云彩遮住了上弦月。艏柱下面，宁静的大海微波荡漾。

这时，我正倚在船艄右侧舷墙上。孔塞耶站在我身旁，眼睛盯着正前方。船员们攀在帆索上，凝视渐渐变窄变黑的海平线。夜色愈来愈浓，军官们拿着夜视望远镜在黑暗中搜索。有时，昏暗的海面上闪过一道银光，那是月亮从两朵云彩的夹缝中洒下的一抹清辉。不一会儿，任何光迹都消逝在黑暗中。

我观察着孔塞耶，发现这小伙子的情绪或多或少受到了大家的影响。至少，我是这么认为的。也许，且是第一次，他的神经被一种好奇的情感拨动了。

"得了，孔塞耶，"我对他说，"这可是得到 2000 美元赏金的最后一次机会了。"

"请先生允许我说，"孔塞耶回答，"我从没指望获得这笔赏金。不过，合众国政府本该答应悬赏 10 万美元的，即使这样，它也不会因此而变穷。"

"言之有理，孔塞耶。不管怎样，这是一次愚蠢的行动，我们加入其中实在太轻率。浪费了多少时间和情感！否则，我们早在半年前就回到法国了……"

"回到了先生的小寓所！"孔塞耶接着说，"回到了先生的博物馆！我可能早就把先生的生物化石分好类了！先生的鹿豚可能早就安顿在植物园的笼子里了，它会把首都所有好奇的人都吸引过来呢！"

"如你所说，孔塞耶。不过，我想，除此之外，大家会嘲笑我们吧！"

"确实，"孔塞耶平静地回答，"我想，有人会嘲笑先生。我要不要说下去？……"

"说呀，孔塞耶。"

"那好。先生是自作自受！"

"说得是！"

"当人们有幸成为先生这样的学者，就不会冒险……"

孔塞耶没来得及说完恭维话，突然，在一片寂静中，响起一个声音。那是尼德·兰的声音。尼德·兰在喊：

"喂！那个家伙，在下风处，就横在我们右舷不远处！"

第六章

全速前进

听到这声喊叫，全体船员急忙向鱼叉手奔来，从舰长、军官，到水手长、水手、见习水手，甚至连工程师也丢下了轮机，司炉也离开了锅炉。舰长已发出停船命令，战舰只凭余速滑航。

此时周围黑咕隆咚的，加拿大人眼力再好，我也仍心存疑惑：他怎么就看见了？他究竟看见了什么？我的心紧张得都要蹦出来了。

可是，尼德·兰没有看错，我们大家都看见了他手指的物体。

在离亚伯拉罕·林肯号右舷艉部约两链的地方，海面似乎被水下的光源照亮了。这显然不是普通的磷光现象，这点毋庸置疑。怪物潜入水下数米深，发出极其强烈而又无法解释的亮光，不少船长的报告中都有过这样的描述。这种奇妙的光辐射想必来自一个强大的光源。亮光部分在海面上画出一个又大又长的椭圆形，椭圆的中心是白热的焦点，从焦点发出耀眼的强光，光线向周围扩散，越来越弱，直至完全消失。

"那不过是由磷光分子聚集而成的。"一位军官大声嚷道。

"不是的，先生，"我信心满满地说，"不论海笋，还是樽海鞘，都不会发出如此强烈的光。这种光就其性质而言基本上是电光……而且，你们看，你们看！它在移动！它在向前，它在后退！它向我们冲过来了！"

战舰上升起一片叫喊声。

"安静！"法拉居特舰长说，"逆风转舵，满舵，倒车！"

水手们奔向轮舵，工程师们冲向轮机舱。蒸汽马上切换进向，轮机倒转，战舰左转180度。

"右舵！前进！"法拉居特舰长喊道。

命令执行了，战舰迅速远离光源。

我错了。战舰是想离开，可是，那超自然的动物以两倍于战舰的速度，飞快地向我们逼近。

我们呼吸急促。我们恐惧不安。但更是惊得目瞪口呆，不能动弹。那动物不费吹灰之力就追上了我们。战舰当时的航速为 14 节，那怪物绕战舰兜了一圈，电光犹如一块块白色的桌布，又如一团团闪光的尘埃，将战舰层层包围。然后，它撤出两三海里，身后留下一条磷光带，有如蒸汽机车身后留下的团团雾气。可突然，怪物鼓足劲头，以可怕的速度，从黑沉沉的海平线上向亚伯拉罕·林肯号猛冲过来，离舰身 20 英尺时又突然停下，亮光消失不见，并非怪物潜入水中了，因为光线不是逐渐变弱，而是突然消失，仿佛光源能量突然消耗殆尽了！随后，那怪物又出现在船的另一侧，也许是绕船过来的，也可能是从船底下钻过来的。随时可能相撞，一旦相撞，后果不堪设想。

然而，我对战舰的行为颇感惊讶。它在逃跑，而不是进攻。它本该追逐怪物，现在反被怪物追逐。我向法拉居特舰长谈了自己的看法。往常，舰长总是神色镇静，现在却满脸惊诧，难以言表。

"阿罗纳克斯先生，"他回答我说，"我不知道我要对付的是怎样一个可怕的怪物。我不想在黑暗中鲁莽行事，拿我的战舰去冒险。再说，如何进攻这个我们对其一无所知的怪物，又怎样抵御它的攻击呢？等天亮吧，双方角色会发生逆转。"

"舰长，您对这动物的属性确定无疑了吗？"

"是的，先生。很显然，这是一头独角巨鲸，而且是一头带电的独角鲸。"

"也许吧，"我又说，"我们不能挨近它，就像不能挨近电鳗或电鳐一样！"

"的确如此，"舰长回答，"如果说它具有雷霆之力，那一定是造

物主造出来的最可怕的动物了。因此，先生，我得提高警惕。"

夜里，全体船员严阵以待，没有一个人想睡觉。亚伯拉罕·林肯号在速度上无法竞争，干脆放慢速度，缓缓而行。那独角鲸也像战舰那样放慢速度，随波荡漾，似乎决心绝不放弃角斗场。

然而，午夜时分，独角鲸消失了，或者，用一个更确切的词表达，它像一只大萤火虫那样"熄掉发光器"了。它已逃走了吗？就怕它已逃之夭夭，可我们不希望它这样。可是，凌晨0时53分，传来了震耳欲聋的呼啸声，好似高压下水柱喷出时发出的巨响。

我和法拉居特舰长、尼德·兰伫立艉楼上，透过浓重的黑暗，向发出巨响的地方投去热切的目光。

"尼德·兰，"舰长问，"您经常听到鲸大声吼叫吗？"

"经常，先生。但从未听到过这种能给我带来2000美元赏金的鲸吼叫。"

"的确，您有权得到这笔赏金。但请您告诉我，这是不是鲸从鼻孔喷水时发出的声音？"

"就是这个声音，先生，只是这次的声音大得无可比拟。因此，肯定不会搞错的。在我们这片海域出现的，肯定是头鲸目动物。如果您允许，先生，"鱼叉手接着说，"明天天一亮，我们要同它说两句话。"

"那要看它有没有心情听您说话，兰师傅。"我不大信服地回了他一句。

"如果我离它只有4鱼叉距离，"加拿大人反驳说，"它非听不可！"

"可是，要靠近它，得有一条捕鲸船给您使用吧？"舰长说。

"当然，先生。"

"这岂不是拿我船员的生命去冒险吗？"

"也拿我的生命！"鱼叉手实话实说。

凌晨2时许，那光源又出现了，还是那么强烈，在亚伯拉罕·林肯号的上风处，相距 5 海里。尽管距离很远，风浪声音很大，我们仍清楚地听见鲸的尾巴拍击海水的巨响，甚至可以听到它急促的呼吸声。当这头独角巨鲸到洋面上来呼吸时，空气猛烈涌入它的肺腑，仿若蒸汽涌入 2000 马力的大汽缸里。

"嗯！"我想，"一头鲸能有一队骑兵的力量，一定是头妙不可言的鲸！"

整整一夜，大家一直保持高度警惕，天一亮，便开始做战斗准备。捕鲸工具沿舷墙摆好。大副下令给喇叭口短铳枪装上鱼叉，鱼叉射出去可达1海里远；还下令给长枪填装炸裂弹，子弹一旦命中目标，会造成致命的伤害，最强大的动物也会一命呜呼。尼德·兰只顾把鱼叉磨锋利，鱼叉在他手中是一件骇人的武器。

清晨 6 时，初日曈昽，随着最初几缕晨曦的出现，独角鲸的电光消失了。7 时，天色大亮，但是，浓重的晨雾缩小了视野，最好的望远镜也无法将浓雾冲破。因此，大家情绪沮丧，无名火起。

我爬上后桅。几名军官早已栖身在桅杆顶上了。

8 时，沉沉雾霭在波涛上滚动，缭绕的雾团渐渐消散。天际越来越廖廓，越来越明净。

突然，就像头天晚上那样，尼德·兰大叫起来。

"那个东西，左舷后方！"鱼叉手喊道。

所有的目光都朝他手指的地方看去。

那边，离舰艇 1.5 海里之遥，一个长长灰灰的东西露出水面 1 米高。它激烈摆动尾巴，掀起巨大旋涡。从没见过有尾动物能有如此大的力量拍击海水。这动物经过海面，留下一道宽宽的晶莹洁白的航迹，画出一条长长的弧线。

战舰向鲸靠拢。我仔细地观察它，自由自在地思考着。香农号和埃尔维蒂亚号有点高估了它的大小，依我看，它的长度只有 250 英尺。至于粗细，我很难估量。但我可以说，这动物三围比例极其匀称。

我凝视着这个超凡脱俗的动物，突然，两道充满气雾的水柱从它鼻孔里喷射出来，水柱高达40米，这下我对它的呼吸方式心里有底了。我由此得出结论：它属于脊椎动物门，哺乳动物纲，单子宫哺乳动物亚纲，鱼形动物类，鲸类动物目。至于科……我现在还说不准。鲸目分3个科：露脊鲸、抹香鲸和海豚。独角鲸属于海豚科。每科又分为好几个属，每属又分为几个种，每个种又有若干变种。它属于哪个变种、种、属、科，我还难以确定。但我相信，在老天和法拉居特舰长的帮助下，我定能完善这头鲸的分类。

船员们焦心等待舰长下命令。舰长仔细观察那动物后，派人找来工程师。工程师连忙跑过来。

"先生，"舰长说，"您那里蒸汽压力行吗？"

"行啊，先生。"工程师回答。

"那好。加大火力，全速前进！"

听到命令，大家高呼了三声。战斗的时刻到了。不一会儿，战舰的两座烟囱吐出滚滚浓烟，甲板也随锅炉的抖动而微微颤动。

亚伯拉罕·林肯号在大功率螺旋桨推动下，径直朝怪物猛冲过去。怪物满不在乎，听凭舰艇靠近，直到相距半链远，然后，它不屑于潜入水中，只是缓缓躲开，但始终保持一定的距离。

我们这样大约追赶了3刻钟，也没能向怪物靠近三四米。显然，这样追下去，永远也追不上。

法拉居特舰长怒不可遏，使劲揪下巴上的大胡须。

"尼德·兰？"他喊道。

加拿大人奉命跑来。

"哎，兰师傅，"舰长问，"您现在还劝我把小艇放下海吗？"

"不了，先生，"尼德·兰回答，"因为那家伙自己不想让人逮住，我们是逮不住它的。"

"那怎么办？"

"您尽量加大蒸汽压力，先生。至于我，当然，如果您允许，我在艏斜桅支索上候着，等我们到达鱼叉可及的距离，我就用鱼叉叉它。"

"好吧，尼德。"法拉居特舰长回答。继而他又喊道："工程师，加大蒸汽压力。"

尼德·兰走上岗位。锅炉烧得更旺了，螺旋桨每分钟43转，蒸汽从阀门喷出。测程仪投入水中测量船速，亚伯拉罕·林肯号正以每小时18.5海里的速度前进。

可那该死的动物也以18.5海里的时速溜走。

战舰以这个速度追赶了一小时，却一点距离也没缩短！这对美国海军最快的战舰来说，真是奇耻大辱！船员们恼羞成怒。水手们辱骂怪物，可怪物却不屑搭理。这下法拉居特舰长不满足于揪胡子了，而是咬起胡子来。

工程师又被叫了过来。

"蒸汽压力加到最大了吗？"舰长问他。

"是的，先生。"工程师回答。

"阀门压力加够了吗？"

"6.5个大气压。"

"加到10个大气压！"

这是十足的美国式命令。即使在密西西比河上赛船，也不会用这样的做法来超越"对手"！

"孔塞耶，"我对站在我身边的忠仆说，"你知道我们的船很可能会爆炸吗？"

"我听先生的！"孔塞耶回答。

好吧！我承认，这个运气，我倒是乐意去碰一碰。

阀门的压力加足了。炉膛里塞满了煤炭，鼓风机把大量空气送到炭火上。亚伯拉罕·林肯号的航速越来越快。桅杆从上到下都在颤动，烟囱过于狭窄，滚滚浓烟很难找到出口。

测程仪再次投入水中。

"喂！操舵手？"法拉居特舰长问。

"19.3 海里，先生。"

"加大火力。"

工程师执行命令。压力表标明 10 个大气压。可那头鲸无疑也加大了"火力"，因为它无所顾忌地把时速提高到了 19.3 海里。

那是怎样的追逐啊！我全身都在颤抖，激动的心情难以描绘。尼德·兰手持鱼叉，坚守岗位。有好几次，那动物故意让我们靠近。

"追上了！追上了！"加拿大人喊道。

当尼德·兰准备动手时，那鲸却飞速溜走了，估计速度不低于每小时 30 海里。更有甚者，当我们速度达到最大限度时，它竟敢嘲弄我们，绕战舰兜了一圈！所有的人从胸腔发出了愤怒的吼声！

到了中午，仍和早上 8 时一样，情况丝毫没有改变。

于是，法拉居特舰长决心采用更为直接的办法。

"啊！"他说，"那家伙跑得比亚伯拉罕·林肯号还要快！好吧！我们倒要看看它能不能躲开我们的锥形炮弹。水手长，让艏楼火炮开炮。"

艏楼火炮立即装弹，瞄准那头鲸。炮弹打出去，却在鲸上空几英尺的地方飞了过去，而鲸离战舰有半海里远。

"换一个更灵光的人！"舰长喊道，"谁能击中这个恶魔，赏 500 美元！"

一位胡子花白的老炮手（他的样子我至今记忆犹新），目光镇定、脸色从容地走近火炮，调整炮身，瞄了很长时间。轰隆一声爆炸响彻云霄，船员们的欢呼声此起彼伏。

炮弹击中目标，打在那怪物身上，但情况不正常，炮弹从它浑圆的身体表面滑过去，消失在两海里外的海面上。

"哎哟！"老炮手怒发冲冠，说道，"这无赖身上难道装了6英寸厚的铁甲！"

"该死！"法拉居特舰长吼道。

追逐又开始了。法拉居特舰长俯身对我说：

"我要紧追不放，直到舰毁人亡。"

"对，"我回答，"您这样做是对的！"

我们指望那怪物会筋疲力竭，不会像蒸汽机那样对劳累无动于衷。但根本不是那么回事。几个小时过去了，它没有丝毫倦意。

然而，值得赞美的是，亚伯拉罕·林肯号进行了不屈不挠斗争。我估计，在11月6日这倒霉的一天里，它至少跑了500公里！但是夜幕降临了，暮色笼罩着波涛澎湃的大海。

这时，我以为我们的远征已然结束，我们再也不会见到那头怪物了。我错了。

晚上10时50分，电光又出现了，在战舰上风3海里的海面上，和头天晚上一样强烈，一样耀眼。

独角鲸好像静止不动了。难道它白天跑累了，现在正在酣睡，任凭海浪颠簸？机不可失，法拉居特舰长决心利用这个机会。

他下达了命令。亚伯拉罕·林肯号放慢速度，小心翼翼，以免惊动对方。在大海上遇到熟睡的鲸而一举成功捕获的事例数见不鲜。尼德·兰曾不止一次叉中过酣睡中的鲸。加拿大人回到艏斜桅支索的岗位上。

战舰悄没声儿地靠近怪物，在离它两链的地方关掉马达，靠余速滑行。船上人员屏息敛气。甲板上寂静无声。我们离白热的光源不到100英尺了。电光越来越强烈，越来越耀眼。

此刻，我正俯身艏楼栏杆观望，看见尼德·兰在我下面，一手拉着斜桅支索，另一只手挥动着可怕的鱼叉。他离静止不动的怪物大约20英尺。

　　突然，他胳膊用力一挥，鱼叉飞了出去。我听到咣当一声，鱼叉好像撞在了一个坚硬的物体上。

　　电光突然熄灭。两道巨大的水柱倾盆而下，落到战舰甲板上，犹如湍急的水流，从船头冲向船尾，冲倒了人，冲断了备用拖缆。

　　可怖的撞击发生了，我还没来得及站稳，就被从栏杆上面抛进了大海里。

第七章

不明种类的鲸

这猝然落水让我惊讶不已，但当时的感觉我记忆犹新。

我一下子就被卷入约20英尺深的水中。我虽不能与游泳高手拜伦①和埃德加·坡②相提并论，但我毕竟也是游泳好手，我并没因坠入海里而张皇失措。我使劲儿蹬了两下，就又浮上了海面。

我做的第一件事，便是举目寻找战舰。船员们有没有发现我失踪了？亚伯拉罕·林肯号是不是改变航向了？法拉居特舰长放没放下救生艇？我有没有希望获救？

夜色深浓。我隐约看见一个巨大的黑影向东渐渐消逝，船位灯光随着黑影的远离而消失不见。那是我们的战舰。我感到获救无望了。

"救命啊！救命啊！"我呼喊着，一边拼命划动双臂向亚伯拉罕·林肯号游去。

衣服使我行动不便。衣服浸透了海水，贴在我身上，我动弹不了。我在下沉！我透不过气来！……

"救命啊！"

这是我最后一次呼救。我嘴里灌满了海水。我坠入深渊，拼命挣扎……

突然，一只强有力的手拽住我的衣服，我感到自己被使劲儿拉回海面。我听见，对，我听到耳畔有人对我说：

"劳驾先生靠在我肩上，先生游起来会轻松些。"

---

① 拜伦（1723—1786），英国航海家、海军中将，曾发现南半球好几个岛屿。英国著名诗人拜伦的祖父。

② 埃德加·坡（1809—1849），美国作家、文艺评论家，被认为是侦探小说的先驱。

我一把抓住我的忠仆孔塞耶的胳膊。

"是你呀！"我说，"是你呀！"

"是我，"孔塞耶回答，"听先生吩咐。"

"那一撞把你我都抛到海里了？"

"绝对不是。我是先生的仆人，就跟着先生跳下来了！"

可敬的小伙子认为这是很自然的事！

"那舰艇呢？"我问。

"舰艇！"孔塞耶回答，一边翻身仰泳，"我想，先生对它最好别抱太大希望！"

"你说什么？"

"我是说，我跳进海里时，听到舵手们叫嚷，螺旋桨和舵断了……"

"断了？"

"是的，被怪物的牙咬断了。我想，这是亚伯拉罕·林肯号所受的唯一海损。但它不能再用舵了，这对我们确实是糟糕的事儿。"

"那我们完蛋了！"

"也许吧。"孔塞耶平静地回答。"不过，我们还能坚持几个小时。几小时可以做很多事情呢。"

孔塞耶不可动摇的镇定使我精神振作起来。我游得更有力了。但是，衣服像铅袍那样裹着我，让我行动维艰，我感到很难坚持。孔塞耶发现了。

"请先生允许我把您的衣服割开。"他说。

他打开一把折刀，放到我衣服下面，刺啦一声，衣服从上到下开了个口子。接着，他利索地帮我脱掉衣服，而与此同时，我一个人要为两个人用力划水。

接着，我也帮孔塞耶脱了衣服，然后，我们肩并肩继续"航行"。

可是，情况依然岌岌可危。舰艇上的人也许没有发现我们失踪，即使发现了，由于舵已损坏，舰艇也不能顶风回来寻找我们。因此，我们只能指望舰艇放下的救生艇了。

孔塞耶冷静地进行着思考和假设，并作出相应的行动计划。多么奇怪的性格！这冷静淡定的小伙子在这里就像在自己家里一样！

既然唯一获救的可能，是被亚伯拉罕·林肯号的救生艇救起，因此，我们决定好好安排，尽量坚持，等待救生艇到来。于是，我决定和孔塞耶轮流使用体力，以免两个人同时搞得精疲力竭。我们商定，一个人仰天躺在水面上，双臂交叉，双腿伸直，一动不动，另一个人划水，推着他前进。这种"拖轮"的工作，时间不能超过10分钟。我们轮流，就可以在水上漂浮几个小时，也许可以坚持到天明。

生还的可能微乎其微，可是，人的心里总是怀抱着希望。何况我们是两个人。最后，我肯定地说——尽管看起来不大可能——即使我想摧毁我心中的幻想，即使我想"灰心丧气"，我也做不到！

战舰与鲸相撞发生在夜间11时左右。因此，我指望能坚持8小时，直到太阳升起。这完全能做到，因为我们是轮流划水。大海风浪不大，我们并不觉得太疲劳。有时，我试图用目光穿透这墨墨黑夜，可是，黑暗中，只有我们划水时激起的波浪在闪烁。我凝视闪光的波浪，但它们一到我手上便碎成浪花，闪闪发光的水面银点斑斑。我们仿佛沐浴在水银中。

凌晨1时左右，我突然感到极度疲惫。我双腿抽筋，四肢僵硬。孔塞耶只得托着我，保全我们俩的重担落在他一人身上。不久，我便听到可怜的小伙子呼吸急促，气喘吁吁。我明白他也支撑不了多久了。

"别管我了！别管我了！"我对他说。

"丢下先生！绝不可能！"他回答，"我还打算淹死在先生前头呢！"

这时，风儿把一大片乌云吹向东方，月儿透过云隙露出了笑脸。月光照得海面银光闪闪。这乐善好施的月光使我们恢复了气力。我重新抬起头来，极目四下张望。我隐约看见了舰艇。它离我们5海里，只见黑乎乎一团，几乎难以辨认。但救生艇根本不见踪影！

我想喊叫。但距离这么远，喊叫有什么用！我嘴唇肿得出不了声。孔塞耶还能说几句话，我听见他几次叫喊：

"救命啊！救命啊！"

我们暂停划水，侧耳谛听。尽管耳朵充血，嗡嗡作响，但我好像听到有人在回应孔塞耶的呼救。

"你听到了吗？"我低声问。

"听见了！听见了！"

孔塞耶再次向空中发出绝望的呼救。

这次不可能听错！确实有个声音在回应我们！会不会是被抛弃在大海上的受难者的呼救声，撞船事件又一个遇难人？抑或是战舰的一只救生艇在黑暗中用传声筒呼唤我们？

孔塞耶作最后一次努力。他靠在我肩上，我在一次新的痉挛中奋力顶住，而他将上半身露出海面看了一下，但又力竭精疲地落了下来。

"你看见什么了？"

"我看见……"他喃喃地说，"我看见……别说话了……保存体力！"

他看见什么了？这时，不知为什么，我脑海里第一次冒出怪物的念头……！可是，这人的声音呢？……如今可不是约拿①藏在鲸肚子里的时代了！

然而，孔塞耶仍拽着我向前游。他不时地抬起头，看看前方，发出试探的呼喊。回应声越来越近。我几乎听不到这声音。我已筋疲力尽，我的手指握不起来，我的手已不能给我一点支撑；我嘴巴张着，痉挛着，灌满了咸咸的海水；我冷得筋骨瑟缩。我最后一次抬起头，接着坠入了深渊……

就在这时，我撞在一个坚硬的物体上。我紧紧抓住不放。接着，

---

① 约拿，《圣经·旧约》中 12 名小先知中的第五名，因不服从耶和华的命令，而被鲸吞进肚里 3 天 3 夜，后又被吐回岸上。

我感到有人在拉我，把我拉回到海面上，我的胸部瘪了下去，我昏了过去……

可以肯定，我很快就苏醒了，多亏有人用力给我全身按摩。我微微睁开眼睛……

"孔塞耶！"我低声说。

"先生喊我？"孔塞耶回答。

这时，月亮西沉，透过最后几缕月光，我看到了一张脸，那不是孔塞耶的脸，而是另一个人，我立刻认出来了。

"尼德！"我大叫一声。

"正是我，先生，就是那个追逐赏金的人！"加拿大人回答。

"撞船时您也被抛入海里了吗？"

"是的，教授先生。不过我比您幸运，我几乎马上在一个浮动的小岛上站住了脚。"

"一个小岛？"

"更确切地说，是在独角巨鲸身上。"

"说清楚些，尼德。"

"不过，我很快就明白了为什么我的鱼叉没能戳伤它，刚碰到它的表皮就失去了威力。"

"为什么呀？尼德，为什么？"

"因为这畜生，教授先生，是用钢板做成的！"

现在，我必须恢复我的理智，激活我的记忆，亲自审视我的论点。

加拿大人刚才的一番话，突然改变了我的想法。这个半身浮出海面的生物或物体，成了我们的避难所，我赶快爬到它的顶上。我用脚探测了一下。显然，这是个不可穿透的坚硬物体，而不是海洋大型哺乳动物的柔软躯体。

但是，这坚硬的物体也可能是一个骨质甲壳，类似远古时代动物的甲壳，我只需把这怪物归入两栖爬行动物类就行了，例如乌龟、短吻鳄之类。

唉！这样也不行！我脚下灰黑色的背脊光洁滑溜，没有鳞片覆盖。发生撞击时，它发出清脆响亮的金属声，不管多么难以置信，它好像是，怎么说呢，它是由螺栓固定的钢板做成的。

事实不容再置疑了！这个曾使整个学术界困惑不解，让东西两半球海员瞠目结舌、胆战心惊的动物、怪物或自然现象，必须承认，是一种更令人震惊的现象，是人类一手制造的怪物。

哪怕发现了更诡谲、更神异的生物，也不会使我的理智受到如此大的愚弄。如果说稀奇古怪的东西为造物主所创造，那很容易接受。但是，眼前突然出现一件人类本不可能制造，现在却奇迹般制造出来的东西，怎不叫人惊得目瞪口呆！

然而，不要踌躇不决了。我们正躺在一种潜水船的脊背上。依我看，它的形状像一条硕大无比的钢鱼。这就是尼德·兰的看法，我和孔塞耶，我们只能表示同意。

"那么，"我说，"这条船上一定隐藏着一台发动机以及操纵机器的船员啰？"

"当然啰！"鱼叉手说，"不过，我在这漂浮的小岛上已待了3个小时了，可它毫无生命的迹象。"

"这船没有开动过吗？"

"没有，阿罗纳克斯先生。它随波晃动，但没有开动过。"

"可我们明明知道，它航行的速度很快。然而，要产生这样的速度，必须得有机器，还要有一个机械师来操纵机器。我由此得出结论……我们有救了。"

"嗯！"尼德·兰以保留的语气说。

就在这时，像是要证明我说得在理似的，这条怪船的艉部发出了轰隆声。推进器显然是螺旋桨。船开动了。我们只来得及抓住冒出水面80厘米的顶部。所幸船速不是太快。

"只要它在海面上航行，"尼德·兰低声说，"那没什么可说的。但是，如果它心血来潮潜入水下，那我的命连两美元都不值了！"

连两美元都不到，加拿大人可以这样说。因此，当务之急，必须赶紧与隐藏在船内的人取得联系。我试图在船顶上寻找一个开口，一块盖板，用专业术语来说，寻找一个"入孔"。可是，一排排螺栓清清楚楚，一式一样，全都牢牢地拧在钢板接缝处。

而且，这时月亮隐没了，我们陷入沉沉黑暗中。只得等到天亮，才能设法进入这艘潜水船里面去。

因此，我们能否得救，完全取决于这艘船的神秘掌舵人的心血来潮。如果他们潜入水中，那我们就完了！否则，我相信有可能与他们取得联系。因为，如果他们自己不能制造空气，那势必会不时地浮到洋面上，补充呼吸所需的空气。因此，船上必定有一个开口，以便让新鲜空气进入船内。

至于法拉居特舰长来救我们的希望，必须彻底抛弃了。潜水船带着我们向西航行，航速相对缓慢，我估计每小时12海里。螺旋桨极有规律地拍击海浪，有时露出水面，将闪光的海水高高抛起。

凌晨4时左右，船速加快了，快得令人晕眩，又有海浪迎面打来，我们招架不住了。幸好尼德·兰摸到一个固定在顶部钢板上的系缆环，我们牢牢抓住不放。

漫漫长夜终于过去。我的记忆残缺不全，不能把当时的印象一一描绘。只有一个细节我还记得清清楚楚：在海上暂时风平浪静时，我好像多次听到一种模糊的声音，一种从远处传来的短暂的和弦声。这个潜海航行物的秘密究竟是什么？全世界都在寻求解释，却徒劳无功。在这离奇诡异的船上生活着什么样的人？是什么机械动力使得它能如此神速地在海上航行？

天亮了。晨雾笼罩着我们，但很快就消散了。我正要仔细察看顶部形似平台的船壳时，突然感到船体正在渐渐下沉。

"哎！见鬼了！"尼德·兰大叫一声，一边用脚踢得钢板咚咚响，"快开门，不好客的航海人！"

但是，螺旋桨的拍水声震天响，他的喊话声很难被人听到。幸好，船停止下潜了。

突然，船内响起用力推动铁制品的声音。一块钢板被掀开，露出一个人来，他怪叫一声，旋即缩回去不见了。

过了一会儿，8名身强力壮的蒙面小伙子悄悄走出来，把我们拖进他们神秘的机器里。

第八章

MOBILIS IN MOBILI[①]

我们遭到突如其来的劫持，行动之快宛若闪电。我和同伴们猝不及防，弄不清楚是怎么回事。我不知道他俩被拖进这座浮动监狱时有什么感受，而我自己顿感周身冰凉，浑身战栗。我们面对的是什么人呢？无疑是一伙肆意践踏海洋的新式海盗。

狭小的入口舱盖刚在我身后关闭，深浓的黑暗就立即将我包围。我的眼睛习惯了外界的亮光，骤然间什么都看不见了。我感觉到自己赤脚踩在一道铁梯子上。尼德·兰和孔塞耶被揪着跟在我后面。下了铁梯，一扇门打开，随后砰的一声，又在我们身后合上。

我们单独待着。这是什么地方？我说不清楚，也几乎想象不出来。周围黑得伸手不见五指，以至于几分钟过去了，我的眼睛也未能捕捉到一丝在深夜里飘忽不定的亮光。

尼德·兰见被如此粗暴对待，恼羞成怒，将怒火一股脑儿发泄出来。

"见鬼！"他大声嚷道，"这些人，比喀里多尼亚人[②]还好客啊！只差吃人肉了！他们吃人肉，我是不会感到奇怪的。不过，我声明，他们要吃我，我一定会反抗！"

"冷静点，尼德老兄，冷静，"孔塞耶平静地回答，"现在发火为时尚早。我们还没被放进烤肉盘里呢！"

"是没放进烤肉盘里，"加拿大人反驳说，"但已经在烤炉里了，

---

① Mobilis in mobili，拉丁语，正文中提到的铭文，可以译成"在运动的环境中运动"，有的译本译成"动中之动"。这里，"运动的环境"指海洋，海洋处于永恒的运动中。尼摩船长把自己比作海洋人，是海洋的主人，在海洋中自由自在地遨游。

② 喀里多尼亚，不列颠北部地区的古称，大致相当于现在的苏格兰。当地居民为喀里多尼亚人。

这是肯定的！里面够黑的。幸好我的长猎刀从不离身。我视力好着呢，用起来照样得心应手。这些强盗，谁第一个对我下手……"

"别生气，尼德，"我对鱼叉手说，"别使用暴力，那样于事无补。谁知道有没有人在偷听我们说话！不如设法搞清楚这是什么地方！"

我摸索着往前走。走了 5 步，我碰到一堵铁墙，是用螺栓固定的钢板做成的。我转过身，碰到一张木桌子，桌旁放着几张木凳子。牢房的地板上铺着厚厚一层新西兰麻毯，减轻了走路的脚步声。墙上光溜溜的，摸不到丝毫门窗的痕迹。孔塞耶反向转了一圈，与我撞了个满怀，我们一起回到舱房中央。这间舱房可能有 20 英尺长、10 英尺宽。至于高度，尼德·兰虽然高头大马，也未能搞清楚有多高。

半个小时过去了，情况依然如故。突然，我们的眼睛从极其黑暗的世界，一下子坠入极其光明的世界里。我们的牢房突然被照亮了，也就是说，室内顿时充满了一种发光物质，那样强烈，以至于我的眼睛一下子适应不了。从这亮光的白炽和强度，我一眼就认出这是在潜水船周围发出磷光般夺目光亮的电气照明。我不由得闭上眼睛，当我又睁开时，发现电光来自舱顶上一个毛玻璃半球体。

"啊！终于看得见了！"尼德·兰嚷道。他手拿长刀，严阵以待。

"是啊，"我回答，并大胆提出相反的看法，"但我们的处境依然不容乐观。"

"先生耐心点。"孔塞耶镇定地说。

舱房突然被照亮，我可以把细节观察得一清二楚。舱内只有 1 张桌子和 5 张板凳。看不见门，想必关得严严实实。没有一点声音传入我们耳际。船内死气沉沉。它在航行吗？它浮在海面上，还是潜入海底了？我猜不出来。

但是，舱顶球体不会无缘无故发出光来。我希望船员很快露面。若是想忘记关在黑牢里的人，是不会照亮黑牢的。

果然不出我所料。突然，门闩响了一下，门开了，进来两个人。

其中一个身材矮小，肌肉发达，肩膀宽阔，四肢结实，脑袋肥大，头发又浓又黑，胡须密密匝匝，目光炯炯有神、具有穿透力，浑身散发着法国南方普罗旺斯人生龙活虎的特点。狄德罗[①]说得好，人的举手投足具有隐喻性。这个身材矮小的人活生生地证明了这一点。我感到，在他的惯用语中，一定会大量使用拟人、借代和换置等修辞手法。然而，这一点我始终得不到证实，因为他在我面前始终说一种奇怪的、全然听不懂的方言。

第二个陌生人值得详细描述一番。格拉蒂奥莱[②]或恩格尔[③]的门徒看见他的相貌，便能知道他的性格。我一下子就看出了他的主要品质：自信，因为他的脑袋庄重地竖在双肩形成的弓线上，乌黑的眼睛看上去冷峻而坚定；沉着，因为他的肤色与其说红润，不如说苍白，说明他性子沉稳冷静；有活力，因为他眉眼肌肉收缩很快，说明他精力充沛；最后，有胆量，因为他呼吸有力，说明他有强大的生命力。

我还要说，这个人很高傲。他目光坚定冷静，似乎反映出他思想高深莫测。从这些相貌特征，从这种身体动作和面部表情的一致性，按照相面先生的说法，可以看出，这个人坦率真诚，无可置疑。

我一看见他，就"下意识"地感到放心了，我估计我们的见面会顺利的。

这个人35岁还是50岁，我说不准。他身材高大，额头宽阔，鼻梁挺拔，嘴巴轮廓分明，牙齿非常漂亮，双手纤细修长，按手相术语的说法，完全是一双"通灵"的手，也就是说，可以为高尚而热情的心灵效劳的手。这个人无疑是我所见过的最令人钦佩的人。还有一个细节很特别：他双眸的间距有点大，可以把远方的部分景致一览无余。除此之外，他的视力比尼德·兰更胜一筹，这在后来得到了证实。

---

① 狄德罗（1713—1784），法国启蒙思想家、哲学家、文学家、美术家，无神论者。
② 格拉蒂奥莱（1815—1865），法国生理学家。
③ 恩格尔（1741—1802），德国哲学家、评论家和作家。

这个陌生人在注视某个物体时，便紧蹙双眉，眯起宽大的眼睑，使得瞳孔周围形成一个圆圈，从而缩小了视野，然后进行观察！那是怎样的目光啊！竟能放大被距离缩小的物体！竟能看穿你的内心世界！竟能穿透在我们看来浑浊不清的层层水域，把海底看得一清二楚！

这两个陌生人，头戴海獭皮贝雷帽，脚蹬海豹皮长统靴，身穿特殊衣料的服装，这种衣服既显示出身材，又大大方便了行动。

他们中个子最高的那一位——显然是船长——细细打量我们，一言不发。然后，他转过身与同伴交谈。他说的话我一句也听不懂。这是一种响亮、和谐、抑扬多变的方言，元音的重音似乎变化多端。

另一位点了点头，并补充了几句，根本听不懂是什么意思。然后，他看着我，好像在用目光询问我。

我用地道的法语回答他，说我完全听不懂他的话。但他似乎也听不懂我的话，因此，处境变得很尴尬。

"先生不妨讲讲我们的故事，"孔塞耶对我说，"那两位先生也许能听懂一鳞半爪！"

我又开始讲述我们的惊险故事，不漏掉任何一个细节，每一个音都发得清清楚楚。我说了我们的姓名和身份，然后按照通常习惯，一一做了介绍：阿罗纳克斯教授、他的仆人孔塞耶、鱼叉手尼德·兰师傅。

那个目光温和而冷静的人，静静地听我说话，那样专心致志，甚至彬彬有礼。但他的面部表情丝毫不能表明他听懂了我的故事。我讲完后，他一句话也没说。

还有一个办法，那就是讲英语。英语几乎成了世界通用语，用英语兴许能让他们听明白。我会英语，还会德语，但阅读不成问题，说话就不行了。而在这里，首先得让人听懂。

"得了，您来吧，"我对鱼叉手说，"您来，兰师傅，从您的脑袋里掏出盎格鲁－撒克逊人说的最漂亮的英语来，但愿您运气比我好。"

尼德没有推托，把我讲的故事重复了一遍，我差不多都听懂了。内容是一样的，但形式不同。加拿大人因性格所致，说话时情绪激昂。他强烈抱怨他们无视人权，把他关在这里，质问他们依据什么法律扣留他，并援引人身保护法，威胁说要控告对他非法监禁的人。他走来走去，连比带画，大叫大嚷。最后，他做了一个富有表达力的动作，想让对方明白我们快饿死了。

这一点也不假，只是我们几乎忘了。

令鱼叉手瞠目结舌的是，他说的话似乎不比我的话更好懂。两位访客连眉头都没皱一下。显然，他们既听不懂阿拉哥的语言，也听不懂法拉第① 的语言。

我们施展了所有语言资源，却徒费口舌。我左右为难，一筹莫展，这时，孔塞耶对我说：

"如果先生允许，我用德语试试。"

"什么！你会德语？"我嚷道。

"先生请别见怪，佛兰芒人都会讲德语。"

"恰恰相反，我很高兴。讲吧，小伙子。"

于是，孔塞耶心平气和地第三次讲述了我们曲折离奇的故事。可是，尽管叙述者措辞简洁明了，语调抑扬顿挫，但讲德语仍然是徒费口舌。

最后，万般无奈，我把早年学习的知识凑到一起，用拉丁语讲述了我们的历险故事。西塞罗② 听了一定会捂起耳朵，把我赶到厨房去。不过，我还是凑合着讲完了。可同样无补于事。

最后的尝试以失败告终，两个陌生人用我们听不懂的语言交谈了几句，转身走了，甚至没有做一个世界各国通行的、安抚人心的手

---

① 法拉第（1791—1867），英国物理学家和化学家，发现电磁感应现象、电解定律和光与磁的基本关系。这里隐喻船长既听不懂法语，也听不懂英语。

② 西塞罗（前106—前43），古罗马政治家、雄辩家、哲学家。他的著作资料丰富，文体通俗流畅，曾被誉为拉丁语的典范。

势。门又关上了。

"太卑鄙了！"尼德·兰嚷道，第二十次大发雷霆，"怎么！我们对他们讲法语，讲英语，讲德语，讲拉丁语，这些混蛋，竟然没有一个懂礼貌回答我们！"

"冷静，尼德，"我对火爆脾气的鱼叉手说，"发火解决不了问题。"

"但是，教授先生，"性子暴躁的鱼叉手接着说，"您不知道我们在这个铁笼子里会饿死吗？"

"算了！"孔塞耶说，"达观一些吧，这样我们还可以再坚持一段时间！"

"朋友们，"我说，"不要悲观丧气。我们之前的处境比现在更糟。请耐心等等，好好想一想，你们对这艘船的船长和船员怎么看。"

"我早有看法了。"尼德·兰反驳说，"这些人是浑蛋……"

"好吧！那他们是哪个国家的？"

"浑蛋国家的。"

"我的好尼德，世界地图上还没有标出这个国家呢！我承认，这两个陌生人的国籍很难确定！我们唯一能肯定的，就是他们既不是英国人，也不是法国人，也不是德国人。但是，我想说的是，这位船长和他的助手出生在低纬度地区。他们身上有南方人的特征。至于他们是西班牙人、土耳其人、阿拉伯人还是印度人，从他们的外貌上看，我还不能确定。至于他们的语言，那是完全听不懂。"

"这就是不懂各国语言的麻烦，"孔塞耶回答，"或者说，没有统一语言的不便！"

"你这样说也是白说！"尼德·兰回答，"你们没看见，这些人是讲他们自己的语言，这种语言创造出来，就是为了让向他们要饭的好人绝望的！但是，在世界各国，有谁不明白张开嘴巴、动动下巴、抿唇咬牙这些动作是什么意思？难道在魁北克和波莫图群岛，在巴黎及其对跖点①，这些动作就不表示：我饿了！给我吃的！"

"哈！"孔塞耶说，"有人生来就不聪明呗！"

他正说着，突然门开了，一名侍者走了进来。他给我们送来了衣服，是航海穿的上衣和裤子，不知是什么布料的。我赶紧穿上，同伴们也跟着穿上了。

这时，侍者（可能是个聋哑人）已经整理好桌子，摆好了 3 套餐具。

"这件事靠谱，"孔塞耶说，"是个好兆头。"

"呵！"记仇的鱼叉手说，"这里有什么鬼东西好吃！无非是海龟肝、鲨鱼片、鲨鱼排罢了！"

"看看再说吧！"孔塞耶说。

菜盘子上盖着银餐盆罩，对称地摆在桌布上。我们在餐桌上就座。显然，与我们打交道的是有教养的人。要不是我们周围灯光那样明亮，我可能会以为是在利物浦阿代尔菲旅馆或巴黎大饭店的餐厅里呢！不过，我得说，压根儿没有面包和美酒。水倒是新鲜清澈，但毕竟是水，不合尼德·兰的胃口。端上来的几盘菜中，我认出了几种精心烹制的鱼，还有几盘菜，味道挺美的，但我说不出菜名，甚至说不上是用动物还是植物做的。至于餐具，精美雅致，无论匙叉刀盘，每一件都刻有一个字母，字母周围刻着一句铭文，现抄录如下：

---

① 对跖点，位于地球直径两端的点。

在运动的环境中运动！ 这句铭文用在这个潜水船上适得其所，只要把前置词 in 译成 dans ，而不是 sur[1]。字母 N 无疑是这位管辖海底的神秘人物姓名的首字母！

尼德和孔塞耶没有想那么多。他们只顾狼吞虎咽，我也马上像他们那样大快朵颐起来。再说，我已不担心我们的命运了，我感到这里的主人显然不想让我们饿死。

不过，世上凡事皆有结束，一切都会过去，就是连续 15 小时不吃不喝的饥饿也会终止。肚子填饱，就马上来了睡意。这是很自然的反应，我们经历了漫漫长夜，与死亡搏斗了整整一夜！

"真的，我要好好睡一觉了。"孔塞耶说。

"而我，现在就睡了！"尼德·兰回答。

我那两位伙伴一头倒在舱房的地毯上，很快就进入了梦乡。

至于我，我也困得要命，但是我不像他们那样倒下便睡着。我的脑海里积聚了太多的想法，拥挤着太多难以解答的问题，我的眼前出现了太多的图像，使我久久不能合眼！我们是在哪里？是什么神奇的力量把我们带到了这里？我感到，更确切地说，我以为感到，我们的船正在潜入大海最深的地方。噩梦纠缠着我。在这神秘莫测的避难所里，我仿佛看见一大群陌生的动物，这只潜水船好像是它们的同类，和它们一样生机勃勃、活动自如，一样不可思议！……后来，我的脑袋平静下来，想象力进入半睡眠状态，不久，我就昏昏沉沉地睡着了。

---

[1] in，拉丁文的前置词，即"在……里面，在……之上"，dans 是法文的前置词，即"在……里面"，sur 也是法文的前置词，即"在……之上"。

第九章

愤怒的尼德·兰

我们睡了多久，我不知道，应该很久吧，因为我们一觉醒来，疲劳已烟消云散。我醒得最早。我的同伴们还没有动静，躺在他们的角落里，就像一团没有生命的物质。

我刚从硬得可以的"床"上起来，就感到头脑清醒，思路清晰。于是，我又把我们的牢房仔细端详。

房内的陈设没有改变。牢房还是牢房，囚犯还是囚犯。不过，侍者趁我们睡觉，把桌子收拾干净了。因此，没有任何迹象表明我们的处境会得到改善。我严肃地思忖，我们是不是命中注定要永远待在这牢笼里。

这种前景让我不堪忍受，尤其是，即使我的头脑摆脱了昨夜的噩梦，但我感到胸口发闷，呼气急促。混浊的空气不再能满足我肺腔的运作。牢房虽然宽敞，但我们显然已消耗了里面大部分氧气。的确，每个人每小时需要消耗 100 升新鲜空气中所含的氧气，而当这空气中所含的氧气和二氧化碳几乎等量时，那就不适合呼吸了。

因此，更换牢房的空气刻不容缓。当然，潜水船的空气也亟待更新。

于是，我脑海中提出了一个问题。这座浮宅的指挥官是怎样解决这个问题的呢？他是用化学方法得到空气的吗？是不是将氯酸钾加热得到氧气，用氢氧化钾吸收二氧化碳？要是这样，他就必须与大陆保持联系，以便得到必需的原料。他会不会采用高压的方法，将空气储存在储气罐内，然后根据船员的需要逐渐释放出来呢？有可能。或者，他会不会采用更方便、更经济，因而也更可行的办法，仅仅像鲸那样回到海面上呼吸，每 24 小时更新一次空气储存？不管怎样，无论采用何种方法，我看最好马上采取措施。

事实上，就在我不得不加快呼吸频率，以便吸取牢房内仅存的氧气的时候，突然，一股略带咸味的新鲜空气使我感到十分快意。这正是含碘的海风，叫人神清气爽！我张大嘴巴，肺里吸足了新鲜空气。与此同时，我感到一阵晃动，左右摇摆，虽然摆幅不大，但确实有晃动的感觉。显然，这艘船，这头铁皮怪物，刚才回到了海面上，按照鲸的方式进行了呼吸。因而船的换气方式终于搞清楚了。

当我吸足了新鲜空气后，便开始寻找给我们输送有益气体的管道，也可以说船的"呼吸道"。我很快就找到了。门的上方有一个通风口，一注新鲜空气从那里进入，牢里的空气就得到了更新。

我正在仔细察看，这时，尼德·兰和孔塞耶几乎同时醒来了。是沁人心脾的新鲜空气把他们唤醒的。他们揉揉眼睛，伸伸胳臂，一跃而起。

"先生睡得好吗？"孔塞耶和往常一样，礼貌周全地问我。

"很好，我的好小伙子。"我回答说，"您呢，尼德·兰师傅？"

"睡得很香，教授先生。不过，我不知道是不是搞错了，我好像呼吸到一阵海风？"

水手是不会搞错的。我向加拿大人讲述了他睡觉时发生的事情。

"好啊！"他说，"我们在亚伯拉罕·林肯号上发现所谓独角鲸时听到过的吼叫声，现在完全可以得到解释了。"

"确实如此，尼德·兰师傅，是它呼吸发出的声音！"

"不过，阿罗纳克斯先生，我都不知道现在几点了，该到吃晚饭的时间了吧？"

"吃晚饭的时间，我可敬的鱼叉手？至少也应该说吃午饭的时间，因为我们肯定是昨天来这里的，今天是第二天了。"

"这说明，"孔塞耶回答，"我们睡了 24 小时。"

"我是这么认为的。"我说。

"我不反驳您。"尼德·兰回答，"但无论午饭还是晚饭，只要侍者拿来，我们一概欢迎。"

"午饭和晚饭都要。"孔塞耶说。

"对，"加拿大人说，"我们有权吃两顿饭。至于我，我要为这两顿饭好好争口气。"

"好啊！尼德，等着吧。"我说，"显然，这些陌生人并不想让我们饿死，不然，昨天的晚饭就毫无意义了。"

"除非想把我们喂肥！"尼德说。

"别这样说。"我说，"我们并没有落在吃人肉的野蛮人手中！"

"一次不成习惯。"加拿大人一本正经地回答，"谁知道这些人多久没吃到新鲜肉了。如果他们很久没吃了，我和教授先生及其仆人，我们3个身强力壮的人……"

"千万别这样想，兰师傅，"我对鱼叉手说，"尤其不要因此而对主人发脾气，发火只会让事情变糟糕。"

"不管怎样，"鱼叉手说，"我都饿得快要死了。晚饭或午饭，怎么还不送来！"

"兰师傅，"我反驳说，"我们应该服从船上的规矩。我想，我们的胃口走在领班厨师的钟点前面了。"

"那我们得把它调整过来。"孔塞耶平静地说。

"孔塞耶，我的老弟，从这里，我就看出了您的性格。"性急的加拿大人说，"您很少烦恼，很少冲动，总是沉着镇定。您可以先念饭后经，后念饭前经，宁愿饿死，也不愿抱怨！"

"抱怨有用吗？"孔塞耶问。

"可以让人抒发一下怨气嘛！这已经够不错的了。如果说这些海盗——我叫他们'海盗'是出于尊重，是为了不惹教授先生生气，他不让我叫他们'吃人肉者'——如果说这些海盗以为把我关在这个让人透不过气来的笼子里，我不会大发雷霆，不会狠狠地咒骂他们，那就大错特错了！好了，阿罗纳克斯先生，您就坦言相告吧。您认为他们会长时间把我们关在这个铁匣子里吗？"

"说实话，我知道的不比您多，兰朋友。"

"那您猜想一下呢？"

"我猜想，出于偶然，我们掌握了一个重要秘密。不过，假如这潜水船上的人要保守这个秘密，假如保守这个秘密比保住3个人的生命更重要，那么，我认为我们的性命就保不住了。否则，这个把我们一口吞下的怪物，只要有机会，就会把我们送回我们同类居住的世界里。"

"除非招我们当船员，"孔塞耶说，"这样就把我们留下……"

"直到一艘比亚伯拉罕·林肯号更快速、更机敏的战舰前来占领这个海盗窝，"尼德·兰反驳说，"把船员和我们一起送上主桅杆顶呼吸最后一口气。"

"您这个推理很不错，兰师傅，"我回答，"不过，据我所知，人家还没有向我们提出这方面的建议。因此，没有必要现在就来讨论万一发生这种情况我们该怎么办。我再说一遍，等等看，见机行事。既然没什么事可做，那就什么事也别做。"

"恰恰相反！教授先生，"鱼叉手固执己见，回答道，"应该做些什么。"

"啊！那做什么呢，兰师傅？"

"逃跑。"

"陆上越狱都很困难，要从海上监狱逃跑，那简直比登天还难。"

"喂，尼德老兄，"孔塞耶问，"对先生的异议，您作何回答？我不信，一个美洲人会有理屈词穷的时候！"

鱼叉手神色尴尬，沉默不语。在目前我们意外落入这里的处境下，逃跑是绝无可能的。但是，一个加拿大人是半个法国人，尼德·兰师傅的回答清楚地说明了这一点。

"那么，阿罗纳克斯先生，"他沉思片刻，继而说道，"您难道猜不到逃不出监狱的人该怎么办吗？"

"猜不到，朋友。"

"很简单，那就想办法待在里面。"

"当然啰！"孔塞耶说，"待在里面总比待在上面或下面强！"

"不过，先得把狱吏、狱卒和看守统统赶走。"尼德·兰补充说。

"什么，尼德？您真的想夺这条船吗？"

"当然是真的。"加拿大人回答。

"这怎么可能！"

"为什么不能，先生？也许会出现一次好机会，我看不出为什么不能利用。如果船上只有20来号人，那我想，他们不可能让两个法国人和一个加拿大人望而却步！"

与其跟鱼叉手争论，不如接受他的建议。因此，我只是回答他：

"等机会来了再说吧，兰师傅。但是，在此之前，请您克制一下急躁情绪。我们只能用计谋，生气发怒是创造不了好机会的。请答应我，一定要接受现状，不要动辄发怒。"

"我答应您，教授先生，"尼德·兰回答，但语气却叫人不放心，"我不会说一句粗暴的话，做一件粗暴的事，哪怕不按时给我们送饭来。"

"一言为定，尼德。"我对加拿大人说。

接下来，我们的谈话就中断了，每个人都在一旁暗自琢磨。我承认，尽管鱼叉手信誓旦旦，我却不抱任何幻想。我不认为我们会遇到尼德·兰所说的好机会。为了确保运行正常，这条潜水船行驶得如此稳当，上面一定有很多船员，因此，真要搏斗起来，我们可能寡不敌众。再说，首先要有行动自由，可我们没有自由。我甚至看不出能有什么办法离开这密不透风的铁皮牢房。只要这古怪的船长有秘密要守——至少这似乎很可能——他就不可能让我们在船上自由行动。现在，他是打算通过暴力来摆脱我们呢，还是哪天把我们扔在陆上某个角落里，这是个未知数。在我看来，所有这些假设都极有可能变成事实，只有鱼叉手才会希望重获自由。

此外，我心里明白，尼德·兰想得越多，想法就越偏激。我渐渐听到他在喉咙里骂骂咧咧，我看到他的行为举止又变得具有威胁性了。他时常站起来，像笼中困兽那样转来转去，对墙壁拳打脚踢。再说，时光慢慢流逝，大家都感到饥肠辘辘，而这一次，侍者就是不露面。即使他们对我们真的心怀善意，但却把我们这些遇难者的处境忘得太久了。

尼德·兰健旺的胃里一阵阵痉挛，折磨得他死去活来，情绪越来越激动。尽管他作过保证，但我真怕他看见船上的人会火冒三丈，暴跳如雷。

尼德·兰又折腾了两个小时，不停地发泄着怒火。加拿大人大叫大嚷，但于事无补。铁板墙是聋子。我甚至听不到任何声音，船仿佛死了。它一动不动，因为如果船在航行，我肯定会感觉到螺旋桨转动引起的船体的颤动。船想必已潜入大海深渊，不再属于人世间。这种死一般的寂静令人胆战心惊。

我们被人抛弃，与世隔绝，困在这个牢房里。这种状况还要持续多久，我想都不敢想。我在同船长见面后所产生的希望，现已渐渐化作泡影。这个人温和的目光、慷慨的表情、高雅的举止，这一切，正在从我记忆中渐渐消失。我重新看到这个谜一般人物的原来面目，他原本就是一个冷酷无情的人。我感到他毫无人性，根本没有同情心，是他同类的死敌，对他们怀有不共戴天的仇恨！

但是，这个人，把我们关在这狭小的牢房里，任由我们因极度饥饿而产生各种可怕的恶念，难道他真要把我们活活饿死吗？这个可怕的念头在我的头脑中变得极其强烈，再加上想象力推波助澜，我感到一种莫名的恐惧。孔塞耶依然神色不惊，尼德·兰则不停地怒吼。

这时，门外传来了动静。金属地板上响起了脚步声。门锁转动，牢门打开，侍者走进来。

我还没来得及上前阻拦，加拿大人就已扑向这个倒霉鬼，一把将他推倒在地，卡住他的脖子。侍者被他有力的大手卡得喘不过气来。

孔塞耶正想从鱼叉手的手中救出被卡得死去活来的受害者，我也正要上去助孔塞耶一臂之力，突然，我听到有人用法语说话，我惊得如泥塑木雕，不能动弹：

"冷静些，兰师傅。而您，教授先生，请听我说！"

第十章

海洋人

说法语的人正是船长。

听到这番话，尼德·兰霍地站了起来。侍者被掐得差点断了气，在主人的示意下，脚步趔趄着走了出去。但是，船长在船上享有极高的威望，因而侍者丝毫没流露出对加拿大人本应有的怨愤情绪。而孔塞耶不禁觉得很有意思，我则惊得目瞪口呆。我们静静地等着看这场戏如何收场。

船长靠在桌角上，交叉着双手，目不转睛地打量我们。他有什么顾虑？后悔刚才不该说法语了？可以这样认为。

大家沉默不语，谁也不想打破僵局。过了一会儿，船长用镇定而感人的口吻说：

"先生们，我会讲法语、英语、德语和拉丁语。在初次见面时，我本可以回答你们的。但是，我想先对你们有所了解，然后好好考虑一下。你们用4种语言叙述的经历，内容完全一致，这使我对你们的身份确信无疑。我现在知道，一次意外遭遇把你们带到了我面前，你们是：皮埃尔·阿罗纳克斯先生，巴黎自然博物馆博物学教授，负有出国科学考察的使命；孔塞耶，教授的仆人；尼德·兰，加拿大籍，美利坚合众国海军战舰亚伯拉罕·林肯号上的鱼叉手。"

我点了点头表示同意。船长不是在向我提问题，所以不必回答。这个人表达流畅自如，不带任何地方口音。他表意清晰，用词准确，咬字清楚，说话流利。但我并没有"感觉到"他是我的同胞。

他接着又说：

"先生，您想必觉得，我今天才做第二次拜访，时间拖得太久。

这是因为确定了你们的身份后，我需要好好思量，对你们作出决定。我犹豫了很久。最不幸的遭遇让你们面对一个与世隔绝的人，你们的到来打扰了我的生活……"

"不是故意的。"我说。

"不是故意的？"陌生人提高嗓门反诘道，"亚伯拉罕·林肯号在海上到处追杀我，这难道不是故意的？你们上他们的战舰，这难道不是故意的？你们的炮弹在我船上跳来蹦去，这难道不是故意的？尼德·兰师傅用鱼叉叉我，这难道也不是故意的？"

我突然发现，在他这些话中有一股强压的怒火。但是，对这些责问，我自有一套理由回答他，于是我回答说：

"先生，您大概不知，在美洲和欧洲，曾展开过关于您的争论。您不知道，您的潜水船造成了多起撞船事故，轰动了两大洲的舆论。为了解释这无法解释的、唯有您才知道真相的怪事，人们作了无数的假设，这些我不想跟您细说。但是，您要知道，亚伯拉罕·林肯号一直追踪您到太平洋腹地，以为在追逐一种强大的海洋怪物，必须不惜一切代价把它清除出海洋。"

船长的唇际绽出了微笑，接着，他平静了一下语气对我说：

"阿罗纳克斯先生，您是否敢肯定，你们的战舰不会像追击一头怪物那样追击一艘潜水船？"

这个问题让我很尴尬，因为法拉居特舰长肯定不会犹豫。他会认为，摧毁这样一艘船，同消灭独角巨鲸一样，是他的职责所在。

"因此，您明白，先生，"陌生人接着说，"我有权把你们当作敌人。"

我什么也没回答，原因不言自明。既然武力可以摧毁最有力的论据，那还有必要争论类似的问题吗？

"我犹豫了很久，"船长又说，"什么也不能强迫我为你们提供避难所。如果我必须摆脱你们，就没有必要再见你们了。你们避难来到我这条船的甲板上，我再把你们送回去就是了。我潜入海底，我把你们忘得一干二净，就当你们没有存在过。这难道不是我的权利吗？"

"这也许是野蛮人的权利，"我回答说，"而不是一个文明人的权利。"

"教授先生，"船长激烈地反驳说，"我不是您所谓的那种文明人！我和整个社会断绝了关系，其中理由只有我一人有权评判。我不受任何社会准则的约束，请您以后不要在我面前再提起！"

这番话说得斩钉截铁。陌生人眼睛里射出愤怒和蔑视的光。我隐隐觉得，在这个人的生活中，曾有过一段不同寻常的经历。他不仅把自己置于人类法律之外，而且使自己真正做到独立、绝对自由、不受任何伤害！既然在海面上他可以挫败一次次针对他的企图，那么，谁还敢到海洋深处去追击他呢？哪条船能经得住他的潜水船撞击呢？不管军舰的装甲板有多厚，又有谁能吃得消他的艏冲角锥横冲直撞呢？人世间没有一个人能对他的所作所为指手画脚。只有上帝——如果他信上帝的话——和良心——如果他有良心的话——才有资格审判他。

这些念头在我的脑海中闪过，而那怪人沉默不语。只见他全神贯注，仿佛陷入了沉思。我凝视他，心里既恐惧又好奇，可能就像俄狄浦斯①凝视斯芬克司②那样。

沉默了相当长时间后，船长又说话了。

"因此，我踌躇不定，"他说，"但是，我想，每个人都有权得到同情，我个人的利益可以和人类天生的同情心协调一致。既然命运把你们抛到我船上，那你们就留下来吧。你们在这里是自由的，当然，这种自由是相对的。作为交换，我只要求你们答应一个条件。你们能保证服从这个条件对我就够了。"

---

① 俄狄浦斯，希腊神话中的英雄人物，他因除掉女妖斯芬克司而被底比斯人拥为新王。

② 斯芬克司，带翼的狮身女妖，它用缪斯传授的隐谜守在底比斯城外，让过路行人猜谜，猜不中者当场处死。俄狄浦斯猜破了斯芬克司的隐谜，女妖被迫跳崖身亡。

"说吧，先生，"我回答说，"我想，这个条件是一个善良的人可以接受的吧？"

"是的，先生。听着。如果发生某些意外事件，我可能不得不把你们关在禁闭室里，视具体情况，关几小时或几天。我永远都不想使用暴力，因此，在这种情况下，我希望你们比任何时候都要绝对服从。只有这样做，我才能对你们负责，使你们不受任何牵连，因为我有权利不让你们看到不该看到的事情。你们接受这个条件吗？"

看来，船上确实有事，至少是一些怪事，是服从社会法规的人绝对不该看到的！将来我还会遇到不少怪事，但是眼前遇见的，恐怕不是最微不足道的。

"我们接受，"我回答，"不过，先生，请允许我向您提一个问题。就提一个。"

"说吧，先生。"

"您刚才说，我们在您船上是自由的，对吧？"

"完全自由。"

"那我问您，您说的这个自由是什么？"

"在船上可以自由走动，这里的一切，可以自由观望，甚至可以自由观察——少数例外情况除外。总之，我和我的伙伴们享受的自由，你们都可以享受。"

显然，我们对自由的理解完全不同。

"对不起，先生，"我接着说，"这种自由，不过是囚犯在监狱中走动的自由！这对我们是不够的。"

"但是，你们应该知足！"

"什么！难道我们要永远放弃回到祖国、回到亲友们身边了吗？"

"是的，先生。不过，放弃陆上令人不堪忍受的枷锁，也许并不像你们想象的那样痛苦，尽管你们以为这种枷锁便是自由！"

"啊！"尼德·兰嚷道，"我绝不保证以后不想逃跑！"

"我并没要求您作保证，兰师傅。"船长冷言冷语地回答。

"先生，"我按捺不住心头怒火，回答说，"您这是仗势欺人！太残忍了！"

"不，先生，这是仁慈！你们是我在战斗结束后抓获的俘虏！本来，我只要一句话就可以让你们重新沉入海底，但我把你们留下了！你们对我进行过攻击！你们无意中撞上了一个秘密，这是我生存的全部秘密，世上任何人都不应该知道这个秘密！你们以为，我会把你们送回不该有人知道我下落的陆地上去！想都不要想！我把你们留在这里，不是为了保护你们，而是为了保护我自己！"

这番话表明船长主意已定，说破了嘴都不可能使他改变。

"先生，"我接着说，"如此说来，您只是让我们在生与死之间作抉择吗？"

"不错。"

"朋友们，"我说，"对这样一个问题，我们无言以对。但是，我和船主人之间没有任何承诺。"

"完全没有，先生。"陌生人回答。

接着，他温和了一下语气继续说：

"现在，请让我把要对您说的话说完。我了解您，阿罗纳克斯先生。机缘巧合把您和我的命运连在了一起。对此，您也许没有什么可抱怨的，当然，您的同伴们除外。在我进行心爱的研究工作时常用的书籍中，您会发现有您写的那部关于海底秘密的专著。这本书我经常拜读。您在这部著作中的见解精辟深刻，达到了陆上从事海洋科学研究的最高境界。但您不是无所不知，也不是什么都看见过。因此，教授先生，请允许我告诉您，您不会后悔将在我船上度过的时光的。您将漫游光怪陆离的世界。惊讶不已、目瞪口呆恐怕是您的精神常态。您不会对眼前层出无穷的景象无动于衷的。我将再一次遨游海底世界——谁知道呢？也许是最后一次了——再看一看我多次遨游海底时得以研究过的一切，我们将共同进行一次考察。从今天起，您将进入一个崭新的世界，您将看到没有人——因为我和我的伙伴们不算在其中了——看见过的东西。多亏我，我们的星球将向您揭示它最后的秘密。"

我不能否认，船长的这些话对我产生了强烈的效果。他抓住了我的弱点，我暂时忘记了观看这些奇妙的东西与失去自由不能等量齐观的道理。而且，我指望未来去解决这个重大问题。因此，我只是作出这样的回答：

"先生，尽管您同人类断绝了关系，但我认为您并没有否认人的情感。我们是遇难者，被好心收留在船上，对此，我们将铭记于心。至于我，我不否认，如果科学的兴趣能消除我对自由的需求，那我们的相遇所给予的希望，将给我带来巨大的补偿。"

我以为船长会向我递过手来，以确认我们已达成协议。但他什么也没做。我为他感到遗憾。

"最后一个问题。"就在这个神秘莫测的人正要离开的时候，我对他说。

"说吧，教授先生。"

"我该如何称呼您？"

"先生，"船长回答，"对您来说，我只是尼摩船长。对我而言，您和您的伙伴们不过是鹦鹉螺号上的乘客。"

尼摩船长叫人进来。一名侍者出现了。船长用我听不懂的语言向他下达命令。接着，他朝加拿大人和孔塞耶转过身：

"请到你们的舱房用餐，"他对他们说，"跟这个人走。"

"来者不拒！"鱼叉手回答。

孔塞耶和鱼叉手终于走出关押他们三十多个小时的牢房。

"现在，阿罗纳克斯先生，我们的午餐已准备就绪。请跟我来。"

"遵命，船长先生。"

我跟在尼摩船长后面。出了舱门，我就走上一条电光照亮的走廊，很像是船的纵向通道。走了十来米，又一道门在我面前打开。

于是，我走进一间餐厅，室内的装饰和家具朴素无华。高大的橡木餐柜镶嵌着乌木饰物，矗立在餐厅两端。餐柜的隔板上，起伏有致地放着陶器、瓷器和玻璃器皿，晶莹闪亮，价值不可估量。明亮的天花板倾洒万道光芒，照得金银餐具熠熠生辉，精美的图画使得天花板的光线变得柔和悦目。

餐厅中央放着一张桌子，桌子上摆着丰盛的饭菜。尼摩船长指着一张座位让我入座。

"请坐，"他对我说，"您大概饿坏了吧，您就饱餐一顿吧。"

午餐有几道菜来自大海，另外几道菜我说不上名堂和来历。我得承认这些菜很好吃，但有一种特别的味道，不过我一下子就习惯了。我觉得，这形形色色的食品似乎都含有丰富的磷，我想大概都是海产品。

尼摩船长看着我。我什么也不问，但他猜出了我的想法，并主动回答了我急切想问的问题。

"这些菜大部分您不认识，"他对我说，"不过，您尽管享用，不必担心。它们既卫生又有营养价值。我很久不吃陆上的食物了，但我的身体照样棒棒的。我的船员们个个身强体壮，他们和我吃的都一样。"

"那么，"我说，"所有这些食物都是海产品吗？"

"是的，教授先生，海洋向我提供所需的一切。有时，我撒下拖网，等我把它们拉上来时，猎物满得都要把网撑破了。有时，我去打猎，我去的地方人类是无法涉足的，我追捕生活在我海底森林里的猎物。我的畜群，就像尼普顿①的老牧人放牧的海畜一样，无忧无虑地在海洋辽阔的草原上吃草。我拥有一大片海洋产业，由我自由开发，

---

① 尼普顿，罗马神话中的海神，即希腊神话中的波塞冬。

造物主亲手播下万物的种子。"

我不无惊讶地看着尼摩船长，我对他说：

"先生，我完全明白您的渔网为您的餐桌提供美味佳鱼，但我不大明白您如何在您的海底森林追捕水栖猎物，我更不明白，怎么会有小块肉出现在您的菜里，虽然只有一丁点儿。"

"先生，"尼摩船长对我说，"我从来不用陆上动物的肉。"

"那这个呢？"我指着一盘菜说，盘里还剩下几片里脊肉。

"您以为是肉的这些东西，教授先生，其实只是海龟的里脊肉。这里还有海豚肝，您也许以为是炖猪肉哩。我的厨师是烹调高手，他擅长保存各种各样的海产品。这些菜您都尝尝吧。这是罐头海参，马来亚人会说这是世界上独一无二的海参。那是奶油，奶出自鲸的乳房，糖则来自北海的大墨角藻。最后，请尝尝海葵酱，堪与世上最可口的果酱相媲美。"

我细细品味着，与其说作为美食家，不如说出于好奇。与此同时，尼摩船长令人难以置信的叙述使我心醉神迷。

"阿罗纳克斯先生，"他对我说，"海洋是神奇的永不干涸的乳母。它不仅为我提供吃的，也为我提供穿的。您身上的衣料，是贝壳类动物的足丝织成的，它们的颜色，是用古代的紫红色颜料，加上我从地中海海兔中提取的紫色颜料染成的。您舱房里梳妆台上的香水，是海洋植物蒸馏加工而成的。您的床是海洋中最柔软的大叶藻做成的。您的笔将是一根鲸须，您的墨水将是墨鱼或枪乌贼的分泌物。现在，我的一切来自海洋，正如有朝一日，一切都将回归海洋！"

"您爱海洋，船长？"

"对！我爱！海洋就是一切，海洋占地球面积的 7/10。它的气息纯洁健康。浩茫海洋，渺无人烟，但是，人在海上永远不会感到孤独，因为周围到处有生命在涌动。海洋不过是一种超自然的神奇生命的载体，它不过是运动和爱情。正如你们一位诗人所说，海洋是无穷无尽的生命。事实上，教授先生，大自然的三大领域——矿物界、植物界和动物界，在海洋中也有充分的表现。动物界品种繁多，主要有4类植形动物[1]、3类节肢动物、5类软体动物、3类脊椎动物，还有哺乳动物、爬行动物，以及无穷无尽的鱼类，构成一个名目繁多的动物系列，共有13000多种，其中只有1/10生活在淡水中。海洋是大自然巨大无边的仓库。可以说，地球始于海洋，谁知道它将来会不会终止于海洋呢！海洋是最平静安宁的地方。海洋不属于任何暴君。在海面上，暴君们仍然可以滥用权力，互相残杀，互相吞噬，把陆地上的一切暴行带过来。但在海平面以下30英尺的地方，他们的统治就终止了，他们的影响就消失了，他们的威力就不复存在了。啊！先生，来吧，到海洋里来生活吧！只有在这里才能独立自主！在这里，我不受任何人主宰！在这里，我自由自在！"

尼摩船长正讲得热情洋溢，忘乎所以，突然刹住了话头。他是不是情不自禁，改变了平日里谨言慎语的习惯？他是不是说得太多了？他激动不已，来回踱步。这样过了一会儿，他平静了下来，脸上恢复了平时的冷漠。他转过身，对我说：

"现在，教授先生，如果您想参观鹦鹉螺号，我愿为您效劳。"

---

[1] 植形动物，指外观上像植物的动物，例如珊瑚、水母、海绵、海葵等。早期博物学家不能确定某些动物是否真是动物，在这种情况下，瑞典博物学家林奈采取了一个折中的方法，把它们统称为"植形动物"。现代生物学已不再使用此名词。本书作者将海参、海胆也列入植形动物之列。

第十一章

鹦鹉螺号

尼摩船长起身离开餐桌。我紧随其后。餐厅后部一道双扉门打开。我走进一间舱房，与我刚离开的餐厅大小一样。

这是一间图书室。有一些镶铜紫檀木大书柜，宽大的隔板上放着许多一式精装的书籍。书柜环绕四壁，前面摆着一张又长又宽的栗色皮沙发，沙发曲线恰如其分，坐着舒适惬意。轻巧的活动书桌可随意拉近或推开，阅读时可把书放在上面。中央有张大桌子，上面放满了小册子，中间露出几张旧报纸。这和谐的整体灯火通明，灯光源自半嵌在拱形天花板上的 4 个球状毛玻璃吸顶灯。我看着这间精心布置的图书室，简直不敢相信自己的眼睛，赞赏之情油然而生。

"尼摩船长，"我对主人说，他刚在一张长沙发上躺下，"这个图书室，如果放到陆地的一座宫殿里，也不会相形失色。想到它能随您潜入海底，我真的惊叹不已。"

"教授先生，您到哪里去找比这更宁静、更僻静的地方？"尼摩船长回答，"您在巴黎博物馆的工作室里，能享受到如此充分的休息吗？"

"不能，先生。我还应该说，和您的相比，那是小巫见大巫了。您这里有六七千册藏书吧……"

"12000 册，阿罗纳克斯先生。这是我和陆地的唯一联系。但是，自从我的鹦鹉螺号首次潜入水下那日起，世界对我已不复存在。那天，我购买了最后几本图书、最后几份小册子、最后几张报纸。从那时起，我宁愿相信人类不再有思想、不再写作了。这些书，教授先生，您可以随便支配，随意使用。"

我谢过尼摩船长，走到书柜跟前。书柜里，科学、道德和文学方面的作品丰富多彩，由各种语言写就。但是，有关政治经济方面的书籍，一本也没看见，似乎船长严禁此类书籍上船。奇怪的是，所有的书，不管哪种文字的，都混放在一起，这说明，鹦鹉螺号的船长想必随手拿起一本，都能毫不费力地阅读。

在这些书中，我发现有古今大师的杰作。也就是说，这里有人类在历史、诗歌、小说和科学等方面所创造的最优秀的作品，从荷马到维克多·雨果[1]，从色诺芬[2]到米什莱[3]，从拉伯雷到乔治·桑夫人[4]。但是，科学尤其是这个图书室的主体。机械学、弹道学、水文地理学、气象学、地理学、地质学等方面的书籍，所占的重要地位不亚于博物学著作。我终于知道，这些都是船长研究的主要领域。我看到有洪堡[5]全集、阿拉哥全集，有傅科[6]、亨利·圣克莱尔·德维尔[7]、夏斯尔[8]、米尔纳·爱德华兹[9]、卡特勒法热[10]、廷德耳[11]、法拉第、贝特洛[12]、塞奇[13]教士、彼得曼[14]、莫里[15]舰长、阿加西斯[16]等名家的研究成果，还

---

① 维克多·雨果（1802—1885），法国作家。法国浪漫主义文学的重要代表。代表作有《巴黎圣母院》《悲惨世界》等。

② 色诺芬（约前430—约前355或前354），古希腊历史学家、作家。

③ 米什莱（1798—1874），法国历史学家。

④ 乔治·桑夫人（1804—1876），法国女作家。

⑤ 洪堡（1769—1857），德国自然科学家，近代地理学创始人之一。

⑥ 傅科（1819—1868），法国物理学家。

⑦ 亨利·圣克莱尔·德维尔（1818—1881），法国化学家。

⑧ 夏斯尔（1793—1880），法国数学家。

⑨ 米尔纳·爱德华兹（1800—1885），法国生物学家。

⑩ 卡特勒法热（1810—1892），法国博物学家、人类学家。

⑪ 廷德耳（1820—1893），英国物理学家，伦敦皇家学院自然哲学教授。他研究了大分子和尘埃对光的漫射，发现了"廷德耳效应"。

⑫ 贝特洛（1827—1907），法国化学家。

⑬ 塞奇（1818—1878），意大利天文学家。

⑭ 彼得曼（1822—1878），德国物理学家。

⑮ 莫里（1806—1873），美国海洋学家。

⑯ 阿加西斯（1807—1873），瑞士籍美国博物学家、地质学家。

有科学院论文集、各地理学会的简报，等等。我的两卷著作放在显目的位置上，也许正由于这两卷书，我受到了尼摩船长相对仁慈的接待。在约瑟夫·贝特朗[1]的著作中，《天文学的创始人》甚至给我留下了一个确切的日期：我知道该书是 1865 年出版的，由此可以推定，鹦鹉螺号下水的时间一定晚于 1865 年。因此，尼摩船长最多是 3 年前开始他的海底生活的。此外，我希望能读到更近的著作，以便弄清楚准确的日期。不过，这件事以后我还有时间去研究，眼下，我不想耽搁更多时间，以免影响我参观鹦鹉螺号上的奇珍异宝。

"先生，"我对船长说，"感谢您允许我使用这个图书室。这里是科学的宝库，我会受益匪浅。"

"这个厅不只是图书室，"尼摩船长说，"还是吸烟室。"

"吸烟室？"我叫了起来，"船上可以吸烟？"

"当然！"

"那么，先生，我不得不认为，您和哈瓦那[2]保持着联系。"

"毫无联系，"船长回答，"阿罗纳克斯先生，请抽这支雪茄。虽然不是来自哈瓦那，但如果您是行家，您会满意的。"

我接过他递来的雪茄。那烟的形状很像哈瓦那产的伦敦牌雪茄，但好像是用金箔制成的。我在一个有漂亮铜支架的小火盆上把烟点着，吸了几口，感到十分惬意，就像两天没有吸烟的烟民。

"很好抽，"我说，"但是，这不是烟草。"

"对，"船长回答，"这香烟不是哈瓦那的，也不是东方国家的。这是一种藻类，富含尼古丁，是海洋向我提供的，很难觅得。先生，您还怀念哈瓦那的伦敦牌雪茄吗？"

"船长，从今天起，我对其视如敝屣。"

"那您就随便抽吧，甭管它们的来历了。它们不受任何专卖局的

---

[1] 约瑟夫·贝特朗（1822—1900），法国数学家。

[2] 哈瓦那，古巴首都，盛产烟草。

控制，但我想，它们不见得不好抽。"

"恰恰相反。"

这时，尼摩船长打开了另一道门，与我刚才进图书室的门恰好相望，我走进了一间宽敞的灯火辉煌的大客厅。

这间宽敞的客厅呈长方形，长 10 米，宽 6 米，高 5 米，隔角有斜面。饰有精巧阿拉伯式图案的天花板上灯火辉煌，明亮而柔和的灯光洒向堆积在这博物馆里的奇珍异宝。因为这的确是一座博物馆，一双智慧而慷慨之手，把自然和艺术的珍宝汇集到这里，巧妙地混杂在一起，犹如一间画室。

四壁张挂着图案朴素无华的壁毯，壁毯上挂着三十来幅大家的名画，画框一模一样，画幅之间都用陈设着各种武器的晶莹闪亮的盾形板隔开。我看到有一些价值昂贵的名画，其中大部分我曾在欧洲的私人收藏中或画展上看到过。古代各流派大师的作品有：拉斐尔①的圣母像，列奥纳多·达·芬奇②的圣女像，柯勒乔③的仙女图，提香④的妇人像，韦罗内塞⑤的膜拜图，牟利罗⑥的圣母升天图，霍尔拜因⑦的肖像画，委拉斯开兹⑧的僧侣像，里贝拉⑨的殉难图，鲁本斯⑩的主保瞻礼节图，特尼尔斯⑪的两幅佛兰德斯风景图，热拉尔–道⑫、梅曲⑬、

---

① 拉斐尔（1483—1520），意大利文艺复兴盛期的画家、建筑师。

② 列奥纳多·达·芬奇（1452—1519），意大利文艺复兴时期画家、自然科学家、工程师。

③ 柯勒乔（1494—1534），意大利文艺复兴盛期画家。

④ 提香（约 1489—1576），意大利文艺复兴时期威尼斯画派画家。

⑤ 韦罗内塞（1528—1588），意大利文艺复兴后期威尼斯画派重要画家之一。

⑥ 牟利罗（1617—1682），西班牙画家。

⑦ 霍尔拜因（1497—1543），德国宗教改革运动时期肖像画家、版画家。

⑧ 委拉斯开兹（1599—1660），西班牙画家。

⑨ 里贝拉（约 1591—1652），西班牙画家。

⑩ 鲁本斯（1577—1640），佛兰德斯画家。

⑪ 特尼尔斯（1610—1690），佛兰德斯画家，以风俗画著称。

⑫ 热拉尔–道（1613—1675），荷兰风俗画家。

⑬ 梅曲（1629—1667），荷兰风俗画家。

保罗·波特①风俗画派的3幅小型画，籍里柯②和普吕东③的两幅油画，
贝克赫伊森④和韦尔内⑤的几幅海洋风景画。现代绘画作品有德拉克洛
瓦⑥、安格尔⑦、德康⑧、特罗容⑨、梅索尼埃⑩、杜比尼⑪等人的署名画作。
还有几尊缩小了的仿古铜像或大理石像，形象逼真，令人赞叹不绝，
它们连同底座，矗立在这座不同凡响的博物馆的各个角落里。鹦鹉螺
号船长曾预言我看了会惊得目瞪口呆，果然如此，我已经看得瞠目结
舌了。

"教授先生，"这个怪人说，"我对您接待不拘礼节，这大客厅里
也杂乱无章，请多包涵。"

"先生，"我回答说，"我并不想知道您是谁，但是，我可不可以
冒昧地把您当作一位艺术家？"

"顶多是一位业余爱好者，先生。以前我喜欢收藏人类双手创造
出来的优秀作品。那时，我贪婪地搜寻着，不知疲倦地搜索着，我搜
集了一些价值昂贵的艺术珍品。这些是陆地留给我的最后纪念品，对
我来说，陆地已经不复存在。在我眼里，你们的现代艺术家已成为古
人，他们已活了两三千年了，在我头脑里，都已混在一起，不分彼
此。大师是没有年代的。"

"那这些音乐家呢？"我指着一大堆乐谱说，其中有韦伯⑫、

---

① 保罗·波特（1625—1654），荷兰画家，以动物画驰名。
② 籍里柯（1791—1824），法国画家，浪漫主义画派先驱者。
③ 普吕东（1758—1823），法国画家。艺术上追求"理想的美"，属于学院古典主义。
④ 贝克赫伊森（1631—1708），荷兰画家，以海景画闻名。
⑤ 韦尔内（1714—1789），法国画家，以海洋画闻名。
⑥ 德拉克洛瓦（1798—1863），法国浪漫主义画家。
⑦ 安格尔（1780—1867），法国画家。古典主义画派最后的代表人物。
⑧ 德康（1803—1860），法国画家。
⑨ 特罗容（1810—1865），法国画家。
⑩ 梅索尼埃（1815—1891），法国画家，擅长风俗画和军事题材的创作。
⑪ 杜比尼（1817—1878），法国风景画家。
⑫ 韦伯（1786—1826），德国作曲家、钢琴家、指挥家、音乐评论家。

罗西尼[1]、莫扎特[2]、贝多芬[3]、海顿[4]、梅耶贝尔[5]、埃罗尔德[6]、瓦格纳[7]、奥柏[8]、古诺[9]，以及其他许多音乐家的乐谱。这些乐谱散乱在一架大型的钢琴－管风琴上，占据着大客厅的一面壁板。

"这些音乐家，"尼摩船长回答我说，"和俄耳浦斯[10]是同时代人，因为在死者的记忆中，时代差别已然消失——我已经死了，教授先生，和您那些在地下6英尺处长眠的朋友们一样！"

尼摩船长不说话了，好像陷入了沉思。我激动不已，细细地凝视他，默默地分析他古怪的脸部表情。他臂肘支在一张珍贵的拼花桌的角上，不再看我一眼，忘记了我的存在。

我不想打搅他的沉思默想，便继续观看大客厅里丰富多彩的珍奇收藏。

与艺术品相比，自然界的稀罕物品占有举足轻重的地位。主要包括植物、贝壳及其他海洋产物，大概都是尼摩船长亲眼所发现。大客厅中央是喷泉，被电灯光照亮，喷出的水回落到由整整一个砗磲贝壳做成的承水盘里。砗磲是最大的无头软体动物，其边沿呈精美的月牙形花饰，周长6米左右。因此，这个砗磲的体积超过威尼斯共和国送给弗朗索瓦一世[11]的那些漂亮的砗磲，其中两个还被巴黎圣绪尔比斯教堂用来做了两个巨大的圣水缸。

---

[1] 罗西尼（1792—1868），意大利歌剧作曲家。

[2] 莫扎特（1756—1791），奥地利作曲家。维也纳古典乐派代表人物之一。

[3] 贝多芬（1770—1827），德国作曲家、钢琴家。维也纳古典乐派代表人物之一。

[4] 海顿（1732—1809），奥地利作曲家。维也纳古典乐派代表人物之一。

[5] 梅耶贝尔（1791—1864），德国作曲家、指挥家。

[6] 埃罗尔德（1791—1833），法国作曲家。

[7] 瓦格纳（1813—1883），德国作曲家、剧作家。

[8] 奥柏（1782—1871），法国作曲家。

[9] 古诺（1818—1893），法国作曲家。

[10] 俄耳浦斯，希腊神话中的诗人和歌手，善弹七弦竖琴，琴声优美动听，可使猛兽俯首，顽石点头。

[11] 弗朗索瓦一世（1494—1547），法国瓦罗亚王朝国王（1515—1547）。

承水盘周围，是雅致的铜骨架玻璃橱柜，里面陈列着最珍贵的海洋产品，每件产品都贴有标签。从没有一个博物学家观赏过这些宝物，作为博物学教授，我的喜悦之情可想而知。

这里展示了植形动物的两类珍奇标本，那就是水螅类和棘皮动物类。在水螅类中，有笙珊瑚、扇形柳珊瑚、叙利亚软海绵、摩鹿加群岛①的伊希斯红珊瑚、海鳃、挪威海中奇妙的嫩枝海绵、各种伞珊瑚、海鸡冠珊瑚。还有整整一组石珊瑚，我的导师米尔纳·爱德华兹曾对石珊瑚做过详细的分类。在这组石珊瑚中，我发现了迷人的扇形石珊瑚、波旁岛②的枇杷石珊瑚、安的列斯群岛③的"海神战车"，以及各种千娇百媚的珊瑚。所有这些奇妙的石珊瑚，它们的尸骨堆积起来，能成为一个个珊瑚岛，有朝一日，他们连成一片，会变成陆地。棘皮类动物的特点是表皮带刺，这里有海盘车、海星、五角海百合、海羽星、流盘星、海胆、海参，等等，收藏的标本品种齐全，极具代表性。

大凡贝类专家，只要不是无动于衷之人，一定会在另一些玻璃橱窗前流连忘返。这些橱窗数量更多，里面陈列着软体动物标本。我看到里面的藏品都是无价之宝，但我没有时间细述，只是从这些珍品中略举数例留作记忆：印度洋岩石上生长的丁蛎，优美而高雅，红棕的底色上布满规则的白斑点，格外鲜艳夺目。一枚具有王者风范的海菊蛤，颜色鲜艳，浑身长刺，是欧洲博物馆中罕见的珍品，我估计价值20000法郎。一枚新荷兰岛海域常见的丁蛎，这种贝得之不易，实属宝贵。塞内加尔产的具有异国风味的牛心蛤，两瓣白壳像肥皂泡，一吹就碎。多种爪哇棒蛎，边缘有叶状皱褶的石灰质管子，实为收藏家们竞相争夺的珍品。还有整整一组马蹄螺：有的呈黄绿色，来自美洲海域；有的呈棕赭色，生长在新荷兰岛附近海域；来自墨西哥湾的呈

---

① 摩鹿加群岛，马来群岛中属于印度尼西亚的群岛。
② 波旁岛，现名留尼汪岛。
③ 安的列斯群岛，西印度群岛中的岛群，在南美、北美两大陆之间。

鳞状，十分吸引眼球；在南半球海洋中发现的呈星状；最稀罕、最美丽的当属新西兰的马蹄螺。还有奇妙的含硫樱蛤、珍贵品种的浪花蚶和帘蛤、特兰克巴尔沿岸的格子花盘贝、长着大理石花纹像珍珠那样闪光的蝶螺、中国海的绿鹦鹉贝、锥形贝类中几乎无人知晓的芋螺、印度和非洲用作货币的各种宝螺、东印度群岛最珍贵的贝壳"海之荣耀"。最后是滨螺、燕子螺、锥螺、海蜗牛、卵形宝螺、涡螺、斧蛤、笔螺、冠螺、荔枝螺、蛾螺、竖琴螺、骨螺、法螺、蟹守螺、长辛螺、风螺、翼螺、帽螺、蜘蛛螺、月华螺。这些都是外壳精美易碎的贝类动物，科学家赋予了它们最美丽的名字。

另外，在一些专门的隔层里，展示了最赏心悦目的珍珠串，灯光照得它们火光闪烁。有从红海的江珧中采集的玫瑰红珍珠，有取自蝶鲍的绿珍珠，还有一些黄珍珠、蓝珍珠、黑珍珠，它们都是从各大海洋的各种软体动物或从北方水系的某些贻贝身上采集的珍奇珠宝。最后，还有好几颗珍珠是无价之宝，是最稀罕的珠母分泌出来的珠宝。这些珍珠中，有几颗比鸽蛋还大，它们的价值甚至超过旅行家塔韦尼埃①以300万的价格卖给波斯国王的那颗珍珠，也胜过马斯喀特②教长的那颗珍珠，我原以为这颗珍珠是世上独一无二的呢。

因此，可以说，这些珍藏的价值是不可估量的。尼摩船长想必花费数百万巨资，来购得这些丰富多彩的标本。我寻思，他是从哪里觅得这么多钱来满足他作为收藏家心血来潮的欲念的。我正在纳闷，船长的话打断了我的思路：

"教授先生，您在看我的贝壳哪。的确，它们会使博物学家感兴趣的。但它们对我还有另一种魅力，因为这些都是我一件件亲手搜集起来的，地球上没有一个海洋没有被我搜索过。"

"我懂，船长，我懂得徜徉在这些珍藏中是多么快乐。您是亲手

---

① 塔韦尼埃（1605—1689），法国旅行家，游记作者。
② 马斯喀特，阿曼苏丹国首都。

创造财富的人。欧洲没有哪家博物馆拥有像您这样的海洋珍品。但是，假如我把赞美词全都用于这些珍藏了，那我又拿什么来赞美承载这些珍品的船呢？我丝毫不想刺探您的秘密，然而，我承认，鹦鹉螺号本身，它的原动力、驾驶它的机器，以及赋予它活力的强大动力，这一切都引起我极大的兴趣。我看到大客厅墙壁上挂着一些仪器，我不知道它们的用途，我可以知道吗？……"

"阿罗纳克斯先生，"尼摩船长回答我，"我对您说过，您在我船上是自由的。因此，鹦鹉螺号没有一个部位不能让您参观，您可以去仔细看看，我很乐意当您的导游。"

"我不知道怎样感谢您才好，先生，但我不会滥用您的好意的。我只是想请教您，这些物理仪器是用来做什么的……"

"教授先生，我房间里也有这些仪器，还是到我房间里给您讲解它们的用途吧。先过来看看为您准备的舱房。您应该知道您在鹦鹉螺号上的居住条件。"

大客厅每个隅角斜面都有一道门，我跟着尼摩船长走出一道门，回到了船的纵向通道上。他领我向船头走去，在那里，我看到的不是舱房，而是一间豪华卧室，里面有床、梳妆台和其他家具。

除了对我的主人表示感谢外，我还能做什么？

"您的房间与我相邻，"他边开门边对我说，"我的房间与我们刚离开的大客厅相通。"

我走进船长的房间。室内陈设朴素，简直像苦行僧的住处。一张铁床，一张办公桌，几样洗漱用具，光线半明半暗，毫无舒适可言，只有最起码的必需品。

尼摩船长指着一张椅子对我说：

"请坐。"

我坐下来，他对我说了以下一席话。

第十二章

一切都用电

"先生，"尼摩船长指着挂在他房间墙壁上的仪表说，"这些就是鹦鹉螺号航行时不可或缺的仪表。这里和大客厅里一样，所有的仪器都在我的监控之下，它们告诉我船在大海中的位置和确切方向。有些仪表是您熟悉的，例如：温度表，指明鹦鹉螺号内部的温度；气压表，测量空气压力，预告天气变化；湿度仪，指示空气的干湿程度；气候变化预测管，管内混合物一旦分解，预示暴风雨即将来临；罗盘，为我指引航向；六分仪，标示太阳的高度，告诉我船所在的纬度；经线仪，能让我算出船所在的经度；最后，日视和夜视望远镜，鹦鹉螺号浮出海面时，我用来观察天际各个方位。"

"这些是航海者常备的仪器，"我说，"我了解它们的用途。但这里还有一些仪器，想必是为了满足鹦鹉螺号的特殊需要的吧。我看见那个刻度盘，一根活动指针在转动，是流体压力表吗？"

"这的确是流体压力表。它与海水相接触，指明外部海水的压力，由此，我便能知道船潜海的深度。"

"那些是新式探测器吧？"

"都是温度探测器，报告海里不同水层的温度。"

"那么那些仪器呢？我猜不出它们的用途。"

"关于这个问题，教授先生，我得给您做些解释。"尼摩船长说，"请听我说。"

他沉默片刻，接着说：

"有一种强大的原动力，驯顺、灵敏、方便，适应各种用途，是船上的主宰。一切全靠它，它给我光明，给我温暖，它是我机械设备的灵魂。这个原动力，就是电。”

“电！”我惊叫起来。

“是的，先生。”

“可是，船长，您的船航行速度极快，电的能量难以适应吧。到目前为止，电动功率还很有限，产生的力还很小！”

“教授先生，”尼摩船长说，“我的电不是一般的电。恕我只能说这么多。”

“那就算了，先生，我只是为这样的成果感到非常惊讶罢了。不过，我还有个问题，您若觉得冒昧，可以不回答。您用来生产这种神奇原动力的原料，应该消耗得很快。比如锌，既然您和陆地断绝了联系，那用什么来替代它呢？”

“您的问题会有答案的。”尼摩船长说，“首先，我要告诉您，海底蕴藏着锌、铁、金、银等矿藏，开采起来肯定没问题。但是，我从未动用过埋藏在海底的任何金属，我只向大海求助生产电的办法。”

“求助大海？”

“是的，教授先生，我并不缺少办法。本来我可以把电线埋在不同深度构成电路，利用电线感受到的温差产生电。但是，我宁愿采用一种更实用的方法。”

“什么方法？”

“您知道海水的成分。在 1 千克海水中，96.5% 是水，约 2.66% 是氯化钠，另外，还有少量的氯化镁、氯化钾、溴化镁、硫酸盐和碳酸钙。因此，您看到，氯化钠在海水中的含量相当可观。我就是从海水中提取钠，再用钠合成我所需的物质。”

“钠？”

“是的，先生。钠和汞混合，生成一种汞合金，代替本生[①]电池中

---

① 本生（1811—1899），德国化学家，创制了本生灯、本生光度计以及各种电池、量热器等。

所需的锌。汞永远不会损耗，只有钠在消耗，可大海向我提供钠。此外，我还要告诉您，钠电池应该是最有效的电池，它们的电动势能是锌电池的两倍。"

"船长，我非常明白钠在您所处环境里的优势。海水中含有钠。很好。可是，还得把它生产出来，简言之，得把它提炼出来呀。那您怎么做呢？当然，您的电池可以用来提取钠。但是，如果我没弄错，电池所需的钠的数量，比从海水中可能提炼出来的还要多。因此，您为生产钠而消耗的钠，很可能比您生产出来的还要多！"

"因此，教授先生，我不用电池，而只用地下煤炭的热来提取。"

"地下？"我锲而不舍地问。

"可以说是海底煤炭。"尼摩船长回答。

"您能开采海底煤炭？"

"阿罗纳克斯先生，您会看到我开采的。请多一点儿耐心，您有的是时间。不过，您只要记住，我的一切都取自海洋。我利用海洋发电，电供给鹦鹉螺号热和光，使它运转。总之，电赋予它生命。"

"但不能提供您呼吸的空气吧？"

"哦！我可以制造我需要的空气，但没有必要，因为只要我愿意，船随时都可以浮上海面。不过，电虽然不向我提供可呼吸的空气，但至少可以驱动大功率气泵，把空气压缩进专门的储气罐里，这样，我可以根据需要，随意延长在海底停留的时间。"

"船长，"我回答说，"我钦佩之至。您显然发现了人类将来有一天会发现的东西，那就是电所具有的真正强大的动能。"

"我不知道他们能不能发现。"尼摩船长冷言冷语地回答，"不管怎样，您已知道这个宝贵的原动力对我的第一个用途了。它能均匀而不间断地照亮我们，这是太阳光做不到的。现在您看这个时钟，它是电动的，走得非常准，能与最精密的计时器一比高低。和意大利时钟一样，我把它分成 24 小时。因为对我来说，无所谓白天和黑夜、太

阳和月亮，只有这人造光，我把它一直带到海底！请看，现在是上午
10时。"

"不错。"

"电还有另一种用途。挂在我们面前的这个刻度盘，用来指示鹦
鹉螺号的航速。它和测程仪的转轮由一根电线相连接，它上面的指针
向我指出船的实际航速。瞧，现在我们正以每小时15海里的中等速
度航行。"

"妙极了，"我对他说，"船长，我明白了，您使用这种原动力是
有道理的，可以用来代替风、水和蒸汽。"

"还没完呢，阿罗纳克斯先生。"尼摩船长说着站了起来，"请跟
我来，我们去参观鹦鹉螺号的后半部分。"

的确，我已了解了这艘潜水船的前半部分。从船的中心到艏冲
角锥，这前半部分的准确划分如下：餐厅，长5米，由一块水密隔板
同图书室隔开，以防海水渗入；图书室，长5米；大客厅，长10米，
又有一块水密隔板与船长的房间隔开；船长的房间，长5米；我的房
间，长2.5米。最后是储气舱，长7.5米，延伸至船艏。前半部分总
长35米。水密隔板上都开有门，周围用密封胶封住，关起来严丝合缝，
万一出现漏水现象，水密隔板可确保鹦鹉螺号安全无恙。

我跟着尼摩船长，穿过船翼的纵向通道，来到船的中央。那儿，
在两道水密隔板之间，有一个中央井道。一架铁梯固定在内壁上，通
到井口。我问船长这梯子有什么用处。

"梯子通达小艇。"他回答。

"什么！您还有小艇？"我惊讶地问。

"当然。这是一个极好的小艇，轻便，又不会沉没，用来逛海和
钓鱼。"

"可是，当您想上小艇时，您不就得浮到海面上了吗？"

"完全不用。小艇附着在鹦鹉螺号的船体上层，放在专门的收纳

槽里。小艇四周装了甲板，由结实的螺栓紧固，完全密封。小艇梯通到鹦鹉螺号船体上一个供人出入的舱口，这舱口与小艇侧面一个同样大小的舱口相通。我就是从这两个舱口上下小艇的。有人关上鹦鹉螺号上的舱口，我则用夹紧螺钉关上小艇的舱口。我松开螺栓，小艇飞速升上海面。我打开一直封闭着的甲板，竖起桅杆，扯起风帆，或荡起双桨，在海面上游逛。"

"那您怎样回到船上来呢？"

"不是我回到，阿罗纳克斯先生，而是鹦鹉螺号来找我。"

"它听您的指令？"

"听我的指令。我和它通过一根电线保持联系。发一个电报就行了。"

"确实，"我说，我已陶醉于这些奇迹中了，"没有比这更简便的方法了。"

我走过通往甲板的中央楼梯间门口，接着便看到一间两米长的舱房。孔塞耶和尼德·兰正在里面用餐，只见他们狼吞虎咽，吃得津津有味。随后，一扇门打开，里面是厨房，有 3 米长，两边是宽敞的食品储藏室。

厨房里，一切烹饪都用电。电比煤气更有效，也更方便。炉灶下面的电线把热能传送给铂棉，热量散布均匀，并能保持恒温。蒸馏器也用电来加热，通过汽化，供应优质可饮用水。厨房旁边开了间浴室，非常舒适，水龙头供应冷水和热水，任人使用。

厨房隔壁是船员舱，长 5 米。但门关着，我无法看清里面的布置。不然，我也许可以知道操作鹦鹉螺号需要多少人了。

在船员舱里首，是第四道水密隔板，把船员舱和机房隔开。机房门打开，我走了进去。尼摩船长——无疑是一流的工程师——把他的动力装置全都安装在这里。

机房灯火通明，长度不少于 20 米。它自然分为两部分，第一部分摆着发电设备，第二部分放着传动螺旋桨的机器。

进了机房，我闻到屋子里弥散着一种怪怪的气味，感到很惊讶。尼摩船长觉察到了我的感受。

"这是使用钠而产生的气味，"他对我说，"不过是美中不足罢了。何况每天早晨，我们都到海面上通风，净化船内的空气。"

不过，我依然兴致勃勃地观察鹦鹉螺号的机器，我这种心情是很好理解的。

"您看到了吧，"尼摩船长对我说，"我用的是本生电池，而不是伦可夫①感应线圈。后一种功率低。本生电池构件不复杂，但是电力强，功率大，实践证明更有价值。电池产生的电传输到船的后部，通过巨大的电磁铁，驱动一个特殊的杠杆和齿轮系统，带动螺旋桨主轴。螺旋桨的直径为 6 米，螺距为 7.5 米，每秒转速为 120 转。"

"那么，结果呢？"

"航速每小时 50 海里。"

这里面应该有秘密，但我不想盘根究底。电怎么有如此大的力量？这种近乎无限的力量是怎么产生的？难道是一种新型线圈产生的超强电压？抑或一种不为人知②的杠杆系统可以无限加快转速？我百思不得其解。

"尼摩船长，"我说，"我看到了结果，但我不想知道个中原委。我曾亲眼目睹鹦鹉螺号从亚伯拉罕·林肯号面前驶过，对它的航速心里有底。但是，光会航行是不够的，还要看它驶向哪里！必须能右能左，能上能下！您如何潜入海洋最深处，扛住越来越大可能高达数百个的大气压？您如何重新回到海面上？最后，您又如何停留在您认为合适的深海中？我向您提这些问题，是不是太过冒昧？"

---

① 伦可夫（1803—1877），德国力学和电学专家，1851 年发明了感应线圈。

② 现在，正有人在议论一项类似的发明，说有一种新型杠杆可以产生巨大的力量。发明这种杠杆的人难道和尼摩船长有过接触？——原注

"丝毫没有，教授先生，"船长犹豫了一下对我说，"因为您永远不能离开这艘潜水船了。请去大客厅。那里是我们真正的操作间。有关鹦鹉螺号的情况，您应该知道的，在那里都可以了解到！"

第十三章

几个数据 [①]

不一会儿，我们就叼着雪茄，坐在大客厅的长沙发上了。船长把一卷图样放到我面前，这是鹦鹉螺号的平面图、剖面图和立视图。接着，他开始讲述了：

"阿罗纳克斯先生，这就是您乘坐的这艘船的各个尺寸。船身是一个长圆筒，两端为圆锥形。它的形状很像一支雪茄，在伦敦，好些同类船已采用这种样式了。这个圆筒从头到尾正好70米，船身最宽处为8米。因此，它不像普通高速轮船那样，严格按照1∶10的比例建造的。船身相当长，线型 [②] 相当深，航行时，排出的水极易消散，不形成任何阻力。

"有了这两个尺寸，您很快就能算出鹦鹉螺号的面积和体积。它的面积为1011.45平方米，体积为1500.2立方米。也就是说，船完全潜入水中时，它的排水量为1500立方米，或者说，它的重量为1500吨。

"我在绘制这艘潜水船的平面图时，我希望，在平衡状态下，船吃水部分占9/10，浮出部分只占1/10。因此，在这种情况下，船的排水量只能是体积的9/10，即1356.48立方米，也就是说，船的重量只能是这么多吨。所以，我按上面的尺寸造船时，船的重量不能超过这个数字。

"鹦鹉螺号有两层船壳，一层内壳，一层外壳，两层船壳之间，由T字钢连接，因此，船体坚不可摧。的确，多亏这种分格式布局，船像一整块钢铁，滴水不漏，顶得住任何压力。船的壳板不会受损变

---

① 这一章的数字有的不大确切，甚至前后不一致。这里都按法文原版译出。

② 线型，指船水线下逐渐狭小的部分。

形，它自身结构坚固，而不是靠螺栓铆钉。由于零件的连接天衣无缝，船体的结构高度均匀，哪怕遇到最大的狂风恶浪，船也能乘风破浪向前进。

"这两层船壳用钢板制成，钢板与海水的密度比为 10:7 或 10:8。外壳的厚度不少于 5 厘米，重 394.96 吨。内壳，即龙骨，高 50 厘米，宽 25 厘米，光它自身重量就有 62 吨，还要加上机器、压载、各种附属装置和设备、水密隔板及内横梁等的重量，共计重达 961.62 吨，再加上外壳的重量 394.96 吨，船体总重量为 1356.48 吨，正好是应有的重量。清楚了吧？"

"清楚了。"我回答。

"因此，"船长接着说，"在这种情况下，鹦鹉螺号浮在海面上时，只有 1/10 露出海面。不过，如果我在船上安装了压载水舱，其容积正好等于船体积的 1/10，即 150.72 吨，那么我把压载水舱装满水，船的排水量或重量是 1507 吨，那它就完全沉入水中了。教授先生，事情就是这样。压载水舱位于鹦鹉螺号下部侧翼。我打开阀门，压载水舱装满水，船往下沉，海水正好淹没船顶。"

"很好，船长，但这里，真正的困难出现了。您可以使船正好淹没在海平面下，这个我懂。然而，再往下沉，沉到海平面以下时，难道您的潜水船不会遇到阻力，一种由下而上的推力吗？估计每 30 英尺水柱产生 1 个大气压力，即每 1 平方厘米必须承受 1 千克的压力。"

"完全正确，先生。"

"因此，我认为，除非您把鹦鹉螺号装满水，否则我不明白您怎样让船潜入深水。"

"教授先生，"尼摩船长回答，"不要把静力学和动力学搞混了，否则，就会犯严重错误。要到达海洋深处，不需要做多少事情，因为物体都有变成'沉淀物'的倾向。听我给您讲一下道理。"

"我洗耳恭听，船长。"

"要使鹦鹉螺号下潜，就必须增加重量；当我想增加船的重量时，只需注意船下潜时不同层海水体积的压缩量就行了。"

"当然。"我回答。

"然而，即使水并非绝对不能压缩，但至少是很难压缩的。确实，根据最新计算，每一个大气压下，即每下潜 30 英尺，水的压缩量为 0.0000436。假如要去 1000 米深的水层，我必须考虑到在 1000 米水柱压力下，即 100 个大气压下海水体积的压缩量，这个压缩量为 0.00436。因此，我应该让船的重量增加到 1513.77 吨，而不是 1507.2 吨。因此，只需增加 6.57 吨。"

"这么多就够了？"

"够了，阿罗纳克斯先生。这些数字很容易核实。而且，我还有若干百吨容量的备用压载水箱。因此，我可以潜入很深很深的水层。当我想上升到贴近海面时，只需排去备用压载水箱里的水。如果我想让鹦鹉螺号露出海面 1/10，只需把所有压载水舱里的水都排空。"

数据翔实，论证合情合理，我听了这番话，觉得无可反驳。

"我承认，船长，您的计算是正确的，"我说，"我要是提出异议，那就没道理了，因为每天的实践都证明它们是正确的。但现在我预感到有个实际困难。"

"什么困难，先生？"

"当您潜入 1000 米深时，鹦鹉螺号的外壳要承受 100 个大气压力。如果这时您想排空备用压载水箱，减轻船的重量，回到海面上来，那么，水泵必须战胜 100 个大气压力，即每平方厘米 100 千克的压力。那动力就要……"

"只有电才能给我这么大的动力。"尼摩船长连忙说，"先生，我再说一遍，我那些机器的动力几乎是无限的。鹦鹉螺号的水泵有洪荒之力。您想必见到过，它们喷出的水柱犹如湍流，倾泻到亚伯拉罕·林肯号身上。何况，我只在潜入 1500 米至 2000 米的中等深度时，才使用备用压载水箱，这是为了爱护我的机器。同样，当我突发奇想，想潜入到水下两三法里深度时，我就用别的操作方法，所需时间长一些，但是效果不见得差。"

"什么方法，船长？"

"那我自然得告诉您鹦鹉螺号是如何操作的。"

"我急不可耐了。"

"当驾驶这艘船向右或向左，总之，要改变水平方位时，我使用普通的宽板方向舵，安在艉柱后部，用机轮和滑轮控制转动。但我也可以让船自下而上或自上而下垂直移动，这时，我就使用水平舵，两个纵斜机板固定在船两侧标线中央，纵斜机板是活动的，可以任意变换位置，通过大功率的操纵杆从船内操纵。假若纵斜机板与船体保持平行，船就在水平方向上航行。如果它们倾斜，鹦鹉螺号在推进器驱动下，沿着倾斜的方向，按照需要的对角线下潜或上浮。甚至，如果我想更快地浮上海面，我可以驱动推进器，水的压力使鹦鹉螺号直线上浮，就像使一只充满氢气的气球迅速升向天空。"

"太妙了，船长！"我大声说，"可是，在水下，舵手怎么能沿着您指示的路线航行呢？"

"舵手待在一个玻璃操舵室里，操舵室突出在鹦鹉螺号船体上部，四周装有透镜玻璃。"

"能顶得住这么大压力的玻璃？"

"当然。水晶玻璃一撞即碎，却非常耐压。1864年，有人在北方海域进行过电光捕鱼试验，人们看到，厚度只有7毫米的水晶玻璃板，顶住了16个大气压力，同时，可以让强热光线穿过，不过，玻璃板上的热量分布不均匀。而我使用的玻璃，中心部位的厚度不少于21厘米，就是说，是捕鱼试验用玻璃板厚度的30倍。"

"同意，尼摩船长，但是，要看得清楚，必须用亮光驱走黑暗，我寻思，在黑漆漆的海里，如何……"

"在操舵室后面，安装了一个大功率电光反射器，发出的光可以照亮半海里以内的海域。"

"啊！船长，精彩，真是太精彩了！现在我明白所谓独角鲸的磷光现象是怎么回事了，这一现象曾让科学家们伤透了脑筋！对了，还有个问题要请教您，鹦鹉螺号与斯科舍号相撞事件是偶然发生的吗？这件事曾引起了强烈的反响。"

"纯属偶然，先生。两船相撞时，我正在水下两米处航行。何况，我看到这件事没有造成任何不堪的后果。"

"没有，先生。但您与亚伯拉罕·林肯号相撞呢？"

"教授先生，我为勇敢的美国海军最优秀的一艘战舰感到遗憾。不过，有人进攻我，我必须自卫！但是，我只是让这艘战舰丧失了伤害我的能力而已，它还可以到最近的海港去修理嘛。"

"啊！船长，"我信心满满地喊道，"您的鹦鹉螺号真是美妙绝伦，堪称尤物！"

"是的，教授先生，"尼摩船长非常激动地回答，"我爱它，如同爱我的孩子一样！如果说，在你们的一条船上，随时危险重重，因为海洋危机四伏，防不胜防，如果说，正如荷兰人詹森[①]所说，海洋给人的第一印象是一个不可测知的深渊，那么，无论在鹦鹉螺号的上面还是里面，人们心中不再有丝毫恐惧的感觉。它不用担心船体变形，因为双层钢铁船壳坚不可摧；它不怕前后颠簸或左右晃动而疲惫不堪，因为没有帆缆索具；它不怕被风刮走，因为没有风帆；它不怕被蒸汽冲破，因为没有锅炉；它不用担心火灾，因为船身是用钢板塑成，而不是木结构；它不使用易耗的煤炭，因为电是它的机械动力；它不用担心撞船事故，因为它在海底独来独往；它不必与风暴博斗，因为在水下几米处航行安如磐石！这就是我的船，先生，这是一艘无

---

① 詹森（1585—1638），荷兰天主教神学家。

与伦比的好船！如果说对于船，工程师比建造者更有信心，建造者又胜过船长本人，如果这是事实，那么，就请理解我对鹦鹉螺号的绝对信任，因为我既是船长，又是建造者和工程师！"

尼摩船长口才卓绝，说话引人入胜。他目光炯炯有神，手势激情四射，他好像变了个人。是啊！他爱他的船，如同父亲爱自己的孩子！

但是，有一个问题自然提了出来，也许多有冒昧，但我禁不住问他：

"您是工程师吗，尼摩船长？"

"是的，教授先生，"他回答我，"当我还是陆地的居民时，我曾在伦敦、巴黎、纽约求过学。"

"但是，您怎么可能秘密地建造这艘神奇的鹦鹉螺号呢？"

"阿罗纳克斯先生，船上每一个部件，来自地球上不同的地方，并且隐瞒了真正的用途。船的龙骨是在法国勒克勒佐锻造的，螺旋桨轴出自伦敦的佩恩公司，船壳钢板来利物浦的利尔德公司，螺旋桨产自英国格拉斯哥的斯科特公司。压载水箱是巴黎卡伊公司的产品，轮机由普鲁士的克鲁伯公司制造，艏冲角锥出自瑞典穆塔拉的制造厂，精密仪器是纽约的哈特兄弟公司供应的，等等。每一个制造商收到的是不同署名的设计图。"

"但是，"我接着说，"这些部件造好后，还需要安装和调试呀？"

"教授先生，我把工厂建在海洋的一个小荒岛上。在那里，我对我的工人们进行了教育和培训，我和这些勇敢的伙伴们一起完成了鹦鹉螺号的组装工作。工程结束后，我一把火将我们残留在岛上的造船痕迹全部烧毁，如有可能，我会把这个小岛都炸毁的。"

"那么，我是否可以认为，这艘船的造价高得吓人？"

"阿罗纳克斯先生，一条钢船每吨耗资 1125 法郎。鹦鹉螺号的载重量是 1500 吨，建造这艘船约花费 168.7 万法郎，加上设备费用，共计 200 万法郎，再加上船内艺术品及其他收藏品，总共耗资四五百万法郎。"

"最后一个问题，尼摩船长。"

"说吧，教授先生。"

"您肯定很有钱吧？"

"多得数不清，先生。我可以毫不费力地替法国偿清上百亿债务！"

我凝视这个大言不惭的怪人。他是在滥用我的轻信吗？将来我会知道的。

第十四章

黑　潮 [①]

地球上海洋所占的面积约为 38325.58 万平方公里，约合 380 亿公顷。[②] 海水的体积为 22.5 亿立方英里，可以形成一个直径为 60 法里、重量为 300 亿亿吨的球体。要知道这个数目有多大，就必须知道，100 亿亿与 10 亿之比，相当于 10 亿与 1 之比，就是说，10 亿中有多少个 1，那么，100 亿亿中就有多少个 10 亿。海水的总量，差不多等于在 4 万年中，陆地所有江河流入大海的总水量。

在地质时代，继火纪之后是水纪。最初地球一片汪洋。后来，到了志留纪，山脉渐渐露出尖顶，岛屿慢慢浮出海面，后来又被局部性洪水淹没，继而又重新浮出海面，渐渐连成一片，形成陆地，最后固定为地理学上的陆地，就是我们现在看到的样子。固体陆地占领了流体海洋的部分地盘，面积为 3700.0657 万平方英里，即 129.16 亿公顷。

大陆的形状把海洋分成五大部分：北冰洋、南冰洋、印度洋、大西洋和太平洋。

太平洋从北至南位于两个极圈之间，从西到东位于亚洲和美洲之间，横跨 145 度经线。这是地球上最太平的海洋，水面辽阔，水流缓慢，潮汐不大，雨水丰沛。这就是太平洋，命运在最奇特的情况下首先召唤我去的地方。

"教授先生，"尼摩船长对我说，"如果您愿意，我们去把船的确切方位记下来，确定这次旅行的出发点。现在是 11 时 45 分。我马上浮出海面。"

---

① 这一章的数字有的不大确切。这里基本按法文原版译出。
② 此处原文数字有误。为避免误导读者，这里未照原文译出。

船长按了 3 下电铃，水泵开始把压载水舱里的水排出去，流体压力仪的指针通过标示出不同的压力，表明鹦鹉螺号上升的情况。最后，指针静止不动了。

"我们到了。"船长说。

我走向通甲板的中央梯。我沿着金属扶梯拾级而上。我从敞开舱盖的入口，登上鹦鹉螺号的甲板。

甲板露出水面仅有 80 厘米。鹦鹉螺号艏艉呈纺锤形，恰似一支长长的雪茄。我看到船体钢板鳞次栉比，宛若陆上大型爬行动物身上的鳞甲。于是我恍然大悟，难怪用最好的望远镜观察，也始终会把这艘船当成海洋怪物呢。

靠近甲板中央，半身藏在收纳槽里的小艇微微隆起。船的前部和后部，各有一个不太高的舱笼，内壁倾斜，部分镶有厚厚的透镜玻璃。一间是鹦鹉螺号的操舵室，另一间是装有大功率舷灯，为自己导航的灯舱。

大海碧波清浪，天空澄莹清明。身体颀长的鹦鹉螺号几乎感觉不到茫茫大海在起伏波动。阵阵微风自东方吹来，海面漪澜荡漾。天边云消雾散，一览无余。

眼前什么也没有。没有一块礁石，没有一座岛屿。亚伯拉罕·林肯号不见踪影。苍茫大海一望无垠。

尼摩船长拿着六分仪，测量太阳的高度，以便算出所在的纬度。他等了几分钟，直到太阳与海平线齐平。他观察的时候，没有一块肌肉在抖动，六分仪仿佛握在大理石雕像的手中，纹丝不动。

"正午。"他说。"教授先生，您希望什么时候开始……"

我最后看了一眼靠近日本海岸微微泛黄的海面，然后下去回到大客厅里。

在大客厅里，船长记下方位，精确计算出船所在的经度，并与以往时角的观察记录进行核对。然后，他对我说：

"阿罗纳克斯先生，我们现在位于西经 137°15'……"

"根据什么子午线？"我急忙问他，希望从船长的回答中得知他的国籍。

"先生，"他回答我，"我有各种经线仪，可以按巴黎、格林尼治和华盛顿的子午线来校准。但是，为向您表示敬意，就用巴黎子午线吧。"

这个回答让我一无所获。我只好作罢。船长接着说：

"根据巴黎子午线，我们在西经 137°15'、北纬 30°07' 的位置上，也就是说，离日本海岸约 300 海里。今天是 11 月 8 日，中午 12 时，我们的海底探险之旅现在开始。"

"上帝保佑我们！"我回答。

"现在，教授先生，"船长补充说，"您就在这里搞您的研究吧。我已确定航线，东北偏东方向，水下 50 米。这是些标有重要地名的航海图，您可以从图上跟踪我们的航线。大客厅供您使用，失陪了。"

尼摩船长向我告辞。我独自一人留下来，陷入了沉思，千思万绪全都集中在鹦鹉螺号船长身上。这个怪人自称不属于任何国家，我将来有可能知道他的国籍吗？他对人类怀有深仇大恨，可能会因恨而生可怕的报复心理，那么，是谁激起他如此强烈的仇恨呢？他是一位怀才不遇的科学家吗？是不是像孔塞耶说的那样，是一位"遭受迫害而悲痛欲绝"的天才，一位当代伽利略①？抑或，他是像美国海洋学家莫里那样的科学家，科学生涯被政治革命彻底摧毁了？我还说不清楚。意外事件刚把我抛到他的船上，我的生死掌握在他的手中。他冷若冰霜，可对我接待又是如此殷勤周到。不过，每次我伸出手去，他从来不接。他也从不向我伸出手来。

---

① 伽利略（1564—1642），意大利物理学家、天文学家和作家。1632 年发表了《关于两种思想体系的对话》，支持哥白尼的地动说，因而遭到罗马教廷的迫害。此处影射尼摩船长也曾遭受过迫害。

　　整整 1 个小时，我都在苦思冥想，一心想揭开这个让我备感兴趣的秘密。然后，我的目光转向摊开在桌上的大幅地球平面图，我把手指放到刚才观测到的经纬度交叉点上。

　　和陆地一样，海洋也有自己的江河。这是一些特别的水流，可以从温度和颜色辨别出来，其中最有名的叫湾流①。科学界已确定地球上 5 条主要洋流的位置：第 1 条在北大西洋，第 2 条在南大西洋，第 3 条在北太平洋，第 4 条在南太平洋，第 5 条在南印度洋。从前，在北印度洋上，很可能存在过第 6 条洋流，那时候，里海②和咸海③与亚洲各大湖泊连成了一片汪洋大海。

　　不过，就在地球平面图上我手指着的地方，有一条洋流流经那里，名曰黑潮，日本人称作 Kuro‐Scivo。它从孟加拉湾流出，在热带阳光直射下水温升高，而后穿过马六甲海峡，沿亚洲海岸北上，在北太平洋拐了个弯，一直流到阿留申群岛，顺流冲走樟树树干以及当地的其他产物，温暖的水流碧蓝纯净，与太平洋的波涛形成鲜明的对照。鹦鹉螺号就要在这条洋流上航行。我目光跟随这条洋流，看着它消失在辽阔浩瀚的太平洋里，觉得自己和它一起随波逐流，就在这时，尼德·兰和孔塞耶出现在大客厅门口。

　　我两个好伙伴看到琳琅满目的奇珍异宝，惊得目瞪口呆。

　　"这是在哪里？这是在哪里？"加拿大人惊嚷道，"是在魁北克博物馆里吗？"

　　"如果先生不介意，"孔塞耶反驳他说："还不如说是在索默拉尔公馆④呢！"

　　"朋友们！"我说，一面示意他们进来，"你们既不在加拿大，也

---

① 湾流，即墨西哥湾流，通常指从佛罗里达海峡流向欧洲西北部海域的温暖海流。严格地说，只限于从美国东海岸哈特勒斯角至纽芬兰东南沿岸的一段西大西洋洋流。
② 里海，位于欧洲和亚洲之间，世界上最大的咸水湖。
③ 咸海，位于亚洲哈萨克斯坦和乌兹别克斯坦边界的咸水湖。
④ 索默拉尔公馆，19 世纪法国著名考古学家、收藏家索默拉尔父子的府邸。

不在法国。你们是在鹦鹉螺号上,而且在海平面下 50 米。"

"既然先生这么肯定,那就应该相信先生啰。"孔塞耶顶嘴说,"不过,坦率地说,这个大客厅,就是我这样的佛兰芒人见了都感到惊讶。"

"那你就惊讶吧,朋友,好好看看,你搞分类很在行,这里可有事情做呢。"

孔塞耶用不着我给他鼓劲儿。这个可敬的小伙子已经俯身玻璃橱窗上,低声咕叽着,脱口说出一系列博物学术语:腹足纲、蛾螺科、宝贝属、马达加斯加宝贝种,等等。

尼德·兰因为对贝类学了解甚微,这时候便问起我跟尼摩船长交谈的情况:我弄清楚他是谁了吗?他从哪里来,到哪里去,要把我们拖到多深的海底?总之,提了很多很多的问题,我都来不及回答。

我把我知道的都告诉了他,更确切地说,我把我不知道的都跟他说了。我也问他听到了什么,或看到了什么。

"什么也没看到,什么也没听到!"加拿大人回答,"就连船员的影子都没见到。对了,难道船员也是电的?"

"电的?"

"我敢保证!我真想这样认为。您呢,阿罗纳克斯先生,"尼德·兰问我,他总绕不开他那个念头,"您能不能告诉我船上有多少人?10 个,20 个,50 个,100 个?"

"我回答不了,兰师傅。还有,请相信我,暂且把夺取或逃离鹦鹉螺号的念头放一放。这艘船是现代工业的杰作,没有看见它,我会遗憾终身!很多人都会接受我们目前的处境,哪怕只是为了到这些奇珍异宝中间走一走。因此,请您保持安静,我们得设法看清周围发生的事情。"

"看清!"鱼叉手嚷道,"我们什么也看不见,从这座钢板监牢里,我们什么都不可能看见!我们像瞎子一样走着,航行着……"

尼德·兰话音未落，忽然大客厅变得一片漆黑，黑得伸手不见五指。天花板的灯光熄灭了，而且猝不及防，我的眼睛感到很不舒服，就跟从沉沉黑暗中来到最强烈光线之下的感觉没有两样。

我们默默不语，一动不动，不知道有什么样的意外在等待我们，是福还是祸。但是，我们听到一种滑动的响声，好像是鹦鹉螺号两侧壁板移动的声音。

"彻底完了！"尼德·兰说。

"水母目！"孔塞耶喃喃低语。

突然，光线从大客厅两侧两个椭圆形窗洞里射了进来。我们看见一团团海水，被电光流照得亮闪闪。两块水晶玻璃把我们和大海隔开。一开始，我心惊肉跳，担心易碎的玻璃可能会爆裂。但是，玻璃周围有结实的铜骨架加固，再大的压力也顶得住。

鹦鹉螺号周围 1 海里以内的大海看得清清楚楚。多么壮美的景象啊！谁能妙笔生花，描绘出光线穿过透明水层，一直射到海底和海面时渐渐变弱的美丽景象呢？

众所周知，海水是半透明的，它的透明度超过山间清泉。海水中悬浮的矿物质和有机物质，甚至增加了它的透明度。在海洋的某些海域，比如在安的列斯群岛，在 145 米深的海中，仍可以看到海底沙床，且清晰得令人惊讶。太阳光似乎可以穿透 300 米深的水层。但是，在鹦鹉螺号潜行的海水中，电光是从波涛中射出来的，看到的已不再是明亮的水，而是流动的光。

如果相信埃雷姆贝格[1]的假设，海底可能被磷光照亮，那么，大自然一定为海洋居民保留了一幅最神奇的景象。这里，我通过光怪陆离的电光现象，也就能想象出神奇绚丽的海底景象了。大客厅两侧，各有一扇玻璃观光窗，向未经勘探的深渊敞开。大客厅的黑暗，正好

---

[1] 埃雷姆贝格（1795—1876），19 世纪德国科学家。

衬托出窗外的明亮。我们凝视窗外，这纯净的水晶玻璃窗，仿佛成了一个硕大无朋的鱼缸的玻璃了。

鹦鹉螺号好像静止不动了。那是因为缺少参照物。不过，有时候，艇冲角锥画出的一道道水纹，从我们眼前飞速掠过。

我们臂肘撑在玻璃观光窗前，心醉神迷，赞叹不已，谁也不想打破这目瞪口呆的沉默。最后，孔塞耶终于开口说话了：

"您不是想看吗，尼德老兄？那好，快看吧！"

"真奇妙！太奇妙了！"加拿大人说，他受到了不可抗拒的诱惑，竟然忘记自己的愤怒和逃跑计划了，"为了欣赏这奇景异象，从再远的地方赶来也值得！"

"啊！"我嚷道，"我理解这个人的生活了！他为自己营造了一个别有洞天的世界，一个充满最惊人奇观的世界！"

"鱼呢？"加拿大人提醒大家说，"我怎么看不到鱼呀！"

"这跟您有什么关系，尼德老兄，"孔塞耶回答，"既然您不熟悉鱼。"

"我？一个渔民！"尼德·兰嚷道。

于是，在这个问题上，两位朋友发生了口角，因为他们都熟悉鱼，但看问题的角度不同。

人尽皆知，鱼类属于脊椎动物门中的第4纲，也是最后一纲。人们给它们下了很确切的定义："拥有两个循环系统、冷血、用鳃呼吸、在水中生活的脊椎动物。"鱼分两大不同类别：一类是硬骨鱼，脊椎为硬骨；另一类是软骨鱼，脊椎为软骨。

加拿大人也许知道这种区分，但是孔塞耶知道得更多。现在，他和尼德成了朋友，他不容自己的知识不如尼德丰富。因此，他对尼德说：

"尼德老兄，您是鱼的杀手，是捕鱼能手。这种有趣的动物，您捕获过很多。但我肯定，您不知道鱼怎么分类。"

"我知道，"鱼叉手一本正经地回答，"鱼分成可食用鱼和不可食用鱼！"

"这是贪吃美食者的分类。"孔塞耶说，"那您告诉我，您知不知道硬骨鱼类和软骨鱼类的区别？"

"也许吧，孔塞耶。"

"那么，把这两大类再细分呢？"

"那就不会了。"加拿大人回答。

"好吧！尼德老兄，好好听着，牢牢记住了！硬骨鱼分为6目：第1目，棘鳍目，上颌完整，能够活动，鳃呈梳状。这一目包括15科，占已知鱼类的3/4。典型：河鲈。"

"相当好吃。"尼德·兰说。

"第2目，"孔塞耶接着说，"腹鳍目，鳍长在腹下胸后，不与肩骨相连。这一目分为5科，包括大部分淡水鱼。典型：鲤鱼、白斑狗鱼。"

"呸！"加拿大人不屑地说，"淡水鱼！"

"第3目，"孔塞耶说，"胸鳍目，鳍长在胸部下面，直接与肩骨相连。这一目包括4科。典型：鲽鱼、黄盖鲽、大菱鲆、菱鲆、舌鳎，等等。"

"好极了！好极了！"鱼叉手大叫大嚷，他总是从食用角度看待鱼类。

"第4目，"孔塞耶慢条斯理地说，"无鳍目，身体狭长，没有腹鳍，皮厚，黏性。这一目只有1科。典型：鳗鲡、电鳗。"

"味道平平！味道平平！"尼德·兰说。

"第5目，"孔塞耶说，"总鳃目，颌完整，活动自如，但是鳃呈簇须状，成对排在鳃弓上。这一目只有1科。典型：海马、海蛾鱼。"

"不好吃！不好吃！"鱼叉手说。

"最后，第6目，"孔塞耶说，"固颌目，上颌骨固定在形成下颌骨的颌间骨侧，腭弓卡在颅骨缝里，固定不动。这一目没有真正的腹鳍，包括2科。典型：单鼻鲀、翻车鲀。"

"只会糟蹋锅子！"加拿大人嚷道。

"您明白了吗，尼德老兄？"孔塞耶问，俨然是个大学问家。

"一点也不明白，孔塞耶老弟。"鱼叉手回答，"不过，继续说，因为您很有意思。"

"至于软骨鱼，"孔塞耶神色从容地接着说，"它们只有3目。"

"太好了。"尼德说。

"第1目，圆口目，上下颌连成一个活动的圆环，鳃上有许多小孔。这一目只有1科。典型：七鳃鳗。"

"应该喜欢。"尼德·兰说。

"第2目，横口目，其鳃与圆口目相似，下颌活动。这是软骨鱼纲中最重要的一目，包括2科。典型：鳐鱼和鲨鱼。"

"什么！"尼德嚷道，"鳐鱼和鲨鱼属于同一目！好，孔塞耶老弟，为鳐鱼着想，我不建议您把它们放在同一个鱼缸里！"

"第3目，"孔塞耶回答，"鲟目。通常，鳃张开时只有一条缝，在鳃盖骨下。这一目包括4科。典型：鲟鱼。"

"啊！孔塞耶老弟，您把最好的留到最后了，至少在我看来。说完了吗？"

"完了，我可敬的尼德，"孔塞耶回答，"不过注意，即使知道了这些，仍然是一无所知，因为科还要分成属、亚属、种、变种……"

"好吧，孔塞耶老弟，"鱼叉手俯身看着窗外说，"瞧，各个变种的鱼游过来了！"

"真的是鱼！"孔塞耶大声说，"我们面前好像是个大鱼缸！"

"不，"我说，"因为鱼缸只是牢笼，而这些鱼自由自在，就像鸟儿在空中自由翱翔。"

"好吧！孔塞耶老弟，说说它们的名称！说说它们叫什么！"尼德·兰说。

"我,"孔塞耶回答,"我不行!这是我主人的事!"

实际上,这个可敬的小伙子,这个分类狂,根本不是博物学家。我不知道他是否能分得清金枪鱼和舵鲣。总之,他和加拿大人截然相反,加拿大人可以毫不犹豫地说出所有这些鱼的名称。

"一条鳞鲀。"我说。

"一条中国鳞鲀!"尼德·兰应答说。

"鳞鲀属,硬皮科,固颌目。"孔塞耶低声说。

显然,尼德·兰和孔塞耶两人相加,就是一名出色的博物学家。

加拿大人没有说错。那确实是一群鳞鲀,身体扁平,表皮粗糙,背鳍带刺。它们在鹦鹉螺号周围游玩嬉戏,摆动着尾巴两边的四排尖刺。最奇妙的莫过于它们的外衣,上灰下白,金色斑点在黑黝黝的波浪里熠熠生辉。在它们中间,几条鳐鱼随波起伏,犹如一块迎风波动的桌布。在这些鳐鱼中间,我惊喜地发现了一条中国鳐鱼,背部浅黄色,腹部粉红色,眼睛后面有 3 根刺,堪称珍稀品种;当年,拉塞佩德甚至怀疑这个品种是否存在,他只在一本日本画册上见过。

整整两个小时,一支水族大军始终为鹦鹉螺号保驾护航。它们在水中戏耍跳跃,争艳斗辉,比赛谁游得快。在它们中间,我认出了青绿隆头鱼;带双道黑纹的棘鲾鱼;尾部呈圆形、背部白底带紫斑的塘鳢科虾虎鱼;蓝身银头,在这一带海域独占鳌头的日本鲭鱼;闻其名便一目了然的闪着蓝光的蓝鲷鱼;蓝色和黄色鳍的条纹鲷鱼;尾部有一道黑阔条纹的横纹鲷鱼;裹着 6 条艳丽色带的环纹鲷鱼;嘴巴活像笛孔的管口鱼;还有风箱鱼,这种动物的标本有的长达 1 米。还有日本蝾螈、多刺海鳝,以及大嘴利牙、眼小有神、身长 6 英尺的海蛇。诸如此类,不一而足。

我们惊讶不断,赞叹不绝。尼德说出鱼名,孔塞耶予以分类。我呢,面对它们活泼的姿态和美丽的形态,我只顾心醉神迷,乐而忘归。我从未观赏过这些在自然环境中自由生活的生龙活虎的动物。

从我们眼前游过的鱼群形形色色，五花八门，简直集日本海和中国海鱼类之大成，令人眼花缭乱，目不暇接，我无法一一列举。游来的鱼群比天空的鸟儿还要多，大概是被强烈电光源吸引过来的。

突然，大客厅灯亮了。窗板重新合上。迷人的景象顿然消失。但是，我久久沉浸在梦幻里，直到看见挂在舱壁上的仪表，我才清醒过来。罗盘一直指着东北偏北方向，压力仪标明5个大气压，说明船正在50米深处航行。电动测程仪指示航速每小时15海里。

我在等尼摩船长。但他没有露面。时钟指着5时。

尼德·兰和孔塞耶回他们的舱房去了。我也回到了我的房间里。晚饭已准备就绪。有无比鲜美的蠵龟汤；有白切羊鱼片，其肝做成了另一道美味佳肴。还有一盘裸颊鲷脊肉片，我觉得其味道比鲑鱼还要鲜美。

晚上我看看书，做做笔记，思考一些问题。后来我困了，躺到大叶藻床上，沉入深深的睡眠中，而鹦鹉螺号正在穿过湍急的黑潮向前滑行。

第十五章

一封邀请信

我一觉睡了整整 12 个小时才醒来。翌日,11 月 9 日,同往常一样,孔塞耶过来了解"先生夜里睡得怎样",然后就为我忙活起来。他没有惊动仍在酣睡的加拿大人,他这位朋友好像一辈子都睡不够似的。

我听凭这正直的小伙子絮絮叨叨、喋喋不休,没有太多搭理他。我心里老想着,昨夜我们观海景时,尼摩船长为什么没来,我希望今天能再见到他。

我很快就穿好了贝足丝服。孔塞耶心里又在捉摸这是什么衣料。我告诉他,这衣料是用一种光洁柔软的丝状纤维织成的,这种纤维可以把"肘子"①粘着在礁石上,地中海沿岸盛产这种贝类。从前,人们用这种纤维织成漂亮的衣料、袜子和手套,既柔软又暖和。这样,鹦鹉螺号的船员们轻而易举地解决了穿衣问题,无须求助于陆地上的棉花、羊毛和蚕丝。

我穿好衣服就去了大客厅。里面空无一人。

我开始潜心研究堆集在玻璃橱柜里的贝类珍藏。我也翻阅了植物大标本集,里面有最珍贵的海洋植物,虽然已经风干,但依然色泽鲜艳,令人赞不绝口。在这些珍贵的水生植物中,我看到有枝轮藻、扇藻、葡萄叶形蕨藻、细粒绢丝藻、纤细的仙菜、孔叶藻。还有伞藻,样子像扁平菌帽,长期被列入植形动物之列。最后,还有一组墨角藻。

整整一天过去了,尼摩船长仍没有赏光来看我。大客厅玻璃观光窗没有打开。想必怕我们对美丽的海景感到厌倦吧。

---

① "肘子",此处为江珧的俗称。江珧是一种贝类,生活在沿海。壳略呈三角形,表面苍黑色,直立插入泥沙中,终生不再移动。

鹦鹉螺号继续朝着东北偏东方向航行，航速每小时 12 海里，潜海深度 50 米至 60 米。

第二天，11 月 10 日，我依然被弃之不顾，依然冷冷清清，连船员的影子都没有看见。尼德和孔塞耶陪我度过了大半天。他们对船长莫名其妙的不露面深感惊异。这个怪人难道病了？他想改变对我们的安排吗？

不管怎样，照孔塞耶的说法，我们享受到了完全的自由。我们吃得很好，饭菜很丰盛。我们的主人遵守约定。我们不能埋怨人家。况且，我们死里逃生，逢凶化吉，对我们奇特的命运，我们无权鸣冤叫屈。

这一天，我开始写日记，把奇遇记下来。这样，我以后谈起这些趣事时，可以做到一丝不苟，正确无误。还有一个有趣的细节，我是在大叶藻做成的纸上写日记的。

11 月 11 日，大清早，鹦鹉螺号上弥漫着新鲜的空气。我知道，我们已回到海面上了，以便更新氧气储备。我向通往甲板的中央梯走去。我登上了甲板。

早晨 6 时。我见天空阴云密布，海面灰暗朦胧，但平静安宁，几乎没有海浪。我希望能在这儿遇见尼摩船长。他会来吗？我只看见舵手，关在他的玻璃操舵室里。我坐在小艇收纳槽隆起的地方，畅快地呼吸着带咸味的空气。

在阳光照耀下，轻雾渐渐消散。灿烂的太阳从东方天际喷薄而出。万顷琉璃，照得大海似导火线般燃烧起来。散布在高空的云朵，被染得五彩缤纷，令人叹为观止。数不清的"猫舌"①预示全天都会刮风。

但是，对于连暴风雨都吓不倒的鹦鹉螺号，区区刮风又算得了什么！

我观赏着欢快的日出景象，多么赏心悦目，多么活力四射！突

---

① "猫舌"，边缘为锯齿状的轻薄白云片。——原注

然，我听见有人走上甲板来。

我正准备同尼摩船长打招呼，但上来的却是他的副手，船长第一次来看我时，我见过此人。他在甲板上走着，似乎没发现我的存在。他举着高倍望远镜，环顾四周，仔细观察海尽头。观察完毕，他走到甲板舱口，说了一句话。我之所以记得这句话，是因为每天早晨都能在同样的情况下听到。这里，我把它原原本本记录如下：

"Nautron respoc lorni virch."

这句话是什么意思，我不知道。

大副说完便又下去了。我寻思，鹦鹉螺号可能又要潜水航行了。于是，我走下甲板，穿过纵向通道，回到房间里。

就这样，5天过去了，一切如故。每天早晨，我登上甲板，听到同一个人说同一句话。尼摩船长始终未露脸。

我已打定主意不再见他，没想到，11月16日，我和尼德、孔塞耶一起回到我的房间时，发现桌上有一张写给我的短笺。

我急忙打开短笺。只见字迹纯净整洁，但带点哥特风格，像是德语书法。

短笺内容如下：

鹦鹉螺号船上的阿罗纳克斯教授先生启

　　尼摩船长邀请阿罗纳克斯教授先生参加打猎聚会，时间定在明天早晨，地点克雷斯波岛森林。敬请教授先生务必光临，并欢迎教授的同伴一同前往。

鹦鹉螺号尼摩船长

1867年11月16日

"打猎！"尼德叫了起来。

"在克雷斯波岛森林！"孔塞耶补充说。

"他要上陆地去了，这个怪人？"尼德·兰又说。

"我看信上写得明明白白。"我又把信读了一遍，说道。

"好吧！那可得接受，"加拿大人辩解说，"一旦到了陆地，我们再考虑怎么办。再说，能吃到几块新鲜野味，我不会不高兴的。"

尼摩船长非常厌恶大陆和岛屿，现在却邀请我们去森林打猎，这是自相矛盾的。但我没有细想这之间的矛盾，只对他们说：

"先看看克雷斯波岛的情况再说。"

我查看地球平面球形图，我在北纬 32°40'、西经 167°50' 找到一个小岛，是克雷斯波船长 1801 年发现的，西班牙老地图称之为"罗加·德·拉普拉塔"，意思是"银色岩石"。由此可知，我们离那里还有 1800 海里，鹦鹉螺号航向稍有改变，正朝东南方向航行。

我把北太平洋中这个偏僻小岩岛指给我的同伴们看。

"假如尼摩船长偶尔想到陆地上去，"我对他们说，"一定会选荒无人烟的小岛。"

尼德·兰摇摇头，没有言语。过了一会儿，他和孔塞耶都走了。侍者送来了晚饭，依然一声不响、面无表情。晚饭后，我就睡觉了，但心中不无担忧。

第二天，11 月 17 日，我醒来时，感觉鹦鹉螺号已经停下来了。我赶紧穿好衣服，走进大客厅。

尼摩船长在那里。他在等我。见我进来，他便起身打招呼，问我是否方便陪他去打猎。

既然他对一星期不露面只字不提，我也就避而不谈，只是对他说，我和同伴们已准备随他前往。

"不过，先生，"我补充说，"我冒昧向您提个问题。"

"说吧，阿罗纳克斯先生。只要能回答，我一定回答。"

"好吧，船长。您和陆地已断绝一切来往，怎么还在克雷斯波岛上拥有森林呢？"

"教授先生，"船长回答我，"我拥有的森林不需要太阳给予光和热。狮子虎豹，任何四足动物，都不会涉足我的森林。这片森林，只有我一人知道，只为我一人生长。这绝对不是陆地森林，而是海底森林。"

"海底森林！"我喊了起来。

"是的，教授先生。"

"您说愿意带我去？"

"对。"

"徒步？"

"甚至不湿脚。"

"打猎？"

"是的，打猎。"

"拿枪？"

"是的，拿枪。"

我看着鹦鹉螺号的船长，脸上丝毫没有露出恭维的神情。

"他的脑子一定有毛病。"我寻思，"他发作过一次，病了一个星期，甚至还会继续病下去。真可惜！我宁愿他是怪人，也不希望他是疯子！"

这个想法清楚地写在我脸上。但尼摩船长什么也没说，只是请我跟他走。我像一个对一切都逆来顺受的人，跟着他走了。

我们来到餐厅，早餐已准备就绪。

"阿罗纳克斯先生，"船长对我说，"我请您和我共进早餐，不必客气。我们边吃边聊。我答应您去森林里散步，但没有保证您在林中可以找到餐馆。多吃一点吧，可能很晚才能吃晚饭。"

我吃得津津有味。有各种各样的鱼，还有海参片——美味的植形动物，伴有浓浓的开胃海藻，如锯齿紫菜、苦味海藻等。饮料是清水，我仿照船长的做法，加进几滴发酵酒，这种酒是按照堪察加人①的方式，从一种名叫"掌状红皮藻"的海藻中提取的。

起初，尼摩船长只顾闷头吃饭，一言不发。过了一会儿，他对我说：

"教授先生，当我建议您到我的克雷斯波森林打猎时，您认为我是自相矛盾。当我告诉您那是海底森林时，您又以为我疯了。教授先生，千万不要轻率地评判一个人。"

"不过，船长，请相信……"

"听我说下去，您会知道我到底是不是疯了，是不是自相矛盾。"

"您说吧。"

"教授先生，您和我一样清楚，只要带上可呼吸的空气，人是可以在水下生活的。工人在水下作业时，穿着防水服，戴着金属头盔，通过压气泵和气流调节器，呼吸到海面上的空气。"

"那是潜水装备。"我说。

"的确，但是，在这种条件下，人是不自由的。他被连在压气泵上，由一根橡皮管输送空气。那管子是一条真正的锁链，牢牢地把他和陆地拴在了一起。如果在鹦鹉螺号上我们也必须这样被拴着，我们就走不远了。"

"那怎样才能自由呢？"我问。

"用鲁凯罗尔－德内鲁兹呼吸器，是您的两位同胞想出来的，不过，我进行了改进，以适应我的需要。您戴上了这种呼吸器，就可以在新的生理条件下进行水下冒险活动，您的器官不会因此而有丝毫不适。呼吸器有一个厚钢板储气瓶，瓶内储存 50 个大气压的空气。储气瓶用背带固定在背上，就像士兵的背囊。储气瓶的上部形似盒子，

---

① 堪察加人，俄罗斯西伯利亚堪察加半岛的居民。

里面装有空气泵，只有在标准压力下空气才能流出来。通常使用的鲁凯罗尔呼吸器里，有两根橡皮管，把空气泵和一个喇叭形罩连接起来。喇叭形罩套在操作人员的鼻子和嘴巴上，一根管子用来吸气，另一根用来呼气，舌头可根据需要控制呼吸开关。但是，我在海底要承受巨大的压力，我不得不像潜水员那样，把脑袋藏在一个圆铜盔里，呼吸用的两根管子通到这个头盔里。"

"太好了，尼摩船长。但是，您携带的空气想必很快就会用完。当空气里只含有 15% 的氧气时，就会感到呼吸困难。"

"不错，但我对您说过，阿罗纳克斯先生，鹦鹉螺号的压气泵可以用高压储存空气，在这种条件下，呼吸器储气瓶里的空气可供人呼吸 9 至 10 个小时。"

"我没有什么异议了，"我回答说，"我只想请教您，船长，在海底您是怎样照明的？"

"用伦可夫灯，阿罗纳克斯先生。如果说鲁凯罗尔呼吸器背在背上，那么，伦可夫灯则系在腰间。伦可夫灯有一节本生电池，我不用重铬酸钾，而用氯化钠来产生电。一个感应线圈把电池产生的电汇集起来，输送到一个有特殊结构的灯上。灯里有一个蛇形玻璃管，管中只有少量的二氧化碳。通电时，二氧化碳变亮，发出持续的白光。有了这两种装置，我就可以呼吸了，就看得见了。"

"尼摩船长，对我的质疑，您的回答总让人无法辩驳，我再也不敢怀疑了。但是，如果说我不得不接受鲁凯罗尔呼吸器和伦可夫灯，那对您要我带的猎枪，请允许我有所保留。"

"那根本不是火药枪。"船长回答。

"那是气枪？"

"当然。船上没有硝石，没有硫黄，也没有木炭，您叫我怎么制造火药？"

"再者，"我说，"海水的密度是空气的 855 倍，要在水下射击，必须克服巨大的阻力。"

"这不是理由。有些火炮，继富尔顿①之后，又经过英国人菲力普·科尔斯和伯利、法国人菲尔西、意大利人兰迪的改进，配备有特殊的关闭装置，可以在海水中射击。不过，我再重复一遍，我没有火药，只好用高压空气代替，鹦鹉螺号的压气泵为我提供充足的高压空气。"

"但高压空气会很快用完的呀。"

"是的，可我不是有鲁凯罗尔储气瓶吗？需要时，它不是可以向我提供空气吗？只要打开一个专门的开关就行了。何况，阿罗纳克斯先生，您会亲眼看到，海底打猎不费多少空气和子弹。"

"不过，我想，海底光线不好，海水密度又比空气大得多，子弹打不远，也很难致命。"

"先生，恰恰相反，用这种枪射击，枪枪都是致命的。动物一旦被击中，哪怕只是轻轻碰一下，就会立即倒毙，像遭雷击似的。"

"为什么？"

"因为这枪发射的不是普通子弹，而是一种小玻璃弹管，是奥地利化学家莱尼布鲁克发明的，我储备了很多。这种小玻璃弹管，外面有钢套，底部有一层铅，加大了重量。这是真正的小莱顿瓶②，里面电压很高，只要轻轻一碰，便会立即放电，再强大的动物，也会即刻倒毙。我还要告诉您，这些玻璃弹管，不比4号子弹大，普通猎枪可以装10发。"

"我信服了，"我回答，一面站起来离开餐桌，"我去取枪就是了。您去哪里，我就跟到哪里。"

尼摩船长带着我向鹦鹉螺号船艉走去。经过尼德·兰和孔塞耶的

① 富尔顿(1765—1815)，美国发明家、工程师、艺术家。曾为美国海军设计了第1艘蒸汽机军舰，舰上有35门火炮。

② 莱顿瓶，早期的电容器，1746年，由荷兰莱顿市的3个科学家发明。

舱房时，我把两位同伴叫出来，他们立刻跟我们走了。

　　不一会儿，我们来到位于机房附近舱翼的一间小室里，我们将在里面换上漫游海底的服装。

第十六章

漫游海底平原

这间小室，确切地说，是鹦鹉螺号的潜水设备室和更衣室。壁上挂着12套潜水服，供漫游海底者使用。

尼德·兰看到潜水服，便对穿这衣服表现出极其反感的情绪。

"我的好尼德，"我对他说，"克雷波斯岛森林不过是海底森林嘛！"

"好呀！"鱼叉手见吃鲜肉的梦想破灭，失望地说，"那您呢？阿罗纳克斯先生，您钻进这衣服里去吗？"

"这是必须的，尼德师傅。"

"随您的便，先生，"鱼叉手耸了耸肩说，"至于我，除非你们强迫我，否则我决不钻进去。"

"没有人强迫您，尼德师傅。"尼摩船长说。

"孔塞耶也去冒险吗？"尼德问。

"先生去哪，我就去哪。"孔塞耶回答。

船长一声招呼，两名船员过来帮我们穿上这笨重的潜水服。潜水服由橡胶制成，没有线缝，可以承受巨大的压力，简直是柔软而坚固的盔甲。潜水服衣裤连成一体，裤腿连着鞋子，鞋子很厚，鞋底很沉，由铅板做成；上衣用铜片加固，犹如护胸铠甲，可防海浪冲击，让肺自由呼吸；衣袖连着手套，手套柔软灵活，丝毫不妨碍手的活动。

显然，18世纪发明并大力吹捧的那些没有样式的潜水衣，如软木盔甲、无袖潜服、下海服、浮筒等，与这套完善的潜水服相比，真有霄壤之别。

尼摩船长、他的一个伙伴（赫丘利①式人物，力大无比）、孔塞耶和我，我们很快穿好了潜水服，就差把脑袋装进金属头盔里了。在戴头盔之前，我要求船长允许我们检查一下要带的猎枪。

鹦鹉螺号的一名船员给我拿来一支简便的猎枪。枪托由钢板制成，里面是空的，体积相当大。原来枪托是用来储存压缩空气的。通过一个扳机操纵阀门，让空气进入金属枪管。厚厚的枪托钢板上有一个凹槽，那就是弹匣，内装20发电子弹，在弹簧推动下，子弹自动进入枪管。一发子弹射出后，另一发立即上膛待发。

"尼摩船长，"我说，"这武器太棒了，使用方便。我都迫不及待想试一试了。不过，我们怎么去海底呢？"

"教授先生，此刻，鹦鹉螺号正停在水下10米深处。我们可以出发了。"

"可我们怎么出去呢？"

"您就会知道的。"

尼摩船长把圆头盔套在脑袋上。我和孔塞耶也戴上头盔，不过，仍听到加拿大人不无嘲讽地对我们说"打猎顺利"。潜水服上端有一个铜螺纹领子，金属头盔就拧在上面。头盔上有3个洞，用厚玻璃密封，只要在圆头盔里转动脑袋，就可以看到四面八方。头盔一经戴上，背在我们背上的鲁凯罗尔呼吸器便立马开始工作。我感到呼吸自如。

我腰挂伦可夫灯，手拿猎枪，准备出发。但是，坦率地说，我被紧箍在笨重的潜水服里，又被铅鞋底钉在了甲板上，我感到一步都迈不了。

不过，这是预料之中的事，我觉得有人把我推进毗邻的潜水过渡舱里。我的同伴们也被推着跟在我后面。我听见密封舱门在我们身后关闭，沉沉黑暗将我们团团包围。

---

① 赫丘利，罗马神话中的英雄，即希腊神话中的赫拉克勒斯，力大无比，神勇过人。

几分钟后，一阵尖啸声传进我耳朵。我感到一股冷气从脚底涌到胸口。显然，有人从船内打开阀门，让外面的海水涌入舱内，将我们淹没，舱里很快充满了水。这时，鹦鹉螺号侧面的另一扇门打开。我们被朦胧的光线照亮。过了一会儿，我们就脚踩海底了。

此刻，我怎样才能把漫游海底的印象叙述出来呢？如此奇观异景，岂是语言所能描绘！就连画笔都描绘不出海水的奇异风光，笔杆子又怎能将它们重现？

尼摩船长走在前面，他的同伴跟在我们后面，相隔几步远。我和孔塞耶紧挨着，仿佛透过金属甲壳可以交谈似的。我感到衣服、鞋子和储气瓶不再那么沉重了，厚厚的圆盔也好像失去了分量。我在圆盔里可以晃动脑袋，就像杏仁在杏核里那样。所有这些物体，沉入水中失去的重量，相当于排出水的重量。对于阿基米德①发现的这条物理定律，我应该感到非常满意。我不再是一块惰性物体，我有相当大的行动自由了。

光线一直照射到洋面下 30 英尺深处，它的穿透力着实让我惊讶。阳光轻易穿过水体，使得海水色彩变淡。百米之内的物体，我看得一清二楚。百米以外，海底略呈云青色，渐渐变浓，在远处，变成了深蓝色，最后消失在茫茫黑暗中。说真的，我感到周围的水不过是一种空气，密度比陆上空气大，但透明度几乎不相上下。我抬眼望去，依稀可见平静的海面。

我们行走在平坦的细沙地上，不像海边沙滩那样上面有波涛起伏的痕迹。这是一块炫目的地毯，一面真正的反光镜，反射阳光的强度令人瞠目结舌。由此产生了大量的光辐射，可以穿透所有的液体分子。如果说在这水下 30 英尺深的地方，我的视线如同在大白天一样清晰，这会有人相信吗？

①　阿基米德（前287—前212），古希腊学者。发现杠杆定律和阿基米德定律，确定了许多物体的表面积和体积的计算方法。

　　我行走在这明亮的沙地上，足足走了一刻钟，沙地上布满了细得不可触摸的贝壳粉尘。鹦鹉螺号的身影犹如一块长长的礁石，渐渐地从我们视线中消失。但是，如果黑暗笼罩海水，船的舷灯投射的清晰亮光，可以指引我们返回船上。我们见惯了陆地上鲜明突出的微微发白的光景，是很难理解海底的光照效应的。陆地上，空气中充满尘埃，使得微微发白的光景犹如闪光的云雾，但在海上和海底，电光的传播纯净透亮，无与伦比。

　　我们继续往前走，辽阔的细沙平原似乎漫无边际。我用手拨开水帘，可水帘在我身后随即合拢，我的脚印在水的压力下顿然消失得无影无踪。

　　不久，有几个影子浮现在我眼前，由于距离远，显得模糊不清。后来我认出，离我们最近的是一些美轮美奂的岩礁，上面覆盖着美丽妖娆的植形动物。我顿时就被这特别的景致震惊了。

　　那是上午10时。太阳光以相当的斜度照射在波涛滚滚的海面上，光线犹如穿过棱镜，因折射而分解，那些花呀，岩礁呀，胚芽呀，贝壳呀，珊瑚虫呀，接触到被折射的光线，其边缘便略呈太阳光谱的7种色彩。这错综复杂的色彩混杂一起，形成了一种奇观，一种视觉享受，一个名副其实的万花筒，赤、橙、黄、绿、青、蓝、紫，七彩缤纷，让人眼花缭乱。总之，这是狂热的水彩画家使用的一整套调色板！我恨不能把涌入我脑海的强烈感受告诉孔塞耶，和他一起赞美叹赏！恨不能像尼摩船长和他的同伴那样，用约定的示意动作来交流思想！无可奈何，我只好自言自语，在套着我脑袋的铜匣子里大喊大叫，我这样徒劳地自言自语，可能消耗了不该消耗的空气。

　　在这绮丽的景致面前，孔塞耶像我一样驻足观望。显然，这位可敬的小伙子，看到眼前的植形动物和软体动物，就给它们分类，不停地进行着分类。地上，珊瑚虫和棘皮动物比比皆是，不计其数。名目繁多的伊希斯红珊瑚、离群索居的星状珊瑚、洁白无瑕的枇杷珊瑚

（从前叫"白珊瑚"）、满身长刺的石芝珊瑚、基盘附着在硬物上的海葵，构成了一个花团锦簇的海底大花坛。除此之外，还有壁珊瑚，装饰着花枝招展的蓝色环状触手；还有海星，星罗棋布地撒布在沙地里；还有粗糙不平的星脐藻，宛若水神亲绣的精美花边，随我们路过激起的水纹翩翩起舞。美丽的软体动物，成千上万，铺满海底：同心圆纹扇贝、丁蛎、斧头蛤（真正会蹦跳的贝壳）、马蹄螺、红冠螺、长着天使翅膀的风螺、海兔螺，以及其他许多取之不尽的海洋产品。我把脚踩在上面，真的于心不忍。但是，我们又不得不往前走。我们往前走着，头顶上游过成群结队的僧帽水母，身后飘舞着它们云青色的触手；还有水螅水母，张开带有天蓝色月牙边的乳白色或粉红色伞膜，可以为我们遮挡阳光；还有钵水母，磷光闪烁，黑暗中可为我们照亮道路！

所有这些奇观，都是我在1/4海里的路途中依稀看到的，我几乎没有驻足欣赏，跟在尼摩船长后面，他不时向我招手要我往前走。不久，海底土质发生了变化。继细沙平原之后，出现了一种黏糊糊的淤泥地，美国人称之为"oaze"，清一色由硅质和钙质贝壳构成。接着，我们走过一片海藻地，这些深海植物尚未被海水冲走，繁殖的速度令人惊讶。这些繁茂旺盛的草坪，踩在脚下软软的，可与最柔软的手织地毯相媲美。其实，我们不仅脚下绿草如茵，头顶上也是青葱翠绿。水面上漂游着宛若绿荫的海洋植物，归入庞大的海藻科，我们知道的海藻就有2000多个品种。我看到水中漂浮着长带墨角藻（其花有的呈小球状，有的呈小管状）、凹顶藻、枝轮藻、掌状红皮藻。我发现，绿藻浮在海面上，红藻位于中间水层，而黑藻或褐藻则身居海底，形成海底花园和花坛。

这些海藻确实是天地万物中的一大奇观，全球植物区系的一大奇迹。海藻科造就了地球上最小和最大的植物。因为有人在5平方毫米的空间，数到过40000株肉眼看不见的胚芽，同时，也曾采到过长度超过 500 米的墨角藻。

　　我们离开鹦鹉螺号已有一个半小时。快到中午了。我看见阳光垂直照射下来，不再产生折射现象。诡谲奇妙的色彩逐渐消逝，我们头顶上的翡翠绿和宝石蓝也风流云散。我们踩着均匀的步伐向前走着，回声震耳欲聋。即使是最轻微的响声，也会迅速传播出去，久居陆上之人，耳朵无法适应这个速度。因为，与空气相比，水是更好的传播声音的媒介，声音在水中传播的速度是在空气中的 4 倍。

　　这时，地面明显向下倾斜，光线的色调变得单一。我们到达 100 米的深度，身受 10 个大气压力。但是，我的潜水服就是按照这个条件设计制造的，我丝毫不因这样的压力而感到难受。我只觉得手指关节有些僵硬，而且这种不适很快就消失了。按说身穿如此笨重的行装，在海底漫游两个小时，理应感到精疲力竭，可是，我尽管很不习惯这身装束，却丝毫不觉疲惫。在海水的帮助下，我行动起来轻松自如。

　　到达 300 英尺深度时，我还能看到阳光，只是光线微弱。强烈的阳光被微红的暮色取而代之，那是介于白天和黑夜之间的半明半暗。但我们仍能看清道路，还用不着打开伦可夫灯。

　　这时，尼摩船长停了下来。等我赶上来后，他用手指了指前方不远的地方。黑暗中，隐约可见几团黑魆魆的东西。

　　"这就是克雷斯波森林了。"我想。我没有猜错。

第十七章

海底森林

我们终于来到这片海底森林的边缘，在尼摩船长辽阔的领地上，这无疑是他一座最美丽的森林了。他把这片森林视作自己的私有财产，认为自己是这里的主宰，正如创世初期的人类有权支配世界一样。再说，有谁同他争夺过这片海底不动产的所有权呢？又有哪个拓荒人更胆大包天，敢于抡起斧头，到这黑暗阴森的丛林里来垦过荒呢？

森林里有高大的乔木状植物。我们一走到宽阔的乔木拱顶下，我的目光顿然被树枝古怪的姿态所吸引，如此奇特的景象我至此从未见过。

地上寸草不生，没有宛如地毯的草坪。灌木树上丛生的枝条，没有一枝匍匐在地，没有一条弯腰屈膝，或向水平方向延伸。所有的树枝全都笔直地伸向海面，不管是细如丝，还是宽如带，都像铁杆那样挺得笔直。墨角藻和藤本植物全都垂直向上生长，因为养育它们的海水密度很大，它们得听从海水密度的指挥。而且，这些植物一动不动，始终如一，我用手把它们往旁边拨开，可我一松手，它们便恢复原状。这里简直是一个垂直的世界。

植物的这种奇特姿态，我很快就习以为常，对周围相对昏暗的环境也很快适应了。林地上到处有尖锐的石块，很难一一避开。我发现，这里的海底植物品种几乎一应俱全，甚至比北极或热带地区丰富多彩，北极和热带地区的植物种类要少一些。但是，最初几分钟，我不觉把动植物的界搞混了，错把植形动物当成水生植物，把动物当成植物。可是，谁没出过错呢？在这海底世界，动物和植物何其相像！

据我观察，所有这些植物，只靠根突表皮与地面接触。它们没有根儿，不在乎支撑在什么固体上，是沙，是贝，是壳，是卵石，统统无关紧要。它们只需要一个支点，而不是维持生命的营养。这些植物自生自长，海水是它们生命的源泉，海水给予它们支持，给予它们营养。它们大多不长叶子，不过是怪模怪样的带状物，限于不多几种颜色：玫瑰红、胭脂红、青绿、橄榄绿、浅褐色和褐色。在这里，我又见到了——当然不是鹦鹉螺号上的风干标本——孔雀团扇藻，它们展开折扇，像在撩拨微风。还有鲜红的仙菜、伸出可食用嫩芽的海带。还有千丝万缕、弯弯曲曲、在 15 米高处怒放的海囊藻和一束束枝端肥大的伞藻，以及其他许许多多深海植物。所有这些植物都不开花。"在海底，动物开花，植物不开花，真是无奇不有，闻所未闻！"一位风趣的博物学家如是说。

在高度与温带树木差不多的海底灌木丛之间，在它们潮湿的阴影下，聚集着一堆堆货真价实的荆棘丛，怒放着活生生的鲜花，那是似篱笆排列的植形动物，上面鲜花般绽放着形形色色的珊瑚虫：身上布满条纹的脑珊瑚、触须透明的暗黄色双形珊瑚、如青草般丛生的六放珊瑚。更使人幻觉丛生的，是看见斑点鱼似蜂鸟般在枝头间飞来飞去，而两腮鼓起、鳞甲尖利的雀鳝以及豹鲂鮄、松球鱼等，宛若一群群沙锥，在我们脚下一跃而起。

将近下午 1 时，尼摩船长发出休憩的信号。这正中我下怀。我们在一个翅藻绿廊下躺了下来，狭长如带的翅藻似箭一般矗立着。

片刻的休憩真是妙不可言。美中不足的是彼此无法交谈。不能说话，也不能回答。我只能把我肥大的铜脑袋靠近孔塞耶。我看见小伙子双眸闪光，说明他非常高兴。为了表达他的满意心情，他在头盔里摇头晃脑，那般怪模样可笑至极。

在海底漫游了 4 个小时，我却没有想吃东西的迫切愿望，不禁万分惊讶。胃怎么会这样，我说不清楚。但相反，像所有潜水员一样，我困得不行，很想睡觉。因此，我在厚厚的玻璃片后闭上眼睛，陷入难以控制的昏昏欲睡状态中，刚才只因不停走路才没有睡着。尼摩船长和他健壮的同伴，躺在清澈晶莹的海水中，为我们做出了海底睡觉的榜样。

这种昏昏欲睡的状态持续了多久，我估计不出来。当我清醒过来时，好像太阳正在落山。尼摩船长已经起来了，我开始伸展四肢，就在这个时候，来了一位不速之客，我腾地一下站了起来。

离我几步远，一只高达1米的特大海蜘蛛，斜着眼睛瞪着我，准备向我扑来。虽然潜水服很厚，足以保护我不被这动物咬伤，但我仍然吓了一跳。孔塞耶和鹦鹉螺号水手此刻也醒来了。尼摩船长向同伴指了指这只丑陋无比的甲壳动物，水手一枪托打下去，就结果了它的性命。那怪物骇人的爪子还在抽搐扭动。

这次遭遇使我想到，一定还有其他更可怕的动物经常在昏暗的海底出没，我的潜水服也许抵挡不了它们的进攻。此前我从未想过这个问题，我决心时刻保持警惕。此外，我还以为，这次憩息意味着我们海底漫游已告结束。可是我错了：尼摩船长非但没想打道回府，反而还要继续他无畏的海底漫游。

地面继续向下倾斜，坡度越来越大，把我们引向更深的海底。3时许，我们来到一个狭谷，两边峭壁陡立，深达150米。多亏完善的装备，我们超越了似乎是大自然强加给人类的潜水90米的极限。

我敢说这里深度是150米，尽管我没有任何仪器可以测定。我知道，即使在最清澈可鉴的海水中，阳光也不可能照射到150米以下的地方。而恰恰现在，周围变得一片漆黑。10步以外任何物体都看不见了。我摸索着往前走，这时，我突然看见了一道强烈的白光。尼摩船长刚刚打开了伦可夫灯。他的同伴接着也打开了。我和孔塞耶跟着这样做。我转动了旋钮，接通感应线圈和蛇形玻璃管。这样，4盏灯照亮了大海，方圆25米以内亮如白昼。

尼摩船长继续朝幽暗的森林深处走去，灌木丛越来越稀少。我发

现，植物的生命比动物消失得更快。在被深海植物抛弃的业已贫瘠的地面上，海洋动物仍然迅速繁殖，植形动物、节肢动物、软体动物和鱼类星罗棋布，数不胜数。

我一边走着，一边心里琢磨，伦可夫灯的亮光一定会招来黑暗水层的某些居民。不过，即使它们来了，也是与猎人保持相当大的距离，这叫猎人一筹莫展。有好几次，我看见尼摩船长停住脚步，举枪瞄准，可是，他观察了一会儿，又重新站起来，继续往前走。

将近4时，这次奇妙的海底漫游终于宣告结束。一道雄伟壮观、妙不可言的石壁矗立在我们面前，巨石堆叠，巉岩林立，有许多黑乎乎的岩洞，但没有可攀缘之路。这是克雷斯波岛的尽头，这是陆地。

船长忽然驻足不前。他打了个手势，命令我们停止前进。我多么想翻过这道峭壁啊，但我不得不停下来。这里是尼摩船长领地的尽头。他不愿越过界线。峭壁的另一边，是地球的陆地部分，他不应该再踏上那里了。

我们开始往回走。尼摩船长依然走在小队伍前面，勇往直前，毫不犹豫。我觉得，我们没有从原路返回鹦鹉螺号。这条新路非常陡峭，因此行走艰难，但可使我们迅速接近海面。不过，我们不是猛地一下子就返回海面的，如果水压减小太快，就会导致肌体严重紊乱，造成潜水员致命内伤。不一会儿，阳光再现，越来越亮。此时夕阳已然西下，但阳光的折射再次给水中万物镶上了一圈七彩光环。

在离海面10米深处，我们走在形形色色、成群结队的小鱼中间，它们的数量比空中飞鸟还要多，行动也更敏捷。但是，值得射击的水栖猎物还没有一个出现在我们视线中。

就在这时候，我见船长匆忙把枪抵在肩上，瞄准丛林中一个移动的目标。子弹射了出去，我听到微弱的嘘嘘声，一只动物在离我们几步远的地方应声倒下。

这是一头漂亮的海獭。海獭是唯一完全海栖的四足兽类。这头海

獭身长1.5米，价值一定昂贵。海獭皮上部栗褐色，下部银白色，是一种令人赞叹的毛皮，在俄罗斯和中国市场上备受青睐。这头海獭皮毛纤细而有光泽，至少可卖2000法郎。我非常欣赏这类稀奇的哺乳动物：圆脑袋上长着短耳朵，有一双圆圆的眼睛、像猫一样白白的胡须、带趾甲的脚掌和毛茸茸的尾巴。由于渔民的围追堵截，这种珍稀食肉动物已变得极其罕见，主要躲藏在太平洋北极圈水域，即使在那里，它们也似乎濒临灭绝。

尼摩船长的同伴过来抓起海獭，扛到肩上，我们继续赶路。

一片细沙平原展现在我们脚下，我们走了一小时。平原起起伏伏，经常上升到离海面不足两米的高度。这时，我看见我们的身影清晰地倒映在水中，就在我们头顶上方，同样的一群人，复制着我们的一举一动，总之，一切都相同，只是他们走路时头朝下，脚朝上。

还有一个光效应值得一提。一些厚云层飘过，转瞬即逝。但仔细一想，我就明白了，所谓的厚云层，不过是海底厚度不定的长浪折射而来。我还看到浪峰破碎后，在海面上形成的无数泡沫状"卷毛云"。甚至连大鸟从我们头上飞过时，我也能看见它们迅速掠过海面的倩影。

这时，我亲眼目睹了一次最漂亮的射击，这是让猎人高兴得浑身颤动的射击。我们清楚地看到，一只大鸟正张开宽大的翅膀朝我们飞来。尼摩船长的同伴举枪瞄准，当大鸟离海面只有数米时，他开枪射击。大鸟被击落，掉到离眼疾手快的猎手伸手可及的地方，他一把抓住猎物。这是一只美丽非凡的信天翁，海鸟中值得赞美的一个品种。

我们没有因这个惊喜而停住脚步。我们又走了两小时，时而漫步在细沙平原上，时而步履维艰地跋涉在海藻地里。说实话，我已经力竭筋疲，突然，我看见半海里外，有一道微光冲破海水的黑暗。这是鹦鹉螺号的舷灯。用不了20分钟，我们就可以回到船上，到了那里，我就可以尽情地呼吸了，因为目前储气瓶供给我的空气氧含量已明显不足。但是，没想到会遭遇意外，延误了回船的时间。

我走在船长后面，相距二十来步，我看见船长猛地转身向我扑来。他用力把我按倒在地，他的同伴也把孔塞耶按在了地上。起初，我不明白他为什么突然袭击我，但看到船长躺在我身旁，一动不动，我才放了心。

我躺在地上，正好躺在一大丛海藻后面。我抬起头，看见两个庞然大物，闪着磷光，呼啸着从我们面前游过。

我血管里的血凝固了！我看清楚了，威胁我们生命安全的是可怕的大角鲨。这是一对火鲛，一种可怕的鲨鱼，尾巴巨大无比，目光黯淡无神，吻部周围布满圆孔，从中分泌出磷光物质。可怕的火鲛！张开铁钳般的嘴巴，可以把整个人咀碎嚼烂！我不知道孔塞耶是否正忙于给它们归类。至于我，我在观察它们银白色的肚皮、长满利牙的可怕大嘴，但不是从科学的角度，不是以博物学家的身份，而是用受害者的眼光。

所幸这些饕餮的动物视力不好。它们游过去了，没有发现我们，浅褐色的鳍与我们擦肩而过。我们奇迹般地躲过了这场劫难，这次遭遇肯定比在森林里遇见猛虎更危险。

半小时后，在电光指引下，我们终于回到鹦鹉螺号上。外部的舱门依然敞开着，我们进入潜水过渡舱后，尼摩船长把这扇门关上。然后，他按了下电钮。我听到船内水泵开始工作，我感到周围的水位在下降。过了一会儿，过渡舱里的海水全部排空。这时，里面的舱门打开，我们走进更衣室。

在那儿，我们费了好大的劲儿脱下了潜水服。我回到舱房，疲惫不堪，又饿又困，一头倒在床上，对这次意外迭出的海底漫游，心中充满了赞美。

第十八章

太平洋下四千里

翌日，11月18日，早晨醒来，我精神饱满，昨日的疲劳已云消雾散，于是我登上了甲板。鹦鹉螺号大副正在喊他每日必喊的那句话。我恍然大悟，这句话与海况有关，更确切地说，这句话的意思是："视线范围内没有任何情况。"

的确，浩渺大海，荒无人迹。天际望不见一叶风帆。克雷斯波岛的山岗已在夜间消逝。大海吸收了棱镜分离的各种色彩，只把蓝光反射到四面八方，大海披上了奇妙的靛蓝色彩。宽波纹的蓝色闪光带，在波涌涛起的大海上依次展开。

我正在欣赏海洋雄伟壮丽的景象，尼摩船长来了。他好像没有看见我似的，开始进行一系列天文观测。观测结束后，他走过去，臂肘支撑在舷灯舱上，目光游移在苍茫洋面上。

这时，鹦鹉螺号二十来名水手登上甲板，个个铜筋铁骨，身强体壮。他们是来收昨夜撒下的大拖网的。这些水手尽管长相都具有欧洲人的特征，但显然来自不同的国家。我不会看错的，我辨认出其中有爱尔兰人、法国人、几个斯拉夫人、一个希腊人或干迪亚①人。这些人很少说话，彼此只使用奇怪的方言，我甚至猜不出这方言的来源。因此，我只好打消念头，不去向他们打听什么了。

渔网拉上船来了。这是一种拖网，跟诺曼底沿海使用的拖网大同小异，形状就像个大口袋，用一根漂浮的横桁和一条穿在下端网眼上的链条把袋口撑开。这些网袋固定在铁环套上，拖在船的后面。船

---

① 干迪亚，现名伊拉克里翁，希腊克里特岛最大的城市和港口。

行驶时，渔网从海底扫过，将过往海产品一网打尽。那天，从这片捕鱼区捕捞了不少珍奇品种，其中有动作滑稽可笑、被称作海上小丑的鲅鳒鱼，长有触须、浑身乌黑的花斑喙头海豚，红细带环绕的波纹鳞鲀，形如新月、口液有剧毒的箱鲀，几条暗绿色七鳃鳗，银鳞长吻鱼，像电鳗和电鳐那样带电的带鱼，有着褐色横纹的多鳞弓背鱼，还有浅绿色鳕鱼和好几个品种的虾虎鱼，等等，不一而足。最后，还有几条大鱼：1条头部隆起、身长1米的鲹鱼；好几条有蓝白相间花纹、美丽妖娆的舵鲣鱼；3条华丽的金枪鱼，它们游动速度很快，但也未能逃脱拖网的追捕。

据我估计，这一网捕捞的鱼有1000多斤。硕果累累，但在意料之中。事实上，渔网在船后拖了好几个小时，将各种海产品尽收网中。因此，我们不缺少优质食品。鹦鹉螺号航速很快，又有电光吸引，新鲜食品会源源不断而来。

这些丰富多彩的海产品，立即从甲板舱口送至食品储藏室，一部分用于新鲜食用，另一部分储存起来。

捕猎收网了，空气也更新了，我想鹦鹉螺号将继续游览海底了。我正准备回房去，尼摩船长突然向我转过身，直入主题，对我说：

"您看这海洋，教授先生，它不是也有真正的生命吗？它不是也有愤怒和温情吗？昨夜，它和我们一样睡着了，安详地睡了一夜，现在它苏醒了！"

既不问早安，也不道晚安！人们会不会以为，这个怪人同我的谈话早已经开始了呢？

"您瞧，"他接着说，"海洋在太阳的爱抚下苏醒过来！它白天的生活又要开始了！观察它的机体活动是一个饶有趣味的研究课题。它有脉搏，有动脉，会痉挛。我赞同科学家莫里的观点，他发现海洋也有自己的循环系统，和动物的血液循环一样真实。"

可以肯定，尼摩船长并不期待我回答。我觉得没有必要对他说一大堆"显然""肯定""您说得对"之类的客套话。他更像是在自言自语，每句话之间停顿的时间很长。这是在把内心的思考大声说出来。

"是的，"他说，"海洋拥有真正的循环系统。要促使海洋循环，造物主只需增加海水中的热量、盐分和微生物。的确，热量使海水具有不同的密度，从而形成顺流和逆流。就海水蒸发而言，因为北极地区不存在蒸发现象，而赤道地带海水蒸发十分活跃，这就使得热带海水和极地海水不断交流。而且，我还发现，海水自上而下、自下而上不断地流动，构成了海洋真正的呼吸运动。我注意到，海水分子在海面受热后，沉向海洋深处，冷却到 -2℃时，达到了最大密度，然后，温度继续下降，重量继续变轻，最后又回到海面上。您将会在极地看到这种对流现象造成的结果，你将会明白，为什么结冰现象只发生在海水的表面，这是独具慧眼的大自然制定的法则！"

听到尼摩船长这么说，我暗自思量："极地！难道这个胆大妄为的怪人想把我们带到极地去？"

但是，船长闭口不言了，默默地注视着这个被他孜孜不倦、完全彻底研究过的海洋。过了一会儿，他接着又说：

"教授先生，海水中含有大量的盐分。假如您把溶解在海水中的盐分全部提炼出来，那您就可以堆成 450 万立方法里的盐堆。假如把它们铺在地球表面，盐层可达 10 多米高。不要以为是大自然心血来潮，把这么多盐撒入水中的。不是的。盐分使海水不易蒸发，使海风不能吹走过多的水蒸气。这些水蒸气一旦化成水，就会淹没温带地区。盐分的作用无可比拟，在全球经济中起着平衡的作用！"

尼摩船长停住话头，站起身，在甲板上走了几步，又转身向我走来。

"至于纤毛虫，"他接着说，"那些数以亿万计的微动物，一小滴海水中就有几百万个，80 万个才只有 1 毫克重。但它们的作用不可小觑。它们吸收海水中的盐分，消化海水中的固体物质，它们生产红珊瑚和六放珊瑚，是石灰质陆地的真正奠基者！于是，水滴因失去矿物质而变轻了，升到海面上，吸收由于水分蒸发而遗留下来的盐分，水滴变重了，又回到海洋深处，给微动物带来新的可吸收物质。这样，海水自上而下又自下而上地流动，运动不止，生命不息！海洋到处都充满着生命，比陆地更紧张激烈，更富有朝气，更无止无境。有人说，海洋对人来说是死亡的因素，但对无数动物——还有对我——而言，是生命的因素！"

尼摩船长说得眉开眼笑，我也激动不已。

"因此，"他补充说，"那里才是真正的生活！我曾打算建设水下城市，建造海底住宅区。海底住宅和鹦鹉螺号一样，每天早晨回到海面上来呼吸。那是完全自由的城市，独立自主的城邦！不过，谁知道会不会有暴君……"

尼摩船长猛地一挥手，结束了这句话。然后，像是要驱走一个不祥念头似的，他直接问我：

"阿罗纳克斯先生，您知道大海有多深吗？"

"船长，我至少知道几次主要探测的结果。"

"那您可以告诉我吗？必要时，我想验证一下。"

"我把记得的几次探测结果说一说吧。"我回答，"如果我没有记错，北大西洋的平均深度为 8200 米，地中海为 2500 米。最引人注目的几次探测是在南大西洋，靠近南纬 35°的地方，测得的水深分别是 12000 米、14091 米和 15149 米。总而言之，假设把海底弄平整了，那么海洋的平均深度估计为 7000 米左右。"

"好，教授先生，"尼摩船长回答，"我们会向您提供更准确的数字，我希望这样。至于太平洋这个地区的平均深度，我可以告诉您，只有 4000 米。"

说完，尼摩船长向甲板舱口走去，走下楼梯就消失不见了。我也跟着下来，回到大客厅里。螺旋桨立刻开始转动，测程仪标明时速为

20 海里。

几天过去了，几个星期过去了，尼摩船长很少来看望我们。我难得见他一面。大副定时来测定船的方位，标在地图上。因此，鹦鹉螺号的航行路线我了然于心。

孔塞耶和尼德·兰常和我待在一起。孔塞耶向他朋友叙述了我们漫游海底时的种种奇观奇遇，加拿大人后悔没有与我们一同前往。我也希望以后还有机会再次游览海底森林。

大客厅的玻璃观光窗板几乎每天都打开几个小时，我们瞪大眼睛，兴致勃勃地探索海底世界的奥秘。

鹦鹉螺号大体上向东南方向航行。潜水深度维持在 100 米至 150 米。但是，有一天，它不知为什么心血来潮，利用水平舵沿着对角线向下滑行，潜入到 2000 米深的水层。温度计显示 4.25℃。到了这样的深度，不管处于什么样的纬度，海水的温度似乎都是一样的。

11 月 26 日，凌晨 3 时，鹦鹉螺号在西经 172°处越过北回归线。27 日，桑威奇群岛遥遥在望。1779 年 2 月 14 日，著名航海家库克①就在这里惨遭杀害。从出发以来，我们航行了 4860 法里。那天早晨，我登上甲板，看见夏威夷岛就在下风 2 海里处，那是桑威奇群岛 7 个岛屿中最大的一个。岛上风光一览无余，沿岸耕地纵横交错，群山环抱，起伏有致。我还看见了岛上的诸多火山，其中，冒纳罗亚火山雄踞其上，海拔高达 5000 米。拖网在这一带捕获了许多海产品，其中有扇形石珊瑚，是体形扁平、绰约多姿的水螅型珊瑚虫，这是这一带水域的名特产品。

鹦鹉螺号继续朝东南方向行驶。12 月 1 日，在西经 142°处跨越赤道。我们快速穿行，一路平安无事。12 月 4 日，我们望见了马克萨斯群岛。在离我们 3 海里，南纬 8°57'、西经 139°32' 的地方，我隐隐

---

① 库克（1728—1779），英国海军航海家和探险家。曾 3 次领导探测航行。第 3 次航行中发现桑威奇群岛（即夏威夷群岛）。1779 年 2 月，在该群岛被土著人杀死。

看见努加衣瓦岛的马丁岬，这是法属马克萨斯群岛中最大的海岬。我只能遥望天尽头树木繁茂的山岭，因为尼摩船长不喜欢靠近陆地。在那里，鹦鹉螺号捕获了几种漂亮的鱼类，有蓝鳍金尾、味道无可比拟的鲯鳅，鲜美的细鳞鹦鲷鱼，带骨颌的鹦竺鲷鱼，堪与金枪鱼相媲美的浅黄色扁舵鲣。凡此种种，都可列入船上的佳肴。

离开受法国国旗保护的美丽迷人的岛群后，从12月4日至11日，鹦鹉螺号航行了约2000海里。这次航行留下的印象是，我们遇见了一大群枪乌贼。这是一种奇特的软体动物，与墨鱼十分相似。法国渔民称之为"encornets"，属于头足纲，二鳃科。这一科还包括墨鱼和船蛸。古代博物学家对这些动物进行过专门研究，它们为古雅典政治集会广场上的演说家们提供了很多隐喻。此外，据生活在加利安[①]之前的希腊医生阿泰内所说，它们还是富人餐桌上的美味佳肴。

那是在12月9日至10日的夜间，鹦鹉螺号与这支喜爱夜间出没的软体动物大军不期而遇。这支大军数量有数百万之多。它们沿着鲱鱼和沙丁鱼洄游的路线，从温带向更暖和的地方迁徙。我们透过厚厚的水晶玻璃观光窗，看着它们飞速倒退着向前进，靠外套腔管喷水游动，追逐鱼类和软体动物，吃小鱼，也被大鱼吃掉。大自然给它们头上安了10只腕足，宛若充气蛇形管，杂乱无章地乱动乱扭，情景难以描绘。尽管鹦鹉螺号航速很快，但还是用了好几个小时才穿过这群动物，拖网捕捞到无数枪乌贼，我从中辨认出奥尔比尼[②]划分的9种太平洋枪乌贼。

在横穿太平洋的航行中，我们看到，大海不断地奉献美妙精彩的演出。它让演出丰富多彩，层出不穷。它不断变化布景和节目，看得我们眼花缭乱。我们不仅要瞻仰造物主在水界的杰作，而且还要探索海洋最可怕的秘密。

---

① 加利安（131—201），古罗马著名医生。
② 奥尔比尼（1802—1857），法国生物学家，微体古生物学奠基人。

12 月 11 日，我一整天都在大客厅里看书。尼德·兰和孔塞耶透过半开窗板的玻璃观光窗，观察波光粼粼的海水。鹦鹉螺号一动不动。压载水舱注满了水，船停在 1000 米的深处，这里海洋生物稀少，只有大鱼偶尔露一下脸。

这时，我正在读让·马塞写的一本饶有趣味的著作，书名叫《胃的奴仆》。我读得兴致勃勃，领略着妙不可言的讲解。突然，我被孔塞耶打断了。

"先生愿意过来一下吗？"他对我说，听上去声音怪怪的。

"出什么事了，孔塞耶？"

"先生过来看看吧。"

我站起身，走过去靠在玻璃观光窗前，向窗外望去。

在电光明亮的海面上，我看见一个黑幽幽的庞然大物，斜浮在海水中间，一动不动。我仔细观察，努力辨认这头巨鲸的属性。但是，我脑海中突然闪过一个念头。

"一条船！"我惊叫道。

"是的，"加拿大人回答，"一条失控而下沉的帆船！"

尼德·兰没有说错。我们面前是一条船，断裂的桅索还挂在铁链上。船体似乎完好无损，海难发生没多久，顶多只有几个小时。3 根桅杆在离甲板 2 英尺处折断，说明这条因阵风而侧倾的帆船被迫葬送了全部桅杆。船侧卧在水中，舱内进满了水，继续向左舷倾斜。船的残骸正在沉入波涛中。多么悲惨的景象！但是，更惨不忍睹的是，甲板上还躺着几具尸体，全都被缆绳缠绕着！我数了数，有 4 具男尸，其中一个站在舵轮旁，还有一个女的，手里抱着一个孩子，一只脚刚跨出艉楼甲板窗。这女子很年轻。鹦鹉螺号灯光很亮，我得以看清她的相貌，因为海水尚未泡烂她的脸容。她竭尽全力，把孩子举到了头顶上，那可怜的小生命，两只手紧搂着母亲的脖子！我看到，那 4 个海员样子十分吓人，他们显然拼命挣扎过，做着最后的努力，试图挣脱把他们缠绕在船上的绳索。只有舵手比较镇静，面部表情清晰而严肃，灰白的头发贴在前额上，手紧张地握住舵轮，仿佛还在驾驶这艘遇难的三桅帆船穿越太平洋海底！

多么凄惨的场面！面对这场海难现场，面对可以说是最后一刻抓拍下来的照片，我们目瞪口呆，心惊胆战！我已经看见几条大角鲨，受到人肉的引诱，眼睛冒着火光游过来了！

这时，鹦鹉螺号掉转方向，绕沉船转了一圈。有一会儿，我看清船尾牌子上写着：

佛罗里达号，森德兰港 ①。

---

① 森德兰港，英国港口，位于北海海岸，威尔河口。

第十九章

瓦尼科罗岛

刚才目睹的可怕场景仅仅是开端，鹦鹉螺号一路上还会目击一连串海上灾难。自从鹦鹉螺号进入船只频繁出没的海域后，我们经常看到水中遇难船腐烂了的残骸。在更深处，还可以瞥见锈迹斑斑的火炮、炮弹、铁锚、铁链以及其他许多铁制品。

不过，我们生活在鹦鹉螺号上，仿若与世隔绝，被它带着穿洋越海。12 月 11 日，我们望见了波莫图群岛，那是被布干维尔①称为"危险岛群"的旧称。波莫图群岛自东南偏东到西北偏西走向，全长 500 法里，位于南纬 13°30' 至 23°50'、西经 125°30' 至 151°30' 之间，从迪西岛延伸到拉扎列夫岛。群岛面积为 370 平方法里，由六十来个岛群组成，其中包括法国的保护地甘比尔群岛②。这些岛屿都由珊瑚礁构成。珊瑚骨缓慢堆积，海底渐渐隆起，总有一天会把这些岛屿连成一片。以后，新形成的小岛又与邻近的群岛连在一起。这样，从新西兰岛和新喀里多尼亚岛一直到马克萨斯群岛将来会连接起来，成为地球的第五大洲。

有一天，我在尼摩船长面前阐述了这一理论，可他却冷言冷语地回答我说：

"地球需要的不是新大陆，而是新人！"

鹦鹉螺号正巧驶向克莱蒙－托内尔岛，这是岛群中最奇特的岛屿

---

① 布干维尔（1729—1811），法国航海家。受法国政府委派，进行过一次环球考察旅行。1768 年到达所罗门群岛边缘，发现了该群岛的一个最大岛屿，故以自己的名字将该岛命名为布干维尔岛。

② 甘比尔群岛，位于太平洋中南部，是波莫图群岛（即今土阿莫土群岛）的南延部分。1881 年归属法国。现属波里尼西亚土阿莫土－甘比尔区。

之一，是 1822 年密涅瓦号船长贝尔发现的。我因此得以研究构成太平洋诸岛的石珊瑚体系。

千万不要把石珊瑚和普通珊瑚混为一谈。石珊瑚有一层石灰质硬皮。我那闻名遐迩的老师米尔纳·爱德华兹根据石珊瑚构造上的不同变化，把它们分成 5 大类。分泌珊瑚骨的数十亿微动物，生活在石珊瑚的细胞内。石灰质分泌物长期积淀，就变成岩礁、暗礁、大小岛屿。在这里，它们形成一个圆环，围成一个潟湖或内湖，湖边缘的缺口与大海相通。在那里，它们形成堤礁，新喀里多尼亚岛和波莫图群岛的海岸就是这个样子。而在另一些地方，如在留尼汪岛和毛里求斯岛，它们垒起岸礁，筑成又高又陡的礁墙，附近的大海深不可测。

鹦鹉螺号沿着离克莱蒙 - 托内尔岛陡峭海岸几链的地方航行，面对这些微劳动者完成的宏伟工程，我不禁赞叹万分。这些高高耸起的岸礁，是名叫千孔珊瑚、多孔珊瑚、星珊瑚和脑珊瑚等六放石珊瑚之杰作。造礁珊瑚尤其在波涛汹涌的浅水层繁殖生长，因此，它们的造礁活动是从浅水层开始的，造成的礁石连同支撑它们的残余骨骼一起逐渐下沉。至少，达尔文[1] 的理论就是这样解释环礁形成过程的。依我看，达尔文的理论比另一种造礁理论更显高明，按照后一种理论，石珊瑚是以水下几英尺的山峰或火山为基础进行造礁活动的。

我可以在很近处观察这些奇异的礁墙。探测器测得垂直高度为 300 米。鹦鹉螺号舷灯光芒万丈，照得晶亮的石灰岩熠熠生辉。

孔塞耶问我，构筑这些硕大无朋的堤礁需要多长时间。我回答他说，学者们认为，每 100 年增高 1/8 英寸，他听了大吃一惊。

"那么，"他说，"堆积成这些礁墙需要多少时间……"

"19.2 万年，我的好孔塞耶。这把《圣经》纪年大大延长了。其实，煤炭的形成，即被洪水陷入泥潭的森林矿化的过程，所需的时间还要

---

[1] 达尔文（1809—1882），英国博物学家，进化论的奠基人。

长得多。不过，我要补充一点，《圣经》的一天是指一个时期，而不是两次日出之间的时间，因为，按照《圣经》的说法，太阳不是从创世的第一天开始的。"

克莱蒙－托尔内岛地势低洼，树木茂盛，当鹦鹉螺号重返海面时，对海岛整个进化态势，我可以一览无余。很明显，岛上的石珊瑚礁已被龙卷风和暴风雨变成了肥沃的土壤。曾有那么一天，邻近陆地上的一粒种子被飓风刮起，落在海岛石灰质岩层上，本身就夹杂着腐烂分解了的鱼类和海洋植物残渣的岩层，则变成了腐殖土。一粒果核被海浪冲到这新海岸上。种子发芽生根。小树渐渐长大，抑制了水分蒸发。小溪出现了。植物越来越多。一些微动物、蠕虫、昆虫，爬到被风刮倒的树干上。海龟来下蛋。飞鸟在新长成的树上筑巢。就这样，动物繁衍生息，植物苍郁葱茏，土壤肥沃膏腴，吸引人来到海岛上落户。这些岛就这样形成了，这是微动物的累累硕果。

傍晚时分，克莱蒙－托内尔岛渐渐远去，最后消失不见了。鹦鹉螺号明显改变了航道。在西经 135°处抵达南回归线后，它掉转船头，朝西北偏西方向航行，重新穿越整个热带海域。尽管赤日炎炎，但我们丝毫不用受酷热之苦，因为在水下 30 米至 40 米处，温度不超过 10℃至 12℃。

12 月 15 日，我们从魅力四射的社会群岛 [①] 和优雅妩媚的太平洋王后塔希提岛 [②] 西侧驶过。早晨，我依稀看见塔希提岛高高的山峰耸立在下风几海里处。沿岛海域给船上餐桌提供了美味佳肴，有鲭鱼、舵鲣、青花鱼，还有好几种名叫油鳗的海蛇。

这时，鹦鹉螺号已跨越了 8100 海里。当它在汤加－塔布群岛 [③] 和

---

① 社会群岛，太平洋中南部岛群，由塔希提等 15 个火山岛组成。
② 塔希提岛，在太平洋东南部。1880 年成为法国殖民地，现为法属波里尼西亚首府。
③ 汤加－塔布群岛，汤加王国 3 个岛群之一，位于太平洋西南部。

航海家群岛①之间航行时，测程仪的记录是 9720 海里；汤加－塔布群岛是阿尔戈号、太子港号和波特兰公爵号全体船员的葬身之地，而航海家群岛是拉佩鲁兹②的朋友朗格勒船长惨遭杀害的地方。然后，我们又经过维提群岛③附近。就在这里，团结号的全体水手以及可爱的约瑟芬号的船长，南特④人比罗惨遭野蛮人杀害。

维提群岛南北长 100 法里，东西宽 90 法里，位于南纬 6°至 2°、西经 174°至 179°之间。维提群岛由许多大小岛屿和岛礁组成，其中有维提－莱武岛、瓦努阿－莱武岛和坎达杜邦岛。

维提群岛是塔斯曼⑤于 1643 年发现的。就在那一年，托里拆利⑥发明了气压计，路易十四⑦登上了王位。这 3 件事中，究竟哪一件对人类最有益处，这是发人深思的。后来，1714 年，库克来了。1793 年，当特尔卡斯托⑧也来了。最后，1827 年，迪蒙·迪尔维尔⑨才摸清楚该群岛的地理状况。鹦鹉螺号驶近怀莱阿湾，就是在这里，狄龙船长进行了惊心动魄的冒险，是他第一个揭开了拉佩鲁兹海上遇难的秘密。

我们在怀莱阿海湾撒了好几次渔网，捕获许多鲜美可口的牡蛎。遵循塞内加⑩的告诫，我们就在餐桌上打开牡蛎，无节制地大快朵颐。这种软体动物通常叫做瓣鳃牡蛎，科西嘉岛遍地皆是。怀莱阿湾浅滩想必盛产牡蛎，如果没有种种破坏性原因，牡蛎堆积起来一定会填满海湾，因为一只牡蛎竟能产 200 万粒卵。

---

① 航海家群岛，现名萨摩亚群岛，位于赤道以南，汤加岛以北，属于波里尼西亚群岛。

② 拉佩鲁兹（1741—1788），法国航海家。

③ 维提群岛，南太平洋斐济的最大岛群。

④ 南特，法国西部城市。

⑤ 塔斯曼（1603—1659），荷兰航海家。

⑥ 托里拆利（1608—1647），意大利物理学家和数学家，曾发明气压计。

⑦ 路易十四（1638—1715），法国国王（1643—1715），5 岁登上王位，直至 77 岁去世。

⑧ 当特尔卡斯托（1737—1793），法国航海家。

⑨ 迪蒙·迪尔维尔（1790—1842），法国航海家。

⑩ 塞内加（前 4—56），古罗马雄辩家、悲剧作家、哲学家、政治家。

如果说尼德·兰师傅不必为自己贪吃后悔莫及，那是因为牡蛎是唯一不会引起消化不良的美食。事实上，一个人每天需要 315 克氮素，至少要两百来个这种无头软体动物，才能提供这么多的氮素。

12 月 25 日，鹦鹉螺号行驶在新赫布里底群岛 ① 中间。这个群岛，是基罗斯 ② 于 1606 年发现的，1768 年布干维尔前来勘察过，现在的岛名是库克于 1773 年命名的。群岛主要由 9 个大岛组成，位于南纬 15°至 2°、东经 164°至 168°，自西北偏北至东南偏南，形成一条 120 法里的长带。我们贴近欧鲁岛航行。中午观察海岛，只见它宛若一片苍翠葱郁的树林，一座山峰高耸其间。

那天是圣诞节。我看到尼德·兰因不能欢度节日而快快不乐。对新教徒来说，圣诞节是真正的家庭节日，是他们狂热崇拜的节日。

我已有一个星期没见到尼摩船长了。12 月 27 日早晨，他走进大客厅，瞧其神态，和平时一样，好像刚离开你 5 分钟。我正忙着在平面球形图上查找鹦鹉螺号的航线。船长走过来，用手指着地图上的一个点，只说了一个名字：

"瓦尼科罗岛 ③。"

这个名字极富魔力。这是一群小岛的名字，当年，拉佩鲁兹的船队就是在这里失踪的。我倏地站了起来。

"鹦鹉螺号要带我们去瓦尼科罗？"我问。

"是的，教授先生。"船长回答。

"那我可以游览这些赫赫有名的小岛吗？这里是罗盘号和星盘号粉身碎骨的地方。"

"如果您愿意的话，教授先生。"

"什么时候到达瓦尼科罗岛？"

---

① 新赫布里底群岛，西南太平洋岛群，由 70 多个大大小小的火山岛组成。
② 基罗斯（1560—1614），葡萄牙航海家。
③ 瓦尼科罗岛，西南太平洋岛国所罗门群岛东部岛屿，是火山岛。岛长 48 千米，宽 16 千米。

"已经到了，教授先生。"

我走在尼摩船长前面，登上甲板，极目远眺天尽头。

在东北方向，海面上露出两个大小不等的火山岛，40海里长的珊瑚礁环绕四周。我们面前正是瓦尼科罗岛，迪蒙·迪尔维尔硬要叫它搜索岛。我们正面对避风小港瓦努港，位于南纬16°04'、东经164°32'。从海滩到山顶，覆盖着青葱翠绿的草木，高达约900米的卡波戈峰屹立其中，俯视全岛。

鹦鹉螺号沿着一条狭窄的水道，穿过环岛岩礁地带，置身于拍岸浪花中间。这里水深30至40法寻①。我瞧见有几个野蛮人站在红树林荫下，看见我们靠近，显出十分惊讶的神色。看到这长长黑黑的物体在水面上游动，他们会不会以为是必须提防的可怕巨鲸呢？

这时，尼摩船长要我讲讲我所知道的拉佩鲁兹海难事件。

"这是尽人皆知的，船长。"我回答他。

"那您可不可以把尽人皆知的说给我听听？"他问我，语气略带揶揄。

"小事一桩。"

我向他讲述了迪蒙·迪尔维尔在他最后几部著作中谈到的情况。下面简明扼要地叙述一下。

1785年，受路易十六②派遣，拉佩鲁兹及其大副德·朗格勒船长出发，前去完成一次环球航行。他们登上了罗盘号和星盘号两艘轻型巡航舰，从此一去不再复返。

1791年，法国政府实在担心这两艘舰艇的命运，于是装备了两艘军需运输舰：搜索号和希望号。9月28日，这两艘运输舰离开布雷斯特港③，舰队指挥是当特尔卡斯托。两个月后，阿尔贝马尔号一个叫鲍

---

① 法寻，法国旧时水深单位，约合1.624米。

② 路易十六（1754—1793），法国国王（1774—1791）。

③ 布雷斯特港，法国西部港口。

恩的船长证明，他们在新乔治亚岛①附近发现了遇难舰艇的残骸。但是，当特尔卡斯托却不知道这个消息（况且也不大可靠），率领船队驶向海军元帅群岛②，因为亨特船长在一份报告中提到，拉佩鲁兹就是在那儿遇难的。

这次搜索徒劳无功。希望号和搜索号与瓦尼科罗岛擦肩而过，没作停留。总之，这次航行非常不幸，因为当特尔卡斯托、两名副手以及好几名水手都丢了性命。

太平洋上一位经验丰富的航海家狄龙船长，第一个发现遇难者确凿无疑的踪迹。1824 年 5 月 15 日，狄龙的航船圣帕特里克号，在新赫布里底群岛的提科皮亚岛附近经过。一名印度水手，驾着独木舟，前来和他攀谈，卖给他一把银质剑柄，上面有刀刻的字迹。印度水手还说，6 年前他在瓦尼科罗岛逗留期间，曾见到过两个欧洲人，他们的船很多年前在岛礁上搁浅了。

狄龙猜想，这肯定与拉佩鲁兹的船队有关。该船队的失踪曾震惊了全世界。狄龙想去瓦尼科罗岛，因为据那印度水手说，岛上有遇难船的许多残骸。但是，海上风狂浪急，他无法前往。

狄龙回到加尔各答。在那儿，他设法让亚洲航运公司和印度航运公司对他的发现感兴趣。终于一艘命名为搜索号的船交由他使用。1827 年 1 月 23 日，狄龙在一名法国官员的陪同下出发了。

搜索号在太平洋好几个岛上靠岸搜寻，最后于 1827 年 7 月 7 日在瓦尼科罗岛抛锚停泊，正好是鹦鹉螺号现在所在的瓦努避风港。

在岛上，狄龙收集到许多海难残骸：铁器、铁锚、滑轮套索、臼炮、一枚直径为 18 厘米的圆炮弹、天文仪器残片、一块船顶碎片，还有一口铜钟，上面写着"巴赞为我制造"的铭文，这是 1785 年左右布雷斯特军火铸造厂的标记。因此，事实确凿，不容置疑。

---

① 新乔治亚岛，西南太平洋所罗门群岛主岛。
② 海军元帅群岛，美拉尼西亚群岛一部分。

狄龙留下来继续收集情况，在出事地点一直待到同年 10 月。然后，他离开瓦尼科罗岛，驶往新西兰。1828 年 4 月 7 日，他在加尔各答抛锚停泊，然后返回法国，受到查理十世①的热情欢迎。

但那时候，迪蒙·迪尔维尔不知道狄龙的新发现，早已上别处去寻找失事地点了。事实上，确实有一条捕鲸船报告说，有一些徽章和一枚圣路易十字勋章落入路易西亚德群岛和新喀里多尼亚岛的野蛮人手中了。

因此，迪蒙·迪尔维尔率星盘号离港出海，在狄龙刚离开瓦尼科罗岛两个月后，他到达霍巴特港。他在那儿得知了狄龙的新发现。此外，他还获悉，一个名叫詹姆斯·霍布斯的加尔各答人，团结号大副，曾登上一个位于南纬 8°18'、东经 156°30' 的海岛，发现了这一带沿海的当地人使用的铁杠和红布。

迪蒙·迪尔维尔不知所措，不知道要不要相信报上的报道，因为这些报纸不大可信。但是，他还是决定孤注一掷，沿着狄龙的线索继续搜寻。

1828 年 2 月 10 日，星盘号抵达提科皮亚岛，请了一个在岛上安家落户的逃兵做向导兼翻译，前往瓦尼科罗岛。2 月 12 日，他望见了瓦尼科罗岛，14 日前一直沿着堤礁航行，直到 20 日才深入堤礁，把船停泊在瓦努港。

2 月 23 日，有几名高级船员去岛上转了一圈，带回一些无足轻重的残骸。当地人不是矢口否认，便是推三阻四，不肯带他们去出事地点。这种行为十分可疑，让人以为他们虐待过遇难人员。事实上，他们似乎害怕迪蒙·迪尔维尔是来为拉佩鲁兹及其不幸的同伴们报仇的。

不过，2 月 26 日，当地人收到了礼物，明白没有必要害怕报复，于是他们带领大副雅基诺先生去了失事地点。

---

① 查理十世（1757—1836），法国国王（1824—1830）。

那儿，在帕库礁和瓦努礁之间水下三四法寻深处，发现了一堆铁锚、大炮、铁锭和铅锭，表面布满了石灰质凝结物。星盘号的小艇和捕鲸船开进这个地方。船员们费了九牛二虎之力，才把一个 1800 斤重的铁锚、一门 80 毫米口径的铸铁炮、一块铅锭和两门铜质臼炮打捞了上来。

迪蒙·迪尔维尔询问当地人，得知拉佩鲁兹在岛礁上损失了他的两艘船以后，曾造了一条小一些的船，结果又出事了……在什么地方，无人知晓。

于是，星盘号船长让人在红树林里建造了一座衣冠冢，以纪念这位著名的航海家及其同伴们。这是一个简单朴素的四棱锥体金字塔，建在珊瑚礁石上，里面没有任何金属物品，以免激起当地人的贪欲。

接着，迪蒙·迪尔维尔打算动身离开这里，但由于沿海地区卫生条件很差，船员们都染上了热病，他自己也病得不轻，被迫拖至 3 月 17 日才拔锚起航。

这时，法国政府担心迪蒙·迪尔维尔不知道狄龙的重大发现，特派遣贝荣内兹号轻型巡洋舰去瓦尼科罗岛。当时，该舰艇正在美洲西海岸执行警戒任务，舰长是勒哥阿朗·德·特罗姆兰。星盘号离开几个月后，贝荣内兹号才在瓦尼科罗岛抛锚停泊，没有找到任何新的资料，但注意到当地人对拉佩鲁兹的陵墓尊敬有加。

以上便是我向尼摩船长叙述的主要内容。

"那么，"他对我说，"人们仍然不知道遇难人员在瓦尼科罗岛造的第 3 条船沉在什么地方吗？"

"没人知道。"

尼摩船长不作回答，示意我跟他去大客厅。鹦鹉螺号潜入水下几米深，玻璃观光窗板打开。

我急忙朝窗口走去，看到水中到处是层层叠叠的珊瑚，有石芝珊瑚、管珊瑚、海鸡冠珊瑚和双形珊瑚等，不可悉数的可爱鱼群穿梭其间，其中有魟鱼、罗非鱼、金眼鲷鱼、四线笛鲷鱼和金鳞鱼。在密密丛丛的珊瑚下，透过可爱优美的鱼群，我看见拖网没有拖走的沉船残骸，有铁箍、铁锚、大炮、圆炮弹、绞盘索具、艄柱等。这些沉船的残留物品，如今覆盖着一层似鲜花般怒放的植形动物。

我凝视这些令人悲痛的沉船残骸，尼摩船长语气严肃地对我说：

"拉佩鲁兹船长于 1785 年 12 月 7 日率罗盘号和星盘号离开法国。他首先停泊在植物学湾①，访问了朋友群岛②和新喀里多尼亚岛，接着驶往圣克鲁斯群岛，停泊在哈巴伊群岛的纳穆卡岛。然后，船队来到瓦尼科罗岛的无名暗礁上面。罗盘号走在前面，在南海岸触礁搁浅。星盘号前来救援，也触礁搁浅了。罗盘号差不多当场船毁人亡，星盘号搁浅在下风处，坚持了几天。遇难船员受到当地人相当热情的接待。他们在岛上住了下来，用两艘大船的残余材料，造了一条比较小的船。有几名水手自愿留在瓦尼科罗岛上。其他体弱有病的船员，跟随拉佩鲁兹一起走了。他们向所罗门群岛驶去。在所罗门群岛主岛的西海岸，失望角和满意角之间，该船连人带物全部遇难！"

"您怎么知道的？"我叫了起来。

"这是我在最后一次失事地点发现的东西！"

尼摩船长给我看一个白铁皮盒，上面有法国国徽印记，全都被含盐的海水腐蚀了。他打开铁盒，我看见一卷文书，纸已发黄，但字迹依稀可辨。

这正是海军大臣给拉佩鲁兹船长的指令，页边还有路易十六的御批！

"啊！对一个海员来说，这是最好的归宿了！"尼摩船长说。"珊瑚墓是一座安谧的坟茔。愿上天保佑，不要让我和同伴们葬在别的地方！"

---

① 植物学湾，位于澳大利亚新南威尔士州悉尼附近。
② 朋友群岛，即汤加群岛。

第二十章

托雷斯海峡

12 月 27 日至 28 日夜间，鹦鹉螺号飞速驶离瓦尼科罗岛海域，朝西南方向航行，用了 3 天时间，从拉佩鲁兹群岛驶抵巴布亚①东南端，航行了 750 法里。

1868 年 1 月 1 日，大清早，孔塞耶到甲板上来找我。

"先生，"可敬的小伙子对我说，"请先生允许我祝他新年好！"

"当然，孔塞耶，就好像我还在巴黎，在我植物园的工作室里一样。我接受你的祝福，我感谢你。只是，我想问你，在我们目前的情况下，你的'新年好'是什么意思，是在新的一年里我们将结束囚禁生活，还是继续这种奇特的旅行？"

"说实话，"孔塞耶回答，"我不知道该对先生说什么。可以肯定，我们看到了许多奇妙的东西，两个月来，我们无暇感到腻烦。最后看到的奇事总是最令人吃惊的，长此以往，我真不知道最后还会看到什么。我想，我们再也不会遇到这样的机会了。"

"不会了，孔塞耶。"

"再说，尼摩先生存不存在，对我们都无关紧要，这跟他的拉丁名字②何其相符。"

"如你所说，孔塞耶。"

"因此，我想，先生请别见怪，一个好年头，就是能让我们看到一切……"

"看到一切，孔塞耶？那可需要很长时间。尼德·兰有什么想法？"

---

① 巴布亚，位于澳大利亚以北。

② 尼摩原文为 Nemo，在拉丁语中即"没有一个人"之意。

"尼德·兰的想法正好相反。"孔塞耶回答，"这个人讲求实利，胃口大得吓人。他不会满足于看看鱼、吃吃鱼。没有酒、没有面包、没有肉的生活，对一个真正的撒克逊人来说，是难以习惯的。牛排是他的家常便饭，适量喝点白兰地或杜松子酒几乎吓不倒他！"

"对我来说，孔塞耶，让我苦恼的，倒不是这个问题。我对船上的饮食非常适应。"

"我也是。"孔塞耶回答，"兰师傅想逃跑，我却想留下来。因此，如果新的一年对我不是好年头，那么，对他来说就是好年头，反之亦然。如此说来，总有一个人会称心如意。总而言之，我祝先生万事如意。"

"谢谢你，孔塞耶。不过，请你把新年礼物暂且放一放，我们先好好握握手。现在我身上只有这个了。"

"先生从没有如此慷慨过。"孔塞耶说。

说完，可敬的小伙子就走了。

从日本海出发以来，到1月2日为止，我们已航行了11340海里，即5250法里。在鹦鹉螺号艏冲角锥的前方，是珊瑚海的最危险水域，沿着澳大利亚东北海岸展开。我们的航船沿着这可怕的珊瑚礁滩航行，距离珊瑚礁滩只有几海里。1770年6月10日，库克的船队差点儿在这里触礁沉没：库克所在的船撞在了一块礁石上，船之所以没有沉下去，是因为被撞落的那块礁石，恰好卡在了船体的裂缝里。

我真希望能看一看这条长达360法里的珊瑚礁滩。汹涌澎湃的海浪滚滚而来，在礁岩上撞得浪花四溅，发出雷鸣般震耳欲聋的响声。可是，就在这个时候，鹦鹉螺号的水平舵把我们带到海洋深处，我连珊瑚大堡礁的影子都没能看见。我只好满足于欣赏渔网捕获的各种海鱼。我看见其中有白金枪鱼，这是一种与金枪鱼一般大小的鲭鱼，两侧浅蓝色，身上有横纹，随着自身长大，横纹逐渐消失。白金枪鱼成群结队一路相伴，还给我们餐桌提供了鲜美无比的佳肴。我们还捕到许多青花鱼，身长5厘米，味道颇似金头鲷鱼。还有飞锥鱼，堪称海底飞燕，黑夜里磷光闪闪，时而划破夜空，时而照亮海水。至于软体动物和植形动物，我看见拖网中有形形色色的海鸡冠珊瑚、海胆、丁蛎、星螺、珍珠贝、蟹守螺和月华螺。植物主要有美丽的漂浮藻类，海带和巨藻，它们身上有细孔，会分泌出黏液。我还从中收集到一种奇妙的石花菜。这种石花菜被博物馆列入天然珍稀品种。

穿过珊瑚海两天之后，1月4日，我们望见了巴布亚岛附近海域。值此之际，尼摩船长告诉我，他打算经由托雷斯海峡①驶入印度洋。他只告知了这一点。尼德听了委实高兴，他看到这条航线使他离欧洲海域越来越近了。

在众人眼里，托雷斯海峡是极其危险的航道，不仅暗礁如林，而且常有野蛮居民出没。托雷斯海峡将巴布亚岛（又名新几内亚岛）同新荷兰岛隔开。

巴布亚岛长400法里，宽130法里，面积40000平方法里，位于南纬0°19' 至10°02'、东经128°23' 至146°15'。中午，当大副测量太阳高度的时候，我望见阿尔法克斯山脉重峦叠嶂，峰巅陡峭。

这片陆地于1511年由葡萄牙人弗朗西斯科·塞拉诺发现，之后前来考察的人络绎不绝：1526年有唐·约瑟·德·梅内塞斯，1527年有格里耶瓦，1528年有西班牙将军阿尔瓦·德·萨维德拉，1545年有朱伊戈·奥泰，1616年有荷兰人舒腾，1753年有尼古拉·斯瑞克、塔斯曼、丹皮尔、菲梅尔、卡特莱特、爱德华兹、布干维尔、库克、福雷斯特、马克·克卢尔，1792年有当特尔卡斯托，1823年有迪佩雷，1827年有迪蒙·迪尔维尔。德·利安齐②先生说过："那是黑人的家园，黑人占领了整个马来亚地区。"我没怎么料到，在这次航行中，我会碰巧遇见可怕的安达曼岛③人。

---

① 托雷斯海峡，位于澳大利亚和巴布亚新几内亚之间。
② 德·利安齐（1789—1843），法国航海家和学者。
③ 安达曼岛，印度的一个群岛，位于孟加拉湾和安达曼海之间。

鹦鹉螺号来到地球上最危险海峡的入口处，就连胆子最大的航海家对这个海峡也不大敢越雷池一步。路易·帕兹·德·托雷斯[①]从南部海洋返回美拉尼西亚群岛[②]时，曾冒险从这里穿过；1840 年，迪蒙·迪尔维尔的舰队曾在这里搁浅，差点儿连人带船葬身大海。至于鹦鹉螺号，虽说它不畏任何艰难险阻，但这次可要尝一尝珊瑚礁的厉害了。

托雷斯海峡宽约 34 法里，但是大小岛屿和明岩暗礁星罗棋布，航船几乎无法通行。因此，在穿越海峡时，尼摩船长采取了一切必要的措施。鹦鹉螺号浮在水面上缓慢行驶。螺旋桨宛若鲸的尾巴，轻轻拍击着海水。

乘此机会，我和两位伙伴坐到始终不见人影的甲板上。操舵室就在我们前面。如果我没有猜错，尼摩船长应该就在里面，亲自驾驶鹦鹉螺号。

我面前摆着托雷斯海峡完美无缺的地图，那是由河海测绘工程师万桑东·迪穆兰和原海军少将，现任海军上将库旺－戴斯布瓦测量绘制的。他们是迪蒙·迪尔维尔最后一次环球航行的参谋人员。这些地图和金船长绘制的地图一样，都是最完美的地图，狭窄通道的复杂情况标示得一清二楚。我认真仔细地查阅着。

鹦鹉螺号周围怒涛澎湃。滚滚波涛以 2.5 海里之时速，从东南向西北奔腾而来，在四处露出海面的珊瑚礁上撞得浪花四溅。

"这海真叫险恶！"尼德·兰对我说。

"险恶透了，"我说，"不大适合鹦鹉螺号这样的船航行。"

"该死的船长必须熟谙航道才行。"加拿大人接着说，"我看到那儿珊瑚礁成堆，只要轻轻一触，鹦鹉螺号便会粉身碎骨！"

---

① 路易·帕兹·德·托雷斯，17 世纪西班牙航海家。
② 美拉尼西亚群岛，位于西南太平洋，意为"黑人群岛"。重要岛屿有新喀里多尼亚岛、斐济群岛、所罗门群岛、新赫布里底群岛、俾斯麦群岛、圣克鲁斯群岛等。

的确，我们的处境岌岌可危，但是鹦鹉螺号像是中了魔法，在凶猛狂暴的暗礁群中穿行自如。它并不完全沿着星盘号和信女号所走的航线行驶，这条航线曾给迪蒙·迪尔维尔带来过致命的打击。它取道偏北方向，沿着默里岛航行，然后折回西南，朝着坎伯兰通道驶去。我以为它要从那里通过，没想到它又突然拐回西北，穿过星罗棋布的无名礁岛，向通德岛和莫韦海峡驶去。

我正在寻思，尼摩船长会不会轻率到丧失理智，想把船开进迪蒙·迪尔维尔的两艘舰艇触礁的航道，可是，没想到它突然再次改变航向，径直朝西，向盖博罗岛驶去。

此时已是下午3时。波涛汹涌，潮汐猛涨，几乎满潮。鹦鹉螺号驶近盖博罗岛。海岛四周引人注目的露兜树林我至今历历在目。我们沿着海岛航行，相距不足两海里。

突然，一下撞击把我震翻在地。鹦鹉螺号触礁了。它停在海上一动不动，船身稍微向左舷倾斜。

我从地上站起来，发现尼摩船长和大副已在甲板上了。他们在审视鹦鹉螺号的处境，用别人听不懂的方言交谈了几句。

船的处境是这样的：盖博罗岛距船右侧两海里，海岸线由北向西呈弧形，仿如一只巨臂。在南边和东边方向，由于退潮，几块珊瑚礁已露出头顶，我们的船正好搁浅在上面。这一带的海上，潮差不是很大，鹦鹉螺号想要脱浅比登天还难。不过，由于船体构造坚不可摧，没有遭受任何创伤。然而，即使鹦鹉螺号不会沉没，不会开裂，但也极有可能永远搁浅在礁石上。真要是这样，尼摩船长的潜水船就完了。

我正陷入沉思，尼摩船长走了过来。他冷静沉着，总是镇定自若，似乎既不激动，也不气恼。

"出大事故了？"我问他。

"没有，小事故。"他回答我。

"不过，"我反驳说，"这个小事故也许会迫使您重新成为您躲之不及的陆地的居民！"

尼摩船长神情古怪地看看我，并做了一个否定的手势。这是在明确地告诉我，什么也不能强迫他重新踏上陆地。然后，他说：

"阿罗纳克斯先生，其实鹦鹉螺号并没遇到危险。它还会带您去饱览海洋的奇观异景。我们的旅行刚刚开始，我不想这么快就失去您的陪伴，有您做伴是非常荣幸的事。"

"可是，尼摩船长，"我继续说，没有理会他话中的讽刺意味，"鹦鹉螺号是在涨潮时搁浅的。太平洋潮差不大，如果您无法减少鹦鹉螺号的压载——在我看来这是难以做到的——我不知道它如何能脱浅。"

"您说得对，教授先生，太平洋潮差是不大，"尼摩船长回答，"但是，在托雷斯海峡，涨潮和退潮时的落差仍有 1.5 米。今天是 1 月 4 日，再过 5 天就是满月。不过，我只想祈求月亮帮我一个忙，如果这个乐善好施的星球到时候不让海水涨满，我倒要深感惊讶了。"

说完，尼摩船长回鹦鹉螺号船舱去了，大副紧随其后。至于这条船呢，它仍然停在那里，纹丝不动，仿佛珊瑚虫已把它砌入牢不可破的礁石水泥里了。

"怎么样，先生？"尼摩船长走后，尼德·兰过来问我。

"就这样，尼德老弟。我们耐心等到 9 日那天涨潮吧，因为月亮可能会大发善心，让我们重新浮起来。"

"就这么简单？"

"就这么简单。"

"船长不会把锚抛到海里，让机器开足马力，竭力使船脱离险境吗？"

"因为有潮水就够了！"孔塞耶简明扼要地回答。

加拿大人看了看孔塞耶，又耸了耸肩膀。这是水手在用肢体动作表达内心的想法。

"先生，"他反驳说，"请相信我，我跟您说，这个铁家伙再也不能在水上和海底航行了。只好把它论斤卖掉。所以我想，是时候同尼摩船长不告而别啦。"

"尼德老友，"我回答说，"对英勇的鹦鹉螺号，我不像您那样没有信心。4天后，我们对太平洋潮汐就有所了解了。再说，假如英国海岸或普罗旺斯海岸在望，您建议我们逃跑还行得通。但我们是在巴布亚岛海域，这就是另一回事了。如果鹦鹉螺号脱不了浅，到时再走这个极端也不迟。鹦鹉螺号浮不起来，那事情就严重了。"

"但是，至少可以上岸去体验一下吧。"尼德·兰又说，"这是一个岛。岛上有树。树下有陆生动物。动物身上有排骨和肉。我真想咬它们几口。"

"这一点，尼德老兄说得对，"孔塞耶说，"我赞同他的意见。先生能不能让他的朋友尼摩船长把我们送到陆地上，哪怕只是为了踩一踩我们星球坚实的土地，以免失去在地球上走路的习惯？"

"我可以问问他，"我回答说，"但他一定会拒绝的。"

"先生不妨试一试，"孔塞耶说，"这样我们也可以知道船长到底好不好。"

令我不胜惊讶的是，尼摩船长竟然答应了我的请求，而且非常痛快，我一提出来，他马上就应允了，甚至没有要求我保证回到船上来。不过，要想穿越新几内亚岛逃跑可是危险丛生，我不想让尼德·兰冒这个风险。与其落入巴布亚土著人手中，还不如在鹦鹉螺号上当囚犯呢。

翌日早晨，船上的小艇便归我们使用。我没想打听尼摩船长是不是陪我们一起上岸。我甚至认为他不会派船员跟随我们，只能靠尼德·兰一人驾驶小艇了。不过，鹦鹉螺号离陆地最多两海里，在丛生的礁岩之间穿梭航行，对大船来说难如登天，但加拿大人驾着小艇穿行其间却易如反掌。

翌日，1月5日，小艇打开密封的甲板，从收纳槽里拉出来，再从鹦鹉螺号的甲板上投入海中。两个人就完成了这些操作。桨本来就在小艇里，我们只需上艇就位就可以了。

8时，我们带着枪和斧头离开鹦鹉螺号。海面相当平静。微风从陆上徐徐吹来。我和孔塞耶坐在桨旁，使劲儿划着。尼德驾艇在岩礁间狭窄的水道里穿行。小艇驾驶灵便，前进速度很快。

尼德·兰抑制不住内心的喜悦。他像逃出牢笼的囚犯，几乎忘了还得回到那里去。

"有肉吃啦！"他不停地喊着，"我们马上就能吃到肉了。那是怎样的肉啊！真正的野味！可惜没有面包！我不是说鱼不好吃，但不能天天吃。一块新鲜的野味，放在炽热的炭火上烤一烤，可以美美地换一换口味。"

"馋鬼！"孔塞耶说，"说得我都要流口水了。"

"还得弄清楚森林里有没有猎物，"我说，"这些猎物会不会非常厉害，反而会把猎人变成猎物。"

"好吧！阿罗纳克斯先生，"加拿大人回答，他的牙齿似乎磨得像斧刃般锋利了，"不过，如果岛上没有其他四足动物，那我就吃老虎，吃老虎腰肉。"

"尼德老兄真叫人担心。"孔塞耶说。

"不管怎样，"尼德·兰接着说，"我首发必中，不是击中一头无羽毛的四足动物，便是一只有羽毛的两足飞禽。"

"好啊！"我说，"尼德·兰师傅鲁莽的毛病又要犯了！"

"放心吧，阿罗纳克斯先生，"加拿大人对我说，"您用力划吧！用不了25分钟，我就可以给您做一道我的拿手好菜。"

8时30分，鹦鹉螺号的小艇顺利穿过盖博罗岛周围的珊瑚环礁，从容地停泊在沙滩上。

第二十一章

陆上两日

当我踏上陆地，感受十分深刻。尼德·兰用脚踩踩地面，像是要占为己有。然而，我们成为"鹦鹉螺号的乘客"（这是尼摩船长的说法，其实我们是他的俘虏）才短短两个月时间。

几分钟后，我们离海岸只有一枪射程之远了。地面几乎全是石珊瑚质土壤，但在有些干涸了的激流河床里，到处残留着花岗岩碎片，说明这个岛由原始地层构成。岛上森林稠密，形成一道美不胜收的帷幔，遮蔽了整个地平线。许多树木参天，有的高达200英尺，它们枝叶交织，藤蔓相缠，宛若天然吊床，在微风中荡悠。有合欢树、无花果树、大麻黄树、柚木树、木芙蓉树、露兜树、棕榈树等，树木根深叶茂，交错纷杂，在它们青翠葱郁的拱形绿荫下面，在它们粗大的茎干周围，丛生着兰科、豆科和蕨类植物。

可是，加拿大人不关心巴布亚岛上美丽的植物，弃美丽而求实用之物。他发现一棵椰子树，便打下几个椰子，一个个砸碎，我们喝椰汁，吃椰肉，吃得兴致勃勃，称心如意。这是在对鹦鹉螺号的日常饮食表示抗议。

"好极了！"尼德·兰说。

"美极了！"孔塞耶一唱一和地说。

"我想，"加拿大人说，"我们带一船椰子回去，您那个尼摩不会反对吧？"

"我想不会，"我回答说，"但他一口都不会尝的。"

"不尝算了！"孔塞耶说。

"这样更好！"尼德·兰回敬说，"可以多剩些。"

"我只说一句，兰师傅，"我见鱼叉手准备踩躏另一棵椰子树，便对他说，"椰子是好东西，但在把椰子装满小艇之前，我认为，明智的做法是，先侦察一下岛上是否还出产别的同样有用的东西。新鲜蔬菜也许会受到鹦鹉螺号配膳室的欢迎。"

"先生说得对，"孔塞耶回答说，"我建议在小艇上腾出三个地方，一处放水果，一处放蔬菜，还有一处放野味。只是我连野味的影子都没见到呢。"

"孔塞耶，凡事不要灰心。"加拿大人说。

"那我们继续游览吧，"我说，"不过，要睁大眼睛，保持警惕。尽管岛上看来荒无人烟，但说不定里面藏着什么人，对于猎物，他们可不像我们那样挑三拣四！"

"嘿！嘿！"尼德·兰说，意味深长地动了动颌骨。

"怎么！尼德！"孔塞耶嚷道。

"说真的，"加拿大人针锋相对，"我现在开始明白吃人肉的诱惑力了！"

"尼德！尼德！您胡说什么呀！"孔塞耶反击说，"您，您吃人肉！我和您同住一个舱房，我在您身边不就处境危险了！难道哪天醒来，我已被您吃掉一半了？"

"孔塞耶老弟，我是很喜欢您，但还不至于非吃您不可吧。"

"我才不信呢。"孔塞耶回答，"去打猎吧！得打到猎物，填饱这个吃人肉者的肚子，否则，说不定哪天早晨，先生只有仆人的几块骨头来伺候他了。"

我们一路说说笑笑，最后深入森林，来到浓密阴暗的拱穹下。我们走了两个小时，将森林转了个遍。

我们如愿以偿，意外发现了可食用的植物，找到了热带地区最有用的一种产物，为我们提供了船上所缺少的珍贵食品。

我说的是面包树。盖博罗岛盛产面包树。我注意到，这里的面包果没有核，马来语称之为"利马"。

这种面包树与众不同，树干笔直，高达 40 英尺。树冠呈优雅的圆弧形，树叶阔大，呈多个裂片，博物学家一看便知，这是在马斯克林群岛①成功移植的"面包树"。浓密的绿丛中，露出一个个大圆球果实，果宽 10 厘米，表面粗糙不平，呈六角形。这是一种很有价值的植物，是大自然对不产小麦地区的恩赐，无须耕耘，一年有 8 个月提供果实。

对于面包果，尼德·兰非常熟悉，他早在无数次旅行中吃过，他知道如何提取可食用果肉。因此，他一见到面包果，就被激起了食欲，有点迫不及待了。

"先生，"他对我说，"不尝尝面包果树上的面包，我宁愿死！"

"尝吧，尼德朋友，尽情地品尝吧。我们来这里是为了尝试的。那我们就尝试一下吧。"

"很快就好的。"加拿大人说。

他用透镜点着枯枝，火苗欢快跳跃，噼啪作响。与此同时，我和孔塞耶负责挑选最好的面包果。有些果实尚未熟透，白色果肉纤维不多，外面裹着厚厚一层皮。其他许多已经变黄，果肉已成胶状，只等人来采撷。

这些面包果没有果核。孔塞耶给尼德·兰送来了一打。加拿大人把它们切成厚片，放在炭火上烤。他一边做，一边反复说：

"您瞧吧，先生，这面包有多好吃！"

"尤其是我们很久没吃面包了。"孔塞耶说。

"这甚至不再是面包，"加拿大人又说，"而是一种美味糕点。您从没吃过吗，先生？"

"没有，尼德。"

---

① 马斯克林群岛，印度洋西部的火山岛，由留尼汪、毛里求斯和罗德里格斯 3 个岛屿组成。

"好吧！那您就准备好好享用美食吧。如果您吃了不想再吃，那我就不是捕鲸王！"

几分钟后，面包果朝火的一面已经完全烤焦，里面露出白色果肉，就像松软的面包心，味道让人想起朝鲜蓟。

应该承认，这面包很好吃，我吃得心里乐滋滋。

"可惜，"我说，"这种面包不能保鲜，我看不必带回船上储存了。"

"怎么，先生！"尼德·兰嚷道，"您是以博物学家身份说话，可我，我要像面包师那样行事。孔塞耶，您去摘些果子，我们带回去吃。"

"那您怎么弄呢？"我问加拿大人。

"我把果肉制成发酵面团，可以长期保存，不会变质。我想吃时，就拿到船上厨房去煮一煮。尽管味道有点酸，但您仍会觉得很好吃。"

"那么，兰师傅，我看，有了面包，就不缺什么了……"

"不，教授先生，"加拿大人回答，"还缺水果，至少应该有点蔬菜！"

"那我们去找水果和蔬菜吧。"

摘好面包果后，我们动身去寻找果蔬，使这顿"陆地"午餐尽善尽美。

我们没有白费力气，将近中午时分，我们摘了很多香蕉。这种热带美果一年四季都能成熟。马来人称之为"皮桑"，不煮就食之。除了香蕉外，我们还采到了味道独特的大菠萝蜜、美味可口的芒果和大得匪夷所思的菠萝。不过，采摘这些果子，花了很多时间，但是，我们并不感到后悔。

孔塞耶一直在注意尼德。鱼叉手走在前面，一边在森林里游逛，一边熟练地采摘美味果子，不断充实自己的背囊。

"尼德老兄，"孔塞耶问，"现在您什么都不缺了吧？"

"哼！"加拿大人不高兴地说。

"怎么！您还不满意？"

"都是素食，不能算作一顿饭。"尼德回答，"都是饭后吃的，是餐后点心。有汤吗？有烤肉吗？"

"的确，"我说，"尼德说过要请我们吃排骨的，我看现在有问题了。"

"先生，"加拿大人回答，"打猎不仅没有结束，甚至还没有开始呢。别急嘛！我们一定能遇见羽毛动物或毛皮动物的，不在这个地方，便在那个地方……"

"不是今天，便是明天，"孔塞耶补充说，"可我们不能走得太远。我甚至建议该回小艇去了。"

"怎么，这就要回去了？"尼德嚷嚷道。

"我们必须在天黑前赶回去。"我说。

"这才几点哪？"加拿大人问。

"两点了，至少。"孔塞耶回答。

"在陆地上时间过得真快啊！"尼德·兰师傅伤感地叹了口气，大声嚷道。

"上路吧。"孔塞耶说。

于是，我们穿过森林往回走。一路上，我们来了个大扫荡，收获颇丰：我们爬上树顶，采了很多棕芽，还摘了很多菜豆。我认得这些菜豆，马来人称之为"阿布鲁"。此外，还收获了很多品质上乘的薯蓣。

我们回到小艇时，东西多得背不动了。可是尼德·兰还嫌不够。不过，他运气不错。临上小艇时，他又发现了好几棵树，高25英尺至30英尺，属于棕榈科。这种树和面包果树一样珍贵，恰是马来亚最有用的物产之一。

这是些西谷椰子树，无须人工栽培，同桑树一样，靠根蘖和种子自生自长。

尼德·兰知道如何对付这些树。他抡起斧头，使劲儿砍去。不一会儿，他就砍倒了两三棵西谷椰子树，树叶上有一层白色粉末，说明树已成熟。

我是以博物学家，而不是饥饿者的眼光看他砍树的。他先在树干上剥去一块皮，有1英寸厚，皮下有一层长纤维网，一种粉末状树胶把它们牢牢粘在一起，形成难分难解的结。这种粉末就是西谷米，可食用，是美拉尼西亚居民的主要食物。

眼下，尼德·兰像劈柴那样，只满足于把树干劈成块，留待以后提取粉：先要把从树干中取出之物放进一块布里挤捏，把粉和纤维分开，再把粉放在太阳下晒干，放到模子里压成西谷米块。

最后，下午5时，我们带着全部财富离开岛岸。半小时后，我们便停靠在鹦鹉螺号旁。我们到的时候，没有一个人出来。巨大的钢板圆柱体内似乎空无一人。食物搬上船后，我下到我的房间里，发现晚饭已准备好。我吃过饭便呼呼大睡了。

次日，1月6日，船上一切如旧。船内没有一点动静，毫无生命迹象。小艇仍静卧在大船旁，仍在我们昨天停放的地方。我们决定再去一次盖博罗岛。站在猎人的角度，尼德·兰希望比昨天的运气更好，他想到森林其他地方去逛逛。

旭日东升之时，我们已经上路了。海浪涌向陆地，我们顺水行舟，不一会儿，就到达了小岛。

我们下了小艇。我们心想，应该信赖加拿大人的直觉，便跟在尼德·兰后面。他腿长步子大，我们差点儿跟不上。

尼德·兰沿着海岸向西走，蹚过几条湍流，来到一块地势高的平原上，四周有赏心悦目的森林。几只翠鸟在水边逛荡，但就是不让人接近。看它们小心翼翼的样子，我终于明白，这些飞禽知道该怎样对付我们这类两足动物，我由此得出结论，即使岛上无人居住，至少常有人来光顾。

我们穿过一片肥沃的草地，来到一片小树林边上。树林里飞鸟成群，莺歌燕舞，生机盎然。

"一些飞鸟而已。"孔塞耶说。

"可有些是可以吃的！"鱼叉手回答。

"一只也没有，尼德老兄，"孔塞耶反驳说，"我只看到一些普通的鹦鹉。"

"孔塞耶老弟，"尼德一本正经地说，"对于没有其他东西可吃的人，鹦鹉就是野鸡。"

"我补充一句，"我说，"这种鸟，如果烹饪得当，还是值得动刀叉的。"

的确，在树叶浓荫下面，一大群鹦鹉在枝丛中飞来飞去，只等细心调教，学会讲人话。眼下，它们正叽叽喳喳叫个不停，同它们一起喈喈叫鸣的，有五颜六色的虎皮鹦鹉，以及神情严肃的白鹦鹉，就像在思索某个哲学问题似的。这时，一群鲜红的吸蜜小鹦鹉飞过，宛若一块丝绸随风飘舞；同它们一起的，还有飞行时叽叽喳喳的加拉奥鹦鹉、天蓝毛色细腻多变的巴布亚鹦鹉，以及其他许许多多美丽迷人的飞禽，但总的来说是不可食用的。

然而，在这群飞鸟中，我没有发现当地特有的一种鸟，它们从未飞离过阿鲁群岛和巴布亚群岛的边界。不过，命运很快就给了我一睹它们芳容的机会。

穿过一片不太稠密的矮树林，我们又来到一块灌木繁密的平地上。这时，我看见一群美丽的鸟儿从灌木丛中飞起，它们羽毛很长，排列独特，只能逆风飞翔。它们忽上忽下，波浪起伏，在空中尽现优美的曲线。它们的羽毛绚丽多彩。这一切都引人入胜，令人陶醉。我一眼就认出来了。

"极乐鸟！"我大叫一声。

"鸣禽目，凤鸟亚目。"孔塞耶回应道。

"是山鹬科吗？"尼德·兰问。

"我不认为，兰师傅。不过，您身手敏捷，相信您能逮到一只可爱迷人的热带大自然产物！"

"我试试，教授先生，尽管我习惯鱼叉，不擅长鸟枪。"

这种鸟，马来人常用来同中国人做买卖。他们捕捉的方法很多，但我们都用不上。有时，他们在极乐鸟喜欢栖息的树顶上下绳圈。有时，他们使用强力胶来粘鸟，使鸟儿无法动弹。他们甚至还在极乐鸟常饮用的泉水中投毒。而我们，我们只能在它们飞行时射击，命中的概率很小。事实上，我们白白浪费了不少子弹。

将近 11 时，我们已翻过岛中央第一道山梁，可仍然一无所获。我们饥肠辘辘。猎手们相信打猎不会空手而归，可他们错了。所幸孔塞耶一枪射中两只飞鸟，这让他大吃一惊。这下我们的午餐有保障了。他击落了两只野鸽子，其中一只是白鸽。我们很快拔好毛，把它们穿在铁钎上，放到枯枝旺火上烧烤。在烧烤这些让人馋涎欲滴的野鸽子时，尼德忙着准备面包果。不一会儿，两只野鸽子就被啃了个精光，连骨头都没剩下，大家连呼味道美极了。这些野鸽平时贪吃肉豆蔻，它们的肉自然芳香可口，是一种美味佳肴。

"就像是吃块菰长肥的小母鸡。"孔塞耶说。

"尼德，您现在还缺什么？"我问加拿大人。

"一头四足猎物，阿罗纳克斯先生。"尼德·兰回答，"这两只鸽子不过是餐前小吃，只能当零食！因此，没打到有排骨的动物，我是不会满足的！"

"而我，尼德，抓不到极乐鸟，我也不会称心的。"

"那我们继续打猎吧，"孔塞耶说，"不过，得回过头来向海边走了。我们已到了第一道山坡，我想最好回森林那边去。"

孔塞耶言之有理，我们听从了他的建议。走了一小时，我们来到一片真正的西谷椰子林。几条无毒的蛇从我们脚边溜过。极乐鸟见我们靠近，便逃之夭夭。说实话，我已失去信心，以为抓不到极乐鸟了，可就在这时候，走在我前面的孔塞耶突然弯下腰，发出一声胜利的欢叫，然后转身朝我走来，抱来一只美丽的极乐鸟。

"啊！真棒，孔塞耶！"我大叫一声。

"先生过奖了。"孔塞耶回答。

"不，小伙子，你真的很有本事。活捉了一只极乐鸟，而且是赤手空拳！"

"如果先生仔细瞧一瞧，就会发现我没有什么大功劳。"

"为什么，孔塞耶？"

"因为这只鸟已烂醉如泥。"

"烂醉如泥？"

"是的，先生，它在肉豆蔻树下吃了太多的肉豆蔻，因而醉了，我是在树下逮到它的。瞧，尼德老兄，您看到贪酒的可怕后果了吧！"

"见鬼去吧！"加拿大人反驳道，"两个月来我只喝了点杜松子酒，没必要对我横加指责！"

我仔细观察这只奇怪的极乐鸟。孔塞耶说的没错。极乐鸟是喝了上头的肉豆蔻汁而烂醉如泥、动弹不得的。它飞不起来，连走路也不大行。不过，我并不担心，让它慢慢清醒过来就是了。

在巴布亚和邻近岛上，有 8 种极乐鸟，孔塞耶逮到的是最美丽的一种，是"大绿宝石"极乐鸟，最稀有的品种。它身长 30 厘米，头比较小，眼睛也小，长在喙两旁。但是，它汇集了各种颜色，色彩斑斓，妙不可言：喙黄色，脚和爪褐色，翅膀浅褐色，翅尖紫红色，脑袋和后颈浅黄色，喉部碧绿色，腹部和胸部栗褐色。尾巴上面竖着两条茸茸的角质物，轻柔精细的长羽毛从这里延伸出去，使这奇妙的极乐鸟变得完美无缺，当地人富有诗意地称之为"太阳鸟"。

我非常希望能把这只珍稀品种的极乐鸟带回巴黎，馈赠给植物园，那里还没有一只鲜活的极乐鸟呢。

"这种鸟很稀罕吗？"加拿大人问，说话的口吻只是一名普通猎手，不善于从艺术角度评价猎物。

"很稀罕，我的好伙伴，尤其是很难抓到活的。这种鸟，即使是死的，仍有人用来非法买卖。因此，当地人便想方设法造假，就像造假珍珠或假钻石一样。"

"什么！"孔塞耶嚷道，"有人造假极乐鸟？"

"是啊，孔塞耶。"

"先生知道当地人是怎样造假的吗？"

"当然知道！刮东风的季节里，极乐鸟尾巴周围的美丽羽毛开始脱落（博物学家把这种羽毛叫做副翼毛）。造假极乐鸟的人就把这些羽毛收集起来，将捕捉来的可怜虎皮鹦鹉的毛拔掉，巧妙地装上极乐鸟的美丽羽毛，并在接合处涂上颜色，再给整只鸟上一层清漆，最后，把这种特殊行业的产品卖给欧洲的博物馆或收藏家。"

"好啊！"尼德·兰说，"虽说不是极乐鸟，但终究是它的羽毛。只要不拿来吃，我看不是什么大罪！"

我想有只极乐鸟的愿望实现了，但是加拿大人打猎的愿望尚未满足。幸运的是，将近两点，尼德·兰打死了一头森林大野猪，土著人称之为"bari-outang"。这头野猪来得正是时候，为我们送来了真正的四足动物肉，当然很受欢迎。尼德·兰为自己的枪法扬扬得意。野猪中了电子弹，倒地死了。

加拿大人先割下六七根排骨，准备晚餐时吃烤肉。再剥去猪皮，开膛破肚，清出内脏。然后，我们继续打猎，尼德和孔塞耶将再建新功。

果然，两位朋友敲打灌木丛，赶出来一群袋鼠。袋鼠靠着两条富有弹性的后腿，一蹦一跳地四下逃窜。但是，它们跑得再快，也比不上电子弹的速度，而被子弹一一击中。

"啊！教授先生，"尼德·兰嚷道，猎人的狂热使他头脑发热，"多好的野味啊，尤其用来炖了吃！这对鹦鹉螺号来说是多好的食物啊！地上躺着两只、三只、五只！一想到我们把这些肉一扫而光，船

上那些蠢货们一点沾不上，别提我有多开心！"

我相信，加拿大人正在兴头上，要不是说了这么多话，恐怕会把这一群袋鼠斩尽杀绝！不过，他只打死了十来只。孔塞耶对我们说，这些有趣的有袋动物属于无胎盘哺乳动物第 1 目。

这些袋鼠身材短小，是一种"兔袋鼠"，通常栖居在树洞里，跑起来速度极快。尽管个头儿不大，但至少它们的肉是最受欢迎的。

我们对打猎成果十分满意。尼德兴高采烈，打算第二天再到这充满魔力的岛上来，他要将这里可食用的四足动物杀光宰尽。但是，他没有料到会发生意外。

下午 6 时，我们回到海滩上。小艇仍停在原来的地方。鹦鹉螺号宛若一块长长的礁石，露在离岸两海里的波涛上。

尼德·兰没有耽搁，急忙准备晚饭这件大事。令人赞赏的是，他对这类烹调非常擅长。野猪排骨在炭火上烧烤，很快发出浓郁的香味，弥漫在空气中……

我发现自己也像加拿大人那样，面对烤架上的新鲜烤猪肉，竟也欣喜若狂，心醉神迷！但愿大家能原谅我，就像我曾原谅兰师傅一样。理由相同！

总之，晚餐丰盛可口。两只野鸽使我们非同寻常的菜单锦上添花。西谷米粉、面包果、几只芒果、半打菠萝、发酵的椰子汁，我们吃得心花怒放，乐不可支。我甚至觉得，我那两位可敬的伙伴们有些昏头昏脑了。

"今晚不回鹦鹉螺号了，好吗？"孔塞耶说。

"永远不回那里了，好吗？"尼德·兰附和说。

就在这时，一块石头落在我们脚旁，打断了鱼叉手的建议。

第二十二章

尼摩船长的雷电

　　我们朝森林那边瞅了瞅，但没有站起来，我正往嘴里递送食物的手停了下来，尼德·兰则做完了该做的事。

　　"一块石头不会从天而降，"孔塞耶说，"不然，就该叫陨石了。"

　　第 2 块石头，精心磨得圆圆的，打落了孔塞耶手上那块美味野鸽腿，这更证明他刚才的看法不无道理。

　　我们三人站起身，扛起枪，准备迎战任何攻击。

　　"会不会是猴子？"尼德·兰大声说。

　　"差不离，"孔塞耶回答，"是野蛮人。"

　　"回小艇！"我说，一面向海边走去。

　　我们的确必须撤退，因为二十来个土著人，手拿弓箭和投石器，出现在矮树林边，离我们仅百步之遥。矮树林遮住了右面半边天。

　　小艇停在离我们约 20 米的海滩上。

　　野蛮人越来越逼近，虽不是跑步过来，但表示出了最大的敌意。石块和利箭雨点般落下。

　　尼德·兰不想抛下食物，尽管危险迫在眉睫，他还是一手抓起野猪，一手抱起袋鼠，迅速逃之夭夭。

　　两分钟后，我们逃到沙滩上。转眼工夫，食物和武器装上了小艇，小艇推进了海里，两把桨各就各位。我们还没驶出两链远，就见百来个野蛮人大叫大嚷，指手画脚，冲进大海，直到海水没及腰际。我想看看野蛮人的出现会不会把鹦鹉螺号的人吸引到甲板上来。没有！这个庞然大物，卧在大海上，不见一个人影。

　　20 分钟后，我们登上鹦鹉螺号。入口舱盖敞开着。我们系好小艇，

回船里去了。

我下到大客厅里，那里传来阵阵和弦声。尼摩船长在里面，正俯首弹奏管风琴，陶醉于美妙的音乐中。

"船长！"我喊他。

他没有听见。

"船长！"我又喊了一声，并用手碰了碰他。

他身子一颤，转过身来。

"啊！是您，教授先生？"他对我说，"怎么样，打猎收获大吧？采集植物标本顺利吧？"

"是的，船长，"我回答，"不过，我们不幸引来了一群两足动物，就在附近，我感到担忧。"

"什么两足动物？"

"野蛮人。"

"野蛮人！"尼摩船长以揶揄的口吻说，"教授先生，踏上这个地球的一块陆地，发现了野蛮人，您感到惊讶吗？野蛮人，地球上哪里没有？何况，您所谓的野蛮人，难道比其他人更野蛮吗？"

"可是，船长……"

"对我来说，先生，我在哪都碰到过。"

"好吧！"我对他说，"如果您不想在鹦鹉螺号上接待他们，最好还是采取点防备措施。"

"放心吧，教授先生，没什么可担心的。"

"可是，来的土著人很多。"

"您数了有多少？"

"百来个，至少。"

"阿罗纳克斯先生，"尼摩船长回答，手指头又放回到琴键上，"即使巴布亚所有的土著人都集中到这海滩上，鹦鹉螺号也丝毫不怕他们进攻！"

船长的手指头在琴键上跳动。我注意到他只弹黑键，弹出来的乐曲颇具苏格兰风格。他很快忘了我的存在，沉浸在梦幻中，我不忍心再打搅他了。

我重新登上甲板。黑夜已然来临，因为，在低纬度地区，太阳落山很快，没有黄昏。盖博罗岛已朦朦胧胧，看不大清楚了。但是，海滩上点燃了很多火堆，这表明土著人不想离开。

就这样，我独自在甲板上待了好几个小时，不时想起这些土著人，不过已不怎么担惊受怕了，因为船长不可动摇的自信感染了我。有时我把他们抛到九霄云外，只顾欣赏这美不胜收的热带夜景。我的回忆展翅飞往法国，眼前的黄道十二星座，再过几个小时，将把法兰西照亮。天顶明月闪耀，众星捧月。于是，我思忖，这颗忠诚而热心的地球卫星，后天一定会再来这里，掀起层层海浪，将鹦鹉螺号救离珊瑚礁床。将近半夜，我看到黑黢黢的海面上平静无波，沿岸树林里寂然无声，便回到我的舱房，踏踏实实地睡着了。

这一夜安全无恙地过去了。巴布亚人想必一见搁浅在海湾里的怪物，就吓得魂不附体了，不然，入口舱盖开着，他们本可以轻而易举地进入鹦鹉螺号。

1月8日，清晨6点，我又登上甲板。昏暗的晨色渐渐消散。随着晨色的消隐，盖博罗岛很快露出了它的海滩，继而它的山峰。

土著人始终在那里，比头天人更多，可能有五六百号人。有几个人趁着退潮，已经来到珊瑚礁顶上，离鹦鹉螺号不足两链远。我能清楚地辨认出来。他们是地道的巴布亚人，纯种的巴布亚人，身材魁伟，体魄健壮，额头又高又宽，鼻子大而不塌，牙齿洁白。他们的头发似羊毛般浓密，染成红色，与黑油油的身躯形成鲜明的对照，黝黑光亮的肤色与努比亚人[1]没有两样。他们的耳垂穿了洞，被挂着的一串骨

---

① 努比亚人，非洲苏丹北部努比亚地区的居民。

珠拉得长长的。这些野蛮人通常赤身裸体。在他们中间，我看到几名妇女，从髋部到膝盖，围着一条真正的草裙，系着一条植物腰带。有几位头领脖子上戴着新月形饰物和红白玻璃珠项链。差不多人人手里都拿着弓箭和盾牌，肩上背着网兜，里面装着磨圆的石块，能灵巧地用投石器把圆石投出去。

其中一位头领离鹦鹉螺号相当近，正在仔细端详这艘船。很可能是一个称作"玛多"的高级头领，因为他披着一条香蕉叶编织物，色彩鲜艳，边缘呈锯齿状。

那个土著人离我很近，我本可以轻而易举地将他击毙。但我想，最好还是等他真有敌对行为时再动手。欧洲人和野蛮人交手，欧洲人最好是还击，而不是主动进攻。

在整个退潮期间，土著人在鹦鹉螺号附近转悠，但不大声喧闹。我听到他们口中不断重复着"阿塞"，根据他们的手势，我明白是在邀请我上岸去，可我觉得应该谢绝。

因此，这一天，小艇没有离开大船。兰师傅很是恼火，因为他不能补充食物储存了。这位双手灵巧的加拿大人，想用这段时间，加工从盖博罗岛带回来的兽肉和西谷米粉。至于那些土著人，在上午将近11时，大海开始涨潮，珊瑚礁顶开始沉入水中之时，他们回陆地上去了。但我看到海滩上，他们的人数增加了很多。他们很可能来自邻近岛屿，或者来自严格意义上的巴布亚岛。但我没有发现一条土著人的独木舟。

没有更好的事可做，我想在这清澈明丽的海水中捕捞贝类。我看见澄碧的水中有大量的贝类、植形动物和海洋植物。再说，假如真像尼摩船长预言的那样，第二天满潮时，鹦鹉螺号将漂浮起来，那么，这将是它在这海域度过的最后一天了。

于是，我把孔塞耶叫来，他给我拿来一张轻便的捞网，与牡蛎捞网差不多。

"那些野蛮人呢？"孔塞耶问我，"先生请别见怪，我看他们也不是很凶恶！"

"小伙子，他们可是要吃人肉的。"

"吃人肉的人，也可以是好人嘛，"孔塞耶说，"就像贪吃的人也可以是善良的人。两者并不互相排斥呀。"

"好吧！孔塞耶，我同意你的说法，他们是善良的吃人肉的人，他们善良地吃俘虏的肉。不过，我不想被吃掉，哪怕是被善良地吃掉，因此，我必须保持警惕，因为鹦鹉螺号船长似乎不会采取防备措施。现在开始干活吧。"

我们忙碌了整整两个小时，却没有捞到任何稀罕的东西。捞网里尽是些弥达斯耳贝、竖琴螺、川蜷螺，特别是，还有我从未见过的最漂亮的丁蛎。我们还捞到一些海参、珠母贝和十来只小海龟，都送到船上的配膳室去了。

我已经不抱希望了，可就在这时，我抓到了一个奇物，应该说是可遇而不可求的自然变形贝。孔塞耶刚才下了一网，捞上来满满一网各种普通的贝类。突然，他见我胳膊迅即伸进网里，一把抓出一只海贝，嘴里发出贝类学家特有的惊叫声，也就是人的嗓子可能发出的最刺耳的叫声。

"呀！先生怎么啦？"孔塞耶非常惊讶地问我，"先生被咬了吗？"

"没有，小伙子。不过，为了我的发现，我情愿被咬掉一根手指头！"

"发现什么啦？"

"这只贝。"我说，并把我的战利品拿给他看。

"一只斑岩斧蛤罢了，斧蛤属，栉鳃目，腹足纲，软体动物门……"

"是的，孔塞耶，但是这只斧蛤的纹路不是从右向左旋，而是从左向右旋！"

"怎么可能！"孔塞耶喊着。

"就是嘛，小伙子，这是一只左旋贝！"

"左旋贝！"孔塞耶重复道，心突突直跳。

"你看它的螺纹！"

"啊！先生可以相信我，"孔塞耶说道，并用颤抖的手拿起珍贵的贝，"我从没有这样激动过！"

确实令人激动！事实上，谁都知道，正如博物学家所说，右旋是大自然的法则。行星及其卫星都是自右向左公转和自转。人用右手多于左手，因此，人类的工具和器械，比如楼梯、门锁、钟表发条等，也都是按自右向左方式组合。而大自然通常也让贝壳的螺纹遵循这一法则。贝纹都是右旋，很少有例外。碰巧遇上左旋贝，收藏家们会不惜重金买下来。

我和孔塞耶全神贯注地欣赏着我们的宝贝，我打算送它去丰富巴黎自然博物馆的藏品，不料，一个土著人扔来一块石头，正好砸碎了孔塞耶手中的宝贝。

我发出绝望的叫声！孔塞耶扑到枪上，端起来瞄准正在10米开外挥动投石器的土著人。我想阻止他，可子弹已射出，打碎了土著人手臂上的护身手镯。

"孔塞耶！孔塞耶！"我喊道。

"怎么啦！先生没看见这个吃人肉的人开始进攻了吗？"

"一只贝不值一条人命！"我对他说。

"啊！无赖！"孔塞耶嚷道，"我宁愿他砸伤我的肩膀！"

孔塞耶是真诚的，但是我不赞同他的意见。然而，形势刚才已发生变化，但我们没有发觉。二十来条独木舟正在把鹦鹉螺号团团围住。这种独木舟，是由掏空的树干制成，又长又窄，便于水上行驶。独木舟两旁各有一个竹筒浮在水面上，以维持船体的平衡。划舟的都是身手敏捷的半裸土著人。看到它们驶过来，我不禁忧心忡忡。

很显然，这些巴布亚人和欧洲人曾有过接触，他们对欧洲人的船

非常熟悉。但是，看到这长长的圆柱形铁家伙躺在海湾里，没有桅杆，没有烟囱，他们会怎么想呢？肯定认为不是好东西，因为他们起初敬而远之，但是，见它一动不动，他们渐渐放心了，想跟它套近乎。然而，恰恰这种亲近的行为是应该阻止的。我们的武器不会发出巨大的响声，对这些土著人不会产生多大作用，他们只敬畏发出巨响的武器。闪电若没有隆隆的雷声相伴，是吓不倒人的，虽然危险存在于闪电，而不是雷声。

这时，独木舟更加逼近了，箭雨点般落在鹦鹉螺号身上。

"见鬼！下雹子了！"孔塞耶说，"说不定是有毒的雹子！"

"应该告诉尼摩船长。"我说，并从甲板舱口下去了。

我来到大客厅。不见一个人。我壮胆敲了敲通向船长卧室的舱门。

我听到一声"进来"。我进去，看见船长正在埋头计算，纸上写满了 X 和其他代数符号。

"我打搅您了吗？"我礼貌地问。

"不错，阿罗纳克斯先生，"船长回答我，"不过，我想您来见我一定有充分的理由吧。"

"非常充分。土著人的独木舟把我们包围了，再过几分钟，我们就会遭到几百名野蛮人的袭击。"

"啊！"尼摩船长平静地说，"他们是驾着独木舟来的？"

"是的，先生。"

"好吧！先生，关好入口舱盖就行了。"

"对，我就是来告诉您……"

"没有比这更容易的了。"尼摩船长说。

他按了下电钮，给船员舱下达了命令。一会儿工夫就办妥了。

"好了，先生。"他对我说。"小艇已放回原位，入口舱盖已关上。我想，您不会担心那些先生会打穿连你们军舰炮弹都奈何不了的铁壁钢墙吧？"

"不担心，船长，但还有一个危险。"

"什么危险，先生？"

"明天这个时候，必须打开入口舱盖，给鹦鹉螺号更新空气……"

"不错，先生，因为我们的船是用鲸的方式呼吸的。"

"假如那时候他们已占领甲板，我看不出您能如何阻止他们进来。"

"那么，先生，您料想他们会上船来？"

"我肯定。"

"好吧，先生，让他们上来吧。我看，我们没有理由阻止他们上来。其实，这些巴布亚人是些可怜鬼，我不想我的盖博罗岛之行，让这些可怜人中的任何一个丢掉性命！"

他说完，我正要退下，可尼摩船长叫住我，要我坐到他身边。他兴致勃勃地询问我上岛游览和打猎的情况，他对加拿大人想吃肉的强烈愿望似乎茫然不解。接着，谈话又蜻蜓点水般地涉及其他一些问题。尼摩船长依然不动声色，却显得比较和蔼可亲了。

我们特别谈到了鹦鹉螺号的处境，它现在搁浅的海峡，正在当年迪蒙·迪尔维尔险些丧命的地方。在谈到这个话题时，船长对我说：

"这个迪尔维尔，是你们一个伟大的海员，你们一个最聪明的航海家！他是你们法国人的库克船长。一位不幸的学者！他不惧怕南极大浮冰、大洋洲的珊瑚礁、太平洋的食人族，最后却惨死在一列火车上①！假如这个刚毅的人在生命最后时刻还能思考，您想象一下，他的临终想法会是什么？"

尼摩船长说这话时，显得十分激动。我受他感染，也心潮澎湃起来。

然后，我们拿着地图，回顾这位法国航海家的丰功伟绩，谈到他

---

① 迪蒙·迪尔维尔探险归来，于 1842 年在火车失事中遇难。

的环球旅行，谈到他两次南极探险，发现了阿黛利地和路易·菲力普地，最后还谈到了他绘制的大洋洲主要岛屿的水文地理测量图。

"你们的迪尔维尔在海面上所做的，"尼摩船长对我说，"我在海洋下也做了，比他做得更容易、更全面。星盘号和信女号饱受风暴颠簸之苦，无法与鹦鹉螺号相提并论，鹦鹉螺号是安静的工作室，名副其实的海洋居民！"

"不过，船长，"我说，"迪蒙·迪尔维尔的舰艇和鹦鹉螺号之间有一点是相似的。"

"哪一点，先生？"

"那就是鹦鹉螺号和它们一样搁浅了！"

"先生，鹦鹉螺号没有搁浅，"尼摩船长冷冰冰地回答我，"鹦鹉螺号生来就在海床上休息。迪尔维尔为使舰艇脱浅，竭尽全力，穷极办法，而我不用这样做。星盘号和信女号差点葬身海底，而我的鹦鹉螺号没有任何危险。明天，在我说定的日子，到我说定的时刻，海潮会稳稳当当地将它托起来，它将继续航行，继续越洋过海。"

"船长，"我说，"我不怀疑……"

"明天，"船长站起身来，补充说，"明天，下午2时40分，鹦鹉螺号将浮上海面，毫发无损地离开托雷斯海峡。"

尼摩船长生硬地说完这几句话后，欠了欠身。这是在示意我离开。我回自己的舱房去了。

孔塞耶在我房间里等我，他想了解我和船长谈话的结果。

"小伙子，"我回答说，"我刚才似乎担心他的鹦鹉螺号已受到巴布亚土著人的威胁，可船长回答我时却冷嘲热讽。因此，我只能对你说，相信他，放心去睡觉吧。"

"先生没什么事要我做了吗？"

"没有了，朋友。尼德·兰在干什么？"

"请先生原谅，"孔塞耶回答，"兰老兄在做袋鼠肉馅饼，一定很好吃！"

又剩下我一个人了。我上床睡觉，但是睡得不踏实。我听见野蛮人在甲板上跺足，吼叫声震耳欲聋。就这样一夜过去了，船员们始终不闻不问，无息无声。他们不为吃人肉者来袭担惊受怕，正如铁甲堡垒里的士兵不在乎蚂蚁在铁甲上奔跑。

我早晨6点起床。入口舱盖尚未打开。船内空气尚未更新。不过，装满空气的储气舱这时已开始工作，把几立方米的氧气输送到鹦鹉螺号混浊的空气中。

我在房间里一直工作到中午，始终没见到尼摩船长，哪怕一会儿。船上似乎没在做起航的准备工作。

我又等了一段时间，然后去到大客厅里。时钟指示2时30分。再过10分钟，潮水应该涨到最高点。如果尼摩船长并非轻诺寡信之人，那么鹦鹉螺号马上就会脱浅。否则，也许得等上好几个月，它才能离开它的珊瑚礁床。

正在这时，我感觉到船体颤动了几下：这是一种预兆。我听见鹦鹉螺号与凹凸不平的石灰质珊瑚礁摩擦，发出嘎吱嘎吱的声音。

2时35分，尼摩船长出现在大客厅里。

"我们要出发了。"他说。

"啊！"我说。

"我已下令打开入口舱盖了。"

"那巴布亚人呢？"

"巴布亚人？"尼摩船长回答，微微耸了耸肩。

"他们不会闯进鹦鹉螺号吗？"

"怎么进来？"

"您已下令打开入口舱盖了，他们可以从入口进来呀。"

"阿罗纳克斯先生，"尼摩船长平静地回答，"没有人能从入口进来，即使舱盖开着。"

我看着船长。

"您不明白吗？"他问我。

"不明白。"

"好吧！您过来看吧。"

我向通甲板的中央梯走去。尼德·兰和孔塞耶已在那里，神色惊讶，看着几名船员打开舱盖。而在外面，愤怒的吼声和可怕的叫骂声响彻云霄。

入口舱盖向外打开了，舱口出现了二十来张可怕的面孔。但是，第一个土著人刚把手放到楼梯扶手上，就立即被一种看不见的力量弹了回去。他拔腿就逃，嘴里恐怖地乱叫，双脚恐惧得乱跳。

紧接着，又来了10个同伴。10个人都遭遇同样的命运。

孔塞耶看得心醉神迷。尼德·兰生性暴躁，冲向楼梯。他刚抓到扶手，马上也被击倒在地。

"活见鬼！"他大叫大喊，"我遭雷击了！"

他的话使我明白了一切。这已不再是扶手，而是带电的金属电缆，一直通到甲板。谁触到它，就会感到剧烈的震动。如果尼摩船长把机器产生的电全部输入这个导体，那么这种震动会置人于死地！确实可以说，他在自己和来犯者之间布下了一张电网，谁想穿过电网，必遭惩罚。

巴布亚人吓得魂不附体，慌里慌张地逃之夭夭。可怜的尼德·兰像是鬼怪附身，骂骂咧咧。我们暗暗发笑，一面安慰他，一面替他按摩。

就在这时，鹦鹉螺号被最后一波海潮托起，在船长所说的2时40分离开了它的珊瑚礁床。螺旋桨缓慢而威严地拍击海水，转速逐渐加快。鹦鹉螺号安然无恙地离开了托雷斯海峡险象环生的水道，行驶在太平洋海面上。

第二十三章

昏昏而睡 ①

次日，1月10日，鹦鹉螺号又开始潜水航行，速度快得出奇，我估计时速不低于35海里。螺旋桨飞速旋转，看得我眼花缭乱，无法计算出转速。

我想到，是神奇的电给鹦鹉螺号提供动力、热量和光明，还保护它不受外来的攻击，把它变成了神圣的方舟，任何亵渎神明的人只要触及，就会遭受雷击。当我想到这些，我对电赞佩之至，我从船又想到造船的工程师，于是，对他的崇敬之情有增无已。

我们径直向西航行。1月11日，我们绕过位于东经135°、南纬10°的韦塞尔角。该海角位于卡奔塔利亚湾 ② 的东端。这里礁岩依然很多，不过比较稀疏，航海图上标得极其准确。鹦鹉螺号轻松地躲过了左边的莫内礁和右边的维多利亚礁，它们位于东经130°、南纬10 °。我们严格沿着这条纬线航行。

1月13日，尼摩船长来到帝汶海，望见了位于东经122°的帝汶岛 ③。帝汶岛面积为1625平方法里，是印度王公贵族的统治地。他们自称是鳄鱼的后裔，也就是说，他们的祖先始于人人都可以这样自诩的远古时代。因此，这种满身长着鳞片的祖先，在岛上江河里大量繁殖，受到岛民的特别崇拜。人们保护它们，宠爱它们，奉承它们，饲养它们，用女孩子供奉它们。如果外人胆敢碰一下这些神圣的蜥蜴 ④，

---

① 原文为拉丁文。
② 卡奔塔利亚湾，位于澳大利亚北边。
③ 帝汶岛，东南亚务沙登加拉群岛中最东头和最大的岛屿。帝汶海，位于帝汶岛和澳大利亚之间，属印度洋。
④ 此处"蜥蜴"指鳄鱼。其实，鳄鱼虽然外貌与蜥蜴相似，但属于鳄目，而非蜥蜴亚目。

就会招来灭顶之灾。

不过，鹦鹉螺号没有必要和这些丑陋的动物一争高低。中午，大副测量船的方位时，帝汶岛才露了露脸。同样，罗地岛我也只是远远望了一眼。这个小岛是帝汶岛群的组成部分，岛上妇女以其美貌驰誉马来市场。

从这里开始，鹦鹉螺号偏离了南纬10°，转向西南，朝印度洋航行。尼摩船长心血来潮，会把我们带往哪里呢？他是不是想北上回到亚洲海岸？他会向欧洲海岸靠近吗？对于想躲开人烟稠密大陆之人，怎么可能作出这样的决定！那他会不会南下？他是想绕过好望角①、合恩角，向南极挺进？他最后会不会返回太平洋？因为鹦鹉螺号在太平洋上航行轻松自若，无拘无束。这在将来我们会知道的。

我们沿途驶过卡帝埃礁岛、希伯尼亚礁岛、瑟兰加帕当礁岛和斯科特礁岛，这些礁岛是固体抵抗液体的最后努力。1月14日，我们已将一切陆地抛诸身后。鹦鹉螺号大大放慢了航速，举止行为随心所欲，时而潜入水中航行，时而钻出水面漂泊。

在这段旅行中，尼摩船长对不同深度水层的温度进行了饶有趣味的测试。通常情况下，这类数据要用相当复杂的仪器测得，且测试报告往往不大可靠，不管是温度表探头（玻璃管常会因水压过高而破碎），还是根据金属电阻变化设计的测温仪。这样获取的结果无法得到充分的验证。相反，尼摩船长亲自到海洋深处测量水温，通过温度表与不同的水层接触，他即刻就可测得准确而可靠的水温。

就这样，鹦鹉螺号要么灌满压载水舱垂直下潜，要么操纵水平舵斜线滑行，先后潜入3000米、4000米、5000米、7000米、9000米、10000米深度。实验的最终结果表明，在1000米深处，无论在什么样的纬度，海水的温度始终是4.5℃。

---

① 好望角，非洲最南端的岬角。

　　我兴趣盎然地关注着这些实验。尼摩船长投入了满腔热忱。我常暗自思忖，他做这些观测目的何在？是为了造福于他的同类吗？这不大可能，因为总有一天，他的测试结果终将和他一起，葬身于不为人知的海底！除非他把测试结果交给我。真要是这样，那就意味着我匪夷所思的旅行会有终点。可是，这个终点，我目前还看不到。

　　不管怎样，尼摩船长还是把测得的各种数据告诉了我，通过这些数据，可以了解地球主要海洋的海水密度。从这些报告中，我个人受益匪浅，但科学不可能从中得到好处。

　　那是 1 月 15 日早晨。我和尼摩船长在甲板上散步，他问我是否了解不同海域海水的不同密度。我作出否定的回答。我还说，科学界对此缺乏有力的观测。

　　"我做过观测，"他对我说，"而且，我可以肯定观测结果是可靠的。"

　　"好啊！"我回答，"不过，鹦鹉螺号是与世隔绝的世界，学者们掌握的秘密不可能传到陆地上。"

　　"您说得对，教授先生，"他沉默片刻后对我说，"鹦鹉螺号的确是与世隔绝的世界，它与陆地毫不相干，正如和地球一起绕太阳旋转的行星与地球毫无关系一样，土星或木星上科学家的研究成果，我们永远也不会知道。不过，既然机缘让我们相逢，我可以把我观测的结果告诉您。"

　　"我洗耳恭听，船长。"

　　"您知道，教授先生，海水的密度大于淡水，但海水的密度不是千篇一律的。假如我用 1 表示淡水的密度，我发现大西洋的海水密度为 1.028，太平洋为 1.026，地中海为 1.030……"

　　"啊！"我寻思，"他会冒险取道地中海吗？"

"爱奥尼亚海 [①] 为 1.018，亚得里亚海 [②] 为 1.029。"

显然，鹦鹉螺号并不回避船来船往的欧洲海域，我由此推断，也许不久的将来，它会把我们带回到比较文明的大陆。我想，尼德·兰如果知道这个特别的消息，一定会喜出望外。

一连好几天，我们进行各种实验，测量不同深度水层的含盐量、导电性、色度和透明度。不管做什么实验，尼摩船长都显得才华超群，能与这相提并论的，是他对我的深情厚谊。接着，我又有几天见不到他，我在他船上又好像变得茕茕孑立了。

1 月 16 日，鹦鹉螺号似乎在水下仅几米深处睡着了。电器不再运行，螺旋桨不再转动，鹦鹉螺号处于随波漂流的状态。我猜想，船员们正忙于内部检修，因为机器在高强度的运转后是需要检修的。

于是，我和同伴们目睹了饶有趣味的奇景。大客厅的玻璃观光窗板打开了。鹦鹉螺号的舷灯熄灭了，因而水中一片昏暗。暴风雨即将来临，天空乌云密布，投射到浅层海水中的亮光很不充分。

我在这种条件下观察海洋，最大的鱼看起来也只像模糊不清的黑影。忽然，鹦鹉螺号置身于充足的光亮下。起初，我以为舷灯又点亮了，已把电光投射到海水中了。我错了。我迅速观察了一下，我承认自己错了。

鹦鹉螺号正漂浮在磷光闪烁的水层中，由于海水昏暗，这磷光变得格外耀眼。磷光是由无数发光的微动物产生的，它们掠过金属船壳，变得更加光亮夺目。我突然看到明亮的水层中闪出几道亮光，犹如炽热熔炉里熔化的铅流，又似白热化了的金属锭，以至于相形之下，在这磷火层中，有些光亮的地方黯然失色，而原有的阴影似乎被赶走了。不！这不再是我们通常的照明装置发出的静止的光！这里的光有一种非凡的生命力和运动力！我感到它们是有生命的！

[①] 爱奥尼亚海，位于意大利南部和希腊之间。

[②] 亚得里亚海，在南欧亚平宁半岛和巴尔干半岛之间，是地中海的一部分。

的确，这是深海纤毛虫、粟粒夜光虫的无限聚集体，它们是真正的半透明胶质小球体，长有丝状触手。30立方厘米的海水中，这种微动物的数量甚至可达25000个。加上钵水母、海星、海月水母、枣形海笋以及其他磷光植形动物发出的特有的微光，使得海水一片光明。这些植形动物体内，充满了被海水腐蚀了的有机物质饵料，也许还有鱼类分泌的黏液。

鹦鹉螺号在亮灿灿的波涛中漂泊了好几个小时。当我们看到巨大的海洋动物像传说中的蝾螈在火光中嬉戏玩耍时，赞美之情难以言表。在这不燃烧的火光中，我发现有优美高雅、行动敏捷的鼠海豚——海洋中不知疲倦的小丑；还有体长3米的旗鱼——非常聪明，能预知风暴，令人望而生畏的吻端似长矛般突出，它们有时前来撞击大客厅的观光窗玻璃。后来，比较小的鱼类出现了，有多种多样的鳞鲀、跳跃的鲭鱼、狼鼻鱼，还有其他上百种鱼类，它们游来游去，给这闪亮的水域划出道道斑纹。

这灿烂夺目的景象，具有神奇的魔力！也许是某种气候条件为这景象锦上添花了？抑或暴风雨在海面上兴风作浪了？不过，鹦鹉螺号在海面下仅几米深，却丝毫感觉不到暴风雨的威力，悠然自得地在平静的海水中摇晃漂游。

我们就这样轻缓地向前行驶，沿途层出无穷的奇景异象让我们心醉神迷。孔塞耶忙着观察，将植形动物、节肢动物、软体动物和鱼类分门别类。时光如流，我已不再一天天地计算日子了。尼德按照自己的习惯，想方设法为船上的伙食变换花样。我们成了名副其实的蜗牛，习惯了贝壳里的生活，而且我敢断言，要成为完美的蜗牛并非难事。

因此，我们感到，这种生活似乎安逸舒适，自由自在，我们已无法想象，在地球表面还有完全不同的生活。可就在这时，发生了一件事，提醒我们想起了自己的奇特处境。

1月18日，鹦鹉螺号行驶到东经105°、南纬15°的海域。暴风雨即将来临，海上白浪滔天。东风来势凶猛。几天来，气压表显示的数字一直在下降，预示一场自然力的搏斗即将来临。

我登上了甲板，正是大副测定时角的时候。和往常一样，我等着他说那句天天重复的话。可是，这一天，他说了另外一句话，同样让人听不懂。我看见尼摩船长几乎立即出现在甲板上。他举起望远镜，向海平线瞭望。

有好几分钟，船长纹丝不动，眼睛紧盯着镜头内锁定的目标。然后，他放下望远镜，和大副交换了十来句话。大副似乎难以遏制内心的忧虑。尼摩船长有很强的自制力，依然镇定自若。而且，船长好像提出了异议，大副的回答却肯定无疑。至少，我是这么理解的，从他们不同的语气和手势可以看出来。

至于我，我朝他们观察的方向仔细看了看，但是什么都没看见。天空和大海在海平线上交会，清晰可见。

这时，尼摩船长在甲板上来回踱步，没有朝我看一眼，也许没有看见我。他步伐坚定，但不如平日均匀。有时他停住脚步，双臂交叉在胸前，仔细观察着大海。他在这浩茫无垠的空间寻找什么呢？鹦鹉螺号离最近的海岸有几百海里哪！

大副重新举起望远镜，固执地观察天边。他走来走去，焦虑不安，急得直跺脚，和船长形成鲜明的对照。

其实，这个秘密不久就会明朗化，因为，按照尼摩船长的指令，轮机加大了推进力，螺旋桨的转速更快了。

这时，大副再次提请船长注意。船长停住脚步，举起望远镜，向大副所指的地方瞭望。他观察了很长时间。我心里很纳罕，于是下到大客厅里，带着我平日使用的高倍望远镜回到甲板上。我把它放在甲板前部向外突出的舷灯舱上，准备把海天交会线仔细搜索一遍。

可是，我眼睛尚未挨近镜片，望远镜就被人从我手中夺走了。

我转过身。尼摩船长站在我面前，可我简直认不出他来了。他变了模样。他双眉紧蹙，眼睛里冒出阴郁的怒火。他半露着牙齿，身体僵直，双拳紧握，脑袋缩在两个肩膀中间。这表明，他浑身燃烧着仇恨的火焰。他一动不动。我的望远镜从他手中掉落，在他脚边滚动。

难道是我无意中惹他生气了？这个不可思议的怪人，他是不是以为我发现了鹦鹉螺号的乘客不准知道的秘密？

不是的！这个仇恨，并非由我而起，因为他不是看着我，他的眼睛始终盯着天边那个不可捉摸的点上。

最后，尼摩船长控制住了怒火。他那改变了模样的面孔恢复了往日的镇定。他用我听不懂的语言对大副说了几句话，然后朝我转过身来。

"阿罗纳克斯先生，"他用相当蛮横的语气对我说，"我要求您履行您我之间的一个承诺。"

"承诺什么，船长？"

"你们必须禁闭起来，您和您的同伴们，直到我认为可以恢复自由为止。"

"您是主人，"我眼睛盯着他说，"不过，我可不可以向您提个问题？"

"不可以，先生。"

听他这么说，我没有必要再争辩，只有服从了，因为任何反抗都无济于事。

我走下甲板，来到尼德·兰和孔塞耶的舱房，把船长的决定告诉他们。可想而知，加拿大人听到这个消息是怎样的反应。何况，我没有时间作任何解释。4名船员等在门口，把我们带到禁闭室里，我们在鹦鹉螺号上的第一个夜晚就是在那里度过的。

尼德·兰想抗议。可是，作为回答，他一进来，门就被关上了。

"先生能告诉我这是怎么回事吗？"孔塞耶问我。

我把发生的事给同伴们叙述了一遍。他们和我一样惊讶不已，也

一样如坠云雾。

我陷入无尽的沉思中，尼摩船长脸上奇怪的忧虑神情久久萦绕在我脑海中。我无法把两个合乎逻辑的想法合在一起，我迷失在荒谬绝伦的假设中。就在这时候，尼德·兰把我从沉思中拉了出来，他说：

"哇！午餐准备好了！"

确实，饭菜已摆在桌上。显然，尼摩船长在下令加快鹦鹉螺号航速时，也命人准备了午餐。

"先生允许我提个建议吗？"孔塞耶问我。

"当然，小伙子。"我回答。

"那好！请先生用餐。这是比较谨慎的做法，因为我们不知道可能会发生什么事。"

"你说得对，孔塞耶。"

"可惜，"尼德·兰说，"他们只给我们送来了船上日常的饭菜。"

"尼德老兄，"孔塞耶反驳说，"就是不送午饭来，您又能说什么！"

这句话合情合理，鱼叉手一时语塞，终止了牢骚。

我们坐下来吃饭。这顿饭吃得相当沉闷。我吃得很少。孔塞耶始终出于谨慎，"强制"自己多吃点。尼德·兰尽管牢骚满腹，却一口也没少吃。吃罢饭，我们各回各的角落里待着了。

这时，照亮禁闭室的球形吸顶灯熄灭了，屋里一片漆黑。尼德·兰很快就睡着了。令我惊讶的是，孔塞耶也进入了昏睡状态。我寻思，他怎么会如此迫不及待地想睡觉呢。这时，我突然感到自己的脑袋也昏昏沉沉起来。我竭力睁着眼睛，可眼皮不由自主地闭上了。我幻觉丛生，痛苦不已。显然，我们刚才吃的食物中放了催眠药！看来，为了不让我们知道尼摩船长的行动计划，光关我们禁闭还不够，还得让我们睡觉！

我听见入口舱盖关上了。海水波动停止了，船体不再轻轻摇晃了。难道鹦鹉螺号离开洋面了？它回到静止不动的水层了？

　　我想抗拒睡意。但这是徒劳。我的呼吸变弱了。我感到一股难忍的凉气袭来，我的四肢冻僵了，变得沉重了，好像瘫痪了似的。我的眼皮，就像一顶真正的铅帽，盖住了我的眼睛。我怎么也掀不掉。我幻觉丛生，被一种病态的瞌睡紧紧抓住。接着，幻觉消失，我筋疲力尽，昏昏而睡。

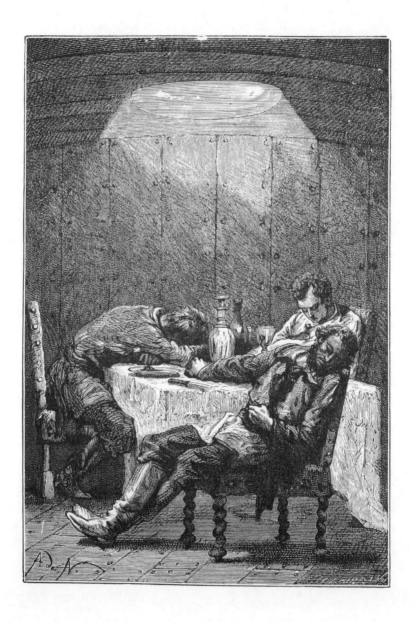

第二十四章

珊瑚王国

翌日，我醒来时，感到脑袋特别清醒。令我不胜惊讶的是，我竟然躺在自己的房间里。我的同伴们大概也被送回他们的舱房了，也和我一样不知不觉，昨天夜里发生了什么，也一样全然无知。要揭开这个秘密，我只能听天由命。

我想离开房间。我重获自由了，抑或依然是囚犯？我完全自由了。我打开房门，穿过纵向通道，爬上中央楼梯。昨夜关上的入口舱盖，现在敞开着。我来到甲板上。

尼德·兰和孔塞耶在甲板上等我。我问了他们几个问题。他们一概不知。他们睡得死死的，什么记忆都没有留下。他们发现自己回到了舱房里，感到非常惊讶。

至于鹦鹉螺号，我们感到它和往常一样宁静和神秘。它在海浪上缓慢漂泊。船上似乎什么也没改变。

尼德·兰用犀利的目光观察大海。大海苍茫荒凉。加拿大人没有发现天边有任何新情况，没有风帆，没有陆地。西风呼啸着，吹得长浪狂奔乱跑，致使船体猛烈晃动。

鹦鹉螺号更新空气后，潜水的深度一般保持在平均15米左右，以便可以迅速返回海面。1月19日这一天，它一反常态，好几次返回到海面上。每次，大副都要登上甲板，他惯常说的那句话在船内回响。

至于尼摩船长，他没有露面。船上的人，我只见到那位面无表情的侍者。他一如既往，不言不语，按时给我送来饭菜。

2时许，我正在大客厅里忙着整理笔记，尼摩船长开门进来了。我向他致意。他回了礼，但几乎察觉不到，一句话都没对我说。我继续干活，希望他也许会把昨夜发生的事给我个解释。他没有这样做。我看了看他。只见他倦容满面，发红的眼睛并没因睡眠而恢复正常。他的脸上流露出一种深重的忧虑，一种真正的悲伤。他走来走去，坐下了又站起来，随手拿起一本书，随即又放下，查看仪表，却不像往常那样做记录。他好像六神无主，坐立不宁。

最后，他走到我跟前，对我说：

"您是医生吗，阿罗纳克斯先生？"

我没想到他会这样问，以至于我看了他一会儿，没有回答。

"您是医生吗？"他又问了一次，"您的同行中有好些人都学过医，如格拉蒂奥莱、莫坎·唐东等。"

"是的，"我说，"我是大夫，是住院医生。进巴黎自然博物馆工作之前，我行过好几年医。"

"很好，先生。"

我的回答显然使尼摩船长感到满意。但我不知道他到底有什么用意，等着他提出新的问题，准备视情况而回答。

"阿罗纳克斯先生，"船长对我说，"您愿意给我的一个人看病吗？"

"有人病了？"

"是的。"

"我跟您去。"

"到这边来。"

我得承认，我的心怦怦直跳。不知为什么，我总觉得那船员的病和昨夜发生的事有某种关联。这个秘密至少和那个病人一样使我担忧。

尼摩船长把我带到鹦鹉螺号的艉部，让我进入船员舱毗邻的一间舱房里。

那里，在一张床上，躺着一个四十来岁的男子，面色刚毅，是典型的盎格鲁－撒克逊人。

我朝他俯下身子。这不仅是个病人，而且是伤员。他头上缠着血

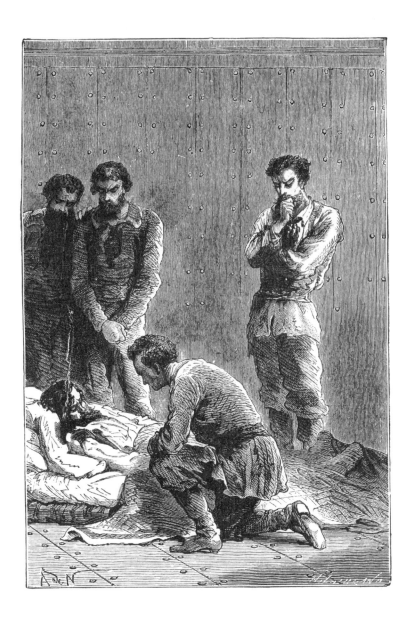

糊糊的绷带，垫着两个枕头。我把绷带解开，伤员瞪着眼睛看着我，任我检查，却不发出一声呻吟。

病人的伤口惨不忍睹。颅骨被钝器击碎，露出了脑髓，大脑受到严重损伤。在流出的紫红色鲜血中，已有一个个血块形成。他既有脑挫伤，又有脑震荡。病人呼吸缓慢，面部肌肉一阵阵抽搐。整个大脑都在发炎，导致感觉麻痹，运动瘫痪。

我给伤员诊脉。脉搏时有时无。肢体末梢正在渐渐变凉。我看到死神正在靠近，我却无力阻挡。我给这不幸人包扎好伤口，整理好他头上的绷带，然后转向尼摩船长。

"他是怎么受伤的？"我问他。

"这不重要！"船长支支吾吾地回答，"鹦鹉螺号发生了碰撞事故，撞断了轮机的一根操纵杆，正好砸在这个人身上。您觉得他伤势严重吗？"

我犹豫不决，不敢直言。

"您说吧，"船长对我说，"这个人听不懂法语。"

我最后看了一眼伤员，然后回答说：

"两个小时后，这个人就会死的。"

"没有办法救了吗？"

"没有。"

尼摩船长的双手颤抖起来，几滴泪水夺眶而出，可我原以为他是生来不会哭的。

我对这个垂死者又观察了一会儿，他的生命正在渐渐离去。灯光照着临终者的床榻，他的脸色显得更加苍白。我凝视他聪慧的脑袋，脑门上过早地出现了一道道皱纹，这是长期以来，苦难也许还有贫穷刻下的痕迹。我多么想从他唇际吐出的最后几句话中发现他一生的秘密啊！

"您可以退下了，阿罗纳克斯先生。"尼摩船长对我说。

我让船长留在临终者的舱房里，回到了自己的房间里，仍为刚才的情景伤心难过。我一整天都被不祥的预感弄得坐立不安。夜里，我寝不安宁，在断断续续的睡梦中，我仿佛听到远处传来阵阵哀叹，犹如单调的挽歌。这是在为死者低声祈祷吗？所用的语言我一点都听不懂。

翌日早晨，我登上甲板。尼摩船长比我先到。他见到我，就向我走来。

"教授先生，"他对我说，"今天去漫游一下海底，不知意下如何？"

"和我的同伴们一起？"我问。

"他们愿意的话。"

"悉听尊便，船长。"

"那就去换潜水服吧。"

他只字未提那个垂死者，或那个死者。我找到尼德·兰和孔塞耶，告知他们尼摩船长的建议。孔塞耶连忙接受，而这一次，加拿大人也欣然同意跟我们一起去。

这时是早晨8点。8点30分，我们已穿好再次漫游海底的潜水服，并带上了照明灯和呼吸器。两道门打开。在尼摩船长及其12名随身船员陪同下，我们踩到了离海面10米深的坚实地面，鹦鹉螺号就停在这里。

走过一段缓坡，我们来到高低不平的海底洼地，约有15法寻深。这里的海底与我第一次漫游太平洋海底时的情景截然不同。这里没有细沙，没有海底草地，没有海洋森林。我一下子就认出来了，这正是尼摩船长那天以主人身份同我们说起过的那个神奇的地方。这就是珊瑚王国。

在植形动物门、海鸡冠纲中，有柳珊瑚目，这一目包括柳珊瑚、角珊瑚和红珊瑚3类。通常所说的珊瑚就属于最后一类。这是一种奇特的物质，曾被依次列入过矿物界、植物界和动物界。古代人用它做药物，现代人用它做饰物。直到 1694 年，马赛人佩索内尔最终把它列入了动物界。

红珊瑚是一种微动物群体，聚集在易碎的石状珊瑚骨上。这些珊瑚虫有独一无二的繁殖方式，那就是芽生。它们既有独自的生活，又过着群体生活，可说是一种自然社会主义。我对这种奇怪的植形动物的最新研究成果有所了解。根据博物学家们非常正确的观察结果，这种植形动物在长成树的过程中逐渐矿物化了。对我来说，没有比参观大自然在海底种植的石化森林更有趣味的事了。

我们点亮伦可夫灯，沿着正在形成的珊瑚礁往前走。随着时光流逝，这些珊瑚礁石总有一天会在印度洋的这个地方形成一个礁岛。路边珊瑚树丛生，似团团乱麻难解难分，枝头布满白光闪烁的星状小花。不过，与陆生植物相反，这些树状珊瑚固着在岩石上，都是自上往下生长。

在灯光照耀下，珊瑚树枝变得绚丽多彩，产生了万千美妙迷人的景象。我仿佛看见这些圆状膜管在水波中颤动。它们鲜艳的花冠上，装饰着娇嫩的触手，有的已鲜花怒放，有的则含苞欲放，我真想摘下几朵好好欣赏，这时候，一群体态轻盈、迅速摆动着鳍条的鱼儿，像飞鸟一样从它们身旁掠过。可是，如果我的手挨近这些有生命的花朵，这些有活力的含羞草，那么，整个珊瑚群就会警觉起来，白色的花冠即刻缩回到红色的外壳里，绚丽的花朵立即在我眼前消失，小树丛骤然变成小石丘。

机缘把我带到了这里，让我见到了这种植形动物最珍贵的品种。它们堪与在地中海边的法国、意大利和柏柏尔国家 ① 等沿海地区捕捞的珊瑚相媲美。商人们把最美丽的珊瑚产品，称作"血之花""血之泡沫"，而这类珊瑚以其艳丽的红色，无愧于这富有诗意的美名。红

---

① 柏柏尔国家，指埃及以西的北非国家。

珊瑚每千克的售价高达 500 法郎，而在现在这个地方，海水中隐藏着多少珊瑚采集者的财富啊。这种珍贵的红珊瑚，常与其他珊瑚骨混杂在一起，形成被称做"马克西奥塔"的密实而杂乱的群体。我发现上面有玫瑰红珊瑚，这是令人拍案叫绝的稀有品种。

不久，珊瑚树丛变得密集了，树枝变得粗壮了。一座座名副其实的石化矮林和一排排异想天开的"建筑"展现在我们脚下。尼摩船长走进一条阴暗的长廊，平缓的斜坡把我们带到 100 米深的海底。蛇形灯管发出的光线，有时产生魔幻般的效果，光线附着在天然拱门粗糙不平的表面上，附着在悬挂式分支吊灯上，竟然火星四射，美不胜收。在珊瑚丛中，我还看到其他同样珍贵的珊瑚虫，如钩虾形珊瑚、节肢虹色珊瑚，还有几簇珊瑚藻，红红绿绿，这是真正的钙盐海藻，博物学家们经过长期争论，最终把珊瑚藻归入了植物界。但是，一位思想家说得好："也许这是真正的起点：生命悄然从沉睡的石头中觉醒，但尚未脱离这个粗硬的出发点。"

走了两个小时，我们终于来到大约 300 米深的海底，这是珊瑚形成的极限深度。但在这里，珊瑚不再是孤立的灌木丛，也不是平庸的矮乔木林，而是辽阔的森林，是高大的矿化植物。在巨大的矿化树木之间，一串串优美的羽状海藻花彩纠缠在一起，这种海洋藤本植物色彩缤纷，熠熠生辉。我们畅通无阻地穿行在高大的珊瑚树冠下，上面隐约可见海浪的阴影。而在我们脚下，随处可见笙珊瑚、脑珊瑚、星珊瑚、石芝珊瑚、双形珊瑚，它们构成一幅花毯，上面点缀着炫目的芽孢。

如此美丽的景象，岂能用语言来描绘！啊！为什么我们不能彼此交流感受呢？为什么我们要被禁锢在这金属和玻璃的头盔里呢？为什么不让我们互相说说话呢？为什么我们不能像鱼儿那样生活在水中，更不能像两栖动物，可以随心所欲，长时间来往于陆上或水中？

这时，尼摩船长已停了下来。我和同伴们也停住了脚步。我转过头，看见船员们将他们的船长围成半圆圈。我凝眸细看，发现其中4人肩上扛着一个长方形物体。

这里有一大块空地，我们占据了这块空地的中央，周围是海底森林高大的珊瑚树。我们的伦可夫灯向这个地方射出黄昏般的微光，将投到地上的影子拉得很长很长。空地边缘依然一片漆黑，只有珊瑚石的棱边受到光照，似火星般闪烁。

尼德·兰和孔塞耶站在我身旁。我们目不转睛地看着，我忽然闪过一个念头，我将目睹一个奇特的场面。我观察地面，看见有几处地方微微隆起，结了一层石灰质沉淀物，排列整齐有序，显然是人手堆起来的。

空地中央，在粗糙堆成的岩石底座上，矗立着一个珊瑚十字架，伸着长长的仿如鲜血凝成的石化手臂。

尼摩船长打了个手势，一名船员向前走去，来到离十字架几英尺的地方，从腰间取下十字镐，开始挖坑。

我全明白了！这块空地是墓地，这个坑是墓穴，这长方形的物体，是昨夜去世的那个人的遗体！尼摩船长和他的船员是来埋葬他们同伴的，把他葬在这个公墓里，葬在这无人可达的洋底！

不！我的思想上从没受到过如此强烈的震撼！我的头脑里从没留下过如此深刻的印象！我真不愿看到我眼前的情景！

不过，墓穴挖得很慢。鱼群受到惊扰，东藏西躲。我听见铁镐刨在石灰质地面上发出响声，看见铁镐撞到水底火石上发出火星。墓穴越挖越长，越挖越宽，不久就深到可以容纳遗体了。

这时，抬遗体的人走近墓穴。遗体用白足丝布裹着，放进潮湿的墓穴里。尼摩船长双臂交叉在胸前，死者生前爱过的朋友们下跪祈祷……我和两位同伴按宗教礼仪鞠躬致哀。

墓穴用刚才挖出的浮土碎石填满，在地面上形成微微隆起的坟头。

这一切结束后，尼摩船长和船员们站起来，然后，走到坟墓跟前，再次屈膝下跪，大家伸出手来作最后的告别……

然后，送葬队伍从原路返回鹦鹉螺号，再次经过森林拱廊，穿过矮树林，沿着珊瑚树丛，一直往上走。

最后船的舷灯光出现了。长长的光痕把我们一直引向鹦鹉螺号，1时，我们回到了船上。

我换好衣服，马上来到甲板上。可怕的思绪在我脑海里萦绕，我走到灯舱旁坐下。

尼摩船长来到我跟前。我站起来，对他说：

"那么，正如我所料，那个人夜里死了？"

"是的，阿罗纳克斯先生。"尼摩船长回答。

"他现在长眠于珊瑚墓地，在他的同伴们身边？"

"是的，被众人遗忘，但不会被我们忘却！我们挖掘坟墓，珊瑚虫负责将死者永远封存起来！"

船长突然用颤抖的双手捂住脸，他不能自已，呜呜咽咽哭了起来。过了一会儿，他又说：

"那儿是我们静谧的墓地，离波涛滚滚的海面几百英尺！"

"船长，在那里，您死去的同伴们至少可以安息，不受鲨鱼的侵扰！"

"是的，先生。"尼摩船长严肃地说，"不受鲨鱼和人类的侵扰！"

下　卷

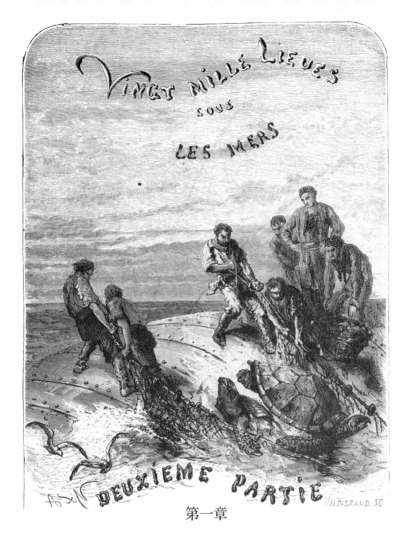

第一章

印度洋

　　海底旅行现在进入第二阶段。第一阶段以珊瑚墓地的感人情景告终，那是让我镂心刻骨、永生难忘的一幕。看来，尼摩船长要在这茫无涯际的大海里度过一生，他甚至为自己在这不可进入的海底深渊准备了坟墓。鹦鹉螺号的主人们，这些生死与共的朋友们将长眠于此，不会有海洋怪物来打扰。"也不受人类的侵扰！"尼摩船长如是补充说。

他对人类社会的不信任，已到了刻骨仇恨、势不两立的程度！

而我，我已不再满足于孔塞耶津津乐道的那些假设了。可敬的小伙子坚持认为，鹦鹉螺号的船长不过是一位被埋没的科学家，他以蔑视来回敬人类的冷漠。在孔塞耶眼中，尼摩船长还是一位怀才不遇的天才，他在陆地上屡屡失望，变得心灰意冷，只得躲到这无人可达的地方，让自己的天性得以自由发挥。但在我看来，这种假设只能解释尼摩船长的一个方面。

的确，那天夜里，我们被神秘地关进禁闭室，莫名其妙地昏昏而睡；我正准备用望远镜观察天边，船长却出于谨慎，极其粗暴地一把夺走了望远镜；鹦鹉螺号发生了无法解释的碰撞，致使那位船员受伤身亡：这一切自然把我推上另一种思路。不！尼摩船长不只是要躲避人世！他建造这艘绝妙无双的潜水船，不仅是要让自己的天性自由发挥，也可能是为了进行什么可怕的报复。

眼下，一切对我来说尚不明朗，我只是在这黑暗中隐隐看到了微光，可以说，我应该只局限于记述所发生的事。

再说，我们和尼摩船长没有任何关系。他知道，想从鹦鹉螺号上逃走是绝无可能的。我们甚至算不上凭保证而假释的囚犯。没有任何承诺束缚我们的手脚。我们不过是被所谓的礼貌伪装成乘客的俘虏和囚犯。然而，尼德·兰并没放弃重获自由的希望。一旦机会出现，他肯定会抓住不放。我当然也会和他一样行动。不过，假如尼摩船长宽宏大量，让我们了解鹦鹉螺号的秘密，而我却带着这些秘密逃走，我心里不会不感到内疚。因为，对这个人，到底应该痛恨还是钦佩，他是受害者还是刽子手，我暂时还说不清楚。而且，坦率地说，我想在永远离开他之前，先得完成海底环球旅行，因为第一阶段的旅行是多么妙趣横生！我想把海底堆积如山的奇珍异宝看个遍。我想看见至今

无人看见过的东西。为了满足这种难以满足的求知欲望，哪怕以自己的生命为代价也在所不惜！到目前为止，我有什么发现吗？什么也没有，或者说，几乎什么也没有，因为我们只穿越了太平洋，才航行了6000法里！

然而，我清楚地知道，鹦鹉螺号正在靠近有人居住的陆地，一旦出现逃生的机会，如果我为探索未知事物而牺牲同伴们，这未免太无情。我应该跟他们一起逃跑，也许还应该带领他们离开。但是这种机会真的会出现吗？作为被强行剥夺了自由意志的人，我渴望有逃生的机会，但作为学者，作为有好奇心的人，我却害怕这种机会来临。

1868年1月21日，这天中午，大副来测量太阳的高度。我登上甲板，点燃一支雪茄，在一旁看他测量。在我看来，这个人显然不懂法语，因为有好几次，我大声说出自己的想法，如果他听懂了，就会下意识地有所反应。但是，他始终面无表情，一声不吭。

大副用六分仪观测太阳的时候，鹦鹉螺号一名水手前来擦灯舱的玻璃。此人身强力壮，在第一次漫游海底时，曾陪同我们一起去了克雷斯波岛。于是，我仔细观察起灯舱装置来。灯舱里的环状透镜像灯塔的透镜一样排列着，能把灯光聚焦在有效面上，从而使强度增加百倍。舷灯的构造非常合理，有利于充分发挥照明功能。灯光是在真空中产生，可以确保光线的均匀度和强度。而且，真空可以让发出光弧的石墨减少损耗。对尼摩船长来说，节省石墨至关重要，因为更换石墨并非易事。但在真空条件下，石墨的损耗微乎其微。

鹦鹉螺号准备继续它的海底航行，我就回到了大客厅里。入口舱盖重新关上，鹦鹉螺号径直向西行驶。

我们在印度洋上斩浪劈波。这个苍茫浩瀚的海洋，面积为5.5亿公顷。海水澄澈透明，俯身观看水面，会感到头晕目眩。鹦鹉螺号通常航行在100米至200米深处。一连几天都是这样。换个人都会觉得时间过得太慢、太乏味，可我已深深爱上了大海。我每天在甲板上散散步，呼吸呼吸海洋的新鲜空气；我透过大客厅的玻璃观光窗，欣赏欣赏大海层出不穷的美景；我读读图书室里的藏书，写写我的学术论文：这一切占据了我的全部时间，哪有功夫感到厌倦和烦闷！

我们的身体状况一直很好。我们非常适应船上的饮食。尼德·兰为了表示抗议，想方设法给日常伙食搞些花样，但在我看来大可不必。此外，在深海的恒温条件下，甚至不必担心感冒。况且，在六放珊瑚属中，有一种枝珊瑚，在法国南部普罗旺斯地区称作"海茴香"，这种珊瑚虫的肉非常嫩，是治疗咳嗽的良药，船上有一定数量的储存。

有几天，我们看到了许多水鸟，有蹼足类鸟、小海鸥、大海鸥等。我们巧妙地捕杀了几只，经过某种方式烹饪，做成了相当可口的水禽野味。有些海上飞鸟，远离陆地，经过长途飞行，到波涛上来休憩，以消除旅途的劳乏。在这些鸟中，我发现有属于长翼科的美丽信天翁，它们的鸣叫声像驴叫般刺耳。全蹼科的代表是军舰鸟和鹲鸟。军舰鸟飞得很快，能迅速捕捉海面上的游鱼。还有许多鹲鸟，又称麦秸尾鸟，尤以赤尾鹲居多，它们似鸽子般大小，羽毛白里透红，与乌黑的翅膀相得益彰。

鹦鹉螺号的拖网捕捞到多种蠵龟属海龟。它们背部隆起，龟甲十分珍贵。这些爬行动物善于潜入水中，关上鼻腔外孔的肉阀，可以在水下待很长时间。有些蠵龟被抓住时，还缩在甲壳里睡觉呢，这使它们得以躲过海洋动物的伤害。这些海龟，其肉味道平平，其蛋却是珍馐美味。

至于鱼类，每当我们从舱板开着的玻璃观光窗里无意中发现它们水下生活的秘密时，总是赞赏不断，赞语不绝。有好几种鱼是我前所未见的。

我主要想说说红海、印度洋和赤道美洲海域特有的箱鲀。这种鱼和乌龟、犰狳、海胆以及甲壳动物一样，有甲壳保护。这种甲壳既非白垩质，亦非石质，而是真正的骨质护甲。坚硬的甲壳有的是三角形，有的是方形。在三角形甲壳箱鲀中，我注意到，有的身长 5 厘米，尾为棕色，鳍为黄色，肉质鲜美，营养丰富。我甚至建议把它们放入淡水中养殖，再说，不少海鱼是很容易适应淡水生活的。我还要列举几种箱鲀：方形甲壳箱鲀，背上隆起 4 个大结节；身体下部有白色斑点的箱鲀，可以和鸟类一样进行驯养；头上具有角状突的三角甲壳箱鲀，其角状突是骨质硬壳的延伸，只因能像猪一样发出咕噜咕噜的叫声，而被称为"海猪"；还有长着圆锥肉峰的单峰箱鲀，肉质坚韧，很难嚼碎。

根据孔塞耶师傅的日记，我还可以举出这几个海域特有的某些单鼻鲀类鱼：秘钩鲀，红背白肚，3 条丝状纵纹引人注目；电鲀，身长 7 英寸，色彩鲜艳。此外，还有些鱼可作为其他类鱼的标本，例如，卵形鱼，形似黑褐色的鸡蛋，身上有白色带纹，没有尾巴；刺鲀，浑身长满尖刺，是名副其实的海上豪猪，肚子一鼓，便成尖刺林立的刺球；各大海洋皆有的海马；长吻海蛾飞鱼，胸鳍宽似翅膀，即使不能飞翔，但至少可以腾空越出海面；扁扁宽宽的鸽鱼，尾巴布满环状鳞片；吻棘鰷，身长 25 厘米，色彩靓丽，味道鲜美；青灰色的灯蛾鱼，头部凹凸不平；会跳跃的鳉鱼，身上有黑色条纹，胸鳍很长，能在水面上飞速滑行；美味的旗月鱼，能竖起鳍条，犹如顺风扯起风帆；钩头鱼，造物主慷慨赐予它们黄色、天蓝色、银白色和金黄色，色彩斑斓，光彩夺目；长丝鲈鱼，鱼翅如丝；杜父鱼，常常满身污泥，会发出沙沙声；鲂鮄鱼，肝脏被认为有毒；普提鱼，眼睛戴着活动眼罩。最后还有鹭管鱼，真正的海洋捕虫能手，长着管状长吻，就像武装了一支可以射水的枪，只需射出一滴水，就可以把飞虫打死，连夏塞波 [1] 和雷明顿 [2] 发明的步枪也望尘莫及。

---

[1] 夏塞波(1833—1905)，法国军械师，法国军队 1866 年至 1874 年间使用的步枪就是他发明的。

[2] 雷明顿（1816—1889），美国火器制造商和发明家，曾发明一种步枪和一种打字机。

按照拉塞佩德鱼类分类法，第 89 属是第 2 亚纲硬骨鱼，其特征是有鳃盖和鳃膜。这类鱼中，我看到了鲉鱼，头部长着尖刺，只有一个背鳍。这类鱼按其所属的不同亚属，有的覆盖细鳞，有的无鳞。在第 2 亚属中，典型的是蟾鱼，身长三四十厘米，有黄色条纹，脑袋的模样古里古怪。至于第 1 亚属，有好几种俗称"海蟾蜍"的怪鱼。这种鱼脑袋很大，有的颌窦深凹，有的颌窦隆起，它们身上布满尖刺和结节，长着不规则的丑陋角状物，身体和尾巴布满厚厚的茧子，它们的尖刺会造成危险的创伤。这种鱼既令人厌恶，又让人生畏。

从 1 月 21 日至 23 日，鹦鹉螺号日夜兼程，24 小时行程 250 法里，即 540 海里，平均每小时 22 海里。我们之所以一路上能辨认出各种鱼类，是因为它们被电光吸引，想来与我们同行。它们大部分赶不上鹦鹉螺号的速度，很快就落在后面了，但有一些能跟着鹦鹉螺号一段时间。

1 月 24 日早晨，在南纬 12°05'、东经 94°33'，我们看见了基林岛 ①。这是石珊瑚堆成的礁岛，种着美丽的椰子树，达尔文先生和菲茨·罗伊船长曾来这里进行过考察。鹦鹉螺号沿着这个荒岛，贴近陡峭的珊瑚礁岸航行。拖网捕捞到许多珊瑚虫和棘皮动物，还有一些软体动物门的稀奇贝壳。尼摩船长的宝库里又增加了几枚珍贵的海豚螺，而我给它增添了一个斑点星珊瑚，这种珊瑚常常寄生在贝壳上。

基林岛很快在天际消逝了。我们向西北方向航行，驶往印度半岛南端。

那天，尼德·兰对我说："那是文明的陆地。这总比巴布亚岛好，在巴布亚岛上，遇到的野蛮人比狍子还多！在印度这块土地上，教授先生，有公路，有铁路，有英国、法国和印度的城市。5 英里内必定能遇到一个同胞。唉！难道说，我们与尼摩船长不告而别的时刻还没

---

① 基林岛，又名科科斯群岛，位于印度尼西亚爪哇岛西南 800 千米处。

有到来吗？"

"没有，尼德，没有。"我语气坚定地回答，"用你们水手的话来说，顺其自然吧。鹦鹉螺号正驶向有人居住的大陆，它正在返回欧洲，就让它把我们带回那里吧。到了欧洲海域，我们再见机行事。再说，我认为，尼摩船长不会像上次同意我们在新几内亚森林里打猎那样，允许我们去马拉巴尔海岸 ① 或科罗曼德尔海岸 ② 地区打猎的。"

"怎么！先生，不能不要他的允许吗？"

我没有回答加拿大人。我不想争论。其实，我心里在想，既然命运把我们抛到鹦鹉螺号上，我就要充分利用命运为我提供的一切机遇。

从基林岛起，我们的航速总的来说放慢了。鹦鹉螺号的航行更加随心所欲，常常把我们带到深水层中。操舵手多次使用水平舵，通过船内操纵杆，让斜面板向吃水线倾斜。就这样，我们一直潜入至水下两三千米深，却从未能核实到印度洋海底有多深，就连可以到达水下 13000 米的探测器，也未能触及印度洋海底。至于下层海水的温度，温度表始终指示 4℃。只是，我发现，在上层海水中，浅海域的水温总比深海域的低。

1 月 25 日，印度洋荒凉萧瑟，渺无人迹，鹦鹉螺号整整一天都在海面上漂泊，大功率螺旋桨劈波斩浪，溅得浪花高高抛起。此情此景，怎能不让人把它当成巨鲸？这一天白天，我 3/4 时间都待在甲板上。我眺望大海。洋面上一无所有，不过，将近下午 4 时，在西边，一艘长轮迎面驶来。有一会儿可以看见它的桅杆，但它看不到紧贴水面航行的鹦鹉螺号。我想，这艘轮船属于半岛东方航运公司，来往于锡兰 ③ 和悉尼之间，途经乔治王岬和墨尔本港。

---

① 马拉巴尔海岸，印度德干半岛西南部海岸，前临阿拉伯海，长约 710 千米。
② 科罗曼德尔海岸，印度德干半岛孟加拉湾海岸的一部分，长约 700 千米。
③ 锡兰，1972 年改称斯里兰卡，南亚岛国，位于印度东南方。

下午 5 时，在热带地区日夜之交的短暂黄昏来临之前，我和孔塞耶看到了一幅奇妙的景象，不由得击节称赏，叹为奇观。

有一种可爱迷人的动物，照古人的说法，邂逅这种动物，就会鸿运高照。亚里士多德、阿泰内、普林尼、奥皮恩[①]都研究过这种动物的嗜好，并为它用尽了希腊和意大利学者们的所有诗才。他们称之为"鹦鹉螺"和"珍珠鹦鹉螺"。但是现代科学并没认可这些称谓，这种软体动物现在的学名是船蛸。

若是有人请教孔塞耶，善良的小伙子就会告诉他，软体动物门分为 5 纲。第 1 纲是头足纲。这一纲动物有的有介壳，有的无介壳。根据鳃的数量，分为两科，二鳃科和四鳃科。二鳃科包括 3 属，船蛸属、枪乌贼属和墨鱼属。四鳃科只有 1 属，即鹦鹉螺属。如果听了介绍，还有人稀里糊涂，仍分不清船蛸和鹦鹉螺，那就不可原谅了，船蛸有吸盘，鹦鹉螺有触手。

眼前正是一群船蛸在海上游过。我们看到有好几百只。它们的背腕有翼状腺质膜吸盘，是印度洋的特有品种。

这些软体动物体态优美，用动力管把吸入的海水喷出，推动身体向后运动。它们有 8 只腕足，其中 6 只又长又细，漂在水面上，另外两只弯成掌状，像两叶轻帆迎风张开。我清楚地看见了它们螺旋波纹的介壳，居维叶恰如其分地把它们比作优雅的小船。这确实是一只小船。船蛸用自己的分泌物构建小船，船蛸乘坐小船，却不粘附在上面。

"船蛸可以自由离开介壳，"我对孔塞耶说，"但它从不离开。"

"尼摩船长就是这样。"孔塞耶贴切地说，"所以，把他的船叫船蛸号更合适。"

鹦鹉螺号在这群软体动物中间漂浮了近 1 个小时。后来，它们不知受到了什么惊吓，好像接到了信号似的，突然，风帆全都降下，腕

---

① 奥皮恩，3 世纪希腊诗人。

足收拢，身子蜷缩，介壳翻了个身，重心改变了，这支小船队全都消失在波涛下。这一切发生在瞬间，从没见过一支舰队能如此行动一致。

这时，夜幕突然降临，微风掀起的波浪静静地沿着鹦鹉螺号的腰身伸展。

翌日，1月26日，我们在东经82°穿越赤道，又回到了北半球。

这一天，一群可怕的角鲨伴随我们左右。这种骇人的动物在印度洋里大量繁殖，致使这一带海域成为极其凶险之地。在这群鲨鱼中，有菲力浦角鲨，背部褐色，腹部微白色，嘴里长着11排牙齿；有眼球斑角鲨，颈部有一个黑色大斑点，被白圈环抱，酷似眼睛；有灰黄色的角鲨，圆吻上布满灰斑。这些力大无比的动物，不断来撞击大客厅观光窗玻璃，来势凶猛，令人胆战心惊。因此，尼德·兰按捺不住了。他要带着鱼叉，到浪涛上去叉死这些怪物，尤其是那些嘴里布满马赛克般尖牙的星鲨以及身长5米的大虎鲨，它们一再向他挑衅，让他忍无可忍。可是不久，鹦鹉螺号加快了航速，轻而易举就把游得最快的鲨鱼甩在后面了。

1月27日，在宽阔的孟加拉湾入口处，我们好几次遇见了恐怖的惨象！一具具尸体随波漂浮在海面上。那是印度各个城市的死人，没有被当地唯一的收尸者秃鹫吞食，被恒河水冲进了大海。不过，鲨鱼一定会帮助秃鹫办完丧事的。

晚上7时左右，鹦鹉螺号半露着身子，航行在乳汁般的大海中。一望无垠的海洋仿佛变成了乳海。这是月光的效果吗？非也，因为新月才出现两天，此时尚未从沐浴着阳光的海平线上升起。整个天空，尽管被落日余晖照耀，但与白色的海水相比，仍显得黯淡无光。

孔塞耶简直不敢相信自己的眼睛，他问我这种奇异现象是如何产生的。幸好，我能回答他的问题。

"这就是人们所说的乳海，"我对他说，"一望无垠的白色波涛，这在安波那岛[①]沿海和这一带海域屡见不鲜。"

"可是，"孔塞耶问，"先生能不能告诉我产生这种现象的原因？因为我想，海水总不至于变成奶水了吧！"

"没有，小伙子，这个让你甚感惊讶的白色，其实是水中无数纤毛虫所致。这是一种发光的小虫，胶质，无色，细如发丝，长度不超过 0.2 毫米。纤毛虫粘连在一起，可以绵延好几法里。"

"好几法里！"孔塞耶惊叫起来。

"是的，小伙子，别费脑子去估计这些纤毛虫的数量了！你估计不出来！如果我没记错，有些航海家在这乳海中曾漂泊了四十多海里呢。"

我不知道孔塞耶是否听从了我的劝告，但他好像陷入了沉思，大概在计算 40 平方海里包含多少个 0.2 毫米吧。而我继续观察这奇景异象。鹦鹉螺号用它的艏冲角锥冲破这白色波涛，航行了好几个小时。我看到它无声无息地在这肥皂水般的海面上滑行，犹如漂浮在海湾顺流和逆流交会处泡沫飞溅的旋涡里一样。

午夜时分，大海骤然恢复了平常的色彩。但在我们身后，直至天尽头，天空反射着白色的波光，仿佛久久沐浴在朦胧的北极光中。

---

① 安波那岛，印度尼西亚马鲁古群岛的一个岛屿。

第二章

尼摩船长的新建议

2月28日，中午，鹦鹉螺号在北纬9°04'浮出海面，只见西边8海里处有一块陆地。我首先看到一群山脉，重峦叠嶂，此起彼伏，海拔2000英尺左右。我测定好方位后，回到大客厅里，把测定的方位标在地图上，这时，我发现，我们前面是锡兰岛，一颗垂挂在印度半岛下端的明珠。

这是地球上最富饶的海岛之一。我去图书室寻找有关锡兰岛的书籍，正好找到 H. C. 西尔先生的一本著作，书名为《锡兰和僧伽罗人》。回到大客厅后，我首先记下了锡兰岛的方位。古人曾给这个岛起过多少名字啊！它位于北纬5°55'至9°49'、东经79°42'至82°04'；岛长275英里，最宽处150英里，周长900英里；面积24448平方英里，就是说，比爱尔兰岛略小一些。

这时，尼摩船长和大副进来了。

尼摩船长看了一眼地图，然后转身对我说：

"锡兰岛的采珠场举世闻名。阿罗纳克斯先生，您高不高兴去参观一个采珠场？"

"毫无疑问，船长。"

"那好，这很容易。不过，我们能看见采珠场，却看不见采珠人，一年一度的采珠季节尚未开始。这无关紧要。我马上下令开往马纳尔湾，夜里到达。"

船长对大副说了几句话，大副立刻出去了。鹦鹉螺号很快潜回水里，压力表指示水深30英尺。

航海图摊在我面前，我在上面寻找马纳尔湾。我找到了，位于北纬 9°，锡兰的西北岸。这个海湾，是由马纳尔小岛海岸线延伸而形成的。要去那里，必须沿着整个锡兰岛西海岸北上。

"教授先生，"尼摩船长对我说，"在孟加拉湾、印度海、中国和日本海域、美洲南部海域、巴拿马湾、加利福尼亚湾，都可以采到珍珠。但是，采珠最卓有成效的地方是锡兰。我们可能来早了，采珠人要到 3 月份才聚集到马纳尔湾。30 天内，300 条船投入进来，开采这些有利可图的海洋珍宝。每条船上有 10 人划桨，还有 10 人采珠。采珠人分成两组，轮流下水。他们用一根绳子，一端捆住一块大石头，另一端拴在船上，他们双脚夹住大石头，潜入 12 米深的海底。"

"这么说，这种原始的方法一直沿用到今天？"我问道。

"一直是，"尼摩船长回答，"尽管采珠场属于地球上最富有创造性的民族，属于英国人。1802 年，《亚眠①条约》把这些采珠场割让给了英国人。"

"不过，我认为，您使用的潜水服，对采珠这样的活计可大有用武之地哪。"

"是啊，因为这些可怜的采珠人在水下不能久待。英国人佩瑟瓦尔在他的锡兰游记中，确实谈到过一个卡菲尔人②一口气在水下持续待了 5 分钟，可我觉得这事不可信。我知道，有些潜水人员在水下可停留 57 秒，有些高手甚至可以坚持 87 秒。可是，这毕竟是凤毛麟角，况且，这些可怜人回到船上后，鼻子和耳朵里都流血水。我认为，采珠人在水里可能忍受的时间平均是 30 秒。在这 30 秒中，他们赶紧把采到的珠母装进网兜里。不过，这些采珠人通常寿命不长，他们视力衰退，眼睛溃疡，满身创伤。有时，他们甚至在海底中风。"

"是的，"我说，"这是一个悲惨的行当，仅仅为了满足某些人的

---

① 亚眠，法国北部城市名。1802 年，法国及其盟国与英国在这里签订了和约。根据这个和约，锡兰仍然是英国殖民地。
② 卡菲尔人，非洲东南部沿海一带说班图语的部分居民。

穷奢极侈。船长，请告诉我，一条船一天能采多少珠母？"

"大约四五万只吧。有人甚至说，1814 年，英国政府派潜水员为自己采珠，20 天内共采集了 7600 万只珠母。"

"至少，这些采珠人的报酬还不错吧？"我问。

"勉勉强强，教授先生。在巴拿马，采珠人每周的收入才 1 美元。通常，他们采到一只长着珍珠的珠母才赚 1 个苏。可是，他们采回的珠母中又有多少不长珍珠啊！"

"这些可怜人，自己只挣 1 个苏，可他们的主人却大发其财！真可恨！"

"那好，教授先生，"尼摩船长对我说，"您和您的同伴们将去参观马纳尔浅滩。如果碰巧有人提前来采珠了，那我们就可以看他干活了。"

"就这么说定了，船长。"

"对了，阿罗纳克斯先生，您不怕鲨鱼吧？"

"鲨鱼？"我叫了起来。

我觉得，问这个问题至少是多余的。

"怎么样？"尼摩船长追问道。

"船长，不瞒您说，我对这种鱼还不大熟悉。"

"我们可习以为常了，"尼摩船长说，"时间长了，您会习惯的。再说，我们有武器，说不定路上可以猎到一条鲨鱼呢。这是很有趣的狩猎。那好，明天见，教授先生，明天一早见。"

尼摩船长轻描淡写地说完这句话，便离开了大客厅。

如果有人邀请你去瑞士山区猎熊，你也许会说："很好！明天我们去猎熊。"如果有人邀请你去阿特拉斯平原上猎狮，或者，去印度丛林里猎虎，你也许会说："啊！啊！看来我们要去猎虎了！"或者，"我们要去猎狮了！"但是，如果有人邀请你到鲨鱼生活的水中去猎鲨，你在接受邀请前也许会要求考虑一下了。

至于我，我把手放到额头上，那里有几颗冷汗在滚动。

"那就考虑考虑，"我自言自语，"不忙做出决定。到海底森林去捉海獭，就像我们在克雷斯波岛森林所做的那样，那还说得过去。但是，明知会遇到鲨鱼，还要在海底乱跑，那就另当别论了！我知道，在有些地方，尤其在安达曼群岛，黑人们一手拿匕首，一手拿绳圈，会毫不犹豫地向鲨鱼发起攻击。但我也知道，去迎击这些可怕动物的人，有多少人有去无回！况且，我不是黑人。即使是黑人，我想，在这种情况下，我有点犹豫，也说得过去吧。"

我开始想象鲨鱼的样子，想象它的血盆大口，长着好几排尖牙利齿，能把一个人咬成两段。我已感觉到腰部隐隐作痛了。另外，让我无法忍受的是，尼摩船长发出这可悲的邀请时，竟然那样若无其事！就好像邀请你去树林里围捕一只不伤人的狐狸似的！

"好！"我心想，"孔塞耶不会愿意去的。这样，我也可以不陪船长去了。"

至于尼德·兰，我承认，我不敢肯定他会做出谨慎的选择。他生性好斗，危险再大，对他也总具有诱惑力。

我重新读起西尔的书来，但只是机械地翻动着书页。字里行间，仿佛都是鲨鱼的血盆大口。

这时，孔塞耶和加拿大人进来了。他们神色平静，甚至兴高采烈。他们还不知道什么在等待着他们呢。

"说真的，先生，"尼德·兰对我说，"您的尼摩船长——让他见鬼去吧！——刚才给我们提了个愉快的建议。"

"啊！"我说，"你们知道……"

"先生请别见怪，"孔塞耶回答，"鹦鹉螺号船长邀请我们明天陪先生一起去参观锡兰壮观的采珠场。他说话彬彬有礼，很有绅士风度。"

"他没有跟你们说点别的？"

"没有呀，先生，"加拿大人回答，"他只告诉我们，他已跟您说过要一起出去逛逛。"

"确实说过，"我说，"他一点也没跟你们提起关于……"

"一点也没有，博物学家先生。您和我们一起去，真的吗？"

"我……当然！我看您对此很感兴趣，兰师傅。"

"是呀！这很新奇，非常新奇。"

"也许很危险！"我暗示道。

"危险？"尼德·兰说，"只是到牡蛎浅滩上逛逛罢了！"

想必尼摩船长认为，没有必要让我的同伴们知道可能会有鲨鱼。而我，我神情不安地望着他们，仿佛看到他们已经缺胳膊少腿了。我该不该告诉他们呢？应该，当然，但是我不知道该从何说起。

"先生，"孔塞耶对我说，"先生是否愿意给我们讲讲采珠的细节？"

"是关于采珠呢，还是意外事件……"我问。

"就谈谈采珠吧，"加拿大人回答，"去现场之前，最好先了解一下现场。"

"好吧！请坐，朋友们。我把自己刚从英国人西尔那儿学来的东西现卖给你们吧。"

尼德和孔塞耶在长沙发上坐下。加拿大人首先问我：

"先生，珍珠是什么？"

"我的好尼德，"我回答，"对诗人来说，珍珠是大海的泪珠。对东方人而言，那是凝固的露珠。在贵妇眼里，那是椭圆形首饰，晶莹剔透，光彩夺目，或戴在手指上，或挂在脖子上，或垂在耳朵下。在化学家看来，那是磷酸盐、碳酸钙和少量明胶的混合物。最后，对博物学家来说，那不过是某些双壳软体动物分泌珠母质的器官的病态分泌物。"

"软体动物门，"孔塞耶说，"无头纲，介壳目。"

"一点不错，大学问家孔塞耶。在这些介壳动物中，鸢尾鲍、蝶螺、砗磲、江珧，总而言之，所有分泌珠母质，即分泌那种蓝色、近蓝色、紫色或白色物质的动物，只要是壳内覆盖着这种物质的软体动物，都能生成珍珠。"

"贻贝也能吗？"加拿大人问。

"能啊！在苏格兰、威尔士地区、爱尔兰、萨克森、波希米亚和法国，有些河里的贻贝都可以生成珍珠。"

"好！以后我要注意了。"加拿大人回答。

"但是，"我接着说，"能分泌珍珠的软体动物，最典型的当属珠牡蛎，被尊称为珠母。珍珠不过是珠母质的球状凝结物，或粘在珠母的贝壳上，或嵌在珠母肉体皱褶里。珍珠若长在贝壳上，那是粘住的；若嵌在肉里，则是活动的。但是，不管哪种情况，它的核心总是一个外来质点，或是一个石卵，或是一粒沙子，珠母质围绕质点，经过几年由里及外的沉淀积累，造成大致同心的珍珠层。"

"在同一只珠母里，可能有好几颗珍珠吗？"孔塞耶问。

"是的，小伙子。有些珠母简直就是一个珠宝盒。甚至有人说，一个珠母里竟有150多颗鲨鱼，我表示怀疑。"

"150多颗鲨鱼！"尼德·兰叫了起来。

"我说鲨鱼了吗？"我连忙嚷道，"我是说150多颗珍珠。怎么会是鲨鱼呢。"

"确实如此。"孔塞耶说，"不过，先生能不能给我们说说，怎样把珍珠取出来呢？"

"有好几种方法。假如珍珠粘在贝壳上，采珠人常用镊子把它们夹出来。不过，最常见的做法是，把草席铺在海岸上，珠母晾在草席上。于是，珠母在空气中死亡，10天后，珠母就腐烂得差不多了。这时，把它们放进盛满海水的大池里，然后剖开洗净。这时候就开始做筛选工作。分两个步骤进行。首先，按商业上的名称，把纯白、杂白和杂黑三类珍珠分开，分别装箱运走，每箱重125千克至150千克。然后，把珠母的软组织取出来，放进锅里煮，用筛子把珍珠全部筛出来，最小的也不放过。"

"珍珠的价格按大小而论吗？"孔塞耶问。

"不仅按大小而论，"我回答，"还要看形状，看水色，即珍珠的颜色，看光泽，即是否闪烁绚丽，光彩夺目。最美丽的珍珠叫天然野生珍珠或极品大圆珠，它们单独长在软体动物组织里，白色，通常不透明，但有时也有乳白色光泽。最常见的形状是球状或滴状，球状的用来做手镯，滴状的用来做耳坠。因其珍贵，所以论颗出售。其他的珍珠，粘在贝壳上，形状不规则，就按重量出售。最后，那些小珍珠，称作细粒珍珠，列入下等品，用量器出售，主要用来点缀装饰教堂的绣品。"

"按颗粒大小将珍珠分类，这工作一定很费时、很麻烦。"加拿大人说。

"不，朋友。这道工序用 11 种孔径不同的筛子来完成。留在 20 至 80 孔筛子上的珍珠为一等品。留在 100 至 800 孔筛子上的为二等品。最后，使用 900 至 1000 孔筛子筛得的是细粒珍珠。"

"太妙了，"孔塞耶说，"我看，珍珠的分级归类机械化了。先生能不能告诉我们，开发采珠场有多大收益？"

"据西尔的书上所说，"我回答，"锡兰采珠场一年的包租税为 300 万鲨鱼。"

"是法郎！"孔塞耶纠正说。

"是的，法郎！300 万法郎。"我接着说。"不过，我认为，这些采珠场的效益今不如昔了。美洲的采珠场也一样，在查理五世时代，年收入为 400 万法郎，现在减少了 1/3。总体来说，估计珍珠开发总收入为 900 万法郎。"

"可是，"孔塞耶问，"能不能举几颗有名的价格昂贵的珍珠？"

"可以，小伙子。据说恺撒①送给塞尔维利亚②的一颗珍珠估计价值 12 万法郎。"

"我甚至听说，"加拿大人说，"古代有位贵妇喝醋泡的珍珠。"

"克娄巴特拉③。"孔塞耶抢嘴说。

"这太坏了。"尼德·兰又说。

"这太可恶了，尼德老兄。"孔塞耶附和说，"不过，一小杯醋价值 150 万法郎，可真够贵的。"

"遗憾的是，我没有娶这位贵妇为妻。"加拿大人说，一边挥动着胳膊，神态令人不安。

"尼德·兰，克娄巴特拉的丈夫！"孔塞耶大声嚷道。

"我本来是要结婚的，孔塞耶，"加拿大人一本正经地说，"婚没结成，这可不是我的错。我甚至买了一条珍珠项链送给凯特·坦德，我的未婚妻，可她嫁给了别人。嘿！我买这条项链只花了 1.5 美元。不过，请教授先生相信我，这串项链的珍珠不会从 20 孔筛子里掉下去。"

"我的好尼德，"我笑着回答，"那是人造珍珠，是普通的玻璃小球，涂了层珍珠精。"

"嗨！这种珍珠精，"加拿大人说，"想必很贵吧。"

"分文不值！不过是欧鲌鱼鳞上的银白色物质，从水里收集起来，保存在氨水里。毫无价值。"

"可能正因为这个，凯特·坦德嫁给了别人。"兰师傅达观地说。

"还是再谈谈昂贵的珍珠吧。"我说，"我认为，君王拥有的珍珠与尼摩船长的那颗相比，那是小巫见大巫。"

"是这一颗。"孔塞耶指着玻璃柜里那个漂亮的首饰说。

① 恺撒（前 100—前 44），古罗马统帅、政治家和作家。

② 塞尔维利亚，恺撒的情妇。

③ 克娄巴特拉（前 69—前 30），古埃及女王（前 51—前 30）。

"就是这颗，我不会估错，它的价值是 200 万……"

"法郎！"孔塞耶连忙说。

"对，"我说，"200 万法郎，而船长大概只是花点力气把它捡回来而已。"

"嘿！"尼德·兰大声说，"谁说明天我们去游览海底时，不会遇到和这一样的珍珠呢！"

"呵！"孔塞耶说。

"为什么不会？"

"在鹦鹉螺号上，即便拥有价值几百万的珠宝，又有何用呢？"

"在鹦鹉螺号上没有用，"尼德·兰说，"但……在其他地方。"

"哦！其他地方！"孔塞耶摇摇头说。

"这一点，"我说，"兰师傅说得对。假如有一天我们能带一颗价值几百万的珍珠回欧洲或美洲，这至少可以证明我们的历险故事是真实的，同时也是很有价值的。"

"这我相信。"加拿大人说。

"可是，"孔塞耶说，他总喜欢回到长知识的层面上，"采珠危不危险？"

"不危险，"我急忙回答，"特别是采取了某些预防措施后。"

"干这一行会有什么危险？"尼德·兰说，"喝几口海水罢了！"

"正如您说的，尼德。对了，"我尽量像尼摩船长那样，轻描淡写地说，"您怕鲨鱼吗，好人尼德？"

"我，"加拿大人回答，"一个职业鱼叉手！干我这一行就是不怕鲨鱼！"

"我不是说用旋转钩捕捉它们，"我说，"把它们拖上船的甲板，用斧头剁去尾巴，开肠剖肚，把心挖出来扔进海里！"

"那您是说……"

"正是。"

“在水里？”

“在水里。”

“说真的，只要有一柄好鱼叉！您知道，先生，鲨鱼这些畜生，天生不灵活。咬人时先得翻身，肚子朝下，这时……”

尼德·兰说“咬”字时的样子，使人毛骨悚然。

“那么，你呢，孔塞耶，你对鲨鱼怎么想？”

“我，”孔塞耶说，“我会对先生说实话的。”

“好极了。”我想。

“如果先生要迎战鲨鱼，”孔塞耶说，“我看，他的忠仆没有理由袖手旁观！”

第三章

价值千万的珍珠

黑夜降临。我上床睡觉。我睡得很不踏实。鲨鱼在我梦中扮演着重要角色。词源学说，鲨鱼（requin）一词源自安魂曲（requiem），[①]我认为这种说法既合情合理，又很不合理。

翌日，凌晨4时，我被尼摩船长专门派来的侍者叫醒。我赶紧起床，穿好衣服，来到大客厅。

尼摩船长已在那儿等我了。

"阿罗纳克斯先生，"他对我说，"可以出发了吗？"

"可以了。"

"请跟我来。"

"我的同伴们呢，船长？"

"他们知道了，正在等我们呢。"

"我们不去换潜水服吗？"我问。

"现在还不用。我没让鹦鹉螺号太靠近海岸，我们还在马纳尔浅滩的外海上呢。不过，我已命人准备好小艇了，它会将我们送到准确的下水地点，我们可以少走好多路。艇上备有潜水装备，等开始去游览海底时再换上。"

尼摩船长带我向通甲板的中央梯走去。尼德和孔塞耶已在甲板上了。他们心花怒放，因为马上就要开始一场"海底游"了。鹦鹉螺号5名水手拿着桨，在小艇里等候我们，小艇用掣索系在大船上。

夜色依然深沉。天空布满云彩，只能看到寥寥可数的晨星。我

---

① 词源学不能肯定"鲨鱼"（requin）一词的来源，它也许来自拉丁文"安魂曲"（requiem），暗示遭鲨鱼伤害的人会很快死去。

举目朝对岸望去，只见一条模模糊糊的海岸线，挡住了从西南到西北3/4 的海平线。鹦鹉螺号已在夜里沿锡兰岛西海岸北上，现正停泊在马纳尔湾西面，确切地说，在锡兰岛和马纳尔岛形成的海湾的西边。珠母浅滩就伸展在深暗的海水下，那是永不枯竭的采珠场，全长超过20 海里。

我和尼摩船长、孔塞耶、尼德·兰在小艇后面坐下。船老大掌舵，他的 4 个同伴划桨。掣索解开，小艇离开大船。

小艇向南驶去。桨手们不慌不忙划着桨。我注意到，他们划桨极其用力，船桨吃水很深，按照海军惯例，每 10 秒划一下。小艇在水上滑行，水花飞溅，犹如熔化的铅液，落在黑漆漆的波谷，发出噼噼啪啪的响声。一个小涌浪从海面上滚过来，小艇轻轻摇晃，几个浪峰啪啪地打在船头上。

我们默默不语。尼摩船长在想什么呢？也许在想正在靠近的这块陆地，觉得它离自己太近了。而加拿大人的想法正好相反，他感到陆地离自己太远。至于孔塞耶，他在这里只是个好奇的旁观者。

将近 5 时 30 分，曙色初现，海岸线上部的轮廓变得更加清晰。东部地势相当平坦，南部稍有起伏。离海岸还有 5 海里，海面雾气腾腾，与海滩连成一片，难分彼此。在我们和海岸之间，海面上十分荒凉，不见一条船，没有一个下海人。采珠人的聚会地冷冷清清，渺无人迹。正如尼摩船长事先所说，我们来这个海域早了 1 个月。

6 时，天突然大亮，这是热带特有的现象，昼夜交替迅速，既没有晨曦，也没有黄昏。太阳光穿透东方天边聚集成堆的云层，光芒四射的红日喷薄升起。

我清楚地看到了陆地，岸上零星长着几棵绿树。

小艇向马纳尔岛驶去，岛的南端呈弧形。尼摩船长站起来，观察海面。

船长一个手势，锚即刻抛下，只有很小一段锚链滑入水中，因为水深不超过 1 米，这里是珠母浅滩最高点之一。借助海水退潮的力量，小艇即刻掉转了船头。

"阿罗纳克斯先生，我们到了。"尼摩船长说。"您瞧这狭窄的海湾。一个月后，珍珠开采商的采珠船将云集在这里，也就是在这片水域中，潜水人员将无所畏惧地下去搜寻珠母。所幸的是，这个海湾非常适合采集珍珠。它可以躲避最大的风暴，也从来没有汹涌的波涛，这对潜水人员作业十分有利。现在我们穿上潜水服，马上开始漫游海底。"

我不做回答。我看着可疑的浪涛，一面在水手们的帮助下，开始穿上笨重的潜水服。尼摩船长和我两个同伴也穿戴起来。这一次，鹦鹉螺号没有一个水手陪同我们去游览海底。

不一会儿，我们从脚到脖子都被禁锢在橡皮衣服里。呼吸器也用背带固定在我们背上。但是没让带伦可夫灯。在把脑袋伸进铜盔之前，我向船长提出了这个问题。

"伦可夫灯这次无用武之地，"船长回答我说，"我们不去很深的地方，阳光足以给我们照明。况且，把电光灯带进这个水域是不谨慎的。灯光会意外引来附近海上某个危险的居民。"

尼摩船长说这番话时，我回头看了看孔塞耶和尼德·兰。但是，这两位朋友已把金属帽套在头上了，听不见旁人说话，也无法回答。

我还有个问题要问尼摩船长。

"我们的武器呢？"我问他，"我们的枪呢？"

"枪？有什么用？你们山里人不是用匕首猎熊吗？难道钢不比铅更可靠？这是一把钢刀，把它别在腰里。我们走吧。"

我看看同伴们。他们和我们一样也带着刀。除此之外，尼德·兰挥动着一把大鱼叉，在离开鹦鹉螺号之前，他就把鱼叉放在小艇上了。

然后，我照船长的样子，戴上了沉重的铜头盔。我们背上的呼吸器随即开始送气。

过了一会儿，水手们把我们一个个送出小艇。潜至水下 1.5 米，我们就踩到了平坦的沙地。尼摩船长向我们打了个手势。我们跟在他后面，沿着一条平缓的坡道，消失在海浪下。

到了水里，萦绕我脑际的可怕念头便烟消云散。我又变得极其平静。我行动自若，信心倍增，眼前的奇景异象激发了我的想象力。

太阳已给水下送来足够的亮光，连最小的物体都看得清清楚楚。走了 10 分钟后，我们来到 5 米深的海底，地面变得近乎平坦了。

一群群奇异的单鳍属鱼，犹如沼泽地里的沙锥，从我们脚下一跃而起。这类鱼只有一个鳍，即尾鳍。我辨认出有爪哇鳗，形似长蛇，身长 80 厘米，腹部青灰色，人们常把它们与两侧没有金线的康吉鳗相混淆。在身体扁平呈椭圆形的松鱼属中，我看到有色彩鲜艳的北方低鳍鲳，背鳍如镰刀，可食用，晾干腌制后，可做成一道名曰"卡拉瓦德"的美味佳肴。还有一种八角鱼，硬壳脊鱼属，身披纵向八角鳞甲。

这时，太阳渐渐升高，照得海水越来越亮堂。地面逐渐发生了变化，名副其实的卵石地接替了细沙地，上面覆盖着软体动物和植形动物。在这两门动物中，我看到了海月蛤，两瓣薄壳大小不一，这是红海和印度洋特有的牡蛎。还有贝壳呈环状的橘黄色满月蛤、钻螺、波斯紫红色荔枝螺（它们为鹦鹉螺号提供色彩鲜艳的染料）。还有角形岩贝，长 15 厘米，直立在水下，很像一只只手，随时准备抓人。还有全身长刺的角螺、舌形贝、鸭嘴海豆芽（印度斯坦市场上常见的可食用贝）、微微发光的游水母。最后还有令人叹为观止的扇形枇杷石珊瑚，这种艳丽的扇子，造就了这一带海域丰富的树枝状珊瑚丛。

在这些植形动物中间，在水生植物的绿廊下面，成群结队的节肢动物笨拙地来回奔跑，特别是蛙形蟹，带齿的甲壳呈钝三角形。还有这一带海域特有的椰子蟹、面目狰狞奇丑无比的菱蟹。我多次遇见了一种和菱蟹一样丑陋的动物，那是达尔文先生观察研究过的大蟹，大自然赋予它们吃椰子的本性和力量。这些大蟹可以爬到岸边的椰树上，打下椰子，椰子落地开裂，大蟹用力大无比的大螯把椰子剥开。这里，在清澈明净的水底，这种大蟹凭着异乎寻常的敏捷，跑得很欢。而无拘无束的海龟，马拉巴尔沿岸的常客，则在摇摇晃晃的卵石之间慢慢爬行。

将近 7 时，我们终于行走在珠母浅滩上，不计其数的珠母在这里繁衍生息。这些珍贵的软体动物附着在岩石上，被褐色的足丝牢牢固定在上面，动弹不得。在这点上，牡蛎不及贻贝，大自然没有剥夺贻贝自由活动的能力。

厚珠母的两瓣壳基本对称，贝壳呈圆形，内壁厚实，外表凹凸不平。在这些厚珠母中，有一些呈层状，暗绿色带纹从头部向下辐射。它们是幼牡蛎。其他的则表面粗硬，黑不溜秋，年龄在 10 岁以上，宽度可达 15 厘米。

尼摩船长用手指给我看一大堆珠母，我终于明白，这个珠母矿的确取之不尽，用之不竭，因为大自然的创造力胜过人类天生的破坏力。不过，尼德·兰破坏本性不改，他忙不迭把最漂亮的珠母装进随身携带的网兜里。

但是，我们不能停下来，得跟上尼摩船长，他好像在沿着就他一人知道的小道往前走。地面明显升高了，有时我举起胳膊，竟能露出水面。接着，珠母浅滩又突然低下去。我们常要从高高的方尖锥状岩石边绕过去。在阴暗的岩缝里，巨大的甲壳动物兀立着长腿，宛若架着的兵器，虎视眈眈地瞅着我们。在我们脚下，爬行着无数的海蜈蚣、环带沙蚕和环节动物，它们把触角、触须伸得很长很长。

这时，我们前面出现了一个大岩洞，周围岩石美丽如画，上面覆盖着高大直立的海洋植物。起初，我觉得岩洞里黑黝黝的。太阳光似乎逐渐减弱，直至完全消失。洞内若明若暗看不大清楚，那是因为光线进不到里面。

尼摩船长走进洞里。我们跟着他进去。我的眼睛很快适应了洞内相对的黑暗。我看清了拱顶奇形怪状的拱底石，由天然柱石支撑着，柱石底部粗大，坐在花岗岩基石上，很像沉重的托斯卡纳[①]石柱。这个古怪的向导为什么带我们到这水下小教堂里来，我很快就明白了。

我们沿着相当陡的斜坡下去，我们脚下踩着了好像是一口圆井的底部。尼摩船长停住脚步，用手指着一件我尚未看见的东西。

这是一个大得出奇的牡蛎，一个硕大无朋的砗磲，一个盛得下一湖圣水的圣水缸，一个宽度超过 2 米的承水盘。它比装饰鹦鹉螺号大客厅的那个大砗磲还要大。

我走近这只见所未见的大砗磲。它被足丝固定在一张花岗岩石桌上。它离群索居，在这宁静的水中洞府发育成长。我估计，这只砗磲有 300 千克重，而这样一只珠母能有 15 千克肉，只有像高康大[②]那样的大胃口，才能一口气吞下几十只。

尼摩船长显然知道这个双壳软体动物的存在。他不是第一次来探望它。我寻思，他带我们来这里，不过是想让我们见识一下一种天然奇物而已。我错了。尼摩船长是特意来了解这只砗磲的现状的。

这个软体动物的双壳微微张开。船长走过去，将匕首插入两壳之间，不让它们合拢。然后，他用手稍稍托起贝壳边缘的流苏状膜，即软体动物的外套膜。

我看到，在套膜下面，叶状皱褶之间，有一颗活动的珍珠，椰子般大小。它形似圆球，晶莹剔透，光泽夺目，堪称无价之宝。受好奇心驱使，我伸出手，想抓住这颗珍珠，摸一摸，掂一掂！可船长做了个手势，制止我这样做，并且迅速抽出匕首，砗磲双壳旋即合拢。

这时，我终于明白尼摩船长的意图了。他把珍珠埋进砗磲外套膜

---

① 托斯卡纳，意大利中部地区地名，欧洲文艺复兴运动的发祥地，随处可见古罗马建筑遗迹。托斯卡纳柱式是古典柱式中最简单的一种。

② 高康大，法国作家拉伯雷小说《巨人传》中食量惊人的巨人。

里，让它不易觉察地慢慢长大。年复一年，软体动物的分泌物会给珍珠不断增添同心珠母层。这个岩洞只有船长一人知道，大自然的这个神奇果实在里面渐渐"成熟"。可以说，这颗珍珠是他一人所培育，有朝一日，他要把它运回自己的宝物博物馆里。也许，他早就决定按照中国人和印度人的方法，来养殖这颗珍珠，即把一小块玻璃或金属放进软体动物肉褶里，让周围慢慢形成珍珠层。不管怎样，把这颗珍珠与我所见过的珍珠相比，与船长所收藏的光彩熠熠的珍珠相比，我估计它至少值千万法郎。这是大自然的稀世珍品，不是豪华的首饰，因为，我不知道哪个女人的耳朵能够承受这颗珍珠的重量。

参观特大砗磲结束了。尼摩船长离开岩洞，我们回到珠母浅滩，回到这尚未被采珠人搅浑的澄碧见底的海水中。

我们各走各的路，就像真正的闲人，东逛逛，西游游，想停便停，想走便走。而我，我已不担心会有什么危险了，可笑的是，出发前，我胡思乱想，无限夸大了危险。珠母浅滩显然在逐渐接近海面，不久，水深只有1米了，我的脑袋露出了洋面。孔塞耶来到我身边，他把头盔贴在我的头盔上，用眼神向我致意。但是，这块高地只有几米长，我们很快又回到了我们的生活场所。我想，现在我有权这样说。

走了10分钟，尼摩船长突然停住脚步。我以为他想小憩一下，以便打道回府。不是的。我见他做了个手势，命令我们到他身边，和他一起蹲在一个大坑里。他的手指向水中一个地方。我注目望去。

在离我5米远的地方，出现了一个黑影，正在潜入海底。鲨鱼这个可怕的念头掠过我的脑海。但我错了，这一次仍然不是巨型海生动物。

那是一个人，一个活人，一个印度人，一个黑人，一个采珠人。他无疑是一个可怜人，赶在采珠季节到来前，先来采些珍珠。我看见了他的小船的底部，那船就停在他头上方几英尺的水面上。他时而潜入水中，时而升上水面。一块圆锥状的岩石夹在双脚中间，使他能更快地潜入海底，而一根绳索将石块拴在小船上。一根绳索和一块石头就是他采珠的全部工具。下到约 5 米深的海底，他赶快跪下，随手拾几只珠母放进袋子里。然后，他浮出水面，倒空袋子，夹好石块，再次下潜采珠，整个过程只有 30 秒钟。

采珠人看不见我们。岩石挡住了他的视线。况且，这可怜的印度人怎么会想到，有人——他的同类——在水下窥视他的一举一动，不放过他采珠的任何细节呢！

就这样，他时而上浮，时而下潜，来回做了好几次。每下潜一次，只能带回十来只珠母，因为珠母被足丝牢牢粘在岩石上，必须用力掰下来。他冒着生命危险来采珠，可是，在他采摘的珠母中，又有多少没有珍珠啊！

我全神贯注地观察他。他的动作很有规律，半小时内，他似乎没有遇到任何危险。因而，我对这有趣的采珠场面逐渐熟悉起来，可就在这个时候，正当印度人跪下采珠时，我突然看到他惊恐万状，一跃而起，拼力想回到海面上。

我明白他为什么恐惧了。一个巨大的黑影出现在可怜采珠人的上方。那是一条巨鲨，它眼里冒着火光，张着血盆大嘴，正斜着朝他游来！

我吓得目瞪口呆，动弹不得。

那饕餮的动物用力甩动尾鳍，向印度人扑来。印度人向旁边一闪，躲过了鲨鱼的嘴巴，却未能避开它的尾巴。他被鲨鱼尾巴当胸一扫，当即倒在地上。

这个场面只持续了几秒钟。鲨鱼回过头来，翻身仰卧，准备把印度人咬成两段。这时，我觉着蹲在我身旁的尼摩船长猛地站了起来。他手持匕首，径直朝巨鲨冲去，准备同它决一死战。

鲨鱼正要去咬可怜的采珠人，突然发现又来了一个敌手。它翻身腹部朝下，向新来者猛扑过来。

尼摩船长的雄姿我至今仍历历在目。他蜷曲着身子，镇定自若，等待巨鲨的进攻。巨鲨向船长猛扑过来，船长矫捷地向旁一闪，躲开了进攻，并将匕首直插鲨鱼腹部。但是胜负未定。一场鏖战开始了。

鲨鱼可以说咆哮了起来。鲜血从它的伤口涌出，染红了海水。在这浑浊的海水中，我什么也看不见了。

什么也看不见，直到水中闪过一道亮光，我看见无所畏惧的船长抓住鲨鱼的一只鳍，正同怪物展开殊死搏斗，用匕首奋力插进敌人的腹部，但未能击中要害，也就是没有刺中心脏。鲨鱼挣扎着，疯狂搅动海水，掀起的旋涡差点把我推倒。

我真想跑去救船长。但我像被恐惧钉住了双脚，怎么也动弹不了。

我惶恐不安地看着。我看见战斗形势急转直下。那庞然大物将船长掀翻在地，并且压到他身上。接着，鲨鱼张开血盆大嘴，活像工厂里张开的剪切机。眼看船长就要完蛋了，在这千钧一发之际，尼德·兰以迅雷不及掩耳之势，操起鱼叉，一个箭步冲向鲨鱼，将锋利的尖头刺中它的要害。

波涛被一大片血水染红。鲨鱼怒不可遏，疯狂搅动，搅得波涛汹涌澎湃。尼德·兰一叉已刺中要害。巨鲨发出嘶哑的喘气声。它被刺中心脏，猛烈地抽搐着，挣扎着，反冲的海浪将孔塞耶掀翻在地。

这时，尼德·兰把船长从鲨鱼身下解救出来。船长没有受伤，他站起来，径直向印度人走去，用力割断把他绑在石头上的绳索，一把抱起来，脚后跟使劲一蹬，回到了海面上。

我们三人跟在后面。过了一会儿，我们这群奇迹般鲨口脱险的人来到采珠人的小船上。

尼摩船长最着急做的，就是救活那个可怜人。我不知道他能不能成功。我希望他成功，因为这个可怜鬼淹在水里的时间不长。可是，鲨鱼尾巴的那一击可能会要了他的性命。

令人欣慰的是，我看到，在孔塞耶和船长用力按摩下，溺水人渐渐恢复了知觉。他睁开眼睛。当他看到 4 个铜脑袋俯身看着自己，他是多么惊讶，甚至多么恐惧啊！

尤其是，当尼摩船长从衣袋里取出一小袋珍珠交到他手上时，他该有什么想法呢？可怜的锡兰岛印度人颤抖着双手，从海洋人手中接过这份感人肺腑的恩赐。他的眼睛里充满了惊恐，说明他不知道是什么超人不仅救了他的性命，还给了他财富。

船长做了个手势，我们立即返回珠母浅滩，沿着原路走了半小时，找到了鹦鹉螺号小艇抛在海底的铁锚。

登上小艇，在水手们的帮助下，我们都卸掉了沉重的铜头盔。

尼摩船长的第一句话是对加拿大人说的。

"谢谢您，兰师傅。"他说。

"这是报答，船长。"尼德·兰回答，"我欠您的。"

一丝微笑掠过船长的唇际。仅此而已。

"回鹦鹉螺号。"他说。

小艇在水上飞驰。过了几分钟，我们遇见了漂浮在水上的鲨鱼尸体。

看到它鳍尖的黑颜色，我认定这就是印度洋可怖的黑鳍鲨，是严格意义上的鲨鱼。它体长超过 25 英尺，大嘴占据身体的 1/3。这是一条成年鲨，上颌有 6 排牙，排成等腰三角形。

孔塞耶俨然像个科学工作者，兴致勃勃地看着鲨鱼。我肯定他在分类，不无道理地把它归入软骨鱼纲，固定鳃软鳍目，横口科，角鲨属。

我正凝视这没有生命的庞然大物，忽然，十多条饕餮的黑鳍鲨出现在小艇周围。不过，它们对我们不感兴趣，而是扑向鲨鱼尸体，你争我夺，抢着吞噬死鲨肉。

8 时 30 分，我们回到鹦鹉螺号上。

回到船上，我对游览马纳尔浅滩遇到的险情进行了思索。我自然而然总结出两点看法。第一点，关于尼摩船长无与伦比的勇敢精神；

另一点，是他对一个普通人的牺牲精神，而此人却是人类的一分子，可他正是为了躲避人类，才到海洋里来生活的。不管这个怪人嘴上怎么说，他的人心尚未完全泯灭。

我把这个看法告诉他，这时，他以略带激动的口吻回答我：

"教授先生，这位印度人是被压迫者国家的居民，我现在是，而且至死永远是这个被压迫者国家的一分子！"

第四章

红 海

1月29日，白天，锡兰岛在天边消逝，鹦鹉螺号以每小时20海里的速度，在马尔代夫^①和拉克代夫^②之间迷宫般的航道里穿行。它甚至沿基唐岛航行。该岛原是石珊瑚岛，1499年由瓦斯科·达·伽马^③发现，是拉克代夫群岛19个主要岛屿之一。拉克代夫群岛位于北纬10°至14°30'、东经50°72'至69°之间。

我们从日本海出发，至此已航行了16220海里，即7500法里。

翌日，1月30日，当鹦鹉螺号浮出洋面时，已看不到任何陆地了。它朝西北偏北方向航行，向阿曼海驶去。阿曼海夹在阿拉伯半岛和印度半岛中间，是波斯湾的出海口。

这显然是个死胡同，不可能有出口。尼摩船长要把我们带去何方？我说不清楚。加拿大人深感不满。那天，他问我，我们要去哪里。

"尼德师傅，我们去船长一时兴致想带我们去的地方。"

"这种一时兴致，"加拿大人回答，"不可能把我们带得很远。波斯湾没有出口，我们进去后，很快就得往回走。"

"好啊！兰师傅，那就往回走呗。如果驶过波斯湾后，鹦鹉螺号想去红海逛逛，曼德海峡^④随时可以为它提供通道。"

"先生，"尼德·兰回答，"我不说您也知道，红海和波斯湾一样

---

① 马尔代夫，由印度洋上1800余个小珊瑚岛和沙洲组成，约有200个岛有人居住。
② 拉克代夫，印度岛群，位于印度洋上，由近23个岛屿组成。
③ 瓦斯科·达·伽马（1469—1524），葡萄牙航海家。1524年，出任印度总督，同年染疾致死。
④ 曼德海峡，位于阿拉伯半岛和非洲之间。

没有出口，因为苏伊士地峡①还没有凿通。即使凿通了，像我们这样神秘的船，也不会冒险到船闸重重的运河里去航行。所以，红海仍然不是把我们带回欧洲的路。"

"所以，我没有说要回欧洲呀。"

"那您猜想呢？"

"我想，鹦鹉螺号先要去阿拉伯和埃及的奇妙海域逛一逛，然后回到印度洋，或许会穿过莫桑比克海峡，抑或经过马斯克林群岛海域，然后去好望角。"

"那到了好望角呢？"加拿大人锲而不舍地问。

"那好，我们将进入大西洋，我们还没去过大西洋呢。嗳！尼德朋友，您对这次海底旅行厌倦了吗？您对层出不穷的海底奇观腻烦了吗？我呀，如果旅行就此告终，我会恼恨终生的，因为有缘进行海底旅行的人毕竟凤毛麟角。"

"可是，您知道吗，阿罗纳克斯先生？"加拿大人回答，"我们被囚禁在鹦鹉螺号上快3个月了呀。"

"不，尼德，我不知道，也不想知道。我不计算日子，也不计时间。"

"那结局是什么呢？"

"结局到时会有的。再说，我们无能为力，争论半天，也争论不出名堂来。我的好尼德，假如您来对我说：'逃跑的机会来了'，我会和您讨论这个问题。但现在情况并非如此，坦率地说，我认为尼摩船长不会贸然去欧洲的海洋的。"

从这短短的谈话中，可以看出，我已被鹦鹉螺号迷住了，我在惟妙惟肖地扮演着它的船长的角色。

至于尼德·兰，他最后以独白的形式，用下面几句话结束了谈

---

① 苏伊士地峡，世界上两个最重要的地峡之一，连接由海分开的亚洲和非洲两块大陆的狭窄条带。该地峡长达160多千米，沿途全是沙漠，在苏伊士运河开通前，货物运输只能靠骆驼。

话："这倒是千真万确。不过，在我看来，哪里有束缚，哪里就不再有快乐。"

直到 2 月 3 日，一连 4 天，鹦鹉螺号在阿曼海上游逛，不过，以不同的航速，在不同的深度。它似乎漫无目的，东游西逛，好像犹豫不决，不知道该取哪条道，不过从未越过北回归线。

离开阿曼海后，有一会儿，我们望见马斯喀特，那是阿曼①最重要的城市。我很欣赏这个城市光怪陆离的风貌，周围是黑色的岩石，衬托出白色的宅院和要塞。我看见清真寺的圆顶，及其尖塔优美的尖顶，还有凉爽清新、郁郁葱葱的海岸阶地。可是，这些景致我只是匆匆看了一眼，因为鹦鹉螺号很快就潜入昏暗的波涛中了。

接着，鹦鹉螺号沿着阿拉伯半岛马赫拉和哈达拉毛②的海岸航行，相距海岸 6 海里。沿岸山峦起伏，其间可见几处古建筑物的遗迹。2 月 5 日，我们终于驶入亚丁湾③。亚丁湾犹如一只漏斗，插进曼德海峡这个瓶颈里，把印度洋的水注入红海。

2 月 6 日，鹦鹉螺号在海湾上漂浮，亚丁港在望。亚丁港栖身在岬角上，一条狭窄的地峡把它与大陆相连接，像直布罗陀那样难以进入。1839 年，英国人占领了亚丁港，重新修筑了防御工事。我隐约看见亚丁港的八角形清真寺尖塔。据历史学家埃德里希④说，这座城市从前是阿拉伯湾最富裕、最商业化的货物集散地。

我原以为，尼摩船长到达这里后，便会往回走。可我错了。他根本没这样做，这让我大吃一惊。

次日，2 月 7 日，我们驶进曼德海峡。在阿拉伯语中，曼德海峡这个名字的意思是"泪水之门"。海峡宽 20 海里，长度却只有 52 公

---

① 阿曼，亚洲国家，位于西南亚阿拉伯半岛东南部、波斯湾入口处，首都马斯喀特。
② 马赫拉和哈达拉毛均位于阿拉伯半岛东南部。
③ 亚丁湾，印度洋西北部的海湾，位于亚洲阿拉伯半岛和非洲索马里半岛之间。
④ 埃德里希，12 世纪阿拉伯地理学家和历史学家。

里。鹦鹉螺号全速前进，不到一小时就穿过了曼德海峡。不过，我什么都没有看见，就连英国政府用来加强亚丁湾防御阵地的丕林岛也没看见。来往于苏伊士和孟买、加尔各答、墨尔本、波旁岛、毛里求斯之间的英国和法国轮船太多，都要从这狭窄的通道经过。因此，鹦鹉螺号不便在这里抛头露面，只得小心行事，潜入水下航行。

中午，我们终于在红海上劈波斩浪了。

红海，这个《圣经》传说中的著名湖泊，雨水稀少，没有一条河川流入，过度的蒸发像水泵一样不停地把水抽走，水位每年降低1.5米！真是个奇特的海湾，它四周封闭，像个湖泊，在这种条件下，将来也许会完全干涸。在这点上，红海不如它的邻居里海和死海①。里海和死海的水蒸发量和注入量正好持平，所以水位不会降低。

红海全长2600公里，平均宽度240公里。在托勒密王朝②和罗马皇帝统治时代，红海是世界商贸的交通要道。苏伊士地峡凿通后，将会恢复红海的重要地位，而苏伊士铁路的诞生，使得红海举足轻重的地位已有所恢复。

我不想弄明白，是什么样的突发奇想让尼摩船长决定把我们带进这个海湾的。但是，鹦鹉螺号驶入红海，我一百个赞成。它以中速航行，时而行驶在海面上，时而潜入到水底下，以避开过往的航船。因此，这片奇妙海域水上和水下的美景，我就可以尽情欣赏了。

2月8日，晨光熹微，穆哈港③出现在我们眼前。这座城市现已沦为废墟，大炮一响，就会把城墙震塌。断壁残垣上，零星散布着几棵绿油油的椰枣树。从前，穆哈港曾是个重要城镇，市内有6个集市，26座清真寺，城墙宛若腰带，全长3000米，由14座堡垒护卫。

---

① 死海，位于以色列和约旦之间。

② 托勒密王朝，希腊化的埃及国家，由托勒密一世（前367—前283）建立，他所建立的托勒密王朝，比在亚历山大帝国的土地上建立的其他任何一个王朝统治的时间都要长。

③ 穆哈港，也门共和国港口城市，位于红海沿岸。

接着，鹦鹉螺号驶向非洲海岸，那里的海洋更深。海水清澈晶莹，大客厅的玻璃观光窗板敞开，透过窗玻璃，我们可以尽情观赏鲜艳夺目、妙不可言的珊瑚丛及披着绿藻皮毛盛装的大礁岩。多么奇妙的景致，简直难以形诸笔墨！连绵的礁岩和林立的火山岛延伸到利比亚海岸，奇观异景丰富多彩、千变万化！不过，东海岸的枝状珊瑚丛最是美丽动人，鹦鹉螺号开足马力，向东海岸驶去。也就是驶向蒂哈马沿海。那里，植形动物不仅在水下鲜花怒放、争奇斗妍，而且冒出海面20米。它们枝杈交织缠绕，美丽如画。水上的虽然格外蓬勃兴旺，但不如水下的绚丽多彩，因为水下的有海水的滋润，始终清新饱满。

就这样，我在大客厅的观光窗前流连忘返，度过了多少美妙的时光！我在舷灯的照耀下，观赏了多少海洋动植物的新品种！其中有石芝属珊瑚、深灰色的海葵（尤其是海翠菊），以及形如排箫，只等潘神①吹奏的笙珊瑚。还有一些红海特有的贝类，生活在石珊瑚洞内，底部有一圈圈短螺纹。最后，还有成千上万我见所未见的一种珊瑚骨的标本，那就是普通的海绵。

海绵纲，即水螅类第1纲，就是由这种稀奇古怪、用途无可争议的海洋产品构成的。尽管有些博物学家至今仍认为海绵是植物，但它绝非植物，而是最后一目动物，是排在珊瑚后面的珊瑚骨。海绵的动物属性不容置疑。古人认为海绵是介乎动物和植物之间的生物，这种看法也是不可接受的。不过，我得指出，博物学家们对于海绵的机体构造看法不一。有些人认为，这是一种珊瑚骨，而另一些人，像米尔纳－爱德华兹先生，则认为是一种单一的独立的个体。

海绵纲大约有300种，海洋中大多能遇见，甚至在有些江河里也有，称之为"河绵"。但海绵最喜欢地中海、希腊群岛海域、叙利亚沿海和红海。细细软软的海绵在那里繁衍生息，一块海绵价值150法

---

① 潘神，希腊神话中的山林、农牧神，人身羊腿，头上长角，爱好音乐，发明了排箫。

郎，如叙利亚的金色海绵、柏柏尔国家的硬海绵等。既然我不能指望到地中海东岸诸港去研究这些植形动物，因为中间隔着无法越过的苏伊士地峡，那我只得满足于在红海水域中观察研究了。

因此，我把孔塞耶叫来身边，这时，鹦鹉螺号正贴着非洲东海岸秀色可餐的礁石缓缓行驶，潜水深度平均八九米。

这里生长着各种形状的海绵，有柄状的、叶状的、球状的、指状的。渔民比学者更富有诗意，给予它们相当贴切的名字，称它们为"花篮""花萼""纺锤""鹿角""狮爪""孔雀尾""海神手套"等。它们的纤维组织分泌一种半流体的胶原有机物质，从里面不断排出细线状水流，在把生命带给每一个细胞后，线状水流被机体的收缩运动排出体外。水螅体死后，这种胶原物质便腐烂变质，释放出氢氧化铵，于是只剩下角质或胶质纤维。家用海绵就由这种纤维做成，红棕色，根据其弹性、渗透性或耐泡性，派作各种不同用途。

海绵附着在礁石和软体动物贝壳上，甚至在水生植物的茎干上。它们无孔不入，连最小的岩缝也不放过，或舒展身子，或直立身子，或像珊瑚石瘿瘤那样悬挂着。我告诉孔塞耶，采集海绵有两种方法，或用网捞，或用手采。手采必须使用潜水员，这种方法更可取，因为不会破坏海绵的胶原组织，价值自然更高。

在海绵身旁，麇集着其他许多植形动物，主要有妖娆多姿的水母。软体动物的代表是形形色色的枪乌贼，据奥尔比尼说，这是红海特有的海洋生物。爬行动物以海龟属的绿蠵龟为代表，这种海龟为我们餐桌提供健康又美味的佳肴。

至于鱼类，不仅品种繁多，而且引人注目。鹦鹉螺号的拖网捕捞上来的鱼类中，最常见的有：鳐鱼，其中一种为椭圆形，砖红色，身上布满大小不等的蓝色斑点，长着一对齿状尖吻，因而很容易识别；脊背银白色的花点窄尾虹鱼；尾部有斑点的虹鱼；披着两米长大斗篷在水中漂游的卡特拉鲃鱼；嘴里无牙的蝠鲼鱼，这是与鲨鱼相近的

软骨鱼；单峰箱鲀，峰顶有一个弯尖刺，身长 1.5 英尺；鼬鳚，名副其实的海鳝鱼，尾部银白色，背部近蓝色，腹部褐色镶着灰边；花鲳鱼，身带金黄色线纹，装饰着法国国旗的 3 种颜色；紫纹鳚鱼，身长 40 厘米；鲹鱼，身上有 7 道黑横纹，鳍呈蓝黄两色，披挂金银鱼鳞，美丽非凡。还有刺尻鱼、红海山羊鱼、鹦嘴鱼、隆头鱼、鳞鲀、虾虎鱼，等等，以及成千上万我们越洋过海时见过的各种鱼类。

2 月 9 日，鹦鹉螺号航行在红海海面最宽处，位于西海岸的萨瓦金[①] 和东海岸的昆菲扎[②] 之间，直线距离为 190 海里。

这天中午，测定好船的方位后，尼摩船长来到甲板上，我正好也在上面。我决计试探他以后的计划，不打听清楚，绝不轻易让他下去。他看到我，就立即走过来，客气地递给我一支雪茄，对我说：

"嗳！教授先生，这红海您喜欢吗？它蕴藏的奇珍异宝，那些鱼类呀，植形动物呀，海绵花坛呀，珊瑚森林呀，您都仔细观察过了吗？那些扔在海边的城市遗址，您都远远望见了吗？"

"是的，尼摩船长，"我回答，"鹦鹉螺号真的很神奇，非常适合做这种研究。啊！这是一艘智慧之舟！"

"是的，先生，智慧、无畏、坚不可摧！它不惧红海的狂风暴雨，也不怕它的湍急水流和暗礁浅滩。"

"是的，"我说，"红海被说成是最险恶的海洋之一。如果我没弄错，它在古代可谓臭名昭著。"

"名声确实很臭，阿罗纳克斯先生。希腊和拉丁历史学家没有说过它好话。斯特拉波[③] 说，在季风季节和雨季，红海更是风大浪急，

---

① 萨瓦金，苏丹港口城市。
② 昆菲扎，沙特阿拉伯港口城市。
③ 斯特拉波，古希腊地理学家和历史学家。

无法通航。阿拉伯人伊德里斯[①] 在描绘红海时，用了科勒祖姆[②] 海湾的名称，他说，很多船在沙洲沉没，没有人敢在夜间冒险航行。他声称，红海是飓风肆虐之海，荒凉小岛星罗棋布，无论在海底，还是在海面，红海都'一无是处'。其实，这种看法，在阿利安[③]、阿加塔希德[④] 和阿特米德罗斯[⑤] 的著作中都有阐述。"

"显然，"我反驳说，"那是因为这些历史学家没有乘坐鹦鹉螺号在红海上旅行过。"

"是的，"船长微笑着回答，"从这方面看，现代人并不比古代人先进。用了好几个世纪才发现蒸汽的机械动力！谁知道再过100年，会不会出现第二艘鹦鹉螺号！进步很慢哪，阿罗纳克斯先生。"

"确实如此，"我回答，"您的船比时代先进了一个世纪，也许是好几个世纪。这样的秘密将随它的发明者一起消失，这是莫大的不幸！"

尼摩船长不作回答。沉默了几分钟后，他说：

"您刚才是不是同我谈到古代历史学家认为在红海航行很危险？"

"是的，"我回答，"可是，他们的担忧是不是太过夸张了？"

"是，又不是，阿罗纳克斯先生。"尼摩船长回答道。我感到他似乎非常熟悉"他的红海"。"对于一艘设备齐全、船体坚固、操纵得心应手的现代蒸汽轮船来说，红海不再那么危险了，但是，对于古代的船只，确实是危险重重。请试想一下，最早的航海人乘木船渡红海要冒多大的风险，他们用棕绳把木板拼在一起，把捣碎的树脂嵌塞板缝，再在上面涂一层鲨鱼油。他们连测定方位的仪器都没有，而是

---

① 伊德里斯（1100—1166），12世纪阿拉伯地理学家。绘制了一张有70个区域的世界地图，撰写了一部《一个周游世界者的愉快旅行》的地理巨著。

② 科勒祖姆，埃及苏伊士地峡上的一个古代商镇，13世纪废落。《马可波罗游记》中，红海就叫科勒祖姆海。

③ 阿利安，古希腊历史学家和地理学家。

④ 阿加塔希德，古希腊地理学家和历史学家。

⑤ 阿特米德罗斯，古希腊作家和地理学家。

估摸着在了解甚微的水流中航行。在这种条件下，海难屡屡发生是很自然的。但在今天，来往于苏伊士和南部海域之间的轮船不必再惧怕红海的狂风怒涛了，哪怕在季风转换期。船长和旅客们出发前，不必再祈求神灵保佑，回来时，不用再脖子上挂着花环，头上扎着金色彩带，到邻近的神庙里去感谢神灵了。"

"这点我同意，"我说，"我认为，蒸汽毁灭了水手们心中对神灵的感激之情。不过，船长，您似乎对红海有过专门的研究，能不能告诉我这个名称的由来？"

"阿罗纳克斯先生，关于这一点，有很多种说法。您想了解 14 世纪一位编年史家的看法吗？"

"洗耳恭听。"

"这位异想天开的人声称，'红海'这个名称是以色列人过海后才有的。那时，埃及法老的军队追到水中，摩西[1] 的声音响起，海水随即合拢，法老全军覆没[2]：

> 为显示这个奇迹，
> 海水变成了红色。
> 从此别无他名，
> 只称它为红海。"

"那是诗人的解释，尼摩船长，"我回答，"不过，我不会满足这个解释的。我想听听您个人的看法。"

---

[1] 摩西，古代犹太人的首领、先知。出生后，被装进一只箱子藏在芦苇丛中，后被法老的女儿洗澡时发现，取名为摩西，意思是"我把他从水中拉出来"。后来，他奉神命率领在埃及为奴的犹太人出埃及，迁回迦南。他在西奈山上受十诫，并颁布犹太教的教义。

[2] 据《圣经》记载，摩西带领以色列人逃出埃及，来到红海边。摩西举起手杖，向海中一伸，海水向两旁分开，露出海底，形成一条通道。埃及王法老的军队追入海中。以色列人走上对岸后，海水便向中间合拢，埃及军队全军覆没。

"那我谈谈我个人的看法。依我看,阿罗纳克斯先生,红海这个名称应该是从希伯来语'Edrom'翻译过来的。古人之所以称它为'红海',是因为海水有一种特殊的色彩。"

"可是,至今我见到的海水清澈透明,不带任何色彩。"

"当然。不过,往海湾里头走,您会看到这种奇特现象的。我记得曾看到过图尔湾海水一片红色,就像是血湖。"

"那么,这种颜色,您认为是一种微生海藻所致?"

"是的。这是一种大红色的黏胶状物质,是一种名叫束毛藻的细弱胚芽的分泌物,每平方毫米包含 4 万株胚芽。等我们到了图尔湾,您也许会遇见的。"

"如此说来,尼摩船长,您不是第一次驾着鹦鹉螺号来红海吧?"

"不是,先生。"

"既然您刚才谈到了以色列人走出红海和埃及人葬身红海的故事,那我问您,在海底见到过这一重大历史事件的遗迹了吗?"

"没有,教授先生,那是有充分理由的。"

"是什么?"

"摩西带领他的子民走过的地方,现在覆盖着厚厚的泥沙,骆驼从水中蹚过,几乎连腿也不湿。您明白,对我的鹦鹉螺号来说,那儿的水太浅了。"

"这个地方在哪里?⋯⋯"我问。

"在苏伊士往北一点,那里有一个海湾,从前是一个很深的港湾,那时候,红海一直延伸到苦湖①。不管摩西过红海有没有圣迹显示,以色列人毕竟渡过了红海,来到了希望之乡②,埃及法老的军队也确实在此全军覆没。所以,我想,如果在这些泥沙中挖掘,可以发现大量古

---

① 苦湖,原是苏伊士地峡上的已干涸的湖沼,在挖凿苏伊士运河时,沿途利用大、小苦湖等原已干涸的湖沼和洼地作为航道。

② 希望之乡,一译应允之地,《圣经》中上帝赐给亚伯拉罕的迦南地带。

埃及的兵器和用具。"

"显而易见。"我回答，"等苏伊士运河凿通后，地峡上建起新的城市时，迟早会进行发掘的，考古学家们应该寄予希望。对于鹦鹉螺号这样的船来说，那是一条毫无用处的运河！"

"那当然，但对全世界有用。"尼摩船长说，"古人早就明白，开辟红海和地中海之间的交通往来，对通商非常有利。但是，他们压根儿没有想到要挖一条直通的运河，却是借助尼罗河来沟通红海和地中海。相传，连接尼罗河和红海的运河，很可能是在塞索斯特里斯①时代就开始挖凿了。有一点可以肯定，公元前615年，尼科②开挖一条运河，将尼罗河水引进运河，流经与阿拉伯半岛隔海相望的埃及平原。溯运河而上需要4天时间，运河很宽，两艘3层桨战船可以相向而行。希斯塔斯普③的儿子大流士④继续挖凿，工程大概在托勒密二世时期竣工。斯特拉波亲眼目睹了运河的通航。但是，由于从布巴斯特附近运河的起点到红海之间坡度不大，一年只有几个月可以通航。一直到安东尼王朝⑤时期，这条运河始终都用于通商。后来，运河被废弃，泥沙堆积，再后来，欧麦尔⑥哈里发⑦下令修复。最后于761或762年被曼苏尔⑧哈里发填平，因为他想阻止人们给叛乱者穆罕默德·本·阿卜杜拉运送粮草。在远征埃及时，你们的波拿巴将军在苏

---

① 塞索斯特里斯，指塞索斯特里斯三世，埃及第十二王朝国王，曾开凿运河穿过尼罗河第一瀑布地区，以便利军舰和商船的航行。

② 尼科，也叫尼科二世。古埃及法老（约前610—前595在位）。据希腊历史学家希罗多德记述，尼科二世曾建造沟通尼罗河和红海的运河工程，可能是为了满足埃及三角洲日益增长的贸易需求。

③ 希斯塔斯普，前6世纪波斯帝国北方省区的总督。

④ 大流士，即大流士一世（约前558—前486），波斯帝国阿契美尼德王朝最伟大的国王之一。

⑤ 安东尼王朝，96年至192年7位罗马皇帝统治的时期，是罗马帝国的鼎盛时期，兴建了许多水利工程。

⑥ 欧麦尔（约586—644），生于麦加，伊斯兰教史上第2代哈里发（634—644在位）。

⑦ 哈里发，伊斯兰教和伊斯兰国家领袖的称号。

⑧ 曼苏尔，阿拉伯帝国阿拔斯王朝第2代哈里发。

伊士沙漠中发现了古运河工程遗迹，而且，就在他返回哈加罗特之前几小时，突然遭受海潮的袭击，差点儿全军覆没，那里就是 3300 年前摩西扎营的地方。"

"好吧，船长，古人不敢做的事，雷赛布①先生在做了，他正在开凿运河，沟通两海，将西班牙加的斯港②和印度之间的路程缩短 9000 公里。不久的将来，非洲将变成一个辽阔的海岛。"

"是的，阿罗纳克斯先生，您有权为您的同胞感到自豪。这个人为民族增光添彩了，就是最伟大的船长也望尘莫及！他和其他许多人一样，开始时遇到麻烦和挫折，但是，他最终胜利了，因为他意志坚强，坚韧不拔。这本来是一项国际性工程，足可以让一个统治者彪炳史册，可最终却靠一个人的力量来完成，想到这些，真叫人心里郁闷。所以，向德·雷赛布先生致敬！"

"对，向这位伟大的公民致敬。"我回答。尼摩船长刚才说话的语气让我大吃一惊。

"可惜，"他接着说，"我不能带您穿越苏伊士运河。不过，后天我们到达地中海时，您可以望见塞得港的长堤。"

"到达地中海！"我大喊了一声。

"是的，教授先生，您感到惊讶吗？"

"我感到惊讶的是，我们后天就能到达地中海。"

"真的吗？"

"真的，船长，尽管来到您船上后，我不得不习惯于对什么都不感到惊讶！"

"那这次您对什么感到惊讶呢？"

"对鹦鹉螺号的速度，如果您要让它沿着非洲海岸航行，绕道好

---

① 雷赛布（1805—1894），法国外交官、工程师、企业家。1854 年，从埃及取得苏伊士运河开凿权。1858 年，成立苏伊士运河公司。1859 年，开始开凿苏伊士运河。1869 年，苏伊士运河竣工通航。

② 加的斯港，西班牙南部港口。

望角，后天到达地中海，那它的航行速度该多么可怕啊！"

"谁告诉您要绕非洲航行，教授先生？谁对您说要绕道好望角？"

"那除非鹦鹉螺号能在陆地上航行，从地峡上面过去……"

"抑或从地峡下面，阿罗纳克斯先生。"

"从下面？"

"是啊，"尼摩船长肯定地回答，"人类今天在这个地峡上面所做的，大自然早就在它下面做好了。"

"什么！有一条通道！"

"是的，有一条地下通道，我给命名为'阿拉伯隧道'。它始自苏伊士城下，直通培琉喜阿姆湾①。"

"不过，这个地峡全是流沙构成的呀？"

"流沙层相当深，直到50米深处才出现坚硬的岩层。"

"那您是无意中发现这条通道的吗？"我问他，越发感到不可思议。

"既是偶然，也是通过推理，教授先生，甚至，推理多于偶然。"

"船长，我在洗耳恭听，可我的耳朵听不进去。"

"啊！先生！充耳不闻的人历来就有。这条通道不仅存在，而且我还利用过好几次呢。没有这条通道，我今天就不会到红海这个死胡同里来冒险了。"

"恕我冒昧，您是如何发现这个隧道的？"

"先生，"船长回答我，"在彼此不再分离的人之间没有秘密可言。"

我不理会尼摩船长的言外之意，等待他继续往下讲。

"教授先生，"他对我说，"是博物学家的简单推理引导我发现了这个通道，而且只有我一人知道。我注意到，在红海和地中海，相

---

① 培琉喜阿姆湾，古埃及地名，邻近塞得港。

当数量的鱼种完全一样，如鼬鳚、花鲭鱼、魟鱼、鲈鱼、银汉鱼、飞鱼。我对这个事实确信无疑，于是，我寻思这两个海之间会不会相通。如果有通道，那么，地下海水一定是从红海流向地中海，因为红海的水位比地中海高。我在苏伊士附近捕捉了很多鱼，在鱼尾上装了铜环，再把它们放回海里。几个月后，我在叙利亚沿岸捕获了几条带有铜环标记的鱼。这表明两海之间存在着一条通道。我驾着鹦鹉螺号寻找通道。我找到了，我冒险穿越了通道。不久，教授先生，您也将穿越我的阿拉伯隧道！"

第五章

阿拉伯隧道

那天，我把同尼摩船长谈话的有关内容告诉了孔塞耶和尼德·兰。我对他们说，两天后我们就到地中海了。孔塞耶听了拍手称好，加拿大人则耸了耸肩。

"一条海底隧道！"他大声嚷嚷，"两海之间有一条通道！有谁听说过？"

"尼德老兄，"孔塞耶回答，"您过去听说过鹦鹉螺号吗？没有吧！可它确实存在。因此，请不要动不动就耸肩膀，不要借口没听说过而拒不接受。"

"我们走着瞧！"尼德·兰摇摇头，反驳道。"其实，我巴不得相信有这条通道，相信船长的话是真的。但愿上天真的把我们带到地中海。"

那天晚上，鹦鹉螺号航行在北纬 21°30' 的海面上，向阿拉伯半岛海岸靠拢。我望见了吉达^①港，这是埃及、叙利亚、土耳其和印度通商的咽喉重镇。吉达港的建筑一览无余，码头上停靠着许多船只，有些吃水深的大船，也只得在这里停泊。太阳低垂在地平线上，城里白色的房屋在夕照中显得格外洁白。城外，有几间小木屋或芦苇房，表明那是贝都因人^②居住的地方。

吉达港很快消失在暮色中，而鹦鹉螺号则潜回略泛磷光的海水中。

次日，2月10日，有几艘船迎面向我们驶来。鹦鹉螺号重新潜

---

① 吉达，沙特阿拉伯的港口城市。

② 贝都因人，阿拉伯半岛和北非沙漠地区从事游牧的阿拉伯人。

入水下航行。中午，到了测定方位的时间，海上荒无航船，鹦鹉螺号重新浮上水面，直到露出水位线。

我在尼德和孔塞耶的陪同下，来到甲板上坐下。东边的海岸笼罩着潮湿雾气，看上去朦朦胧胧，像是蒙上了一层薄纱。

我们身靠舱面小艇侧舷，天南海北地聊着天。突然，尼德·兰指着海上的一个点，对我说：

"教授先生，您看到那儿有什么东西吗？"

"没有，尼德，"我回答，"不过，我视力不及您，您是知道的。"

"仔细瞧瞧，"尼德又说，"那儿，前面右舷，差不多与灯舱同一水平！您没看到有团东西好像在移动吗？"

"真的，"我仔细观察后说，"我好像看见海面上有一个长长黑黑的东西。"

"难道是另一艘鹦鹉螺号？"孔塞耶说。

"不是，"加拿大人回答，"要么是我完全看错了，否则，那就是某个海洋动物。"

"红海里有鲸吗？"孔塞耶问。

"有，小伙子，"我回答，"有时能遇上。"

"绝对不是鲸，"尼德·兰又说，他眼睛始终盯着那东西，"我和鲸是老相识了，它们的样子我很熟悉，不会搞错的。"

"再等等，"孔塞耶说，"鹦鹉螺号正往那边驶去，我们很快就会清楚的。"

确实，转眼工夫，那黑乎乎的东西离我们只有1海里了。它像是一块搁浅在大海上的巨礁。那它到底是什么呢？我还说不上来。

"啊！它在游动！它潜入水中了！"尼德·兰喊道，"活见鬼！会是什么动物呢？它不像露脊鲸或抹香鲸，它的尾巴不分叉，它的鳍就像被截断的前肢。"

"那么……"我说。

"好，"加拿大人又说，"它翻身仰卧在水上了，它把乳房竖起来了！"

"是一条美人鱼，"孔塞耶叫了起来，"一条真正的美人鱼，请先生恕我冒昧。"

"美人鱼"这个名称让我豁然开朗，我顿然明白，这个动物属于这样一目海洋生物，神话故事把它们称作"美人鱼"，半是女人半是鱼。

"不，"我对孔塞耶说，"这绝不是美人鱼，而是一种奇特的生物，红海中已所剩无几了。这是一头儒艮。"

"海牛目，鱼形类，单子宫亚纲，哺乳动物纲，脊椎动物门。"孔塞耶回答。

既然孔塞耶这么说了，就不再有什么可说的了。

尼德·兰虎视眈眈。看到这头动物，他的眼睛射出了贪婪的光。他的手似乎做好了投鱼叉的准备。他好像在等待时机，跃入海中，在水里向这头动物发起进攻。

"啊！先生，"他激动得说话声音都颤抖了，"'这玩意儿'我还从来没有捕杀过呢。"

这句话道出了鱼叉手的全部心思。

这时，尼摩船长出现在甲板上。他看见了儒艮。他明白加拿大人的心思，便直截了当地对他说：

"兰师傅，如果您现在手握鱼叉，会不会急着想扔出去呀？"

"正如您所说，先生。"

"您不会不想哪天重操旧业，在您的捕鲸清单上加上这一头吧？"

"非常乐意。"

"那好，您可以一试身手。"

"谢谢，先生。"尼德·兰双眸发亮，回答道。

"不过，"船长又说，"我劝您一定要击中这头儒艮，这对您有好处。"

"这儒艮捕杀起来危险吗？"我不管加拿大人在耸肩，还是问道。

"有时候。"船长回答，"这种动物会向进攻者发起反攻，把船掀翻。不过，对兰师傅来说，无须担心这种危险。他眼疾手快，手到擒来。我之所以叮嘱他要击中儒艮，那是因为这种动物一向被视作肉细味美的猎物。我知道，兰师傅对美味的肉块情有独钟。"

"啊！"加拿大人说，"这畜生竟然也被视作美味食物？"

"是的，兰师傅。它的肉是真正的好肉，备受青睐。在整个马来亚，它是专供王公贵族们享用的。因此，人们拼命捕杀这种珍贵动物，现在儒艮越来越少，与它同属的海牛也一样。"

"那么，船长先生，"孔塞耶严肃地说，"假如它正好是这种动物中的最后一头，那为了科学，是不是应该放它一马？"

"也许是，"加拿大人反驳说，"但是为了伙食，最好还是去捕捉它吧。"

"那就去吧，兰师傅。"尼摩船长回答。

这时，7名船员登上甲板，和往常一样，沉默不语，面无表情。其中一人拿着鱼叉和一根类似捕鲸人用的套索。小艇卸下甲板，拖出收纳槽，扔进大海里。6位桨手各就各位，船老大把舵。我和尼德、孔塞耶坐到小艇后头。

"您不来吗，船长？"

"不了，先生，祝你们捕猎顺利。"

小艇驶离大船。6支桨齐心协力，小艇向儒艮飞驶过去。那动物正漂游在离鹦鹉螺号两海里的水面上。

驶到离儒艮几链远的地方，小艇放慢速度，船桨悄然无声地划入平静的水中。尼德·兰手持鱼叉，走到船头站着。用来捕鲸的鱼叉通常系在一根长绳上，受伤的鲸带着鱼叉逃跑时，绳索会迅速放出去。但这次绳长不足20米，绳索的另一端固定在一个小桶上，小桶浮在水面上，可以显示儒艮在水下的踪迹。

我已经站了起来，清楚地观察着加拿大人的对手。这种儒艮，也叫"人鱼"，很像海牛。它身体呈椭圆形，尾部很长，前肢长着真正的指头。它和海牛有一点不同，它的上颌两侧各有一颗又长又尖的獠牙，形成作用不同的防卫武器。

尼德·兰准备捕捉的儒艮硕大无朋，身长至少有 7 米。它一动不动，好像在波涛上睡觉似的，这是捕捉它的大好机会。

小艇小心翼翼地向那动物靠近，相距只有五六米了。船桨挂在桨架上。我半站半蹲着。尼德·兰身子微微向后一仰，熟练地挥动鱼叉掷了出去。

突然，只听见一声呼啸，儒艮消失了。用力掷出的鱼叉可能只击中了海水。

"见鬼！"加拿大人恼羞成怒，大声嚷道，"我没叉中它！"

"不！"我说，"动物受伤了，这是它的血。不过，您的鱼叉没有留在它身上。"

"我的鱼叉！我的鱼叉！"尼德·兰大叫起来。

水手们又开始划桨，船老大驾着小艇朝漂浮在海上的小桶驶去。收回鱼叉后，小艇开始追逐儒艮。

那动物不时浮出水面换气。它未因受伤而变弱，因为它溜得极快。水手们奋力划桨，小艇飞速追赶。好几次，小艇离它只有几米远了，加拿大人准备投叉，但那儒艮猛地扎入水中躲开了，根本无法击中它。

尼德·兰本是个急脾气，这下他可真的火冒三丈、暴跳如雷了。他用英语中最激烈的言词咒骂这头倒霉的动物。至于我，我看到我们的计谋被儒艮一一挫败，不禁又气又恼。

我们步步进逼，追了一小时，我开始以为抓不到它了，不料那动物不合时宜地产生了报复的念头，它会为此而后悔莫及的。它掉转头，向小艇发起了进攻。

儒艮的伎俩加拿大人看在眼里。

"小心！"他说。

船老大用他们奇怪的语言说了几句话，想必提醒手下提高警惕。

儒艮游到离小艇 20 英尺的地方停了下来，突然用长在嘴筒末端而不是嘴筒上的大鼻孔吸了一口气，然后纵身一跃，向我们猛扑过来。

小艇未能躲开儒艮的冲击，船身侧翻，一两吨海水涌了进来，必须把水排出去。幸亏船老大眼疾手快，小艇只是侧面、而不是迎面被撞了一下，没有倾覆。尼德·兰牢牢站在船头，用鱼叉向庞然大物猛刺猛扎。儒艮用尖牙咬住舷缘，将小艇掀出水面，就像狮子叼起狍子一样。我们被掀得东倒西歪，乱作一团。若不是加拿大人坚持搏斗，最后刺中儒艮的心脏，我真不知道这次冒险该如何收场。

我听到了牙齿咬钢板发出的嘎吱声。儒艮消失了，带走了鱼叉。但不久，小桶又浮出水面。没过多久，那动物的尸体仰面出现在水面上。小艇划过去，拖着它，朝鹦鹉螺号驶去。

要把儒艮吊上甲板，必须使用大功率的电动滑车。这家伙有 5000 千克重。加拿大人坚持要观看屠宰的整个过程，人们当着他的面把儒艮开膛破肚，切成碎块。当天，侍者给我送来的晚餐中就有几片儒艮肉，是船上的厨师精心烹制的。我觉得它鲜美无比，即使比不上大牛肉，也比小牛肉胜出一筹。

翌日，2 月 11 日，鹦鹉螺号的配膳室又增添了一种美味猎物。一群燕鸥突然撞到鹦鹉螺号上。这是埃及特有的尼罗河燕鸥，喙呈黑色，头部灰色且有斑点，眼睛周围有白点，背部、翅膀和尾部呈浅灰色，腹部和颈部呈白色，爪子呈红色。我们还抓到了几十只尼罗河野鸭，这是一种美味野禽，颈部和头顶呈白色，间有黑色斑点。

鹦鹉螺号放慢了航行速度。可以说，它在红海徜徉闲游。我发现，随着驶近苏伊士，海水的含盐量越来越低。

下午，将近 5 时，我们望见北边的穆罕默德角。穆罕默德角位于阿拉伯半岛中部岩石地带的一端，苏伊士湾和亚喀巴湾之间。

鹦鹉螺号驶入朱巴尔海峡，这个海峡通达苏伊士湾。我清楚地看到一座高山，鸟瞰两个海湾之间的穆罕默德角。这就是何烈山，即西奈山，当年摩西就是在这座圣山顶上觐见上帝的。在人们心目中，这座山总是光芒四射。

6时，鹦鹉螺号时而漂浮，时而潜航，从图尔附近海面经过。图尔位于一个小湾深处，正如尼摩船长所说，这里的海水似乎略泛红色。不久，夜幕降临，周围寂寂无声，偶有鹈鹕和夜鸟的啼鸣声冲破沉寂，有时还传来海浪撞击岩石的哗啦声，抑或远处一艘轮船的螺旋桨拍击海水的呜咽声。

八九点钟，鹦鹉螺号一直在水下几米处潜航。我估摸着，我们离苏伊士城应该很近了。透过大客厅的玻璃观光窗，我依稀看到海底岩礁被电光照得通亮。我感觉海峡越来越窄了。

9时15分，鹦鹉螺号回到海面上。我登上甲板。我急于想穿越尼摩船长的海底隧道，有点坐立不宁，于是一个劲儿呼吸夜晚的新鲜空气。

不久，在昏暗的夜色中，我依稀望见微弱的灯光，由于夜雾笼罩，灯光像是褪了色似的，在离我们1海里处一闪一烁。

"一座浮动灯塔。"有人在我身旁说。

我转过头。原来是尼摩船长。

"这是苏伊士城的浮动灯塔，"他又说，"我们很快就到隧道口了。"

"进去不容易吧？"

"不容易，先生。因此，我习惯待在操舵室里亲自操作。阿罗纳克斯先生，现在请您下去，鹦鹉螺号就要潜入水中了，穿过阿拉伯隧道后才回到海面上来。"

我跟着尼摩船长下去了。入口舱盖关上，压载水箱注满水，船潜下去十来米。

我正准备回房间去，尼摩船长把我叫住。

"教授先生，"他对我说，"您愿意和我一起去操舵室吗？"

"求之不得哪。"我回答。

"那就来吧。这样，您将能看到这次既是地下又是水下的航行中所能看到的一切。"

尼摩船长带我向中央梯走去。走到楼梯中部，船长打开一扇门，沿着上层纵向通道，来到操舵室。大家知道，操舵室矗立在甲板的一端。

操舵室每边长 6 英尺，和密西西比河上或哈得孙河上轮船的操舵室非常相似。中央有一台垂直舵在转动，齿轮与操舵链啮合，操舵链直通鹦鹉螺号后部的轮机舱。四扇装有透镜的观察窗嵌在操舵室四壁，舵手可将四面八方的海况尽收眼底。

操舵室内黑魆魆的。不过，我的眼睛很快就适应了，我看到了舵手，那人体魄健壮，双手握着轮缘。外面，大海被舷灯照得通亮，光芒四射的舷灯位于操舵室后方，甲板的另一端。

"现在，"尼摩船长说，"我们来寻找通道吧。"

操舵室和轮机舱之间连接着几根电线。船长可以在操舵室里发号施令，指挥鹦鹉螺号的航向和航速。他揿了一个金属按钮，螺旋桨的转速立即慢了许多。

此时，我们正沿着陡峭的海岸石壁航行，那是海岸沙质高地坚不可摧的岸基。我默默地注视着这巉峻的海岸石壁。就这样，我们沿着相距仅仅几米远的高墙行驶了 1 个小时。尼摩船长目不转睛地盯着挂在操舵室里的两个同心圆的罗盘。他一个手势，操舵手就会立即改变鹦鹉螺号的航向。

我站在左舷窗旁，看到美不胜收的珊瑚海底建筑，还有伸展在岩缝外的植形动物、海藻和张牙舞爪的甲壳动物。

10 时 15 分，尼摩船长开始亲自掌舵。我们面前出现了一条又宽又黑又深的长廊。鹦鹉螺号勇敢坚定地钻进长廊。船的两侧传来不同

寻常的哗哗声。这是隧道地面倾斜、红海的水急速流向地中海发出的响声。鹦鹉螺号顺流而下，箭也似的飞速前进，尽管轮机带动螺旋桨逆向旋转，也未能使航速减慢。

我只能看到狭窄通道的峭壁上，有一道道光纹、一条条直线，还有快速行进时电光照在石壁上划出的一缕缕火光。我的心怦怦直跳，我用手捂住胸口。

10 时 35 分，尼摩船长放开舵轮，转身对我说：

"地中海。"

鹦鹉螺号在湍流推动下，用了不到 20 分钟就穿越了苏伊士地峡。

第六章

希腊群岛

翌日，2月12日，破晓时分，鹦鹉螺号重新回到了海面上。我赶紧登上甲板。南边3海里处，培琉喜阿姆湾的轮廓依稀可见。一股湍流把我们从红海带到了地中海。不过，这个隧道，顺流而下易如反掌，逆流而上想必难上加难了。

7时许，尼德和孔塞耶也来到甲板上。这两个形影不离的同伴夜里睡得非常踏实，对鹦鹉螺号穿越苏伊士地峡的壮举不怎么关心。

"那么，博物学家先生，"加拿大人以略带嘲笑的口吻问道，"地中海在哪里呀？"

"我们正在地中海上漂着呢，尼德朋友。"

"嗯？"孔塞耶说，"就在昨夜……"

"是的，就在昨夜，只用了几分钟，我们就穿越了这个不可穿越的地峡。"

"我不信。"加拿大人回答。

"您错了，兰师傅。"我接着说。"南边呈弧形的低海岸，就是埃及海岸。"

"去跟别人说吧，先生。"固执的加拿大人回嘴说。

"既然先生这么肯定，"孔塞耶对他说，"就应该相信先生。"

"而且，尼德，尼摩船长还邀请我光临了他的隧道呢。他亲驾鹦鹉螺号穿过狭窄的通道时，我就在操舵室，在他的身旁。"

"您听见了吗，尼德？"孔塞耶说。

"您眼力那么好，尼德，"我又说，"您应该望得见伸向大海的塞得港防波堤。"

加拿大人凝神远望。

"果然,"他说,"您说得对,教授先生,您的船长是人中翘楚。我们的确在地中海上。很好,那就谈谈我们的小事吧,但要避人耳目。"

加拿大人想谈什么,我心知肚明。不管怎样,既然他想谈,我想最好还是谈一谈。我们三人去坐到灯舱旁边,这里,我们不大会被浪花溅湿衣裳。

"尼德,现在您说吧,"我说,"您要对我们说什么?"

"我要对你们说的很简单,"加拿大人回答,"我们现在到欧洲了,在尼摩船长恣意妄为把我们带到极地海底或带回大洋洲之前,我要求离开鹦鹉螺号。"

我承认,和加拿大人谈及此事,总让我感到很尴尬。我不想以任何方式阻碍同伴们的自由,但是,我又丝毫不想离开尼摩船长。多亏了他,多亏了他的鹦鹉螺号,我对海底的研究日臻完善,我正在他生活的海洋里,重写我那本关于海底秘密的专著。我以后还会有这样好的机会欣赏海洋的奇观吗?肯定没有了!因此,在我们这次环球考察完成前,我不可能有离开鹦鹉螺号的任何想法。

"尼德朋友,"我说,"请您坦诚相告,您在船上感到无聊吗?命运把您抛到了尼摩船长手中,您感到后悔吗?"

加拿大人没有立即回答。过了一会儿,他双臂交叉在胸前,说道:

"坦率地说,我并不后悔进行这次海底之旅。能完成旅行,我会很高兴。但是,要完成,就得有结束。这就是我的想法。"

"会结束的,尼德。"

"在哪里?什么时候?"

"在哪里?我一无所知。什么时候?我也说不清楚。或者,更确切地说,我想,等到海洋再没什么可教给我们的时候,旅行也就结束了。在这个世界上,有始必有终。"

"先生的想法，就是我的想法，"孔塞耶说，"游遍了地球的所有海洋后，尼摩船长很可能会放飞我们三人的。"

"放飞！"加拿大人叫了起来，"你是想说一阵拳打脚踢吧？"

"别夸张了，兰师傅，"我又说，"我们没必要害怕尼摩船长。不过，我也不赞同孔塞耶的看法。我们掌握着鹦鹉螺号的秘密，我不指望船长会还我们自由，心甘情愿地让我们带着这些秘密走遍全世界。"

"那您指望什么呢？"加拿大人问。

"我希望半年后，和现在一样，会出现我们可以也应该利用的时机。"

"哟！"尼德·兰说，"博物学家先生，请问半年后，我们会在哪里？"

"也许在这里，也许在中国。您知道，鹦鹉螺号航行速度很快。它穿越海洋，如同燕子飞过天空，快车跑遍大陆。它一点不怕船来船往的海洋。谁敢说它不会重返法国、英国或美洲海岸呢？在那儿，说不定和在这儿一样，都会有机会设法逃走的。"

"阿罗纳克斯先生，"加拿大人说，"您的论据从根本上就错了。您说的是将来，我们将会在那里，我们将会在这里！而我说的是现在，我们现在在这里，我们应该好好利用。"

尼德·兰的话合乎逻辑，我被逼得理屈词穷。我感到自己打了败仗，再也找不到有利的论据为自己辩护了。

"先生，"尼德接着说，"我们不妨假设，尼摩船长万一今天就给您自由，您会接受吗？"

"我不知道。"我回答。

"假如他又说，他今天给您的这个承诺，以后不会再给了，那您会接受吗？"

我不作回答。

"孔塞耶老弟怎么想？"尼德·兰问。

"孔塞耶老弟，"可敬的小伙子平静地回答，"孔塞耶老弟没什么可说的。他在这个问题上不偏不倚。他和他的主人一样，和他的同伴尼德一样，都是孤身一人，没有妻子、父母和儿女在国内等他。他帮先生做事，他想先生所想，说先生所说。遗憾的是，谁也别指望他来变成多数。现在只有两个人在争论，一方是先生，另一方是尼德·兰。我说完了。孔塞耶老弟洗耳恭听，准备给双方记分。"

看到孔塞耶完全置身事外，我不禁莞尔而笑。其实，孔塞耶不偏不倚，加拿大人应该感到高兴才是。

"那么，先生，"尼德·兰说，"既然孔塞耶不存在了，那只有我们两个来讨论了。我已说过了，您也听到了。您有什么要回答的？"

显然，必须作出决定，我讨厌躲躲闪闪。

"尼德朋友，"我说，"我这就回答您。您反对我，是有道理的。在您的理由面前，我的论据站不住脚。不应该指望尼摩船长发善心。他再不谨慎，也不会释放我们。反过来，出于谨慎，我们应该一有机会就逃离鹦鹉螺号。"

"很好，阿罗纳克斯先生，这样说是明智的。"

"不过，"我说，"还有一点要注意，就一点。这种机会必须万无一失。我们第一次逃跑必须成功，因为，如果第一次失败了，以后就再没有机会了，尼摩船长绝不会饶恕我们的。"

"您说的都对。"加拿大人说，"不过，您的提醒适合任何逃跑企图，不管是两年后，还是两天后。因此，始终是这个问题：好机会来了，就必须抓住。"

"我同意。现在，尼德，你能不能告诉我，你说的好机会是指什么？"

"那就是，一个漆黑的夜晚，鹦鹉螺号来到离欧洲海岸很近的地方。"

"您打算泅水逃跑吗？"

"对呀，如果我们离海岸相当近，我们的船浮在海面上。要是离海岸很远，船又在水下航行，那就不能泅水逃跑了。"

"那遇到这种情况怎么办？"

"遇到这种情况，我就设法强占小艇。我会驾驶。我们进入小艇，松开螺栓，浮上水面，即使操舵手在鹦鹉螺号船头，也不会发现我们逃跑的。"

"很好，尼德。那您就密切留意这样的机会吧。不过，千万记住，万一失败，我们就完了。"

"我会牢记的，先生。"

"现在，尼德，您想知道我对您的计划是怎么想的吗？"

"很想知道，阿罗纳克斯先生。"

"好吧，我认为，我不是说我希望，而是我认为，这样的好机会不会出现。"

"为什么？"

"因为，我们并未放弃重获自由的希望，对此，尼摩船长不可能佯作不知，他一定会加倍警惕，尤其是在欧洲海域和当欧洲海岸在望时。"

"我同意先生的看法。"孔塞耶说。

"我们走着瞧吧。"尼德·兰回答，他神色坚定地摇了摇头。

"现在，尼德·兰，"我又说，"讨论到此结束，以后别再提这件事了。哪天您准备好了，您就通知我们，我们跟您走。我把这事全托付给您了。"

这次谈话就这样结束了，但其后果应该非常严重。现在我可以说，事实似乎证明我的预见是正确的，这让加拿大人大失所望。在这船来船往、极其繁忙的大海上，尼摩船长是为了防范我们，还是仅仅想躲开频繁来往于地中海上的各国船只，这我不清楚，反正他通常只在远离海岸的水下潜航。鹦鹉螺号即使浮上水面，也只露出操舵室，要不就潜入深海。在希腊群岛和小亚细亚半岛之间，我们潜入水下2000米，也没触到海底。

因此，我没有亲眼见到斯波拉提群岛[①]的卡尔帕托斯岛，只是从尼摩船长引用的维吉尔[②]的一句诗中对它有所了解。尼摩船长指着平面球形地图上的一个点，朗诵了这句诗：

在卡尔帕托斯岛尼普顿的旋涡中，
生活着先知蓝色的普洛透斯[③]……

的确，这个小岛是尼普顿的老牧人普洛透斯的故居，现名斯卡邦托岛，位于罗得岛和克里特岛[④]之间。我只能透过大客厅玻璃观光窗，看到海岛的花岗岩基础。

次日，2月14日，我决心花几个小时，研究希腊群岛的鱼类。但是，不知为什么，玻璃观光窗板始终没打开。在测量鹦鹉螺号方位时，我发现它正驶向康地岛，即现在的克里特岛。几个月前，当我登上亚伯拉罕·林肯号的时候，全岛刚刚揭竿而起，反抗土耳其的专制统治。但是，起义的结果如何，我无从了解。尼摩船长与陆地断绝了一切联系，当然不可能把起义的结果告诉我。

因此，晚上我单独和他在大客厅时，只字未提这件事。何况，他好像心事重重，沉默不语。过了一会儿，他一反常态，命人打开大客厅两侧的玻璃观光窗板，他来回从这一侧走到另一侧，仔细观察海水。这究竟为什么，我百思不得其解。我便利用时间研究从我眼前游过的鱼群。

---

① 斯波拉提群岛，爱琴海东南部的岛群，属于希腊。
② 维吉尔（前70—前19），古罗马诗人。
③ 普洛透斯，希腊神话中海神尼普顿的下属，放牧海畜，能预知未来，变幻无常。这句诗原文为拉丁语。
④ 克里特岛，希腊最大的岛屿，位于地中海东部。

在众多鱼类中，我特别注意到，有亚里士多德提到过的虾虎鱼，俗称"海花鳅"，尤其常见于尼罗河三角洲的咸水中。在它们身旁，游动着半身闪着磷光的大西洋鲷，埃及人把这种鲷归于神圣动物之列；在埃及人看来，当它们出现在尼罗河上时，就预示着河水充沛，丰收在望，于是，人们举行宗教仪式，庆祝它们的到来。我也看到了30 厘米长的厚唇鱼。这是一种长着透明鳞甲的硬骨鱼，青灰色，带红色斑点；它们大量吞食海洋植物，故味道特别鲜美，备受古罗马美食家青睐；它们的内脏，配以海鳗的鱼白、孔雀的脑髓、红鹳的舌头，可以做成一道绝妙佳肴，是古罗马皇帝维泰利尤斯的至爱。

另一种海洋居民吸引了我的眼球，勾起了我对古代文化的种种记忆。那就是鲫鱼。它们附着在鲨鱼肚皮上游览海洋。据古人说，这种小鱼附在船底机身上，可以让船在行驶中停下来。在亚克兴①战役中，一条鲫鱼拖住了安东尼的战船，助奥古斯都战胜了安东尼。国家的命运居然维系在一条小鱼身上！我还看到了美丽非凡的花鲐鱼，属于笛鲷目。希腊人把它们奉若圣鱼，说它们能将海怪从他们常来常往的大海赶走。它们名字的意思是"花"，真是名实相符，因为它们色泽绚丽，从玫瑰红到宝石红，各种红色深浅浓淡一应俱全，背鳍波光闪闪。我目不转睛地看着这些海洋瑰宝，突然来了个不速之客，惊得我目瞪口呆。

深水中出现了一个人，一个腰带上系着皮夹子的潜水人。这不是随波漂动的尸体，而是一个活生生的人。他用力划着水，时而消失不见，浮上海面吸气，而后又立刻潜入水中。

我转身对着尼摩船长，激动地大声叫道：

"一个人！一个遇难者！无论如何得救救他！"

船长不作回答，过来靠在窗口。

---

① 亚克兴，希腊一海角，位于阿卡那尼亚西北隅。公元前 31 年 9 月，古罗马帝国第 1 代皇帝奥古斯都在这里大败安东尼和克娄巴特拉的船队，从而确立了他在罗马的统治。

那个人已经游过来了，把脸贴在窗玻璃上，看着我们。

令我瞠目结舌的是，尼摩船长同他打了个招呼，潜水人向他回了个手势，然后立即浮上海面，再没有出现。

"放心吧。"船长对我说，"这是马塔潘角^①的尼古拉，外号'佩斯'。他在基克拉泽斯群岛^②赫赫有名。一个有胆量的潜水人！水是他的生活场所，他在水中生活的时间比在陆地上多，不停地从一个岛游到另一个岛，甚至游到克里特岛。"

"您认识他，船长？"

"为什么不，阿罗纳克斯先生？"

说完，尼摩船长朝左舷观光窗附近的一个柜子走去。在柜子旁，我看到一只包铁皮的箱子，箱盖上有一块铜牌，上面赫然写着鹦鹉螺号的首字母 N^③ 及该船的铭文"Mobilis in mobili"。

这时，船长不避讳我在场，打开了柜子。这像是一个保险柜，里面装着许多金属铸块。

全都是金锭。这么多贵金属是从哪里来的？船长从什么地方弄到了这些黄金？他要用来做什么？

我默默不语。我静静地看着。船长将金锭一个一个取出来，整整齐齐地码放到箱子里，装了满满一箱。我估摸装了 1000 多千克黄金，就是说，价值近 500 万法郎。

船长把箱子关严，在箱盖上写了地址，可能用的是现代希腊语。

写毕，尼摩船长按了下电钮，电钮的电线直通船员舱。四名船员出现在大客厅，他们极其费力地把箱子推出客厅。接着，我听到他们用滑轮吊车把箱子吊到铁梯上。

---

① 马塔潘角，希腊伯罗奔尼撒半岛南端一海角，今称泰纳龙角。

② 基克拉泽斯群岛，希腊的一个州，由约 30 个岛屿组成，位于爱琴海。

③ 在上卷第八章中提到，字母 N 是船长名字 Nemo 的首字母，而这里说 N 是鹦鹉螺号（Nautilus）的首字母，二者并不矛盾，因为船长和船是一体的，且开头都是 N。

这时，尼摩船长转过身来问我：

"您刚才说什么来着，教授先生？"

"没说什么，船长。"

"那么，先生，请允许我给您道晚安。"

说完，尼摩船长离开了大客厅。

可想而知，我回房间的时候是多么困惑。我试图赶快睡觉，可哪里睡得着！我想着潜水人的出现和满满一箱黄金之间有什么联系。不久，船身开始摇摆颠簸，我感到鹦鹉螺号正在离开深水返回海面。

后来，我听到甲板上有脚步声。我明白有人在解开小艇，把它投入海里。小艇与鹦鹉螺号侧舷碰撞了一会儿，接着寂然无声了。

过了两个小时，甲板上响起了同样的声音，我又听到了来来往往的脚步声。小艇拉上大船，放进了收纳槽里，鹦鹉螺号重新潜入水中。

就这样，价值数百万的黄金被送往了指定的地址。那么，送往大陆的什么地方呢？尼摩船长同谁在联系呢？

夜间发生的事极度激发了我的好奇心，第二天，我把这些事一五一十告诉了孔塞耶和加拿大人。我两个同伴惊讶的程度绝不亚于我。

"这价值数百万的黄金，他是从哪里弄到的？"尼德·兰问。

这个问题，不可能有答案。午饭后，我来到大客厅，开始工作。我记笔记，直到下午 5 时。这时——大概与我个人心情有关——我感到浑身燥热难忍，不得不脱掉牡蛎足丝服。这种现象令人费解，因为我们不在高纬度地区，而且鹦鹉螺号在水中潜航，即使大气温度升高，我们也不会有任何感觉。我看了看压力表，它正指着水下 60 英尺，在这样深的水中，不可能受大气温度的影响。

我继续工作，但是温度越来越高，已达到难以忍受的程度。

"难道船上着火了？"我想。

我正要离开大客厅，尼摩船长进来了。他走近温度表，看了一下，

转过身来对我说：

"42℃。"

"我看到了，船长，"我回答，"温度再升高一点，我们就受不了啦。"

"啊！教授先生，温度升不升高，那要看我们想不想。"

"这么说，您能够随意调节温度？"

"不能，但我可以远离热源。"

"这个高温源自外界？"

"当然。我们正行驶在沸水流中。"

"怎么可能？"我大声问。

"您看。"

玻璃观光窗板打开，我看见鹦鹉螺号周围的大海一片白茫茫。含硫的蒸气在海浪中翻滚，海水像锅炉里的水一样沸腾着。我把手放到窗玻璃上，但玻璃烫得我赶紧把手缩回来。

"我们在哪里？"我问。

"桑托林岛[①]附近，教授先生。"船长回答我，"正好在新卡梅尼火山岛和旧卡梅尼火山岛之间的水道里。我是想让您看看海底火山喷发的奇观。"

"我还以为这些新岛的形成已告结束了呢。"我说。

"在火山地带，什么都不会结束，"尼摩船长回答，"地下火一直在那儿折磨着地球。据卡西奥多尔[②]和普林尼记载，就在最近形成这些小岛的地方，早在公元 19 年，就出现过一个新岛，叫忒伊亚圣岛。后来，该岛沉入波涛中，公元 69 年再次露出水面，后来又被海涛淹没。从此，直到现在，火成论的工作貌似停止了。可是，1866 年 2 月

---

① 桑托林岛，希腊基克拉泽斯群岛中最南的岛屿。岛上东北部有火山喷发的遗迹，并有周围 60 千米的潟湖，湖中心有活火山。

② 卡西奥多尔（约 485 年—约 585 年），古罗马历史学家、政治家。

3 日，就在新卡梅尼火山岛附近，一个命名为乔治岛的新小岛，从含硫的蒸气中露出海面，并于同月 6 日与新卡梅尼火山岛连成一片。7 天后，2 月 13 日，阿夫罗萨小岛冒了出来，在这个小岛和新卡梅尼火山岛之间，有一条 10 米宽的水道。这一奇观发生时，我正在这一带海域里，得以亲眼目睹小岛形成的全过程。阿夫罗萨小岛呈圆形，直径 300 英尺，高度 30 英尺。它由黑色玻璃状熔岩石构成，里面夹杂着长石碎块。最后，3 月 10 日，一个叫雷卡岛的更小的岛屿，出现在新卡梅尼火山岛附近。后来，这 3 个小岛连成一片，变成了一个岛。"

"那我们现在所在的水道呢？"我问。

"就在这里。"尼摩船长指着一张希腊群岛地图对我说，"您瞧，我把新的小岛都标在地图上了。"

"这个水道有朝一日会填平吗？"

"很有可能，阿罗纳克斯先生，因为，从 1866 年以来，在旧卡梅尼火山岛的圣尼古拉港对面，又突然冒出了 8 个熔岩小岛。所以，很显然，新岛和旧岛不久就会连成一片。如果说，在太平洋里，是纤毛虫在造陆地，那么，在这里，是火山喷发生成陆地。您瞧，先生，造岛工程正在这波涛下进行着呢。"

我回到窗前，鹦鹉螺号已停止前进。温度高得简直让人不堪忍受。大海正在由白色变成红色，因为水中含有铁盐。尽管大客厅是密封的，但仍然弥漫着不可忍受的硫黄味。我看见窗外鲜红的火焰，它是那样强烈，使得鹦鹉螺号舷灯的电光黯然失色。

我大汗淋漓，透不过气来，快要被煮熟了。是的，我真有被煮熟的感觉。

"不能再待在这沸水中了。"我对船长说。

"是的，再待下去是不明智的。"尼摩船长不动声色地回答。

他一声令下，鹦鹉螺号掉转船头，离开了这个大火炉，再待下去必遭恶果。一刻钟后，我们回到海面上，终于喘过气来了。

于是，我想，假如尼德选择在这个海域里逃跑，那我们肯定葬身火海了。

翌日，2月16日，我们离开了罗得岛和亚历山大港之间3000米深的海盆。鹦鹉螺号经过基西拉岛海面，绕过马塔潘角，将希腊群岛远远抛在身后。

第七章

四十八小时穿越地中海

地中海，地地道道蓝色的海，希伯来人称"大海"，希腊人叫"海"，罗马人谓"我们的海"。沿岸到处是柑橘、芦荟、仙人掌和海松，海上飘溢着爱神木的馨香，周围崇山峻岭环抱，空气澄净透明，但也不断受到地火的煎熬。这里是水与火的真正战场，海神尼普顿和冥王普路托仍在不停地争夺着世界的霸权。正是在这个地方，在地中海沿岸，在地中海海域，米什莱说，人类正再次经受着地球最严酷环境的锤炼。

地中海盆地很美，面积达 200 万平方公里，但我只能匆匆看一眼。尼摩船长渊博的知识，我都未能派到用场，因为在这次快速穿越中，这位谜一般的人物没有露过一次面。我估计，鹦鹉螺号在地中海水下航行了约 600 法里，48 小时就行完了这段路程。2 月 16 日早晨从希腊海域出发，18 日黎明时分，我们就已穿越了直布罗陀海峡。

在我看来，尼摩船长显然不喜欢地中海，因为地中海周围是他避之唯恐不及的陆地。地中海的浪，地中海的风，如果说没给他带来过太多的悲伤，那也给他留下了太多的回忆。在这里，他不能再享受海洋给予他的自由自在、无拘无束。非洲海岸和欧洲海岸相距太近，他的鹦鹉螺号航行其间，感到天地太窄。

因此，我们的航速高达每小时 25 海里，即 12 法里。不言而喻，尼德·兰不得不放弃了逃跑计划，心里不胜烦恼。在每秒钟 12 米至 13 米的航速下，他不可能动用小艇。在这样快的航速下离开鹦鹉螺号，不啻从同速的火车上往下跳，无疑是极其鲁莽之举。而且，我们的船在夜间才浮出海面更新空气，完全根据罗盘和测程仪的指示来确定航

向和航速。

因此，我看地中海的景色，同快车旅客看眼前疾驰而过风光的情景如出一辙，也就是说，我看到的是天边的远景，而不是闪过的近景。不过，我和孔塞耶还是能观察到几种地中海鱼类，它们依仗强有力的鳍，能够与鹦鹉螺号并驾齐驱一段时间。我们一直在大客厅玻璃观光窗前窥视，并做了笔记，因此，我可以重新对地中海的鱼类学作扼要的阐述。

生活在地中海里的各种鱼类，有的我看清楚了，有的则是瞥见一眼，还有的因船速太快，干脆躲过了我的目光。因此，我只好随心所欲地进行分类，以便更好地描绘我快速观鱼之效果。

舷灯发出层层亮光，照得大海通明透亮。几条1米长的七鳃鳗蜿蜒游来，这是各种气候条件几乎都适应的鱼类。还有长鼻鳐鱼，体宽5英尺，腹白背灰，布满小斑点，舒展身体，宛若披肩，顺流漂去。还有其他一些鳐鱼一闪而过，我来不及辨清楚它们究竟像希腊人所称的"鹰"，还是像现代渔民所起的怪名"老鼠""癞蛤蟆"或"蝙蝠"。身长12英尺、令潜水员望而生畏的沙条鲨你追我赶，比赛着速度。体长8英尺、嗅觉极其灵敏的长尾鲨，宛若一片片浅蓝色阴影在飘动。鲷属的金头鲷，有的竟有13分米长，身穿银蓝两色细纹环绕的衣裳，与深色的鳍相得益彰，眼睛深藏在金色眉峰中，专门用来供奉美神维纳斯：这是鱼中极品，淡水咸水都能适应，江河湖海都能安身，各种气候气温都能生存，其祖先可以追溯到地质时期，至今依然美丽如初。赏心悦目的鲟鱼，身长9米至10米，游速极快，甩动强有力的尾巴，撞击着大客厅观光窗玻璃，露出带褐斑的浅蓝色背脊；它们形似角鲨，但力气不可与之匹敌，各个海域都能瞧见它们的倩影；春天，它们喜欢溯大河而上，在伏尔加河、多瑙河、波河、莱茵河、卢瓦尔河、奥得河上与逆流搏击；它们以鲱鱼、鲭鱼、鲑鱼和鳕鱼为食；它们虽然属于软骨鱼纲，但肉质十分鲜美，可以在新鲜时食之，也可以晒干或腌制或醋渍后让人一饱口福，古时候，人们把鲟鱼隆重端送到卢库卢斯①家的餐桌上。但是，当鹦鹉螺号靠近海面时，在地中海的各类鱼中，我所能观察到的最有用的，是硬骨鱼第63属。那就是竹刀鱼，脊背蓝黑，腹部有银甲，背侧的线纹微微闪烁金光；它们声名远扬，喜欢与船结伴而行，以寻求阴凉之处，躲避热带炎热的阳光。事实果真如此，它们相伴于鹦鹉螺号左右，就像从前陪伴拉佩鲁兹船队左右一样。它们与我们的船比赛速度，陪我们奔跑了好几个小时。我对它们极其欣赏，百看不厌，它们的体型天生适合速游，头小，身滑，呈梭形，有的体长超过3米，胸鳍发达，尾鳍分叉。它们游动时，排成"人"字形，这与某些鸟群一样，且速度上亦可一比高低。因此，古人说它们熟悉几何学和战略学。可是，它们逃脱不了普罗旺斯人的捕捉。从前，它们是普罗蓬迪特②沿岸地区和意大利居民之至爱，今天备受普罗旺斯人青睐。这些珍贵的动物，成千上万，盲目而轻率地钻进马赛人的渔网而丢却性命。

　　仅仅作为备忘，我还要列举我和孔塞耶一瞥而过的地中海鱼类。有微白色的费氏电鳗，像不可抓住的蒸气一闪而过；长蛇般的康吉鳗，体长3米至4米，身披绿、蓝、黄3色，美丽非凡；无须鳕鱼，长3英尺，其肝脏味道鲜美；绦带鱼，像纤细的海藻在水中漂游；鲂鮄鱼，诗人称之为竖琴鱼，水手称之为吹哨鱼，吻部有两块三角形锯齿状骨板，很像老荷马的乐器；燕鲂鮄鱼，顾名思义，游动速度之快堪与飞燕相比拟；海丰石斑鱼，头部红色，背鳍有细丝；西鲱鱼，身上装饰着黑、灰、褐、蓝、黄、绿等色的斑点，对清脆的铃铛声尤其敏感；大菱鲆，花团锦簇，是海里的锦鸡，菱形，黄鳍，有褐色斑点，左上侧通常有黄褐两色的大理石花纹。最后，还有一群群妙不可言的红鲻鱼，堪称海洋里的极乐鸟，从前，罗马人不惜花1万小银币

① 卢库卢斯（约前117—前57），古罗马将军和执政官，多次远征东方。
② 普罗蓬迪特，现土耳其马尔马拉海。

买一条红鲻鱼，让鱼在桌上慢慢死去，就为了残忍地目睹它们颜色变化的过程，从活着时的朱红色，逐渐变成死后的苍白色。

如果说我没能观察到大西洋和地中海里常见的鱼类，如褐鳐、鳞鲀、单鼻鲀、海马、长颈鳗、玻甲鱼、鲕鱼、羊鱼、隆头鱼、胡瓜鱼、飞鱼、鳀鱼、小鲷鱼、大眼鲷鱼、沙蛇鳗鱼，以及鲽科的主要代表，如黄盖鲽、美首鲽、欧洲鲽、舌鳎、菱鲆等等，那要怪鹦鹉螺号穿越这些渔产丰富的海域时，航行速度太快，害得我头晕目眩，眼花缭乱。

至于海洋哺乳动物，途经亚得里亚海口时，我好像看到了两三头抹香鲸，它们具有典型的抹香鲸属背鳍。还有几条圆头属海豚，这是地中海的特产，头前部有明显的浅色斑纹。还有十多头海豹，腹部白色，毛皮黑色，被称作"僧侣海豹"，极像身长 3 米的多明我会修士。

至于孔塞耶，他觉得看到了一只 6 英尺宽、有 3 道纵向棱的海龟。可惜我没有看到这只爬行动物。根据孔塞耶的描述，我认为这是只棱皮龟，属于稀有品种。我自己只看到几只背甲很长的赤蠵龟。

至于植形动物，我得以欣赏到奇妙的橘黄色盘管虫，它们攀牢在左舷观光窗玻璃上，丝状体又细又长，分蘖出无数枝杈，枝端有最精美的花边，就连阿拉喀涅[①] 的对手们也望尘莫及。可惜我未能采集到它们美丽的标本。幸亏 16 日夜晚，鹦鹉螺号明显放慢了航速，否则，地中海的其他植形动物我都无缘一睹风采了。下面讲一讲当时的情景。

那时，我们行驶在西西里岛和突尼斯海岸之间。邦角[②] 和墨西拿海峡[③] 之间的水道极其狭窄，这里，海底几乎陡然上升，形成一道真正的海岭，离海面只有 17 米，而海岭两侧水深达 170 米。因此，鹦

---

① 阿拉喀涅，希腊神话中的吕狄亚少女，善织绣。许多女神都到她那里看她织绣，这引起雅典娜女神的嫉妒。雅典娜便和她比赛织绣，结果大败，于是大怒，将她变成蜘蛛。

② 邦角，位于突尼斯东北部。

③ 墨西拿海峡，位于意大利半岛和西西里岛之间。

鹦螺号不得不小心翼翼地航行其间，以免撞上这道海底栅栏。

我拿出地中海地图，把这道长礁所在的位置指给孔塞耶看。

"先生，恕我冒昧，"孔塞耶向我指出，"这就像一个连接欧洲和非洲的地峡。"

"没错，小伙子。"我说，"它把利比亚海峡整个儿拦了起来。而且，史密斯①的探测结果证明，从前，欧非两大陆在博科角和菲丽那角之间是连成一片的。"

"我完全相信。"孔塞耶说。

"我还要补充一点，"我接着说，"直布罗陀市②和休达市③之间也有一道类似的海岭，在地质时期把地中海完全封闭了。"

"啊！"孔塞耶说，"要是将来有一天，火山喷发把这两道海岭推出海面怎么办！"

"这几乎是不可能的，孔塞耶。"

"请先生允许我把话说完，无论如何，如果发生这种现象，那雷赛布先生该气晕了，他为凿通苏伊士地峡，正在付出千辛万苦哪！"

"这我同意。不过，我再说一遍，孔塞耶，这种现象决不会发生。地下能量越来越少了。创世初期，火山很多，现在一个个逐渐熄灭了。地热正在减少，地球深层温度每100年都会有明显的下降，这对我们地球很不利，因为地热是它的生命。"

"可是，太阳……"

"光靠太阳是不够的，孔塞耶。太阳能使一具尸体还阳吗？"

"不能，这我知道。"

"那好，朋友，地球有朝一日会变成冰冷的尸体。它将变得不能居住，像月亮那样无人居住，月亮早已失去生命赖以生存的热量了。"

---

① 史密斯（1769—1839），英国地质学家，地层学的奠基人。

② 直布罗陀市，英国殖民地，位于直布罗陀海峡西端的北岸。

③ 休达市，摩洛哥北部港口城市，位于直布罗陀海峡东端的南岸。

"再过多少个世纪？"孔塞耶问。

"再过几十万年吧，小伙子。"

"这么说，"孔塞耶回答，"我们还来得及完成我们的海底旅行，只要尼德·兰不出来捣乱就行。"

孔塞耶这下放心了，便继续研究这高高隆起的海岭了。鹦鹉螺号正贴着这道海岭，缓慢向前行驶。

在这里，在火山岩层的海底，各种植形动物似鲜花般怒放，其中有海绵、海参；透明的球栉水母，装饰着淡红色触须，发出微弱的磷光；瓜水母，俗称海黄瓜，阳光照耀下会发出七色闪光；流动的毛头星，宽1米，通体的大红色把海水染红。还有美丽非凡的筐蛇尾、长茎雀屏珊瑚、各种各样可食用海胆。还有绿海葵，躯干浅灰色，基盘褐色，藏在似头发般浓密的橄榄绿触手中。

孔塞耶主要忙着观察软体动物和节肢动物。尽管分类术语枯燥乏味，但是，我不愿伤害这个可敬的小伙子，所以还得把他观察到的结果提一提。

在软体动物门中，他列举了不可悉数的栉孔扇贝、堆积如山的驴蹄海菊蛤、三角形斧蛤、鳍黄壳透明的三齿月华螺、橙黄色的无壳侧鳃贝、布满淡绿斑点的煎蛋水母、腹足海兔、短头海兔、肉乎乎的无角螺、地中海伞螺、珍贵螺钿质虹彩鲍、焰纹扇贝、据说朗格多克人爱之胜过牡蛎的不等蛤、备受马赛人喜爱的缀锦蛤、白白肥肥的双层帘蛤、盛产于北美洲沿海，在纽约销量很大的美洲帘蛤、五彩缤纷的栉孔扇贝、藏在岩缝里，其辛辣味备受我青睐的石蛏、贝壳顶部隆起，犹如海岸突起的细纹帘心蛤、大红结节隆起的涡螺、顶端弯曲形似威尼斯轻舟的宝螺、戴冠地蛤、螺旋明樱蛤、犹如身披流苏头纱的白点灰色织纹螺、形似鼻涕虫的蓑海牛、仰面爬行的龟螺、椭圆形耳螺，还有欧洲耳螺、黄褐色梯螺、滨螺、紫螺、马蹄螺、住石蛤、片螺、笔螺、帮斗蛤，等等，五花八门，不一而足。

至于节肢动物，孔塞耶在笔记中非常准确地把它们分为 6 纲，其中 3 纲属于海洋动物。这 3 纲是甲壳纲、蔓足纲和环节纲。

甲壳纲又细分为 9 目。第 1 目是十足目，此类动物头部和胸廓通常连在一起，口腔由好几对颚足组成，有 4 至 6 对胸肢或步足。孔塞耶遵照我们的导师米尔纳·爱德华兹的分类法，把十足目动物分成 3 类：短尾类、长尾类和异尾类。这些名称有点粗俗，但正确贴切。短尾类中，孔塞耶提到的有：额头有两根分岔长刺的锥刺蟹、巨螯蟹（不知何故，被希腊人视作智慧的象征）、菱蟹、武装紧握蟹（通常生活在深海中，可能迷了路才来到这个海岭上）、黄道蟹、毛刺蟹、长脚蟹、壳上布满颗粒的馒头蟹（孔塞耶说这种蟹很好消化）、无齿盔蟹、坚壳蟹、扁蟹、关公蟹等等。长尾类分 5 科：铠甲虾科、穴居虾科、螯虾科、小口虾蛄科和糠虾科。他记录了一些普通龙虾，母龙虾的肉备受青睐。还提到了蝉虾（或称虾蛄）、蝼蛄虾，以及各种食用虾。但他对螯虾科没有细谈，连螯虾都没提到，因为地中海只有一种螯虾，那就是龙虾。最后是异尾科，他看到一些普通的走蟹，藏在一个被遗弃的贝壳后面，将贝壳占为己有；还有前额带刺的人面蟹和寄居蟹、磁蟹等。

孔塞耶分类工作到此为止。他没有时间观察到所有的甲壳动物，把它们齐全地罗列在笔记本上，他没有记下口足目、端足目、同足目、等足目、三叶虫目、鳃足目、介形目和切甲目等动物。为了完善海洋节肢动物的研究，他本该列举包括剑水蚤、鱼虱在内的蔓足亚纲动物，以及环节动物门动物，如果这样，那他就会把它们分为管毛目和背鳃目。但是，鹦鹉螺号已经越过利比亚海峡的海岭，回到深水层，恢复了正常航速。从此，我们再也看不到软体动物、节肢动物和植形动物了。只有几条大鱼影子般一闪而过。

2 月 16 日至 17 日夜间，我们进入地中海的第 2 个海盆，最深处达 3000 米。鹦鹉螺号在螺旋桨推动下，使用水平舵，潜入最深的水层。

　　这里没有自然景观，但在我眼前展现了一幕幕惊心动魄的惨象。的确，我们正在穿越地中海海难频发地区。从阿尔及利亚海岸，到普罗旺斯沿海，不知有多少船只遇难，多少巨轮失踪！与浩瀚平静的太平洋相比，地中海不过是一个湖泊。但是，这个湖泊喜怒无常，变幻莫测。今天，它对柔弱的帆船慈悲为怀，温柔体贴，让它们在蓝蓝的天和蓝蓝的海之间浮泛飘悠；但明天，它暴跳如雷，狂风骤起，掀起万丈巨浪，朝它们猛扑过来，最坚固的船也会被砸得粉身碎骨。

　　因此，当我们快速穿越深水区时，我看见许多沉船的残骸长眠于海底，有的长满了珊瑚虫，有的只是长了一层锈，有铁锚、大炮、炮弹、铁器、螺旋桨叶片、机器碎片、破碎的汽缸、撞破的锅炉，还有漂在水中的船壳，有的竖着，有的底朝天。

　　这些失事的船只，有的是因两船相撞，有的则因触上了暗礁。我看到，有的船垂直沉入海底，桅杆依然竖立，帆索被水浸泡，已变得僵硬。它们好像停泊在一个无防风浪设施的大锚地，等待扬帆起航。当鹦鹉螺号在它们中间穿行，将电光照在它们身上时，它们好像要挥动国籍旗向鹦鹉螺号致敬，向它报告自己的序列号！这当然是不可能的，在这灾难之地，只有寂静和死亡！

　　鹦鹉螺号离直布罗陀海峡越来越近，我发现，地中海底沉船的残骸却越来越多。这时，非洲海岸和欧洲海岸彼此更加靠近自己，在这狭窄的空间，航船相撞屡见不鲜。我看见许多铁制的船体机身，一些奇形怪状的轮船残骸，有的横着，有的竖着，宛若海怪。其中有条船，侧面开裂，烟囱弯曲，机轮只剩支架，船舵已同艉柱分离，但仍有一根铁链相连，船名板已被咸水腐蚀，此情此景令人毛骨悚然！这艘船遇险时，多少人丢却了性命！多少遇难者葬身海底！船上有没有水手死里逃生，把这场可怕的灾难告诉世人，抑或海浪还在守着这沉船的秘密？不知为什么，我突然闪过一个念头，这艘沉船会不会就是20年前连人带物全部遇难的阿特拉斯号，此后从没听人谈起过它！啊，如果要写地中海的海难史，那是一部多么凄惨恐怖的历史啊！这里是白骨成堆的墓地，多少财产沉入海底，多少无辜者丧失性命！

可是，鹦鹉螺号对这一切无动于衷，开足马力，飞快地在沉船残骸中间穿行。2 月 18 日，凌晨 3 时，它的身影出现在直布罗陀海峡入口处。

直布罗陀海峡中有两股洋流，一股是表层洋流，人们早已确认，这股洋流把大西洋水注入地中海；另一股是下层逆流，今天用推理的方法证明了它的存在。的确，大西洋水和江河水的不断流入，使得地中海的水量不断增加，而蒸发作用又不足以抵消注入的水量，按理说，地中海的海平面应该逐年升高。然而，事实并非如此。因此，人们自然会想到存在一股下层逆流，通过直布罗陀海峡，把地中海多余的水引入大西洋。

事实的确如此。鹦鹉螺号正是利用这股逆流，迅速穿过这狭窄的水道。有一瞬间，我依稀看见了叹为观止的赫丘利神庙遗迹。照普林尼和阿维纽斯 ① 的说法，赫丘利神庙是和它所在的低海拔小岛一起沉入大海的。几分钟后，我们就在大西洋上劈波斩浪了。

---

① 阿维纽斯，公元 4 世纪的拉丁诗人和地理学家。

第八章

维哥湾

　　大西洋！茫无涯际！长9000海里，平均宽度2700海里，面积2500万平方海里。如此重要的海洋，古代几乎无人知晓，也许只有一些迦太基 [①] 人例外！这些迦太基人是古代荷兰人，他们沿着欧洲和非洲的西海岸，长途跋涉，进行商贸活动。大西洋海岸蜿蜒曲折，但两岸基本平行，环抱着无边无垠的水域，世界上诸多大河都流入其间，圣劳伦斯河、密西西比河、亚马孙河、拉普拉塔河、奥里诺科河、尼日尔河、塞内加尔河、易北河、卢瓦尔河和莱茵河，它们给大西洋注入了最文明国家和最野蛮地区的水流！波澜壮阔的沧海，各国船只络绎不绝，各种国旗迎风飘扬，两个岬角镇守大洋两端，那就是令航海家谈虎色变的合恩角和风暴角 [②]！

　　在三个半月时间里，鹦鹉螺号航行了近10000法里，相当于绕地球走了一圈多。现在，它在大西洋上乘风破浪，艏冲角锥为它鸣锣开道。我们要去哪里？我们的未来是什么？

　　鹦鹉螺号驶出直布罗陀海峡后，就来到远离海岸的大洋上。它又浮出水面，我们又可以天天上甲板散步了。

　　我在尼德·兰和孔塞耶的陪伴下，立即登上甲板。离我们12海里，西班牙半岛西南端的圣维森提角隐隐可见。南风劲吹，大海白浪滔天。鹦鹉螺号颠簸得厉害。巨浪不断打在甲板上，我们待不下去了，因此，吸了几口新鲜空气后，就回舱里去了。

　　我回我的房间。孔塞耶回他的舱房。但加拿大人跟着进了我的房

[①] 迦太基，非洲北部（今突尼斯）的奴隶制国家，前7世纪到4世纪发展成为西地中海强国。
[②] 风暴角，现名好望角，位于非洲最南端，是大西洋和印度洋之交汇处。

间，一副心事重重的样子。我们的船快速穿过地中海，他的逃跑计划落了空，因此他难以掩饰其失望的情绪。

房门合上后，他坐下来，一声不吭地看着我。

"尼德朋友，"我对他说，"我理解您的心情，但是您没什么好自责的。在鹦鹉螺号当时所处的情况下，想要逃跑那是疯狂之举！"

尼德·兰一言不发。他双唇紧闭，双眉紧锁，说明有个无法摆脱的念头在他脑际萦绕。

"好啦，"我接着说，"还没到绝望的时候。我们正沿着葡萄牙海岸北上，离法国、英国不远了，到了那里，我们很容易找到藏身之地。啊！如果鹦鹉螺号走出直布罗陀海峡后，一直向南航行，把我们带到远离大陆的地方，那我也会和您一样忧闷的。但是，现在我们知道，尼摩船长不躲避文明的海域，我想，过几天，您采取行动就比较安全了。"

尼德·兰更加专注地盯着我，最后，他终于开口说话了。

"就在今天晚上。"他说。

我倏地站了起来。我承认，我没有料到他会这样说。我很想回答加拿大人，但不知道从何说起。

"我们说好等待机会的，"加拿大人接着说，"现在，机会我有了。今天晚上，我们离西班牙海岸只有几海里了。夜很黑。风从大海吹向陆地。您答应过我，阿罗纳克斯先生，我相信您。"

我始终沉默不语。加拿大人站起来，走到我跟前。

"今天晚上，9点钟，"他说，"我已经通知孔塞耶了。那时候，尼摩船长闭门不出了，也许睡觉了。机械师和船员都看不见我们。我和孔塞耶去通往甲板的中央梯。阿罗纳克斯先生，您待在离我们两步远的图书室里，等我的信号。桨、桅杆和帆全都装上小艇了。我还放了些吃的东西。我搞到了一把螺旋扳手，用来拧开把小艇固定在鹦鹉螺号船壳上的螺母。因此，一切准备就绪。晚上见。"

"可海况不好呀。"我说。

"这我承认，"加拿大人回答，"但是，必须冒这个险。自由是要付出代价的。再说，小艇很坚固，顺风跑几海里路，不是什么难事。谁知道明天会不会在100法里外的大海上呢？但愿一切顺利，那样，10点到11点之间，我们要么在某个地方登陆，要么死路一条。因此，求上帝保佑吧！晚上见！"

加拿大人说完就走了，而我惊得呆若木鸡。我原以为，即使机会来了，我还会有时间考虑，和他交换一下意见。可是，我这个执拗的同伴不容我这样做。不过，我又能对他说什么呢？尼德·兰有一百个理由这样做。现在有机会了，他当然要利用。我怎能不守信用，为了个人利益而累及同伴们的前途呢？明天，尼摩船长难道不会把我们带到远离陆地的外海上去吗？

这时，我听到一阵响亮的嘘嘘声，我知道，压载水舱在进水了，鹦鹉螺号开始潜入大西洋的波涛下。

我待在房间里。我想回避船长，不让他看到我魂不守舍的样子。这一天，我是在愁眉苦脸中度过的。我踌躇不决，既渴望恢复自由意志，又舍不得抛弃神奇的鹦鹉螺号，让我的海底研究半途而废！我怎么舍得离开这个海洋，离开我喜欢称作"我的大西洋"的地方！我还没有观察它的底层，还没有揭示它的秘密，就像揭示印度洋和太平洋的秘密一样！小说才读完第一卷就从我手中溜走了！美梦刚进入高潮就偃旗息鼓！我内心备受煎熬，就这样几个小时过去了，时而我看见自己和同伴们安全无恙登上陆地，时而又失去理智，希望出现意外情况，让尼德·兰的计划泡汤。

我两次来到大客厅。我想看看罗盘。我想知道，鹦鹉螺号到底在靠近还是远离海岸。都不是！鹦鹉螺号始终在葡萄牙海域里潜航。它沿着大西洋海岸向北驶去。

因此，应该下定决心，准备逃跑。我的行李不重。除了笔记本，什么都没有。

至于尼摩船长，我琢磨着：他对我们逃跑会怎么想？他会不会忧虑不安，会不会受到伤害？万一逃跑计划泄露，或者没有成功，他会做什么？当然，我对他无可怨恨，恰恰相反！他对我们热情接待，坦诚相待，无人能及。不过，我离开他，也不能说是忘恩负义。我们和他并没有誓约束缚。他想把我们永远留在身边，靠的是事物本身的力量，而不是我们的诺言。但是，既然他公开声称要把我们永远囚禁在船上，那我们的逃跑企图就无可指摘了。

游览桑托林岛之后，我再没见到过船长。逃跑前，我会不会碰巧看见他？我很想见他，但又怕见他。我侧耳细听，想知道他有没有在隔壁房间里走动。我没有听到任何动静。他房间里可能没有人。

于是，我思量这个怪人到底在不在船上。自从那天夜里，小艇离开鹦鹉螺号去执行神秘任务以来，我对他的看法有所改变。不管尼摩船长自己怎么说，我认为，他和陆地可能还保持着某种形式的联系。难道他从不离开鹦鹉螺号？我常常好几个星期都见不到他的面。那么，这段时间里他在干什么？我以为他愤世嫉俗，心里充满了仇恨，他会不会在远处干什么我至今不得其解的秘密勾当？

所有这些想法，还有其他许许多多想法，一股脑儿涌上我的心头。我们的处境是那样离奇，我自然会胡猜乱想，没完没了。我感到心烦意燥，难以忍受。我觉得，处在等待中的这一天好像永无尽头似的。我越是急不可耐，就越觉得时间过得太慢。

像往常一样，我在房间里用晚餐。我心绪不宁，因而吃得不香。我7点离开餐桌。离我和尼德·兰会合的时刻还有120分钟，我在心里数着时间，越数我越心烦意乱。我的脉搏剧烈跳动。我坐立不安。我走来走去，希望用身体的运动来减少心情的烦躁。在这次鲁莽行动中可能会丧失性命的想法，是我所有忧虑中最少让我难受的。但是，当我想到我们的计划在离开鹦鹉螺号前就可能败露，想到会被带回到尼摩船长面前，他会因我背信弃义而怒不可遏，或者更糟，会伤心难受，想到这些，我的心就突突直跳。

我想最后看一眼大客厅。我穿过纵向通道，来到这座博物馆。我在这里度过了多少美好而颇有收益的时光啊！我看着所有这些财富，所有这些珍宝，就像一个即将被终身流放、一去不再复返的人。这些大自然的瑰宝，这些艺术的杰作，多少日子以来，我置身其间，投入了我的生命，现在，我要永远抛弃它们了。我真想通过玻璃观光窗，让我的视线穿透层层大西洋水。可是，观光窗板关得严严实实，一块钢板把我同这个尚不了解的海洋隔开。

我就这样穿过大客厅，来到隅角斜面的门旁，这扇门通往船长的卧室。门虚掩着，我大吃一惊，本能地往后退。如果尼摩船长在房间里，他就会看到我。但没听到任何动静，我便走了过去。房间里没有人。我推开门，朝里走了几步。依然朴素无华，好像苦行僧的住处。

这时，挂在壁上的几幅铜版画吸引了我的眼球，我第一次进来时，没有发现。这是几幅肖像画，一些历史伟人的画像，他们把毕生奉献给了人类伟大的思想。他们是：柯斯丘什科[1]，在"波兰完了"的喊声中倒下的英雄；博察里斯[2]，现代希腊的列奥尼达[3]；奥康瑙尔[4]，爱尔兰的捍卫者；华盛顿[5]，美利坚合众国的缔造者；马宁[6]，意大利爱国志士；林肯[7]，倒在了一位奴隶制维护者的枪口下；最后，约翰·布朗[8]，为黑人解放运动牺牲了生命，被绞死在绞刑架上，很像是维克托·雨果用铅笔描绘的凄惨场面。

---

[1] 柯斯丘什科（1746—1817），波兰民族解放运动领导人之一。
[2] 博察里斯（1788—1823），希腊独立战争初期的重要领导人。
[3] 列奥尼达（？—公元前480），古斯巴达国王，抗击波斯人入侵的民族英雄。
[4] 奥康瑙尔（约1794—1855），英国宪章运动领袖之一，早年曾参加爱尔兰独立运动。
[5] 华盛顿（1732—1799），美利坚合众国奠基人，第1任总统。
[6] 马宁（1804—1857），意大利律师和爱国人士，威尼斯复兴运动领袖。
[7] 林肯（1809—1865），美国第16任总统。
[8] 约翰·布朗（1800—1859），美国奴隶制度废除论者，因号召奴隶们拿起武器而被处以绞刑。

这些英魂和尼摩船长心灵之间难道有什么相通？我能不能从这群肖像中最终找到他人生的秘密？难道他是被压迫人民的捍卫者，被奴役种族的解放者？难道他在本世纪最近的政治或社会动乱中扮演过重要角色？难道他是美国独立战争中的一位英雄，参加过那场荡气回肠、可歌可泣的战争？

突然，时钟敲响 8 点。钟锤敲打钟铃的响声一下把我从遐想中惊醒。我浑身战栗，仿佛有只无形的眼睛能窥视我内心深处的秘密，于是我赶紧溜出船长的房间。

回到大客厅，我的目光落在罗盘上。我们一直向北航行。测程仪指示航速中等。压力表指明水深约 60 英尺。正是实施加拿大人逃跑计划的大好时机。

我回到自己的房间里。我把自己穿戴得暖暖的，套上潜海靴，戴上水獭帽，穿上海豹皮里的牡蛎足丝外套。我准备就绪。我等待着。只有螺旋桨的颤动声打破船上的沉寂。我屏息静听：有没有人突然大声叫喊，告诉我尼德·兰的逃跑计划已经泄露？我惴惴不安，心乱如麻。我竭力想冷静下来，但无济于事。

9 点差几分，我把耳朵贴近船长的房门。没有任何动静。我离开卧室，回到大客厅。大客厅里半明半暗，但寂无一人。

我把通图书室的门打开。图书室内同样光线暗淡，寂静无声。我走过去，站在面对中央梯间的门旁边，等候尼德·兰的信号。

就在这时，螺旋桨的颤动声明显减弱，随后完全停止了。鹦鹉螺号为什么会停下来？这种变化对实施尼德·兰的计划是有利还是有碍？我说不清楚。

周围依然寂寂无声，只听得见我怦怦的心跳声。

突然，我感到一下轻微的碰撞。我明白，鹦鹉螺号刚才在大西洋底停了下来。我更加忧惧不安了。加拿大人的信号迟迟不发。我很想去找尼德·兰，劝他推迟行动。我感到，鹦鹉螺号的航行状态不大正常。

这时，大客厅的门打开，尼摩船长走进来。他看见我，便开门见山，和蔼可亲地对我说：

"啊！教授先生，我正找您呢。您了解西班牙历史吗？"

即使对本国历史了如指掌，但像我这样心慌意乱，晕头转向，恐怕谁也不可能说出一句话来。

"怎么啦？"尼摩船长继续说，"您听到我的问题了吗？您了解西班牙历史吗？"

"了解甚微。"我回答。

"科学家就是这样，"船长说，"他们不了解历史。那么，请坐，"他接着又说，"我给您讲述一段西班牙历史的趣闻。"

船长躺到一张长沙发上，在昏暗的光线下，我下意识地坐到他身旁。

"教授先生，"他对我说，"好好听着。从某个方面看，这段历史会使您感兴趣的，因为它回答了一个您大概也没找到答案的问题。"

"我洗耳恭听，船长。"我说。我不知道对方到底想说什么，我心想，这段趣闻会不会同我们的逃跑计划有关。

"教授先生，"尼摩船长接着说，"如果您愿意，我们从 1702 年讲起。您不会不知道，在那个时代，你们的路易十四国王，以为专制君主只要一挥手，比利牛斯山就会缩回到地底下，他把孙子安茹公爵强加在西班牙人头上。这位亲王号称菲利浦五世，他不是一个好的统治者，在国外，他要对付的是一个非常厉害的对手。

"实际上，前一年，荷兰、奥地利和英国王室在海牙签订了一项同盟条约，旨在摘下菲利浦五世的王冠，戴到一位奥地利大公头上，并且已提前册封这位大公为查理三世。

"西班牙不得不抵抗这 3 个同盟国。可是，它几乎没有一兵一卒。不过，它并不缺钱，只要满载美洲金银财宝的武装商船能够进入港口。1702 年底，西班牙正在等待一支商船队满载珍宝而归，法国派遣了 23 艘军舰为其保驾护航，因为同盟国的舰艇当时正在大西洋上巡航。法国舰队的指挥是德·沙托－雷诺元帅。

"商船队本应开赴加的斯港，但沙托－雷诺元帅得知英国舰队在这一带海域巡航，于是决定在法国的一个港口靠岸。

"西班牙船队的船长们反对这个决定。他们要求被护送到西班牙的一个港口，如果去不了加的斯港，那就去维哥湾。维哥湾位于西班牙西北部海岸，没有被同盟国军舰封锁。

"德·沙托－雷诺元帅屈从于船长们的要求，船队开进了维哥湾。

"可惜维哥湾是一个不设防的锚地，根本无法防守。因此，船队必须赶在同盟国舰队到达之前卸下船上的金银财宝。若不是突然出现了争权夺利的可悲事件，是有足够的时间卸货的。"

"您听明白事情的来龙去脉了吗？"尼摩船长问我。

"听明白了。"我说，但我仍然不知道他为什么要给我上这堂历史课。

"我往下说。下面讲一下事情经过。加的斯港的商人们享有一种特权，凡来自西印度群岛的商品，都必须由他们接收。然而，把武装商船上的金锭银锭卸在维哥港，这就侵犯了他们的权利。因此，他们便到马德里告状，软弱的菲利浦五世答应让商船队停在维哥湾，不得卸下货物，由港口负责保管，直到敌舰队离去。

"可是，当西班牙做出这个决定时，英国舰队于 1702 年 10 月 22 日到达了维哥湾。德·沙托－雷诺元帅尽管处于劣势，仍然英勇战斗。可是，眼看商船队的财宝就要落入敌人之手，他便放火烧毁并凿沉这些商船，金银财宝随船一起沉入海底。"

尼摩船长停住话头。说实话，我还是看不出这段历史有什么地方使我感兴趣。

"怎么？"我问他。

"好吧，阿罗纳克斯先生，"尼摩船长回答我，"我们现在就在维

哥湾，这段历史的谜团，就等您去揭开呢。"

船长起身，让我跟他走。我让自己平静下来。我跟着他走了。大客厅里黑乎乎的，但是，透过玻璃观光窗，可以看到海水波光粼粼。我注目望去。

在鹦鹉螺号周围，方圆半海里之内，海水仿佛沐浴在电光中。海底沙地被照得明明亮亮，让人看得清清楚楚。几名船员身穿潜水服，正在黑魆魆的沉船残骸中间，清理业已腐烂的木桶和开裂的木箱。金锭和银锭从破桶烂箱里掉下来，钱币珠宝瀑布般地从里面流出来，撒得沙地上满地皆是。然后，船员们满载珍贵的战利品返回鹦鹉螺号，卸下包袱，随即又下去打捞取之不尽的金银财宝。

我明白了。这里是 1702 年 10 月 22 日那场海战的战场。也是在这里，西班牙政府的武装商船队沉入了海底。还是在这里，尼摩船长根据自己的需要，把数百万金银财宝收进了鹦鹉螺号囊中。美洲为他，为他一个人，献出了自己的贵金属。他成了从印加①人那里，从费迪南·科尔特斯②的手下败将那里掠夺来的这些金银财宝直接而唯一的继承人！

"教授先生，"他笑眯眯地问我，"您过去知道这海里蕴藏着如此多的财富吗？"

"听说过，"我回答，"据估计，海水中悬浮着 200 万吨银。"

"不错，可是，提炼银子所需的费用比利润高。可这里相反，我只需把别人丢弃的东西捡回来。不仅在维哥湾，而且在无数海难发生地也一样。这些海难发生地，我都一一标在海底地图上了。现在，您明白我是亿万富翁了吧？"

"明白了，船长。不过，请允许我告诉您，您开发维哥湾，刚好

---

① 印加，美洲发现初期，秘鲁歧楚阿帝国君主的名字。1532 年，西班牙入侵，印加帝国变成了西班牙的殖民地。

② 费迪南·科尔特斯（1485—1547），侵略墨西哥的西班牙殖民者。1518 年，率探险队前往美洲大陆开辟新殖民地。

比一家与您竞争的公司抢先了一步。"

"什么公司？"

"有一家公司已得到西班牙政府特许，要来寻找这些沉船。巨大的利润对股东们有着巨大的诱惑力，据估计，沉没的财富价值 5 个亿！"

"5 个亿！"尼摩船长回答我说，"原来价值 5 个亿，现在可没这么多了。"

"的确，"我说，"因此，给股东们提个醒，这也许是个善举。不过，谁知道他会不会欢迎呢？通常情况下，赌徒们最悔恨的，不是输了多少钱，而是美好希望终成泡影。总之，我同情的不是那些赌徒，而是成千上万的穷人，如果这么多财富公平地分给他们，那对他们会有所帮助。可现在，他们永远得不到了！"

我刚发完这番感慨，就意识到尼摩船长可能受到了伤害。

"他们得不到！"他生气地说，"先生，您以为我得到了这些财富，会让它们白白浪费吗？您以为我辛辛苦苦打捞财宝是为了我自己？谁告诉您我不会好好利用？您以为我不知道地球上还有受苦人，还有被压迫的种族吗？难道我不知道还有可怜人需要帮助，还有受害人需要复仇吗？您难道就不明白……"

说到这里，尼摩船长打住了话头，可能后悔自己说得太多了。我以前的猜想是对的。不管是什么动机促使他到海底来寻求独立自主，他首先仍然是一个人！他的心脏仍在为人类的痛苦而跳动，他把仁慈博爱不仅赐予个人，也撒给被奴役的种族！

于是，我终于明白，鹦鹉螺号在揭竿起义的克里特岛海域航行时，尼摩船长给谁送去了那价值数百万的金锭！

第九章

沉没的大陆

次日，2月19日，早晨，我见加拿大人走进我的房间。我正等他来呢。他看上去一副垂头丧气的样子。

"怎么回事，先生？"他问我。

"唉，尼德，昨夜我们运气不好。"

"就是！偏偏在我们正要逃离的时候，该死的船长把船停了下来。"

"是的，尼德，他去他的银行老板那里办事了。"

"他的银行老板？"

"更确切地说，他的银行。我说的银行就是这大西洋，他把财富放在这里，比放在国家金库里更安全。"

于是，我把头天夜里发生的事情一五一十告诉了加拿大人，暗自希望他能回心转意，不要离开船长。可事与愿违，尼德听了，只为未能去维哥湾战场走一遭而懊恼不迭。

"算了，"他说，"好在不是一切都完了！只是一叉落空罢了！下一次我们会成功的，如果必要，今晚就……"

"鹦鹉螺号是什么航向？"我问。

"我不知道。"尼德回答。

"好吧！中午看看方位再说。"

加拿大人回孔塞耶身边去了。我穿好衣服，来到大客厅。罗盘指示的方向令人担忧。鹦鹉螺号的航向是西南偏南。我们正背对着欧洲航行。

我焦急地等待方位标示到地图上。将近11时30分，压载水舱排空了，我们的船重又浮出大西洋海面。我急忙奔上甲板，尼德·兰已捷足先登。

一眼望不见陆地了。只见茫无垠际的大海。天边有几只帆船，想必是去圣罗克角等待顺风，以便绕过好望角。天空阴沉，就要起风了。

尼德怒不可遏，试图望穿雾蒙蒙的天际。他仍然希望，在这浓雾后面，是他魂牵梦萦的欧洲大陆。

中午时分，太阳露了一下脸。大副利用这短暂的晴朗，测量太阳的高度。不久，大海更加波涛翻腾，我们走下甲板，入口舱盖重新合上。

一小时后，我去查看航海图，看见上面标着鹦鹉螺号的位置，西经16°17'，北纬33°22'，离最近的海岸有150法里。绝无逃跑的可能。当我把所处的位置告诉加拿大人时，可想而知他是多么愤怒。

至于我，我倒不怎么感到懊恼，反而觉得如释重负。我可以比较平静地继续我的日常研究工作了。

夜晚，将近11时，尼摩船长来我房间看我，这让我颇感意外。他非常亲切地问我，头一天彻夜不眠感到累不累。我回答不累。

"那好，阿罗纳克斯先生，我建议您做一次奇妙的游览。"

"说吧，船长。"

"您只是在白天，在阳光下遨游过海底。想不想在漆黑的夜里去海底看看？"

"非常愿意。"

"我先得说明一下，这次游览会很累，要走很长的路，还要爬一座山。路可不太好走。"

"听您这么一说，船长，我就更好奇了。我准备跟您去。"

"那就来吧，教授先生，我们去换潜水服。"

来到衣帽间，我发现，我的同伴们和船上人员这次都不跟我们一起去。尼摩船长甚至没有建议我带上尼德或孔塞耶。

不一会儿，我们换好了潜水服。有人把满装空气的呼吸器放到我们背上，但没给我们准备照明灯。我向船长提出这个问题。

"我们用不着照明灯。"他回答。

我以为听错了，可是，我不能再提了，因为船长的脑袋已套进金属头盔里了。笨重的装束穿戴完毕，我感到有人往我手里塞了根包铁头的棍子。接着，按程序操作出了船，几分钟后，我们就站在 300 米深的大西洋底了。

午夜将近。海水漆黑一团。但尼摩船长指给我看远处一个浅淡的红点，像是一片微弱的火光，在离鹦鹉螺号约 2 海里处闪烁。这个火光是什么呢？它靠什么物质维持？为什么，又怎么能在海水中燃烧？我都回答不上来。不管怎样，它在给我们照路，虽然光线微弱，但我很快就适应了这种独特的黑暗。我明白，在这种情况下，用不着伦可夫灯。

我和船长紧挨着，径直朝火光的方向走去。平坦的海底在难以觉察地往上升。我们拄着包铁头的手杖，大步往前走着。但总的来说，我们走得很慢，因为我们的脚经常陷入布满了海藻和扁石的淤泥中。

一路上，我听到头顶上有一种轻微的淅淅沥沥的声音。有时响声增强，变成持续的噼里啪啦声。我很快明白是什么原因了。这是倾盆大雨落在海面上发出的响声。我本能地想到自己要被淋湿了！在水里，被雨水淋湿！对这可笑的想法，我忍俊不禁，笑了起来。不过，说到底，穿着厚厚的潜水服，已感觉不到自己在水里，而是在比陆地大气密度略大的大气层中而已。

走了半小时，地面石头变多了。水母、微甲壳动物、海鳃发出微弱的磷光，把地面微微照亮。我依稀看到一堆堆石头，布满了千百万植形动物和杂乱无章的海藻。我的脚踩在这黏糊糊的海藻地毯上，常常会打滑，要是没有包铁头的手杖，我可能不止一次滑倒了。我回过头，还能看见鹦鹉螺号舷灯发出的微微白光，随着我们渐行渐远，灯光越来越暗淡。

我刚才谈到的那些石头堆，按照某种我解释不清的规律，排列在大西洋底。我瞧见一道道特大的沟壑，消失在茫茫黑暗中，究竟有多长，难以估量。还有其他一些匪夷所思的奇特景象。沉重的铅底靴好像踩在一层骸骨上，发出咔嚓咔嚓的声响。那么，我们穿越的这个辽阔的海底平原究竟是什么？我很想问问尼摩船长。但是，他和他的同伴们在漫游海底相互交谈时使用的手势语言，我至今依然一窍不通。

这时，给我们引路的淡红色光越来越亮，把远处照得通红。水下竟有这样的光源，我感到无比惊讶。难道这是什么放电现象？我是不是在向地球学者们仍一无所知的自然现象走去？或者——因为这个想法在我头脑中闪过——这个火是不是人所点燃？是不是有人在火上浇油？在这深水层中，我会不会遇见尼摩船长的同伴或朋友，他们一样过着与众不同的生活，他要去拜访这些朋友？我在那儿会不会发现一群流亡者，因厌倦了陆地上的苦难，到海底来寻找并且已经找到独立自由的生活？所有这些荒唐而不可思议的想法萦绕在我脑际。在这种思想状态下，加之在我眼前出现的奇景异象不停刺激我的神经，我感到极度亢奋，哪怕在这大洋底下见到尼摩船长魂牵梦萦的海底城市，我也不会感到惊讶。

我们的道路越走越明亮。白色的光从一座高约 800 英尺的山顶射向四面八方。但我看到的不过是清澈的海水折射的反光。光源，那无法解释的亮光，在背面山坡上。

尼摩船长自信满满地走在大西洋底错综复杂的石头迷宫中。这条阴暗的道路他很熟悉。他可能走过多次，不会迷路。我紧随其后，不可动摇地信任他。我觉得，他犹如大海的一位神灵，走在我前面，我看到他黑乎乎的高大身影与远处明亮的背景相映成辉，对他的赞美之情油然而生。

凌晨 1 时，我们已来到山脚的坡道上。但是，要爬上山坡，必须冒险穿过一大片矮树林，林间小道崎岖不平。

是啊！这是一片枯树林，没有树叶，没有树浆，在海水作用下树木已然矿化，这里那里，巨大的松树耸立其间。这仿佛是一个仍然竖着的煤矿，根部扎在塌陷的地面上，枝条像精美的黑色剪纸，清晰地凸显在海水天花板上。不妨想象一下攀附在哈次山[①]山坡上的森林，不过这里是被海水吞没的森林。羊肠小道上布满了海藻和墨角藻，无数甲壳动物在其间攒动。我爬过礁岩，跨过横躺在地的树干，扯断在两树之间摆动的海藻，惊跑在树丛之间穿梭的鱼群。我被带着往前走，不再感觉到疲劳。我紧跟着不知疲倦的向导。

多么美妙的景象！我该怎样还原它的风貌？怎样描绘出这水下森林和岩石的景象？它们下部张牙舞爪，阴森可怖，上部却被那团火光及海水的强烈折射染成了红色。我们攀石而上，大片石块崩塌，发出泥石流般的轰鸣声。左右两侧到处有深不见底的黑暗沟壑。这里，却呈现出一些宽阔的林中空地，像是人工所为。我有时候在想，这里的海底居民说不定会突然出现在我面前。

可是，尼摩船长马不停蹄往上走。我不甘落后，勇敢地跟在他后头。手杖帮了我大忙。在两侧都是深渊的羊肠小道上，踏空一步都十分危险。不过，我行走自如，丝毫不感到头晕目眩。时而，我纵身跳过一条深不见底的裂缝，若是在陆地冰川中间，我也许会望而却步；时而，我冒着危险，从横跨深渊、摇摇欲坠的树干上走过去，不看脚下，只顾欣赏这一带原始荒蛮的美景。那儿，几块雄伟的巨石，公然藐视平衡定律，向凹凸不平的跟部倾斜。在弯弓屈膝的巨岩之间，生长着一些参天大树，宛若高压喷出的水柱，树与树彼此互相支撑。接着是几座天然塔楼，宽阔陡峭的石壁犹如碉堡之间的护墙，塔楼倾斜度很大，若是在陆地上，万有引力定律是不允许有这样大的倾斜度的。

而我现在身临其境，不也体会到了海水密度大所带来的不一样了

---

① 哈次山，位于德国中部，山上多森林草地。

吗？尽管我身穿沉重的潜水服，头戴铜盔，脚履铅底鞋，但是，可以说，我能像岩羚羊一样，轻松自如地登攀极其陡峭的山坡！

我在叙述这次海底漫游的经历时，连我自己也感到不像真有其事！可是，这些事情是我亲身所经历，貌似不可能存在，却是千真万确，不容置疑。我不是在做梦。我亲眼看到了，亲身体会到了！

离开鹦鹉螺号已有两个小时了，我们已穿过了树林地带。这座山的顶峰矗立在我们头顶上方 100 英尺高处，背面山坡火光闪烁，与山峰的投影相映成趣。这里那里，石化了的灌木丛挤眉弄眼，蜿蜒曲折地延伸出去。一群群鱼儿，犹如高草丛中惊飞的鸟群，在我们脚下一跃而起。岩石被海水凿得千疮百孔，有无法进入的岩缝、深不见底的岩洞、不可探测的岩窟，但我分明听见深处有可怕的东西在乱动。当我看到一个粗大的触角挡住我的去路，或听到黑洞中一只大螯钳合拢时发出可怕的嘎吱声时，我全身的血液都会涌向心脏！成千上万个亮点在黑暗中闪烁。那是隐藏在洞穴里的巨型甲壳动物的眼睛在发光。巨大的龙虾像持戟士兵，挺直身子，舞动爪子，发出铁器相撞的叮当声；大得出奇的海蟹，犹如支好的大炮，瞄准着目标；令人望而生畏的章鱼，纠缠着触手，好似一堆活蛇在乱挤乱动。

这个超乎常规的世界，我至今一无所知的世界，究竟是什么样子？这些节肢动物，似乎以岩石作为第二甲壳的节肢动物，究竟属于哪一目？大自然从什么地方发现了它们植物性机能的秘密？它们像这样在大西洋底生活了多少个世纪了？

可是，我不能停下来。尼摩船长和这些可怕的动物非常熟悉，对它们已熟视无睹。我们已来到第一个高地，还有许多惊奇在等我去发现。这里，矗立着一座座漂亮的废墟，人工痕迹显而易见，说明并非出自造物主之手。这是些堆叠起来的石头，城堡和寺庙的轮廓依稀可辨，覆盖着如鲜花般怒放的植形动物，披着厚厚的植物外套，不过，是用海藻和墨角藻，而不是常青藤做成的。

这个因地壳激变而沉没海底的地方究竟是什么？是谁把这些岩石和石块堆砌成史前的巨石冢形状？我到底在哪里？尼摩船长心血来潮把我带到了什么地方？

我很想问问他。因为不可能问他，只好拦住他。我抓住他的胳膊。但他摇摇头，指指最后一座山峰，好像在对我说：

"走吧！再往前走！一直往前走！"

我使出最后一股劲儿，跟着他往上冲。只用了几分钟，我就登上了高耸于这整座大岩礁上十来米的顶峰。

我俯视刚刚爬过的这一侧山坡，只高出海底平原 700 英尺到 800 英尺。但在山的另一侧，从峰顶到大西洋底的距离是这一侧的两倍。我举目远眺，被强烈闪光照亮的广阔空间尽收眼底。实际上，这是一座火山。在离峰顶 50 英尺的山坡上，一个巨大的火山口正在喷出熔岩，夹杂着石块和岩渣倾盆而下，汇成火红的瀑布，倾泻到海水中。由于火山口位于山坡上，它就像一把硕大无朋的火炬，照亮了海底平原，一直照到海平线尽头。

我说过，海底火山口喷出的是熔岩，而非火焰。火焰需要空气中的氧气，在水中，火焰无法维持。但是，熔岩流本身就有白炽的成分，可以达到白热化程度，可以制服海水，一接触到海水就产生蒸气。湍急的海水把扩散中的气体带走，熔岩流一直流到山脚下，好似维苏威火山①喷出的熔岩，流到另一个托雷－德尔格雷科②城上。

就在那里，在我的眼前，果然出现了一座已然毁灭的城市。它已遭毁坏，已经坍塌，已成废墟。屋顶倒塌，寺庙倾覆，拱门散架，支柱倒地，不过，仍能感觉到托斯卡纳建筑的和谐比例；稍远处，可见一条大引水渠的遗迹；这儿是一座古卫城臃肿的加固墙，宛若漂浮的

---

① 维苏威火山，欧洲大陆唯一的活火山，位于意大利南部那不勒斯东南 10 千米处。

② 托雷－德尔格雷科，意大利城市，位于维苏威火山西南麓，濒临那不勒斯湾。

帕特农神庙[1]；那儿是码头遗址，仿佛一座古代海港，昔日沿岸停泊着商船和战舰，如今这海洋已不复存在。更远处，有一道道倒塌的围墙，一条条荒芜的大街，活脱脱一座沉入海底的庞贝城[2]，尼摩船长让它在我眼前复活了！

我是在哪里？到底是在哪里？我想不惜任何代价找到答案，我想说话，我想摘掉紧箍着我脑袋的铜头盔！

可是，尼摩船长走到我跟前，用手势制止了我。然后，他拾起一块白垩石，走到一块黑色玄武岩跟前，只写了一个词：

ATLANTIDE

我恍然大悟。亚特兰蒂斯[3]！泰奥彭波斯[4]所说的古梅罗皮德岛，柏拉图[5]所记载的亚特兰蒂斯。这个大陆，奥利金[6]、波菲利[7]、扬布里克[8]、昂维尔[9]、马尔特–布戎[10]、洪堡否认它的存在，认为亚特兰蒂斯消失之说纯属神话传说。波塞多尼奥斯[11]、普林尼、

---

① 帕特农神庙，古希腊雅典城邦的女守护神雅典娜·帕特农的神庙。

② 庞贝城，意大利古城，位于那不勒斯东南23千米。公元62年被地震损坏，公元79年，又因维苏威火山爆发而毁于一旦。庞贝遗址在16世纪末首次发现，但到1748年才开始正式发掘，至今已完成大部分发掘工作。

③ 亚特兰蒂斯（Atlantide），又称大西洲、大西国，西方古代传说中位于欧洲到直布罗陀海峡附近大西洋中的岛屿，拥有高度发达的文明。据称公元前10000年，在一场因火山引发的大地震和大洪水中顷刻间沉入大西洋底。最早的描述出现于古希腊哲学家柏拉图的著作《对话录》中。很多历史学家认为亚特兰蒂斯是一个神话，但20世纪60年代以来，有些学者认为在大西洋底发现的遗迹证明，曾有一个古代大陆及其文明社会埋葬于大西洋底。

④ 泰奥彭波斯，前4世纪希腊演说家和历史学家。

⑤ 柏拉图（前427—前347），古希腊哲学家。

⑥ 奥利金（约185—254），罗马帝国基督教神学家，教父哲学的主要代表之一。

⑦ 波菲利（233—约305），古罗马唯心主义哲学家。

⑧ 扬布里克（250—330），新柏拉图学派哲学家。

⑨ 昂维尔（1697—1782），法国地理学家。

⑩ 马尔特–布戎（1775—1826），法国丹麦裔新闻记者和地理作家。

⑪ 波塞多尼奥斯（约前135—前50），古代历史学家和斯多葛派哲学家。

阿米阿努斯·马尔切利努斯①、德尔图良②、恩格尔、谢乐③、图尔纳福尔④、布丰⑤、阿韦扎克⑥却承认它之存在。现在，这个沉没的大陆，就展现在我眼前，分明带着不容置疑的灾难证据！因此，这个被大海吞没的大陆不在欧洲，也不在亚洲或利比亚，而在海格立斯擎天柱⑦以外，那儿生活着强大的亚特兰蒂斯民族，古希腊最初几次战争就是针对他们的！

把这英雄时代的丰功伟绩写进作品的历史学家就是柏拉图本人。他的《梯迈乌斯篇》和《克利提阿斯篇》这两部对话录，可以说是受了诗人和立法家梭伦⑧的启示而写就的。

一天，梭伦同塞斯城⑨几位年长的圣贤交谈。正如寺庙圣墙上镌刻的年表所证明的那样，塞斯城已有800年历史了。其中一位长老讲述了另一座古城的故事。这座古城比塞斯城还要古老1000年。这个雅典最早的城邦，已有9万岁高龄，曾被亚特兰蒂斯人入侵，部分遭到破坏。这位长老说，亚特兰蒂斯人占据着一块辽阔的大陆，面积超过非洲和亚洲面积的总和，从北纬12°一直延伸到北纬40°。亚特兰蒂斯人的统治甚至扩展到埃及。他们想把统治范围扩大到希腊。但是，在希腊人民不屈不挠的抵抗面前，他们不得不退却。几个世纪过去了，地壳激变，地动山摇，洪水肆虐。昼夜之间，亚特兰蒂斯便销声匿迹，只有几座最高的山峰依然露出在海面上，这就是马德拉群岛、亚速尔

---

① 阿米阿努斯·马尔切利努斯（约330—400），古罗马最后一位大史学家。

② 德尔图良（约160—约225），迦太基基督教鼻祖之一。

③ 谢乐（1815—1889），法国批评家。

④ 图尔纳福尔（1656—1708），法国植物学家和医生，系统植物学的先驱。

⑤ 布丰（1707—1788），法国生物学家和作家。

⑥ 阿韦扎克（1800—1875），法国学者，历史地理学家。

⑦ 海格立斯擎天柱，指直布罗陀海峡两岸的悬崖峭壁。古地中海人认为，海格立斯擎天柱是西天尽头的标志。

⑧ 梭伦（约前638—约前559），古雅典政治改革家和诗人，相传为古希腊"七贤"之一。

⑨ 塞斯城，埃及西部古城。

群岛、加那利群岛和佛得角群岛。

尼摩船长在岩石上的题词使我浮想联翩，唤起了我对历史的诸多回忆。就这样，在最奇特命运的指引下，我就行走在这个大陆的一座高山上！我的手触摸着 10 万年前地质时期的遗址！我走在人类始祖走过的地方！我脚上笨重的铅鞋底踩碎了神话时代的动物遗骸，业已矿化了的树木曾为它们提供多少阴凉！

啊！为什么我没有足够的时间呢？我真想沿着陡峭的山坡走下去，走遍这个很可能把非洲和美洲连成一片的广袤陆地，游览这些挪亚时代大洪水之前的伟大城邦。我在那里也许能看到好战的马基摩斯城和虔诚的优西贝斯城，它们的居民在那里生活了整整几个世纪，他们身材特别高大，有的是力气来堆砌这些大石块，而且至今仍经得住海水的侵蚀。也许有一天，这些被海水吞没的废墟会因火山喷发而重新露出海面！曾有人指出，大西洋这一带海底有很多火山，许多航船从这不平静的海上驶过时，都有非同寻常的震感。有的船听到了沉闷的轰隆声，说明火山内部斗争激烈；另一些船收集到了喷出海面的火山岩灰。整个这片一直延伸到赤道的土地，仍然受到深层火山岩浆的烦扰。谁知道，在遥远的将来，由于火山不断爆发，熔岩石层层积累，山顶会不会最终露出大西洋海面呢！

我这样尽情地遐想着，我竭力想把眼前壮观的景象统统装进脑袋里，不漏掉一个细节，而尼摩船长却将臂肘支在一块长满苔藓的石碑上，一动不动，默默不语，一副心醉神迷的样子。他是在思念已从人间消失的一代代先辈，向他们讨教人类命运的奥秘吗？这个不想过现代生活的怪人，是不是常来这里重温历史，沉浸于古代的生活中？要是我能了解他的想法，明白和分享他的想法，我愿意为此付出一切！

我们在这个地方停留了整整一小时，默默凝视着被熔岩照亮的海底平原，有时熔岩喷发的强度令人瞠目结舌。地球内部沸腾翻滚，迅速导致山壳微微震动。深层发出的声音，经由海水的传播，产生了洪

亮壮观的回响。

　　这时，月亮穿过海水露了一会儿脸，将淡淡的光线洒在沉没的大陆上。那不过是惨淡的月光，却产生了难以描述的效果。船长站起来，向辽阔的平原看了最后一眼，然后做了个手势，让我跟他走。

　　我们很快下了山。走过了矿化的森林后，我远远望见鹦鹉螺号的舷灯像一颗明星在闪烁。船长径直朝灯光走去。我们回到船上时，只见熹微的晨光已染白大西洋洋面。

第十章

海底煤矿

翌日，2月20日，我很晚才醒来。劳累了一夜，我睡得沉沉的，一觉醒来已是上午11时了。我赶紧穿好衣服，急于想知道鹦鹉螺号的航行方向。仪器向我显示，它仍在向南航行，潜水深度100米，时速20海里。

孔塞耶进来了。我给他讲述了我们夜游大西洋底的经过。大客厅玻璃观光窗板开着，因此他能依稀看到一点儿这个被海水淹没的大陆。

的确，鹦鹉螺号正贴着亚特兰蒂斯平原航行，离海底只有10米。它宛若一只气球，被风儿驱赶着在草原上空飞过，但是，把我们所在的大客厅比作特快列车的一节车厢，也许更名副其实。从我们面前闪过的近景，是一块块奇形怪状的岩石，一片片从植物界转入动物界的树林，它们静止不动的身影在波涛下面挤眉弄眼扮着鬼脸。还有一堆堆石头，覆盖着厚厚一层轴鞭虾和沟迎风海葵，矗立着一根根长长的水生植物，还有一块块奇形怪状的熔岩石，这证明地下火的扩张何等猛烈。

这些光怪陆离的景象在我们舷灯光束下闪闪烁烁，我则向孔塞耶讲述亚特兰蒂斯人的故事，他们曾激发了巴伊[①]的想象力，写下了多少美妙动人的篇章。我给他讲这些英勇人民的战争，我以肯定无疑的口吻来讨论亚特兰蒂斯的问题。可孔塞耶心不在焉，几乎没在听我说话。他对探讨这个历史问题为何不感兴趣，我很快就找到了答案。

原来，他的目光被无数的鱼群吸引过去了。当鱼群经过时，孔塞

---

① 巴伊（1736—1793），法国天文学家和政治家。

耶就被卷进分类的深渊中，脱离了现实世界。在这种情况下，我只有跟着他，同他一起投入鱼类学的研究中。

其实，大西洋的鱼类同我们迄今观察到的鱼类相比，没有明显的区别。有巨大的鳐鱼，长5米，力大无比，可以跃出海面。有各种各样的鲨鱼，其中有一条青绿色的鲨鱼，长15英尺，长着三角尖齿，透明的躯体混在海水中，简直难分彼此，还有褐色的乌鲨、覆盖着结节的棱柱形尖背角鲨。有鲟鱼，和地中海鲟鱼十分相似。还有海龙鱼，长一英尺半，黄褐色，长着灰色小鳍，没有牙齿，也没有舌头，像蛇一样纤细灵活，在水中鱼贯而过。

在硬骨鱼类中，孔塞耶记下了淡黑色的枪鱼，长3米，上颌武装着一把利剑；色彩鲜艳的龙螣，在亚里士多德时代叫海龙鱼，背鳍有利刺，捕捉起来很危险；鲯鳅，脊背褐色，相间着蓝色小条纹，镶有一圈金边；美丽的金头鲷鱼。还有真鲳鱼，犹如闪着蓝光的圆盘，在阳光照耀下，好似一个个银色斑点。最后是剑旗鱼，长8米，结群而行，长着形同镰刀的淡黄色鳍条和长达6英尺的利剑，勇敢顽强，与其说食鱼，不如说食草，雌鱼发个信号，雄鱼乖乖服从，就像训练有素的丈夫。

不过，我在观察不同品种的海洋动物时，仍不忘注视亚特兰蒂斯漫无尽头的浩瀚平原。有时地面高低起伏，鹦鹉螺号只得放慢速度，像鲸一样机智敏捷地在丘陵峡谷中穿梭。如果迷宫般的峡谷变得扑朔迷离，它就像气球一样上升，越过障碍后，又潜入到离海底几米的深度，继续快速前进。这真是一次赏心悦目的海底航行，使人联想到乘气球遨游天空，唯有一点不同，鹦鹉螺号被动地服从舵手的操纵。

我们掠过的海底，一般来说，是杂有矿化树枝的厚厚淤泥，但在下午4时左右，地面渐见变化，岩石越来越多，似乎布满了砾岩、玄武凝灰岩，还有熔岩石和含硫化物的黑曜石。我心想，辽阔的平原就要被山岳取而代之了。果不其然，在鹦鹉螺号忽左忽右的行进中，我依稀看见在南边尽头矗立着一座高墙，似乎堵住了所有去路。高墙的巅峰显然越出大西洋水面。这可能是一块陆地，至少是一座岛屿，也许是加那利群岛的一个岛屿，也可能属于佛得角群岛。船的方位尚未测定——也许是有意的——我不知道我们所在的位置。不管怎样，我看这座高墙是亚特兰蒂斯的终端。总而言之，我们仅仅涉足了这个大陆的一小部分。

黑夜降临，我并没停止观察。我独自留在大客厅里。孔塞耶回他的舱房去了。鹦鹉螺号放慢速度，在一团团模糊不清的东西上面穿来游去，时而轻轻掠过，仿佛想在上面栖息，时而心血来潮，浮出海面。这时，我透过水晶般清澈的海水，望见几个灿烂的星座，正是五六个拖在猎户座后面的黄道星宿。

我在玻璃观光窗前流连忘返，可能又待了很久，欣赏着大海和天空的美景，可是窗板合上了。此时，鹦鹉螺号已来到那座高墙脚下。我猜不出它将如何面对这座高墙。我回房间去了。鹦鹉螺号已停止前进。我带着小睡几小时就醒来的坚定意愿，进入了梦乡。

可是，第二天我来到大客厅时，已是早晨8时了。我看了看压力表，得知鹦鹉螺号漂浮在洋面上。此外，我听见甲板上有脚步声。可是没有任何晃动表明海面上波浪起伏。

我从中央梯爬到入口处。舱盖已打开。但我看到的不是我所期待的大白天，而是四周一片漆黑。我们在哪里？难道我搞错了？天还没有亮？不！没有一颗星星在闪烁，夜不可能黑成这样。

我正茫然不知所想，却听到有个声音对我说：

"是您吗，教授先生？"

"啊！尼摩船长，"我回答，"这是在哪里呀？"

"在地下，教授先生。"

"地下！"我惊叫起来，"鹦鹉螺号不是还漂浮在水上吗？"

"一直漂浮着呢。"

"那我就不明白了。"

"待会儿您会明白的。舷灯马上就打开。如果您想弄明情况，您会心满意足的。"

我走上甲板，等待舷灯点亮。甲板上黑得伸手不见五指，我甚至看不见尼摩船长。但是，当我仰望天空时，就在我的头顶上方，我好像看见一束若隐若现的微光，一种朦胧的光线照亮了一个圆洞。这时舷灯突然亮了，散发出强烈的光芒，使那微光黯然失色。

强烈的亮光照得我眼花缭乱。我闭上眼睛。过了一会儿，我睁开眼来环视四周。鹦鹉螺号静止不动。它浮在水面上，紧挨着一个陡坡，看样子是个码头。鹦鹉螺号现在停泊的海面，是一个圆形的湖泊，四周高墙矗立，直径为 2 海里，也就是周长 6 海里。压力表显示的湖泊的水平面，应该是墙外的海平面，因为这个湖必定同外面的海相通。高墙的内壁往里倾斜，顶部形似穹隆，酷似倒放的漏斗，高度有五六百米。穹顶是个圆孔，我刚才发现的那个微光就是从这圆孔里射进来的，显然是白昼的亮光。

我没有时间仔细观察这巨洞内的布局，也没有细想这是大自然的杰作，还是人类之所为，就走到尼摩船长跟前。

"这是在哪里？"我问。

"在一座死火山的中央，"船长回答我，"由于发生大地震，海水侵入到火山里面了。教授先生，在您睡觉的时候，鹦鹉螺号从一条距洋面 10 米深的天然通道驶进了这个潟湖中。这里是鹦鹉螺号的船籍港，是一个安全、方便、神秘的港口，可以躲避任何风暴！在你们大陆或岛屿的海岸上，能找到一个可与之匹敌的安全可靠的避风港吗？"

"的确，"我回答，"您在这里很安全，尼摩船长，您在火山的中央，谁能伤害到您呢？不过，在那顶上，我不是看见一个洞口吗？"

"不错，那是喷火口，从前那里岩浆四溅，烟雾弥漫，火光冲天，现在为我们输送适合呼吸的新鲜空气。"

"那这个火山叫什么名字？"我问道。

"这一带海域小岛星罗棋布，这座火山是其中之一。对航船来说，这是个普通的暗礁；对我们而言，是一个巨大的山洞。我是偶然发现的，因此可以说，机遇帮了我大忙。"

"可以从这个喷火口下来吗？"

"既不能上，也不能下。这座山的内壁底部100英尺是可以上下的，但是越往上，内壁就越往里倾斜，那斜坡是无法攀越的。"

"船长，我发现大自然时时处处都在帮您的忙。您在这个湖上很安全，除了您，谁都不可能涉足此地。不过，这个避风港有什么用？鹦鹉螺号不需要港口嘛。"

"是不需要，教授先生。但它航行需要电，发电需要原料，产生发电的原料需要钠，产生钠需要煤，而要开采煤，就要有煤矿。然而，就在这里，海底下埋藏着一片片完整的森林，它们在地质时期就被泥沙掩埋。现在它们已矿化而变成煤了，对我来说，这是一个取之不尽的煤矿。"

"船长，这么说，您那些人是来这里当矿工的？"

"正是。这些煤矿就像纽卡斯尔①的煤矿，伸展在汹涌的波涛下。我的人将穿上潜水服，拿着镐和锹，在这里采煤。我从没向陆地的煤矿要过煤。当我在这里烧煤制钠时，从这火山口里会冒出烟雾，看上去会仍像个活火山。"

"那我们可以看到他们——您的同伴们——采煤喽？"

"不，至少这次看不到，因为我急于继续我们的海底环球旅行。因此，我只把储存的钠装上船。用不了多少时间，一天就够了。装完船我们继续赶路。阿罗纳克斯先生，如果您想在这山洞里逛一逛，绕这潟湖走一圈，那就好好利用这一天吧。"

---

① 纽卡斯尔，全称"泰恩河畔纽卡斯尔"，英国英格兰东北部港口城市，16世纪以后为英国主要煤港。

我谢过船长，就去找我那两个同伴。他们还没离开舱房。我邀他们跟我走，但没告诉他们现在身处何方。

他们走上甲板。孔塞耶是个见怪不怪的人，他认为入睡时在海底，醒来时在一座山下，是一件很寻常的事，但尼德·兰却一心想弄清楚这山洞有没有出口。

吃完饭，将近10时，我们下船来到陆岸上。

"我们又上陆地了。"孔塞耶说。

"我可不把这叫'陆地'，"加拿大人回答，"再说，我们不在地上，而是在地下。"

在山脚和湖水之间有一条沙岸，最宽处达500英尺。沿着沙岸绕湖走一圈并非难事。但是岩壁高耸，地面崎岖不平，别有洞天地堆积着火山岩石和大浮石。这些石头已然风化，在地下火的作用下，覆盖了一层光耀夺目的珐琅质，在舷灯光束的照耀下发出璀璨的光辉。我们走在沙岸上，扬起一片尘土，那含有云母的尘土犹如一片火星，在空中飞扬。

离湖滩越远，地面就越明显升高。不久，我们来到了坡道上。长长的坡道蜿蜒曲折，那是名副其实的斜坡，可以从那里慢慢往上爬，但走在没有水泥黏合的砾岩中必须小心翼翼，玻璃状粗面岩由长石和石英晶体构成，走在上面会打滑。

在这大山洞里，火山特征随处可见，我让我的同伴们留心观察。

我问他们："当这个漏斗充满沸腾的熔岩，炽热的液体犹如火炉里的熔铁一直升到火山口时，你们想象得出是什么情景吗？"

"我完全想象得出，"孔塞耶回答，"不过，先生能不能告诉我，这个伟大的铸工为什么停止工作，而熔炉怎么被平静的湖水取而代之了？"

"孔塞耶，很可能因为大西洋底下发生激变，造成了一个大缺口，给鹦鹉螺号提供了通道。大西洋水入侵火山内，水与火经过一场鏖战，最后海王尼普顿大获全胜。此后多少个世纪过去了，被海水入侵的火山变成了平静的岩洞。"

"精彩，"尼德·兰回敬道，"我同意这个解释。不过，遗憾的是，教授先生讲的那个缺口没有开在海平面以上，否则，我们就要利用了。"

"可是，尼德老兄，"孔塞耶反驳道，"假如这个通道不在水下面，鹦鹉螺号就进不来了！"

"我还要补充一点，兰师傅，那样水就不可能进到山里面，火山就仍然是火山。因此，您的遗憾是多余的。"

我们继续往上爬。坡道越来越陡，越来越窄，时常被深沟切断，必须从上面跨过去。遇到突出的大石头，我们要绕着走。我们时而跪着钻过去，时而匍匐着爬过去。不过，孔塞耶轻巧敏捷，加拿大人力大无比，多亏他们，一个个困难全都克服了。

到了三十来米高处，地面性状发生了变化，但并没有变得好走。黑色玄武石接替了砾岩和粗面岩。玄武岩构成一块块布满气泡的熔岩席，铺摊在地上；而那些砾岩和粗面岩，则是一根根规则的棱柱，组成一道柱廊，支撑着这个巨大穹隆的拱底石，堪称天然建筑的典范，令人叹为观止。还有，在玄武岩之间，蜿蜒着冷却了的熔岩长流，相间着沥青条纹，有些地方覆盖着大片硫黄。一束比较强烈的光从山顶喷火口里射进来，给这些永远深埋在死火山腹中的喷出物蒙上了一层朦胧的光辉。

然而，爬到250英尺高的地方，我们被不可逾越的障碍挡住了去路。拱穹向内伸突，我们只得放弃爬山而改成环游。在这个平面上，植物界开始同矿物界展开了斗争。在岩壁的坑洼处，冒出几株小灌木，甚至几棵大树。我认出有几棵大戟，流着腐蚀性浆液。还有些向日草，真是名不副实，因为太阳光从来照不到它们身上，它们郁郁不乐地垂下一串串花朵，颜色几乎褪尽，香味几近消失。这里那里，在忧戚戚、病恹恹的长叶芦荟脚下，战战兢兢地长着几株菊花。在凝固的熔流中间，我发现了几株小紫罗兰，还在发出淡淡的芳香。我承认，我吮吸这幽幽的香味，感到心旷神怡。芳香是花之灵魂，而海洋中的花朵，这些绚丽多彩的水生植物，是没有灵魂的！

我们走到一丛茁壮的龙血树旁，它们靠着强壮的根部，顶开岩石，从岩缝中冒了出来。就在这时，尼德·兰大喊一声：

"看哪，先生，一个蜂窝！"

"蜂窝！"我回了一句，还做了个手势，表示绝不相信。

"就是蜂窝嘛！"加拿大人重复了一遍，"周围还有蜜蜂在嗡嗡叫呢。"

我走近一看，果然有个蜂窝。在一棵龙血树干上有一个窟窿，洞口有成千上万只蜜蜂，这些富有创造力的昆虫在加那利群岛比比皆是，它们酿的蜜在那里备受珍视。

自然，加拿大人想取些蜂蜜作储备，我若是反对就太没有道理了。他用打火机点着了混杂有硫黄的枯叶，开始烟熏蜜蜂。蜜蜂的嗡嗡声渐渐停止，蜂窝被开膛破肚，为我们提供了好几千克香甜的蜂蜜，尼德·兰用它们来填满他的背囊。

"等我把蜂蜜同面包果粉和起来，"他对我们说："就可以请你们吃美味可口的糕点了。"

"当然！"孔塞耶说，"那就是香料蜜糖面包啦！"

"先放一放你的香料蜜糖面包吧，"我说，"现在，得继续我们饶有趣味的游览了。"

在我们沿途小径的某些拐弯处，可以看到潟湖的全貌。鹦鹉螺号舷灯照亮整个湖面。湖面上异常平静，没有波浪，没有涟漪。鹦鹉螺号纹丝不动。船员们在甲板和湖岸上忙碌着，他们的黑影清晰地凸显在这明亮的背景上。

此时，我们绕来绕去，绕到了支撑穹隆的前列岩石的最高峰。我

发现，蜜蜂不是这火山内部动物界的唯一代表。一些猛禽在黑暗中盘旋飞翔，或从高栖于巉岩上的巢穴中跳出来，那是白肚鹰和爱尖叫的红隼。还有美丽而肥壮的大鸨，迈开长腿，在斜坡上飞跑。试想一下，当加拿大人看见这些美味猎物时，是多么垂涎欲滴，多么后悔没有带枪来！他试着用石块代替子弹，投了几次都没成功，最后终于打伤了一只漂亮的肥鸨。如果说他甘愿冒20次生命危险，也要把那只大鸨弄到手，那是一点也不夸张的。他终于成功了，让那只肥鸨同蜂蜜点心在他的背囊中会师了。

爬到这里，我们不得不往回走了，因为山脊不可通行了。在我们的头顶上，张着大嘴的火山口有如硕大的井口。从我们所在的位置，可以比较清楚地看到天空。我看见被西风吹乱的浮云奔驰而过，云雾残片挂到山顶上，说明云层不是很高，因为火山不会超出洋面800英尺。

在加拿大人完成最后功绩半小时之后，我们回到了湖岸上。这里植物的代表是一片片海马齿草，宛若一张张地毯。那是开伞形花的小植物，用醋泡着吃味道鲜美。它又名钻石草、穿石草、海茴香。孔塞耶采了几扎。至于动物，有各种各样数不胜数的甲壳动物：龙虾、黄道蟹、瘦虾、糠虾、无眼蛛、铠甲虾，还有不可胜数的贝类：宝贝、骨螺和帽贝。

这里出现了一个奇妙的岩洞。我和同伴们乐滋滋地躺在它的细沙地上。洞壁被火烧得光滑闪亮，像是涂了层珐琅质，布满了云母粉屑。尼德·兰摸摸洞壁，试图探测一下厚度。我忍不住笑了笑。于是，我们开始谈论他日思夜想的逃跑计划，我认为可以稍微给他一点希望，对他说，尼摩船长南下，只是为了补充钠的储备。因此，我希望他会回到欧洲和美洲海岸，这样，加拿大人就更有把握实现他至今未遂的逃跑计划了。

我们在这迷人的岩洞里躺了一小时。谈话起初很热烈，后来就无

精打采了。我们都想睡觉了。我觉得没有理由抵抗瞌睡，就索性昏昏入睡。我梦见——做什么梦是无法选择的——我梦见自己变成了普通的软体动物，生活了无趣味。我感到这个岩洞成了我的两瓣贝壳……

骤然，我被孔塞耶的叫声惊醒。

"有危险！有危险！"这个可敬的小伙子喊道。

"怎么啦？"我微抬身子问道。

"水漫到我们身上了！"

我倏地站了起来。海水犹如激流，冲进我们的藏身之洞。既然我们不是软体动物，当然得赶紧逃命。

不一会儿，我们爬到了岩洞顶上，也就没有危险了。

"怎么回事？"孔塞耶问道，"有什么新的奇观吗？"

"不是的，朋友们，"我回答说，"是海潮。不过是海潮险些袭击我们罢了，就跟沃尔特·司各特① 小说中的主人公一样。外面的海水涨潮，鉴于平衡的自然法则，湖面也要上升。我们洗了个半身浴罢了。回鹦鹉螺号去换衣服吧。"

45分钟后，我们结束了环湖漫游，回到船上。这时候，船员们的装钠工作行将完毕，鹦鹉螺号即可起航。

然而，尼摩船长却没下令起航。他是不是想等到天黑，再神不知鬼不觉地从他的海下通道出去？可能吧。

不管怎样，鹦鹉螺号第二天离开了它的船籍港，远离任何陆地，潜航在大西洋波涛下几米深的水中。

---

① 沃尔特·司各特（1771—1832），英国小说家，西方历史小说的首创者。

第十一章

马尾藻海 ①

　　鹦鹉螺号没有改变航向。因此，暂无希望能重返欧洲海域了。尼摩船长依然向南行驶。他要带我们去哪里？我不敢想象。

　　那天，鹦鹉螺号穿越了大西洋一个奇特的海域。尽人皆知，大西洋上有一股大暖流，那就是赫赫有名的湾流。这股湾流从佛罗里达海峡流出后，便向挪威的斯匹次卑尔根群岛流去。但在进入墨西哥湾之前，在接近北纬44°处，这股暖流一分为二，主流奔向爱尔兰和挪威海岸，而支流则在与亚速尔群岛同纬度处折向南边，然后抵达非洲海岸，画一个长长的椭圆形，又流回安的列斯群岛。

　　然而，这第2条支流——与其说支流，不如说环流——用它一个个暖流环，把大西洋这部分冰冷、平静、安详的海域包围起来，这部分海域就称作马尾藻海。这是大西洋中地地道道的湖泊，大暖流环湖走一圈，所需的时间不会少于3年。

　　确切地说，马尾藻海覆盖着整个沉没的亚特兰蒂斯。有些作家甚至认为，这些散布在海上的无穷无尽的海藻，是从这个古老大陆的草原上被连根拔起来的。但是，另一种解释可能更有道理：这些海藻、墨角藻，这些海草，原本生长在欧洲和美洲沿海，被这股湾流裹卷到了这个海域。这是导致哥伦布假设存在一个新大陆的理由之一。当这位勇敢无畏的探索者率船队驶入马尾藻海时，步履维艰地航行在这些海藻中。船员们看到被海草挡住了去路，个个惊慌失措，足足耽误了3个星期才穿过去。

---

① 马尾藻海，北大西洋中较为平静的椭圆形海域，散布着自由漂移的马尾藻属海藻。

这就是鹦鹉螺号此刻光顾的海域，一个地地道道的草原，一幅由墨角藻、马尾藻、长颈葡萄蕨藻编织而成的地毯，密密集集，厚厚实实，船艏冲角锥要花九牛二虎之力才能冲出一条路来。尼摩船长不愿让他的螺旋桨插入这密集的海草中，于是在水下几米深处潜航。

法语"sargasse（马尾藻）"一词源自西班牙语的"sargazzo"，意即褐藻。这类褐藻，俗称"漂浮墨角藻"或"海囊藻"，是构成这个茫茫大草滩的主要成分。这些水生植物为何聚集在大西洋这片平静的海域里，且来听听《海洋自然地理》的作者，科学家莫里的解释。他说：

"我认为，对这个问题可能做的解释，似乎可以从众所周知的一种试验中得出。若把软木塞或漂浮物的碎片放进一个水盆里，让盆中水作循环运动，就可以看到四散的碎片会集中到水面中央，也就是最平静的地方。在我们所关注的现象中，水盆便是大西洋，湾流就是那循环的水，而马尾藻海，就是漂浮物体前来集聚的中心。"

我赞同莫里的看法。我终于能在这个航船罕至的特殊海域里研究这种现象了。在我们上面，在这些褐藻中间，浮动堆积着从四面八方漂来的物体，有从安第斯山脉或落基山脉冲下来、经过亚马孙河或密西西比河漂流到这里的树干，有遇难船只的无数残骸，如龙骨或船底的残片、千疮百孔的船旁板，上面长满了贝壳和茗荷，沉重不堪，不可能再浮上洋面。有朝一日，时间将证明莫里的另一个看法也是正确的。他说，这些漂流物，像这样经过几个世纪的积累，在海水的作用下渐渐矿物化，将会形成取之不竭的煤矿。这是大自然未雨绸缪、为人类耗尽陆地矿藏时储备的宝贵物质。

在这杂乱无章、难解难分的海草海藻中间，我发现了妩媚迷人的玫瑰红海鸡冠珊瑚、拖着长长触手的海葵，还有绿、红和蓝不同颜色的水母，尤其是居维叶发现的根足水母，淡蓝色的伞膜上饰有一圈紫花边。

2 月 22 日，整个白天都是在马尾藻海度过的。以海洋植物和甲壳动物为生的鱼类，在这里能找到丰富的食物。翌日，大西洋恢复了往常的面貌。

此后，从 2 月 23 日至 3 月 12 日，整整 19 天，鹦鹉螺号一直行驶在大西洋中心，以一昼夜行 100 法里的匀速带着我们前进。尼摩船长显然是想完成周游海底的计划，我相信，绕过合恩角后，他就会考虑重返南太平洋海域的。

因此，尼德·兰的担忧不是没有道理。在这一望无垠的大海上，不见一个岛屿，就别再想离船逃跑了。也没有任何办法对抗尼摩船长的意志。唯一要做的就是服从。不过，用武力或计谋不能得到的，我很想通过说服来获取。海底环球旅行结束后，只要向尼摩船长发誓决不泄露他存在的秘密，难道他会不同意还我们自由吗？我们用名誉担保，将信守誓言。但是，这个棘手问题，必须同尼摩船长商谈。可是，我去要求释放我们，是不是太不知趣呢？他不是一开始就正式宣布，为了不让外界知道他的秘密，要把我们永远囚禁在鹦鹉螺号上吗？4 个月来，我缄口不提释放之事，在他看来，我不是已默认现状了吗？现在又来谈这个问题，会不会引起他的疑心？如若以后真有机会逃走，会不会因为他起了疑心，而使我们的计划功亏一篑呢？所有这些理由，我反复掂量，拿不定主意。我让孔塞耶帮我出出主意，他也和我一样一筹莫展。总之，虽说我不会轻易气馁，但我明白，我重见世人的机会越来越少，尤其是此刻尼摩船长正冒失地直奔南大西洋。

在我上面提到的 19 天内，一路顺利，没什么特别的事要提。我很少看见船长。他在工作。在图书室里，我常常发现有些书翻开着，尤其是博物学方面的书，船长打开后没有合上。我那部关于海底的著作，他也翻阅了，页边写满了批注，有些地方是在驳斥我的理论和体系。不过，船长也就只满足于在书上做做批注，很少和我当面讨论。有时候，我听见哀婉凄凉的管风琴声，尼摩船长弹琴时，面部表情异

常丰富。他也只是在夜里弹弹，那时，周围一片漆黑，神秘莫测，鹦鹉螺号已在荒凉的大西洋上进入梦乡。

在这段旅程中，我们整天航行在洋面上。大海似乎被遗弃了。偶有几只帆船，满载运往印度的货物，向好望角驶去。有一天，我们被一只捕鲸船的小艇追逐，他们肯定把我们错当成可卖大价钱的巨鲸了。但是，尼摩船长不想让这些老实的捕鲸人枉费时间和气力，就潜入水下，从而结束了这场追捕。对这个意外事件，尼德·兰似乎很感兴趣。我敢肯定，我们这条钢鲸没能死在捕鲸人的铁叉下，加拿大人一定深感遗憾。

在这期间，我和孔塞耶观察到的鱼类，和我们在其他海域研究过的鱼类大同小异。主要是可怕的软骨鱼类中的几个品种。软骨鱼分成3个亚属，不少于32个品种。这里的软骨鱼有：翅鲨，身长5米，扁平的脑袋比躯体还宽，尾鳍呈圆形，背脊上有7条纵向平行的黑阔纹；尖吻七腮鲨，浅灰色，有7个腮孔，只有1根脊鳍，差不多位于身体中央。

也有一些大狗鲨经过，那是极其饕餮的鲨鱼。下面是渔民们的叙述，信不信由你。有人在这样一条狗鲨的肚子里，发现了一个水牛头和一头完整的牛犊；在另一条的肚内，有两条金枪鱼和一个穿制服的水手；第3条里是一个拿着刺刀的士兵；还有一条里是一匹马及其骑士。当然，这些叙述不一定可信。不过，这些狗鲨一条也没落入鹦鹉螺号的拖网中，我也就无从验证它们是不是真的如此饕餮了。

有几天，一群群漂亮而淘气的海豚整天伴随我们左右。它们五六只一群，就像旷野里狼群追逐着猎物。如果相信哥本哈根一位教授的说法，它们的贪食不比狗鲨逊色，他从一头海豚的腹中掏出过13只鼠海豚和15只海豹。其实，这是一只逆戟鲸 [1]，属于现在所知的最大

---

[1] 逆戟鲸，即灰海豚，但因身体巨大，常不被认为是海豚。

的海豚，有的长度超过 24 英尺。海豚科有 10 属，我看到的海豚为长吻海豚属，又细又长的嘴筒引人瞩目，其长度是头部的 4 倍，它体长 3 米，背呈黑色，腹部为淡粉红色，散布着稀稀疏疏的小斑点。

在这些海域中，我还可以列出棘鳍鱼和石首鱼的几个稀有品种。有几位作者（与其说是博物家，不如说是诗人）声称，这些鱼唱起歌来悦耳动听，它们的歌声汇成大合唱，令人类合唱队也自叹弗如。我不能妄加否认，但我深感遗憾的是，在我们经过时，那些石首鱼并没有为我们唱小夜曲。

最后，还有不可悉数的飞鱼。孔塞耶将它们一一进行了分类。最令人惊奇的，莫过于看见海豚捕猎这些飞鱼了，准确率令人拍案叫绝！倒霉的飞鱼不管飞得多高多远，不管它们画出怎样的飞行轨迹，哪怕飞到了鹦鹉螺号的上空，也难逃海豚张大了迎接它的大嘴。这是些豹鲂鮄或鸢鲂鮄，嘴巴闪闪发光，夜间，它们在空中划出一道道火光，然后，犹如一颗颗流星沉入黑漆漆的大海中。

我们就在这样的情况下航行，直到 3 月 13 日为止。那天，鹦鹉螺号开始进行海底测试，这使我备感兴趣。

我们从太平洋公海出发以来，已经航行近 13000 法里了。经测定，我们现在的方位是南纬 45°37′、西经 37°53′。当年就在这一带海域，先驱号的德纳姆船长曾投下 14000 米长的水砣测深器，也未能触及海底。美国国会号护卫舰的帕克上尉也在这里进行过探测，投下了 15140 米的水砣测深器，也没能够着海底。

尼摩船长决定把船开到最深处，以便核实以上不同的探测结果。我准备把测试结果一一记录下来。大客厅观光窗板打开，鹦鹉螺号开始去探测那些深得触不到底的海底了。

大家一定会想到，鹦鹉螺号现在不是靠往压载水舱里注水的方法潜入海底的。这种方法不足以增加船在深水中的比重。再者，船浮上来时，还要把超载的水排除，水泵的功率可能扛不住外部的压力。

尼摩船长决定让船的水平舵与吃水线保持45度倾斜角，走一条尽可能长的对角线，用这样的方法来探测海底。然后，他让螺旋桨达到最大的转速，4片机叶猛烈拍击海水，势不可当。

在这股强大的力量推动下，鹦鹉螺号的船体像一根乐弦那样颤动，匀速沉入水下。我和船长守在大客厅里，眼睛盯着压力表上飞速转动的指针。鹦鹉螺号很快就穿过了适合大部分鱼类生存的水层。如果说有一些鱼类只能生活在海洋或河流的表层，那么另一部分鱼类，数量要少一些，则生活在比较深的水层中。在后一类鱼中，有六鳃鲨，那是长着6个呼吸孔的狗鲨；有巨尾鱼，长着两只巨眼；有黄魴鮄，长着灰色的前胸鳍和黑色的后胸鳍，淡红色的胸甲骨片起到保护作用；最后，还有突吻鳕鱼，生活在1200米深水中，要承受120个大气压的压力。

我问尼摩船长有没有在更深的海里观察过鱼类。

"鱼类？"他回答我说，"很少。但是，就目前的科学水平，人们能推测到什么呢？人们能知道什么呢？"

"我来告诉您，船长。人们知道，到了海洋的下层，植物比动物消失得更快。人们知道，有的深水层尚有动物存在，但已不见水草的踪影。人们知道，姥鲨、牡蛎可以生活在2000米的深水层，北极海的探险家麦克林托克[①]在2500米深的水层采到了一只活海星。人们知道，英国皇家海军猛犬号的船员在2620英寻，也就是在1法里多深的水下采到过一只海星。不过，尼摩船长，也许您还会对我说人们一无所知吧？"

"不会的，教授先生，"船长回答，"我不会这样无礼。不过，我要问问您，动物为什么能在这样深的水下生存？"

"我认为有两个理由。"我回答，"首先因为垂直的水流受到海水

---

① 麦克林托克（1819—1907），爱尔兰海军军官和探险家。

不同咸度和密度的影响而上下运动，这足以维持百合和海星的基本生命。"

"正确。"船长说。

"第二个原因，如果说氧气是生命的基础，人们知道，氧气溶解于海水中，水越深，氧气的数量非但不会减少，反而会增加，下层的水压起到把氧气压缩的作用。"

"呀！连这个都知道？"尼摩船长回答，语气颇有点惊讶，"好吧！教授先生，人们有理由知道，因为这是事实。我还要作些补充：在水面上捕捉的鱼，鱼鳔里含氮量高于氧，相反，在深水里捕捉的鱼，含氧量高于氮。这证明您说的是有道理的。现在我们继续观察吧。"

我的目光又落到压力表上。仪器指示的深度为 6000 米。我们潜水已有一个小时了。水平舵斜向滑行，鹦鹉螺号不停地往下沉。空阔荒芜的海水清澈透明，简直难以描绘。又过了一小时，我们下潜到 13000 米，约合 3.25 法里的深处。可仍没有见底的迹象。

然而，在 14000 米的深水中，我依稀看见一个个黑黢黢的尖峰，但这些尖峰可能属于像喜马拉雅山或勃朗峰那样高的甚至更高的大山，其深渊仍然不可测量。

鹦鹉螺号虽然遇到强大的压力，仍然继续下潜。我感到它的钢板在螺栓下面颤动起来，栏杆在变弯，隔板在呻吟，大客厅观光窗玻璃在水的压力下似乎鼓了起来。这艘坚固的潜水船，假如不像船长所说的那样固若磐石，恐怕就顶不住了。

当我们贴着这些水下尖峰下潜的时候，我仍看到了一些贝壳、龙介虫、眶棘平鲉，还有几种海星。

但再往下，这些动物界的最后代表全都不见踪影了。在 3 法里以下，鹦鹉螺号超越了海底生存的极限，正如气球升到了没有可呼吸空气的高空一样。我们到达了 16000 米，即 4 法里的深度。鹦鹉螺号承受着 1600 个大气压的压力，也就是说，它的表面每平方厘米要承受

1600 千克的重量！

"在无人涉足的深海里遨游！"我叫了起来，"多么不可思议！您瞧，船长，瞧瞧这些秀色可餐的岩石，这些无生物栖居的岩洞，这些地球最后的栖身地，这些不可能再有生命的地方！多么旖旎的风光却无人欣赏！为什么只能把它们存留在记忆中呢？"

"您想带回比记忆更美好的东西吗？"尼摩船长问我。

"此话怎讲？"

"我是说，给这海底照张相，这是最容易不过的事！"

这个建议让我惊喜不已，但是，我还没来得及表达我的心情，只见尼摩船长一声招呼，一架照相机就抬到了大客厅里。观光窗板敞开着，水界被电光照亮，看得清清楚楚。尽管是人造光，但没有丝毫阴影，也不会渐渐变弱。即使是太阳光，也未必更适合拍这种照片。在螺旋桨的推动下，受水平舵的制约，鹦鹉螺号稳稳当当，纹丝不动。照相机对准海底的景色，只几秒钟，我们就得到了一张极其清晰的底片。

从用那张底片冲洗出来的照片上，可以看到那些从无见过天日的原始岩石，那些构成地球深厚地层的下层花岗岩，那些巨岩上的深幽岩洞，以及那些清晰无比的侧影，其黑色轮廓令人瞩目，仿佛出自某些佛兰德斯画家之手。最远处是山脉，一道重峦叠嶂的秀丽线条，组成了这幅风景画的远景。那群黑色岩石，平滑光洁，没有一丝苔藓，没有一块斑点，奇形怪状，牢牢扎根在细沙地毯上，而细沙在灯光照耀下熠熠闪亮：这千姿百态的岩石奇景，我这支拙笔实难把它们淋漓尽致地描绘出来。

可是，尼摩船长拍完照片后，对我说：

"我们上去吧，教授先生。这里不宜久留，也不要让鹦鹉螺号过久地承受这样大的压力。"

"上去吧！"我回答。

"站稳了。"

我还没来得及弄明白船长为什么这样叮嘱，就被抛到了地毯上。

船长一声令下，螺旋桨即刻启动，水平舵竖了起来，鹦鹉螺号有如气球腾空而起，风驰电掣般地飞了起来。它冲破水层，发出震耳欲聋的颤声。窗外的景物一片模糊，分不清任何细节。只用了4分钟，它就冲出4法里水层，升到了洋面上，犹如飞鱼跃出海面，又落下，掀起万丈巨浪。

第十二章

抹香鲸和露脊鲸

3月13日至14日夜间，鹦鹉螺号重新登上南行的航程。我心想，在合恩角的纬度上，它将转向西行，以便回到太平洋上，结束它的海底环球旅行。可它没有这样做，而是继续驶向南方。它要去哪里？去南极吗？这太不理智了。我开始认识到，船长不理智的行为足以证明尼德·兰的忧愤不无道理。

一段时间来，加拿大人不再同我谈他的逃跑计划了。他变得沉默寡言，几乎无声无息。我看得出来，这旷日持久的囚禁已使他忍无可忍。我感到，他的心中积满了愤怒。当他和船长相遇时，眼睛里燃烧起阴郁的怒火，我总担心他的暴脾气会致使他做出极端的事情。

3月14日那天，孔塞耶和他一起到我的房间来找我。我问他们有什么事。

"先生，有一个简单的问题要问您。"加拿大人回答我说。

"问吧，尼德。"

"您认为鹦鹉螺号船上有多少人？"

"不清楚，朋友。"

"我看，"尼德·兰又说，"驾驶船不需要庞大的船队。"

"确实如此。"我回答，"从它的装备条件看，至多十来个人就足够了。"

"那好！"加拿大人说，"为什么好像不止这么多人呢？"

"为什么呀？"我反问道。

我目不转睛地看着尼德·兰，他的想法不难猜到。

"因为，"我说，"如果我相信我的预感，相信我对船长生活方式

的了解，那么，鹦鹉螺号不仅仅是一条船。对于像尼摩船长那样与尘世隔绝的人来说，这还是一个庇护所。"

"有可能，"孔塞耶说，"不过，鹦鹉螺号只能容纳一定数量的人，先生能不能估摸一下，最多可容纳多少人？"

"这怎么知道，孔塞耶？"

"可以算一算嘛。根据先生了解的这条船的容量，也就是根据它所含有的空气数量。另一方面，知道了每个人需要呼吸多少空气，而鹦鹉螺号每隔 24 小时就要浮出水面更新一次空气，把两项结果作一比较……"

孔塞耶话音未落，我就明白他要说什么了。

"我懂你的意思了，"我说，"这不难算，不过，算出来的数量不一定精确。"

"那没关系。"尼德·兰坚持道。

"那就来算一算。"我回答，"每人每小时消耗 100 升空气中所含的氧气，24 小时就要消耗 2400 升。因此，必须求出鹦鹉螺号能容纳多少倍数的 2400 升空气。"

"正是。"孔塞耶说。

"而鹦鹉螺号的容量是 1500 桶，"我接着又说，"1 桶的容量是 1000 升，鹦鹉螺号有 150 万升空气，除以 2400……"

我用铅笔迅速作着运算：

"得出的商是 625。这就是说，鹦鹉螺号上的空气，可供 625 人呼吸 24 小时。"

"625！"尼德重复了一遍。

"不过，"我又说，"可以肯定，我们现有的乘客、水手或高级船员，加起来不到这个数字的 1/10。"

"对于 3 个人来说，这就太多了！"孔塞耶咕哝道。

"所以，可怜的尼德，我只有劝您忍耐了。"

"不只是忍耐，"孔塞耶说，"还要听天由命。"

孔塞耶的话一针见血。

"尼摩船长总不至于总往南走吧。"他接着说，"他总有停下来的时候，遇到南极大浮冰总不能再往前了吧，他迟早要回到文明海域里来的！到那时，就可以重新考虑尼德·兰的计划了。"

加拿大人摇摇头，用手摸摸额头，一句话没说，就出去了。

"请先生允许我谈谈对他的看法。"尼德出去后，孔塞耶对我说，"可怜的尼德净想些他现在不可能有的东西。他念念不忘过去的生活。现在越不可能有的，他就越是怀念。对往事的回忆压得他喘不过气来，他心里很不好受。应该理解他。他在这里有什么事可做呢？什么事也没有。他不像先生是个学者，他不可能和我们一样对海上美妙的东西感兴趣。这里要是有他家乡的小酒馆，他会不顾一切进去的。"

加拿大人习惯了自由自在、充满活力的生活，船上单调乏味的日子，对他而言肯定是无法忍受的。能激起他热情的事寥寥无几。然而，那天，一段插曲使他想起了从前捕鲸的美好日子。

上午 11 时左右，鹦鹉螺号航行在洋面上，闯入一群露脊鲸中间。我对遇到露脊鲸并不感到惊奇，我知道，这些动物被人类过度猎捕，躲到了高纬度海域来避难。

露脊鲸在海洋世界，以及对发现新地理区域，起到举足轻重的作用。正是它们引导巴斯克人，继而是阿斯图里亚斯人、英国人、荷兰人藐视海上的种种危险，从地球的一端走到另一端。露脊鲸酷爱光顾南极海和北极海。一些古老的传说甚至认为，露脊鲸曾把渔民带到了离北极只有 7 法里远的地方。这件事即使是谬传，迟早也会成为事实，人类很有可能通过在北极海或南极海里捕鲸，从而到达地球上这两个未知的极点。

我们坐在甲板上。大海风平浪静。但在这高纬度的海域，10月①正是秋高气爽，风和日丽。是加拿大人——他绝对不会搞错——指出，在东边的海平线上有一头露脊鲸。我定睛细看，在离鹦鹉螺号5海里远处，果见它黑乎乎的背脊时起时伏，时隐时现。

"啊！"尼德·兰大声喊道，"假如我在一条捕鲸船上，遇到这头鲸，我会高兴死的。这是个大家伙。你们瞧，它的鼻孔喷潮的力量有多大！见鬼！为什么我要被拴在这块钢板上！"

"怎么！尼德，"我回答，"您还没打消捕鲸的老念头？"

"先生，一个捕鲸人能忘记自己的老行当吗？能对捕鲸激起的亢奋感到厌倦吗？"

"尼德，您从没有在这南部海域里捕过鲸吗？"

"从来没有，先生。只在北极海里捕过，在白令海峡和戴维斯海峡。"

"这么说，南露脊鲸对您来说还是陌生的喽。您以前捕捉的都是北露脊鲸，它们不敢冒险穿越赤道的温水。"

"啊！教授先生，您在说什么呀！"加拿大人以怀疑的口吻反诘道。

"我说的是事实。"

"啊！我跟您说，在1865年，也就是两年半以前，在格陵兰岛附近，我叉死过一头露脊鲸，它腰上还插着鱼叉，那是白令海峡上一条捕鲸船刺中的。我问您，这头鲸在美洲西部挨了一叉，如果不绕过合恩角或好望角，越过赤道，怎么能来到东边被杀死呢？"

"我和尼德的想法一样，"孔塞耶说，"很想听听先生的高见。"

"朋友们，先生的回答是，鲸按种类居住在一定的海域里，从不离开。如果说有头鲸从白令海峡跑到了戴维斯海峡，那只是因为两个

————————

① 其实是3月。但是，南极的3月，相当于北极的10月，已是秋分景象。

海峡之间有一条通道，或在美洲海岸，或在亚洲海岸。"

"应该相信您的话吗？"加拿大人问道，说着闭上了一只眼。

"应该相信先生。"孔塞耶回答。

"我从没在这些海上捕过鲸，"加拿大人又说，"我就不认得出没这些海域的鲸了吗？"

"我跟您说过了，尼德。"

"那就更有理由结识它们了。"孔塞耶抗辩说。

"瞧啊！快瞧啊！"加拿大人激动地喊道，"它来了！它朝我们游过来了！它在嘲弄我！它知道我奈何不了它！"

尼德急得直跺脚。他的手微微颤动，挥动着一柄假想的鱼叉。

"这里的鲸个头和北极海里的一样大吗？"他问道。

"差不多，尼德。"

"我可见过个头很大的露脊鲸，先生，竟有 100 英尺长！我甚至说过，在阿留申群岛的霍拉莫克和乌姆加里克，有时能遇见超过 150 英尺的鲸。"

"我觉得您太夸张了，"我回答，"那里的鲸不过是长着背鳍的鳁鲸，它们和抹香鲸一样，个头一般都比露脊鲸小。"

"啊！"加拿大人喊道，眼睛紧盯着海洋，"它靠近了，它进入鹦鹉螺号的水圈了！"

接着，他又继续同我们交谈：

"您把抹香鲸说得跟小动物似的！可有些抹香鲸是很大的。它们是聪明的鲸类。据说，有些抹香鲸身上覆盖着海藻和墨角藻。有人以为是座小岛，便在上面安营扎寨，生火做饭……"

"还在上面造房子呢。"孔塞耶说。

"是的，你个促狭鬼！"尼德·兰还击道，"然而，有一天，那动物一头扎进海里，把背上的居民全都拖进海底。"

"就像水手辛巴德①历险记中说的那样。"我笑着反驳道。

"啊！兰师傅，您好像很喜欢离奇的故事！您的抹香鲸太不可思议了！我希望您别信以为真！"

"博物学家先生，"加拿大人严肃地说，"有关鲸的一切都应该相信！——瞧我们这头鲸！它游得多快！它躲得多快！——有人说，这些动物15天就可以绕地球一圈呢！"

"这我同意。"

"不过，阿罗纳克斯先生，您不一定知道，在创世初期，鲸游动的速度还要快。"

"是吗，尼德？为什么呀？"

"因为那时候，它们像鱼一样，尾鳍是垂直的，也就是说，尾鳍上下受到压缩，只好左右来回击水。可是，造物主见它们游得太快，就把它们的尾鳍扭成水平方向，从此只能上下击水，速度就变慢了。"

"好，尼德，"我说道，并用他说过的话来回击他，"应该相信您的话吗？"

"别太相信，"尼德·兰说，"就像如果我对您说有300英尺长、10万磅重的鲸，您也别太相信一样。"

"这确实难以置信，"我说，"不过，应该承认，有些鲸类动物的个头变大了许多。据说，一头这样的鲸甚至能提供120吨鲸油。"

"这我见过。"加拿大人说。

"我信，尼德，正如我相信有些露脊鲸有100头象那样大。试想一下，这样庞大的躯体，全速前进，结果会是怎样！"

"它们真能撞沉船吗？"孔塞耶问。

"撞沉船，我倒不信。"我回答说，"不过，有人讲过一件事。1820年，也是在这南部海域，一条露脊鲸猛然冲向埃塞克斯号航船，

---

① 辛巴德，《一千零一夜》中的水手，航海英雄，曾7次远航，历尽危险。

以每秒 4 米的速度，把它撞得连连后退。海浪从后面涌进船内，埃塞克斯号几乎立即沉入海底。”

尼德看了看我，一副嘲讽的神态。

“至于我，”他说，“我被露脊鲸的尾巴扫过一回——当然，是在我的小艇上。我和我的同伴们被抛出 6 米高。不过，与教授先生的露脊鲸相比，我那条不过是鲸崽子。”

“这些动物寿命长吗？”孔塞耶问。

“1000 年。”加拿大人毫不犹豫地说。

“你怎么知道的，尼德？”

“因为人们都这么说。”

“为什么人们这么说？”

“因为人们知道。”

“不，尼德，人们不知道，但人们这样假设。我给你们讲讲人们是根据什么做出这个假设的。400 年前，当渔民们第一次捕露脊鲸时，它们的个头比现在的要大。于是，人们相当合乎逻辑地假设，现在的露脊鲸之所以不如过去大，是因为没等充分发育就被捕猎了。布丰据此推理说，这些鲸可以，甚至应该活 1000 年。您听明白了吗？”

尼德没有听见。他没有在听。那露脊鲸越来越近。尼德贪婪地盯着它。

“啊！”他叫了起来，“不是一头，而是 10 头，20 头，整整一群！可我无能为力！手脚被捆住了！”

“可是，尼德老兄，”孔塞耶说，“为什么不去请求尼摩船长允许您捕猎呢？”

没等孔塞耶说完，尼德·兰哧溜一声就从舱口滑了下去，跑去找船长了。不一会儿，他和船长一起出现在甲板上。

尼摩船长观察鲸群，它们在离鹦鹉螺号 1 海里的海面上嬉戏。

“这是南露脊鲸，”他说，“够一队捕鲸船发财了。”

"那么，先生，"加拿大人问道，"我能不能捕猎它们？哪怕为了不让我忘记叉鲸手的旧业。"

"捕它们干什么？"船长回答，"仅仅为了杀戮而捕猎！我们船上用不着鲸油。"

"可是，先生，"加拿大人又说，"在红海时，您却准许我们追捕过一头儒艮！"

"那是为了给我的船员们提供鲜肉。而这次只是为了杀戮而杀戮。我知道，这是人类的一个特权，但我不允许用做消遣的杀戮。兰先生，您的同类在滥杀南露脊鲸时，也和滥杀北露脊鲸一样，犯下了值得谴责的罪行。它们都是善良无害的动物。你们已经弄得整个巴芬湾没有一条露脊鲸了，你们会让一类有用的动物绝种的。让这些可怜的鲸类动物过安生的日子吧！没你们掺和，它们的天敌就够多了：抹香鲸、箭鱼、锯鳐。"

请想象一下，船长在上这堂道德课时，加拿大人是什么样的脸色吧。给一个捕鲸人讲这些道理，无疑是对牛弹琴！尼德·兰瞪大眼睛瞅着尼摩船长，显然不懂他在说什么。可是，船长言之有理。捕鲸人野蛮无度的捕猎，总有一天会使海洋里的露脊鲸消失殆尽。

尼德·兰用口哨吹起扬基曲[1]，双手插进裤兜里，转过身去，不理我们了。

然而，尼摩船长在观察那群露脊鲸，他对我说：

"我说的一点不错，除了人类，露脊鲸还有其他天敌。那些露脊鲸就要遇到劲敌了。阿罗纳克斯先生，您没看见在 8 海里的下风处，有几个黑点在浮动吗？"

"看见了，船长。"我回答。

"那是抹香鲸，极其可怕的动物！有时我遇见它们一群有两三百

---

[1] 扬基曲，美国独立战争时期流行的一首歌曲。

条。这些畜生凶狠残暴，应该彻底消灭。"

加拿大人听到这话，连忙转过身来。

"那好！船长，"我说，"还来得及，为了露脊鲸……"

"用不着冒这个险，教授先生。单鹦鹉螺号就可以驱散这些抹香鲸了。我想，船艏装有钢冲角锥，不会比兰师傅的鱼叉逊色。"

加拿大人不客气地耸了耸肩。用艏冲角锥攻击鲸！谁听说过？

"等着吧，阿罗纳克斯先生，"尼摩船长说，"我们要让您见识一下您见所未见的捕猎场面。对这些凶残的鲸类，绝不要怜悯。它们只长着嘴和牙！"

嘴和牙！这是对大头抹香鲸最逼真不过的描绘了。抹香鲸的体长有时超过 25 米，它们的头很大，约占身长的 1/3。它们的装备比露脊鲸厉害得多，露脊鲸的上颌只有鲸须，而抹香鲸有 25 颗大牙，牙长 20 厘米，牙尖呈圆柱形和圆锥形，每颗牙有两磅重。就在这大脑袋的上部，在被软骨隔开的巨大头腔内，藏着三四百千克俗称"鲸蜡"的宝贵鲸油。抹香鲸是一种极其丑陋的动物，照弗雷多尔的说法，与其叫它鱼，不如称蝌蚪。它天生构造不全，可以说在它的左边"空空如也"，它只用右眼视物。

然而，那群可怕的动物越来越逼近。它们已发现露脊鲸，正准备发起攻击。不用说，一定是抹香鲸获胜，因为同无伤害力的露脊鲸相比，抹香鲸的体形更适合进攻，而且在水下待的时间更长，不用急着浮到水面上来换气。

再不去救露脊鲸就来不及了。鹦鹉螺号破浪而上。我和孔塞耶、尼德站在大客厅玻璃观光窗前。尼摩船长走到操舵手身旁，他要亲自掌舵，把他的鹦鹉螺号当做毁灭性武器。不一会儿，我就感到螺旋桨转动加剧，船速加快。

当鹦鹉螺号到达时，抹香鲸和露脊鲸间的战斗已然开始。鹦鹉螺号设法冲散大头鲸群。抹香鲸看见新的庞然大物加入战斗，起初不以为然，但不久就发现它攻势凌厉，不得不躲避了。

真是一场鏖战！尼德·兰很快就欣喜若狂，拍手称好。鹦鹉螺号在船长手里，成了绝妙无双的鱼叉。它扑向肥乎乎的大头鲸，在它们中间横冲直撞，身后留下撞成两半还在扭动的尸体。抹香鲸的尾巴狠击鹦鹉螺号两侧，它居然毫无感觉。它自己冲击时引起的碰撞，它也感觉不到。消灭一头抹香鲸后，它就奔向另一头。为了击中猎物，它原地掉头，忽前忽后，听从舵手指挥，抹香鲸潜入深水时，它跟着潜下去，抹香鲸浮出水面时，它也跟着浮上来，或攻其正面，或击其侧面，或将其劈开，或将其撕裂，在各个方位，以各种姿势，用可怕的艏冲角锥将抹香鲸戳穿。

多么恐怖的屠杀！海面上响起了多么可怕的声音！惊恐的动物发出了多么尖锐的啸叫声和吼叫声！平时这里的海水安详宁静，现在被鲸的尾巴搅得波涛汹涌，浊浪滔天。

这场荷马史诗般的屠杀持续了1个小时，抹香鲸劫数难逃。好几次，十来头抹香鲸聚在一起，企图用自身的重量来压碎鹦鹉螺号。透过玻璃窗，可以看到它们满口巨牙的大嘴和可怕的眼睛。尼德·兰不能自已，威胁着，咒骂着。我们感到它们紧紧抱住我们的船身，犹如一群猎狗在矮树林里抱住一头野猪。可是，鹦鹉螺号开足马力，卷裹着它们，驱赶着它们，或把它们带回水面，全然不顾它们巨大的重量和强有力的挤压。

这群抹香鲸变得疏疏落落，所剩寥寥。大海恢复了平静。我感到我们在浮上海面。入口舱盖打开，我们立即奔到甲板上。

海面上净是残缺不全的死鲸。即使一场大爆炸，也不可能有更大的力量把这些肉体切割、撕裂和扯碎成这样。我们漂浮在巨尸中间，它们脊背浅蓝，肚子灰白，浑身疙里疙瘩。几头受惊的抹香鲸向天边逃遁。好几海里的水面染成了红色，鹦鹉螺号漂浮在血海中。

尼摩船长也来到甲板上和我们会合。

"怎么样，兰师傅？"

"先生，"加拿大人回答，他兴奋的心情已平静下来，"的确，这场面惊心动魄。但我不是屠夫，而是猎人，这简直是一场屠杀。"

"是屠杀作恶多端的动物，"船长回答说，"再说，鹦鹉螺号不是屠刀。"

"我更喜欢我的鱼叉。"加拿大人反唇相讥。

"各有各的武器。"船长凝视着尼德·兰说道。

我担心尼德·兰忍不住会过火行事，导致严重后果。可是，当他看见鹦鹉螺号正向一头露脊鲸驶去时，他的怒火立即转移了。

那头露脊鲸没能逃脱抹香鲸的利齿尖牙。我认出那是南露脊鲸，头扁平，全身黑色。从解剖学上讲，南露脊鲸同白鲸，同挪威北角的黑露脊鲸之间的区别，在于它们的颈部由 7 根椎骨融合而成，此外，它们比同类多两根肋骨。可怜的露脊鲸已经死了，它侧卧在水面上，肚子被咬得千疮百孔，受伤的鳍上还挂着一只幼鲸，连这头幼鲸也未能免遭残杀。只见那母鲸张着嘴巴，水犹如激浪穿过鲸须，咕嘟咕嘟往外冒。

尼摩船长把鹦鹉螺号开到那头死鲸身旁。两名船员爬到鲸身上，我不胜惊讶地看到，他们从鲸的乳房里挤出了全部奶，差不多有两三桶。

船长递给我一杯热气腾腾的鲸奶。我禁不住对他说，我不喜欢这样的饮料。他向我保证，这奶味道很好，跟牛奶没什么两样。

我尝了尝，果然不错。这对我们是非常有用的储备，因为把鲸奶制成咸黄油或奶酪，可为我们日常伙食增添美味可口的花样。

从那天起，我不无忧虑地注意到，尼德·兰对尼摩船长的态度越来越坏，我决定严密注意加拿大人的一举一动。

第十三章

大浮冰

鹦鹉螺号不可动摇地继续朝南驶去。它沿着西经 50°飞速前进。难道它要去南极？我想不会，因为迄今为止，所有去南极的尝试都是以失败而告终。况且，季节也嫌太晚，南极的 3 月 13 日相当于北极的 9 月 13 日，正是秋分的开始。

3 月 14 日，在南纬 55°，我远远看见一些浮冰，不过是 20 英尺至 25 英尺大小的灰白色碎冰，形成了一个个暗礁，上面波涛翻滚。鹦鹉螺号航行在洋面上。尼德·兰曾在北极海上捕过鱼，对冰山景象习以为常。我和孔塞耶却是第一次观赏到冰山美景。

一条耀眼的白色长带展现在南边海平线上。英国的捕鲸船称之为"冰映光"。天上云层再厚，这耀眼的冰光带也不会变得暗淡。它预示会有大浮冰出现。

果然，很快就出现了更大的浮冰，浮冰的光泽随变化莫测的云雾而变幻无穷。有几块浮冰显出绿色纹理，仿佛是硫酸铜画出的波纹。还有几块浮冰犹如硕大无朋的紫水晶，听凭光线长驱直入。前者发出石灰岩的强烈反光，足可用来建造整整一座大理石城；后者通过无数的晶体切面，折射出太阳的灿烂光辉。

越往南驶，漂浮的冰岛就越多，体积也越大。不计其数的南极海鸟在上面建巢筑窝。有海燕、棋盘鹱、海鹦等，它们叽叽喳喳，叫声震耳欲聋。有几只海鸟以为鹦鹉螺号是一头死鲸，飞到上面来歇息，用喙啄得钢板笃笃响。

鹦鹉螺号在冰块中间穿行的时候，尼摩船长不时跑到甲板上来。他凝神观察这荒无人迹的海域。我看见他镇静的目光有时显得兴奋激动。他是不是在想，在这人迹不至的南极海中，他是在自己的家里，是这不可逾越空间的主人？很可能。但他一句话也不说。他一动不动地站着，只有当操舵手的本能重占上风时，他才回过神来。于是，他娴熟地驾驶着鹦鹉螺号，灵巧地避开冰块的撞击。有的冰块长达几海里，高达七八十米。天边看上去常被冰封住了去路。到了南纬60°，任何通路都消失了。但尼摩船长仔细寻找，很快就能找到一条冰隙，他大胆地钻进去，然而他很清楚，那冰隙会在他身后合拢。

就这样，鹦鹉螺号在这双妙手指引下，绕过了一座座浮冰。孔塞耶像着了魔似的，按形状和大小对浮冰进行精确的分类：冰山、冰原、漂冰、大块浮冰，圆形的就叫圆浮冰，若是长形的，就叫长浮冰。

气温相当低。温度计放在外面，标出的温度是 -2℃ 至 -3℃。可我们穿着海豹或海熊皮袄，非常暖和。船内有电取暖设备恒温供暖，外面再冷也不怕。再说，只要潜入水下几米深，鹦鹉螺号便可找到能忍受的温度。

若是两个月前来这里，在这样高的纬度，就会是极昼，没有黑夜。但现在每天已有三四个小时的黑夜了。再过些日子，南极圈内将是持续 6 个月的极夜。

3 月 15 日，我们越过了新设得兰群岛和南奥克尼群岛的纬度。船长告诉我，从前在这些陆地栖息着无数海豹部落，但是，英国和美国的捕鲸船毁灭成性，滥杀成年和怀胎的海豹，在生机勃勃的地方，留下了死亡的寂静。

3 月 16 日，上午 8 时，鹦鹉螺号沿着西经 55° 穿越了南极圈。浮冰将我们团团包围，把通往天际的路都封住了。然而，尼摩船长总能找到航道，一直向前驶去。

"他要去哪里？"我问。

"一直向前！"孔塞耶回答，"反正无路可走时，他总会停下来。"

"这很难说！"我说。

说实话，我得承认，到南极旅行虽是冒险之举，但我丝毫没感到不高兴。这陌生地区的美景多么让我陶醉，此种感受无法用语言来表达。冰山千姿百态，妙不可言。这儿是一座东方城市，清真寺和尖塔比比皆是；那儿是一座坍塌的城邦，仿佛被一场地震变成了废墟。这些景象，在阳光的斜照下瞬息万变，或遇暴风雪而隐没在灰蒙蒙的云雾中。不仅如此，周围的冰山随时都会崩裂坍塌、翻滚转身，就像透景画①的风景，不断变换着背景。

当鹦鹉螺号潜入水中时，正遇上冰山失去平衡而崩裂，这时，震耳欲聋的巨响在水下迅速传播，冰块落入水中，掀起阵阵巨浪，涡流波及大洋深处。于是，鹦鹉螺号左右摇晃，前后颠簸，犹如一只任凭狂风恶浪摆布的航船。

有时候，我看不到任何通路，以为我们将永远囚禁在冰牢里了。但尼摩船长凭着本能，根据些微迹象，总能发现新的通道。他通过观察冰原上出现的一条条淡蓝色冰隙，就能知道路在何方，从来不会搞错。因此，我不怀疑，他早已驾着鹦鹉螺号来南极海探过险。

但是，3月16日那天白天，冰原完全封住了我们的去路。那还不是大浮冰，而是被寒冷凝固在一起的大冰原。这一障碍阻挡不了尼摩船长，他向冰原猛冲过去。鹦鹉螺号像一枚楔子插入易碎的冰原中，冰原四分五裂，发出可怕的爆裂声。它宛若古代破城用的撞锤，在无穷的力量推动下撞击着冰原。碎冰高高抛起，随即似冰雹般散落在我们周围。鹦鹉螺号凭借自身的推动力，为自己开辟了一条航道。时而，它猛地冲上冰原，用自身重量将冰层压碎；时而，它又钻到冰原底下，前后颠簸几下，冰层便四分五裂成几个大口子。

在这些日子里，我们经常受到暴风雪的猛烈袭击。大雾浓重，我

---

① 透景画，立体式陈列，一般置于小室中并通过镜孔观看，风行于19世纪。

们站在甲板的一端望不见另一端。风向说变就变，罗盘的指针也大起大落。积雪凝固成坚冰，要用镐头才能刨碎。气温只要下降到 −5℃，鹦鹉螺号便会全身覆盖一层坚冰。假如是帆船，索具就无用武之地了，因为所有绳索都会冻结在滑轮的凹槽里。只有不用帆、不用煤，靠电机驱动的船，才能对如此高的纬度视若无睹。

在这种气候条件下，气压表上水银柱的高度一般很低，甚至降到73.5厘米。罗盘上的读数不再具有可靠性。当罗盘磁针靠近南磁极时，晃动得很厉害，指示的方向互相矛盾；罗盘磁针所指的南磁极与地理上的南极并不是一致的。的确，根据汉斯廷[①]的说法，南磁极差不多位于南纬 70°、东经 130°，但据迪佩雷[②]的观察，是在东经 135°、南纬 70°30′。因此，必须把罗盘放到船的不同位置上，进行多方位观测，取一个平均值。但人们测定船的航路往往是估算出来的，现在航道弯弯曲曲，基准点变化无常，所以这个方法很难获得满意的结果。

3 月 18 日，鹦鹉螺号经过二十来次徒劳的冲击，最后终于卡住了。周围不再是圆浮冰或长浮冰，也不再是冰原，而是一座座冰山粘连在一起，形成漫无边际、静止不动的屏障。

"大浮冰！"加拿大人对我说。

我明白，对于尼德·兰，对于在我们之前来南极探险的所有航海家，大浮冰是不可逾越的障碍。中午时分，太阳露了一下脸。尼摩船长得到了比较准确的观测结果：我们位于西经 51°30′、南纬 67°39′。这表明我们已深入南极腹地了。

我们面前不再有海洋，不再有流动的水面。在鹦鹉螺号的艏冲角锥下面，延伸着峰峦起伏的广袤冰原，矗立着错落不齐的一座座冰山，杂乱无章，变幻莫测，酷似一条河流解冻前呈现的景象，只是规

[①] 汉斯廷（1784—1873），挪威天文学家和地理学家，因研究地磁而闻名。

[②] 迪佩雷（1786—1865），法国航海家和水文地理学家，曾两度环球航行，专门研究了大洋洲各岛屿的水文地理。

模之大异乎寻常罢了。到处有细得像针的角峰，高达 200 英尺；更远处，是一道道角峰状的灰白色悬崖峭壁，犹如巨大无比的镜子，折射出半隐于云雾中的几缕阳光。此外，在这荒芜的冰原上，静得叫人心里发慌，偶有几只海鸥或海燕飞过，划破这死一般的寂静。一切都结成了冰，连声音都冰住了。

因此，鹦鹉螺号被迫停在冰原中，不能继续往前探险了。

"先生，"那天，尼德·兰对我说，"如果您的船长能继续前进……"

"怎么样？"

"那他就是人杰。"

"为什么，尼德？"

"因为没有人能越过大浮冰。您的船长确实有本事，可是，见鬼！他再强也强不过大自然。在大自然设立界限的地方，不管你愿不愿意，都得停下来。"

"不错，尼德·兰。可我很想知道这大浮冰后面是什么。一堵墙挡住了去路，这是最让我气恼的。"

"先生说得对。"孔塞耶说，"墙发明出来，却只为了让学者们扫兴！哪里都不该有墙。"

"好吧！"加拿大人说，"这大浮冰后面是什么，谁都知道。"

"是什么？"我问。

"冰呗，除了冰还是冰！"

"您那么确信，尼德，"我反驳道，"可我不敢肯定。因此我想去看看。"

"去看看！教授先生，"加拿大人回答，"还是放弃这个念头吧。您已来到了大浮冰面前，够可以的了。您不可能再往前啦。您的尼摩船长和他的鹦鹉螺号都前进不了啦。不管他愿不愿意，我们就要掉头北上，也就是说，就要返回正直人居住的地方去。"

我得承认，尼德·兰是对的。只要船造出来不是让它在冰上航行，遇到大浮冰就只得停下来。

果然，尽管鹦鹉螺号竭尽全身力量，施尽浑身解数，企图撞开大浮冰，但它还是动弹不得。通常，不能进总能退。可现在，后退和前进一样变得不可能，因为航道在我们身后合拢了。我们的船一停下来，就立即被冰冻住。这事就发生在下午 2 时左右，船身周围迅速形成了新的冰层。我只得承认，尼摩船长的做法太过鲁莽。

那时，我就站在甲板上。尼摩船长一直在观察情况，他对我说：

"怎么样，教授先生，您有什么想法？"

"我想我们被困住了，船长。"

"被困住了！这是什么意思？"

"我是说，我们既不能进也不能退，朝哪边都动不了。我认为，这就叫'被困住了'。至少，在有人居住的陆地上是这样说的。"

"那么，阿罗纳克斯先生，您认为鹦鹉螺号无法摆脱困境了？"

"很难，船长，季节太晚，您指望不了解冻。"

"啊！教授先生，"尼摩船长以挪揄的口吻回答，"您还是这样！这就叫一叶障目。我可以肯定地告诉您，鹦鹉螺号不仅能冲出冰层，而且能继续前进！"

"继续往南吗？"我看着船长问道。

"是的，先生，它要去南极。"

"南极！"我惊叫道，流露出难以抑制的怀疑。

"是的！"船长冷冷地回答，"去南极！去那个陌生的地方，地球所有子午线交会的地方。您是知道的，我想让鹦鹉螺号做什么，它就能做什么。"

不错，这我早就领教过。我知道这个人胆子大到鲁莽的程度！可是，要战胜南极路上的重重障碍，简直比登天还难！南极比北极更不可接近，而北极至今连最大胆的航海家都未曾涉足！这绝对是丧失理智的行动，只有疯子才想得出来。

这时，我突然想问问尼摩船长，他是不是在这个人类从未涉足的地方探过险。

"没有，先生。"他回答我，"我们一起去揭开它的奥秘。别人失败的地方，我绝不会失败。在南极海上，我从没把我的鹦鹉螺号开到这么远的地方。不过，我对您再说一遍，它将去更远的地方。"

"我愿意相信您，船长。"我以略带揶揄的口吻说道，"我相信您！我们勇往直前！没有任何障碍可以阻挡我们！把大浮冰敲碎！把它炸开！如果它负隅顽抗，就给鹦鹉螺号装上翅膀，让它从上面飞过去！"

"从上面，教授先生？"尼摩船长心平气和地回答，"不是从上面，而是从下面。"

"从下面！"我惊叫道。

刚才，船长突然向我透露了他的计划，我感到茅塞顿开。我明白了，鹦鹉螺号神奇的特点，将再次助它完成这项超凡的创举！

"我看到我们的意见开始一致了，教授先生。"船长微笑着对我说，"您看到了这次行动的可能性，而我看到的是成功。普通船做不到的事，对鹦鹉螺号来说并非难事。如果南极有陆地，那它就在陆地前面停下来。如果相反，南极周围是不冻海，它就一直开到南极。"

"有道理，"我说道，我对船长的说理心悦诚服，"即使海面上结冰，深层是不结冰的，因为天从人愿，海水的最大密度比冰点高。如果我没记错，这大浮冰浸没部分与露出部分的比例是不是 4 : 1？"

"差不多，教授先生。冰山露出海面 1 英尺，那么它在水下就有 3 英尺。而这些冰山的高度不超过 100 米，因此，它们在水下也就只有 300 米。这区区 300 米，怎奈何得了鹦鹉螺号？"

"绝不可能，先生。"

"它甚至可以潜入更深的水层，寻找等温的海水，尽管海面上的温度为零下三四十摄氏度，但我们在这深海中却安然无恙。"

"对，先生，太对了。"我兴奋地回答。

"唯一的困难，"尼摩船长接着又说，"就是我们要在海下待好几天，不能浮上来更新空气。"

"就这个？"我反诘道，"鹦鹉螺号有好几个大储气罐，我们把它们储满空气，它们就能为我们提供所需的氧气了。"

"想法很好，阿罗纳克斯先生，"船长微笑着说，"不过，我不想让您指责我轻率，还是事先把我对自己提出的异议向您和盘托出。"

"还有什么？"

"只有一个。如果南极仍是海洋，而且完全被冰覆盖，我们可能回不到海面上来了！"

"好吧，先生。可您难道忘记鹦鹉螺号有一个可怕的艏冲角锥了吗？不可以让它循着对角线往上冲，在冰原上冲出一条路来吗？"

"嘿！教授先生，今天您的点子倒不少！"

"再说，船长，"我越发来劲，接着又说，"在南极，为什么不能像在北极那样，遇到不冻海呢？无论在南半球，还是在北半球，冷极和地极是不相重合的。在有相反的证据之前，我们不妨假设，在地球的两极，要么是陆地，要么是不被浮冰覆盖的海洋。"

"我也这样认为，阿罗纳克斯先生。"尼摩船长说，"不过，我要提醒您，您刚才竭力反对我的计划，可现在又拼命为它辩护了。"

尼摩船长说对了。我胆子甚至比他还要大！是我鼓动他去南极的！我胜过他了，我超过他了……才不是呢！可怜的傻瓜！尼摩船长对这件事的利弊比你知道得更清楚，他是在逗你，想看到你对不可能做的事跃跃欲试的傻样子！

尼摩船长说干就干。他一个信号，大副就上来了。他们用别人听不懂的语言迅速商量了一下，也许大副早已知道这个计划了，或者觉得它切实可行，没有流露出丝毫惊讶。

不过，大副再镇定自若，比起孔塞耶来也是小巫见大巫：当我把去南极的计划告诉这位可敬的小伙子时，他竟仍然无动于衷，面无表情，只说了句"我听先生的"。我只好满足于这个回答。至于尼德·兰，如果说有谁的肩膀耸得最高，那非这位加拿大人莫属。

"听着，先生，"他对我说，"您和您的尼摩船长，你们真叫我觉得可怜！"

"可我们肯定会去南极，尼德师傅。"

"你们可以去，但你们回不来！"

说完，尼德·兰就回他的舱房去了。临离开我时，他又甩了句："别干蠢事！"

此时，实施这个大胆计划的准备工作业已开始。鹦鹉螺号上的几台大功率抽气泵往储气罐里灌气，用高压将空气储存起来。4时许，尼摩船长向我宣布，甲板的入口舱盖行将关闭。我朝我们即将穿越的厚厚的大浮冰瞅了最后一眼。天气晴朗，空气洁净，气温为 –12℃，寒气逼人，但风已消停，因而这样低的气温似乎并不难以忍受。

十来个人爬到鹦鹉螺号两侧，用铁镐把船体机身周围的坚冰敲碎，不久船身便松动了。活很快就干完了，因为新结的冰不厚。大家回到船舱内。吃水线上的海水流动了，常备的几个压载水箱装满水。鹦鹉螺号立即潜入水下。

我和孔塞耶已在大客厅里就位，通过拉开窗板的玻璃观光窗，观察南冰洋下层水域。温度仪显示的数字在上升，压力表的指针在刻度盘上移动。

正如尼摩船长所料，潜到近 300 米深处，我们就漂浮在大浮冰下波动的水面上了。但是，鹦鹉螺号继续下潜。它潜到 800 米深处。水面上的温度是 –12℃，可现在温度仪只显示 –11℃，也就是说温度上升了。当然，因为有暖气，鹦鹉螺号船内保持着很高的温度。一切操作都正确无误。

"请先生别见怪，我们肯定能过去。"孔塞耶对我说。

"希望这样！"我满怀信心地回答。

在这不结冰的水下，鹦鹉螺号径直朝南极驶去，不偏离西经 52°。从南纬 67°30' 到南纬 90°，还有 22°30'，即 500 法里多的路程要走。鹦鹉螺号平均时速为 26 海里，相当于火车快车的速度。如果保持这样的航速，40 个小时便可抵达南极。

一路景象十分新奇。夜里，我和孔塞耶在大客厅观光窗边驻足很久。舷灯光芒四射，照得大海通明透亮。可是大海空阔荒芜。鱼儿不在冰封的海中停留，只是匆匆的过客，从南冰洋游到南极的不冻海中。我们的航速很快，这可从长长的钢船体的震动中感觉到。

凌晨 2 时许，我去休息了几个小时。孔塞耶也跟着去休息了。在穿过纵向通道时，我没有遇见尼摩船长，我寻思他可能在操舵室里。

翌日，3 月 19 日，清晨 5 时，我回到大客厅窗边的位置上。电动测程器指明，鹦鹉螺号已经减速。它在浮向海面，但它小心翼翼，慢慢地把压载水舱的水排出去。

我的心怦怦直跳。我们就要浮出海面，呼吸到南极的自由空气了吗？

不对。我感到撞击了一下，知道鹦鹉螺号撞上大浮冰底面了。从沉浊的声音判断，冰层依然很厚。的确，用海员的话来说，我们"触上了"，不过是反方向的，是在 1000 英尺的深处。上面有 2000 英尺厚的冰层，其中 1000 英尺露在洋面上。因此，大浮冰的高度，要比我们先前在它边缘上测出的高度更高。情况不容乐观。

这一天，鹦鹉螺号试了好几次，想冲上海面，但屡屡撞到横在上面的冰墙上。好几次，它在 900 米的深处碰到了冰墙，这说明冰的厚度为 1200 米，其中 200 米[①]露在洋面上。与鹦鹉螺号潜入海下时相比，冰层的厚度增加了 1 倍。

---

① 本章中有些数字不够确切，这里按原文译出。

我把测得的不同深度认真地记录下来，这样，就得出了水下冰层厚度的纵剖面图。

晚上，我们的处境毫无改变。冰层厚度始终在 400 米到 500 米之间。显然是在减少，但我们和洋面之间仍隔着那么厚的冰层！

晚上 8 时了。按照惯例，鹦鹉螺号内的空气 4 小时前就该更新了。然而，尽管尼摩船长还没动用储气舱为我们补充氧气，但我并不怎么感到不舒服。

这天夜里我怎么也睡不着。希望和忧惧轮番来折磨我。我起来了好几次。鹦鹉螺号继续在探路。凌晨 3 时许，我观察到大浮冰的厚度只有 50 米了。这么说，我们离洋面只有 150 英尺了。大浮冰又渐渐变成冰原。山又成为平原。

我的眼睛牢牢盯住压力表。我们继续沿着被舷灯照得闪闪发光的斜面上升。大浮冰犹如一条长长的坡道，坡顶和坡底在渐渐降低。每前进 1 海里，冰层就变薄一些。

终于，在这值得纪念的 3 月 19 日 [①]，早晨 6 时，大客厅的门打开了。尼摩船长走了进来。

"不冻海！"他对我说。

---

① 本章中的几个日期似有矛盾，这里按原文译出。

第十四章

南 极

我奔上甲板。果然！不冻海！只有几块散乱的浮冰，几座流动的冰山，远处伸展着苍茫大海，空中无数鸟儿展翅飞翔，水中无数鱼儿摆尾嬉戏。海水颜色随海底深度而异，时而湛蓝，时而橄榄绿。温度仪指示气温为3℃。大浮冰后面似乎隐藏着相对的春天。大浮冰远去的轮廓凸显在北方的天际。

"我们是在南极吗？"我问船长，心咚咚直跳。

"我不知道。"他回答我说，"中午我们测一下方位。"

"雾蒙蒙的，太阳能露脸吗？"我望着灰蒙蒙的天空问道。

"只要露出一点儿就够了。"船长回答。

在南边，离鹦鹉螺号10海里，孤零零地矗立着一座200米高的小岛。我们向小岛驶去，但如临深履薄，小心翼翼，唯恐海上到处有暗礁。

一小时后，我们驶达小岛。两小时后，我们绕岛转了一圈。小岛周长有四五海里。一个狭窄的海峡把它同大片陆地分开，可能是一个大陆，一眼望不到头。这片陆地的存在似乎证明莫里的假设是对的。的确，这位绝顶聪明的美国人指出，在南极和纬度60°之间，海面上覆盖着大浮冰，这在北大西洋是绝对没有的。他由此得出结论，南极圈内有大片陆地，因为冰山是在海岸边，而不是在大海中形成的。据他估算，覆盖南极的冰层形成硕大无朋的冰盖，宽度可达4000公里。

然而，鹦鹉螺号害怕搁浅，在离海滩3链的地方停了下来。海滩上巉岩林立，蔚为壮观。我们把小艇放入海中。船长、两个携带仪器的水手、孔塞耶和我，我们登上小艇。那是上午10时。我没有看见

尼德·兰。加拿大人想必无颜面对南极且承认自己错了。

划了几下桨，小艇便停泊在沙滩上了。孔塞耶正要跳上沙滩，我一把拦住了他。

"先生，"我对尼摩船长说，"第一个登上这片土地的荣誉属于您。"

"好的，先生。"船长回答，"我之所以毫不犹豫地踏上南极这片土地，是因为迄今还没有人在上面留下过足迹。"

说完，他轻轻一跳上了沙滩。他激动无比，心跳加剧。他登上一块悬垂成小岬角的巉岩上。他双臂交叉，目光炯炯，一动不动，一言不发，仿佛南极地区已成为他的领地。他像这样心醉神迷了5分钟后，回头向我喊道：

"请便，先生。"

我上了岸，孔塞耶随后，那两个水手留在小艇上。

很长一段路面呈现出淡红色的凝灰岩，仿佛由捣碎的红砖铺就。遍地是火山岩渣、熔岩流、浮石。不难看出，这里原来是火山。有些地方还在冒出轻微的火山气体，发出一股硫黄的气味，这证明地心火仍在向外扩张。我攀上一个高高的峭壁四下瞭望，然而，方圆好几海里望不见一座火山。众所周知，詹姆斯·罗斯[①]在南极地带，东经167°、南纬77°32′，发现了埃里伯斯和泰罗尔活火山口。

在这荒芜的大陆上，我发现植物极为贫乏。黑岩石上铺着灰囊果苔藓。某些用显微镜才能看见的胚芽、一些夹在两瓣石英质贝壳中间的细胞植物原始硅藻、一些由激浪扔到海岸上贴在鱼鳔上面的紫色和深红色的长墨角藻，构成了这个地区贫乏的植物系。

海岸上散布着软体动物，有小贻贝、帽贝、光滑的同心蛤，尤其是菱蝶螺，细长，膜状，头由两个圆瓣组成。我还看见北极菱蝶螺，数不胜数，长3厘米，露脊鲸一口能吞下成千上万。这些可爱的翼足

---

① 詹姆斯·罗斯（1800—1862），英国海军军官，曾在北极和南极进行过磁力测量，发现了南极的罗斯海和维多利亚地，推断出南极大陆的存在。

目软体动物，是名副其实的海蝴蝶，使岸边的流动海水显得生机勃勃。

至于植形动物，在浅滩上发现了几株珊瑚树，据詹姆斯·罗斯说，即使在南极海 1000 米深处，也生长着这种珊瑚树。还有属于海燕形状的海鸡冠珊瑚，以及为这里的气候所特有的海盘车和俯拾皆是的海星。

但是，最生机盎然的地方要算空中了。成千上万各种各样的海鸟在天空中飞来飞去，尖厉的叫声把我们的耳朵都要震聋了。还有些鸟儿挤在岩石上，毫不胆怯地看着我们经过，亲热地拥在我们脚边。那是企鹅，在水中敏捷灵活，常被错当成游速飞快的金枪鱼，但在岸上却呆头呆脑，笨拙得可爱。它们成群结队，发出古怪的叫声，动得很少，却叫声不断。

在鸟类中，我看见有南极白鸻，属涉禽类，大小如鸽，白羽毛，喙短呈锥形，眼睛红圈环绕。孔塞耶逮了许多做储备，因为这些飞禽好好烹调，是很鲜美的菜肴。空中飞过煤烟色的信天翁，翼幅长 4 米，被恰如其分地称作"海洋秃鹫"。还有巨大的海燕，尤其是胡兀鹫，长着弓形翅膀，专吃海豹。还有岬海燕，一种体小的鸭子，覆盖着黑白两色羽毛。最后还有其他许多海燕，形形色色，有的全身灰白，两翼边缘为褐色，另一些为蓝色，这是南极海特有的品种。我对孔塞耶说，那些白海燕浑身油光光的，法罗群岛① 居民只要在它们身上装一根灯芯，就可以当灯来点。

"再肥一些，"孔塞耶回答，"那就是完美无缺的油灯了！可惜，我们不能要求大自然预先给它们准备一根灯芯！"

再过去半海里，地上到处是企鹅的巢穴。那是用来下蛋的地穴，从里面溜出许多企鹅来。尼摩船长后来让人逮了数百只，因为它们黑

---

① 法罗群岛，欧洲大西洋北部的火山群岛，原属挪威，后属丹麦。

乎乎的肉还是很可以吃的。它们的叫声似驴叫。这些鸟大小像鹅，身上呈深灰色，腹部呈白色，脖子上仿佛系了条柠檬色的领带，它们即使被人用石头砸死，也不知道逃跑。

可是，轻雾迟迟不散，都11点了，太阳仍不露面。太阳不出来，我心里焦急。没有太阳，就不能进行观测，那如何确定我们已抵达南极了呢？

我走到尼摩船长跟前，见他胳膊肘支在一块岩石上，默默仰望天空。他看上去心烦意乱，焦虑不安。可又有什么办法呢？这个人一向无所畏惧，精明强干，指挥大海游刃有余，但对太阳却一筹莫展。

中午到了，可太阳一刻都没出现，甚至无法辨认太阳藏在雾幕后面的哪个位置。不久，轻雾就化作白雪了。

"明天再说吧。"尼摩船长只跟我说了这句话，我们冒着鹅毛大雪回到了鹦鹉螺号上。

我们不在时，留在船上的人撒网捕鱼。我饶有趣味地观察刚刚捕捞上船的鱼儿。南极海是无数洄游鱼的避难所，它们避开了低纬度海域的风暴，却又落入南极海豚和海豹的口中。我看见有几条南极杜父鱼，体长10厘米，是一种灰白色的软骨鱼，身上有青灰色的横条纹，长着尖刺。还有南极银鲛，身子长长的，有3英尺，白色的表皮光溜溜的，闪着银光，脑袋圆圆的，背上长着3个鳍，嘴部的吻管弯向嘴巴。我尝了尝银鲛肉，觉得无滋无味，可孔塞耶却吃得津津有味，且赞不绝口。

暴风雪一直下到第二天。不能再在甲板上待着了。我在大客厅里，把游览南极大陆遇见的事儿记下来。我听见海燕和信天翁在暴风雪中嬉戏，发出嗷嗷的欢叫声。鹦鹉螺号没有停止不动，而是沿着海岸行驶，又往南前进了十来海里。夕阳在地平线上掠过，天空半明半暗。

第二天，3月20日，暴风雪停了，更是彻骨寒冷。温度仪指示 -2℃。雾散了，我希望这一天能进行观测。

尼摩船长还没有出来，小艇把我和孔塞耶送到陆地上。仍然是火山质土壤。到处是熔岩渣、火山岩渣、玄武岩渣，却看不见喷出这些物体的火山口。这里跟那边一样，成千上万只海鸟给南极大陆这部分土地平添了几分生气。不过，它们和成群结队的海洋哺乳动物一起分享这个王国。海洋动物用温柔的眼睛瞅着我们。它们是不同品种的海豹，有的躺在地上，另一些卧在浮冰上，有几只海豹从海中出来，还有几只钻进海里。它们从没同人打过交道，看见我们走近，也不逃跑。我看这么多海豹用来供应数百条船都绰绰有余。

"天哪！"孔塞耶说，"幸亏尼德·兰没有陪我们来！"

"为什么，孔塞耶？"

"因为他是疯狂的猎手，会把它们赶尽杀绝的。"

"说赶尽杀绝有点夸张。不过，我相信，我们阻止不了这位加拿大朋友叉死几头美丽的鲸目动物①。尼摩船长会心头不悦，因为他不会让无害的动物白白流血的。"

"他这样做是对的。"

"那当然，孔塞耶。告诉我，你是不是已给这些漂亮的海洋动物分类了？"

"先生知道，"孔塞耶回答，"我在实践上并不内行。如果先生告诉我这些动物的名称……"

"这是海豹和海象②。"

"它们是鳍足科的两个属，"博学的孔塞耶连忙说道，"食肉目，有爪类，单子宫亚纲，哺乳动物纲，脊椎动物门。"

"很好，孔塞耶，"我回答，"不过，这两个属，海豹和海象，可分成好几种，如果我没搞错，我们现在就有机会观察它们。走吧！"

那是早晨 8 时整。要到中午才能有效地观测太阳，我们还有 4 个

---

① 海豹不是鲸目动物，作者这里有疏忽。

② 海象，大型海豹形兽类。

小时可以支配。我带着孔塞耶向一个大海湾走去，凹形的海湾深入海岸的花岗岩峭壁中。

在那里，我们极目遥望，只见四周的陆地和冰块上挤满了海洋哺乳动物。我下意识地用目光寻找海中老人普洛透斯，那位神话中的牧人为海神尼普顿放牧着这些不可悉数的畜群。数量最多的是海豹。它们组成一个个明显的群体，雄雌厮守一起，父亲照管全家，母亲给幼崽喂奶。有几只小海豹已经身强力壮，它们摆脱束缚，在离父母几步路的地方独自嬉戏。海豹想挪动位置时，收缩身体小步向前跳跃，用不发达的后宽鳍推动身子笨拙地前进，而在它们的同属海象身上，前宽鳍则成了真正的前臂。这些动物脊椎灵活，骨盆狭窄，毛短而密，长着蹼足，应该说，当它们到了水里，到了最合适的生活场所，游起泳来速度快，姿态美。它们在陆地上憩息时，姿态优雅之至。因此，古人看到它们那温柔娇媚的容颜，那极富表情、令任何女子望尘莫及的漂亮眼神，那毛茸茸、亮晶晶的眼睛，那千娇百媚的体态，就按自己的方式美化它们，把雄海豹变成了半人半鱼的海神，雌海豹变成了美人鱼。

我告诉孔塞耶，这些聪明的鲸目动物[1]有着非常发达的大脑叶。在这方面，除了人类，没有一种哺乳动物可望其项背。因此，海豹可以接受一定的教育，它们很容易驯养。我赞同某些博物学家的看法，对海豹进行适当训练后，它们可以像捕鱼的猎犬那样为人类效劳。

海豹大多在岩石或沙滩上睡觉。在这些没有外耳（这是与有耳海豹，即海狮的区别所在）的狭义海豹中，我观察到窄吻海豹的几个变种，它们体长3米，覆盖着白毛，长着叭喇狗般的脑袋，上下颌骨各有10颗牙，其中4颗门牙，2颗百合花形的犬牙。它们中间钻进了一些海象，那是长着可活动短鼻子的海豹，是海豹中体形最大者，腰围

---

[1] 见本书上一页注释[1]。

20 英尺，身长 10 米。我们靠近时，它们一动也不动。

"这些动物危险吗？"孔塞耶问我。

"不危险，"我回答，"除非有人把它们惹恼了。海豹为了保护幼崽，会勃然大怒，变得十分可怕，把渔船撞成碎片不属罕见。"

"这是它们的正当权利！"孔塞耶回嘴说。

"我没说不是呀。"

我们又走了 2 海里，被一个岬角挡住了去路。那岬角保护海湾免遭南风的袭击。它垂直矗立在海边，浪涛打来，浪花四溅。更远一些，吼声震天，好似有一群反刍动物在怒号。

"好，"孔塞耶说，"是牛群大合唱吗？"

"不是，"我说，"是海象大合唱。"

"它们在打架？"

"可能打架，也可能闹着玩。"

"请先生别见怪，应该去看看。"

"是该去看看，孔塞耶。"

于是，我们翻过一块块黑魆魆的岩石，行走在始料未及的乱石堆里，石头上结了冰，走起来直打滑。我不止一次滑倒在地，险些闪了腰。孔塞耶比我小心，也比我结实，一次也没摔倒。他把我扶起来，说道：

"如果先生愿意把双腿叉开，就能更好地保持平衡了。"

爬上岬角的尖脊上，我看见一片白皑皑的广阔平原，遍地都是海象。这些动物在互相嬉戏。原来我们听到的是欢叫，而不是怒吼。

海象的体形和四肢分布同海豹颇为相似。但它们的下颌没有犬牙和门牙，至于上颌的犬牙，是两颗长达 80 厘米的獠牙，牙槽的周长 33 厘米。海象的獠牙质地细密，没有条痕，比大象獠牙还要坚硬，又不容易变黄，是深受欢迎的珍品。因此，海象惨遭捕猎，已濒临灭绝。人类每年滥杀海象 4000 多头，连怀孕的母海象和年幼的小海象也不放过。

走到这些珍贵的动物跟前，我可以自由自在地观察它们，因为它们不怕打扰。它们表皮很厚，非常粗糙，接近红棕色，皮毛短而稀疏。有些海象体长4米。南极海象比北极海象更安静，更大胆，没有选派哨兵在营地周围警戒。

观察完海象集聚地后，我就想回去了。已是上午11时了，假如到时尼摩船长有条件观测方位，我想在他身边观看他工作。但我不敢奢望这天能出太阳。天边乌云密布，遮住了太阳。这个星球似乎格外珍视地球的这一极地，不愿向人类泄露这个不可涉足的地方。

不管怎样，我想回鹦鹉螺号那边去了。我们沿着悬崖峭壁上一条狭窄的坡道走下去。11时30分，我们到达着陆的地方。小艇停泊在海滩上，它已把船长送到海岸上了。我看见他站在一块玄武岩上。仪器放在他身旁。他凝望着北边的天尽头。在天尽头，太阳沿着自己的轨迹，在描画一条漫长的弧线。

我站到他身边，没有说话，等待着。正午到了，和昨天一样，太阳就是不露脸。

天不助我们。观测再次化为泡影。假如明天仍然进行不了，就只好永远放弃测定我们的方位了。

的确，今天已是3月20日。明天，21日，南北半球昼夜都一样长，如果不算光的折射，太阳将沉落地平线下，6个月不露面。随着太阳的消失，南极将开始绵绵极夜。从9月23日昼夜平分时起，太阳从北边地平线上露面，呈螺旋状渐渐上升，直到12月21日。这时正值北极地区的夏至，太阳又开始沉落。明天它将射出最后几道光芒。

我同尼摩船长谈了自己的想法和忧虑。

"您说得对，阿罗纳克斯先生，"他对我说，"如果明天我测定不了太阳的高度，6个月内我就不可能再进行测定了。不过，恰恰因为我碰巧在3月21日来到了这南极海域，只要明天正午太阳在我们面前露脸，我的方位是很容易测定的。"

"为什么，船长？"

"因为太阳在画漫长的螺旋线时，是很难正确测出它在地平线上的高度的，仪器很可能出现重大误差。"

"那您怎么来测呢？"

"我只用我的经线仪，"尼摩船长回答，"如果明天，3月21日，正午，把折射的光考虑在内，太阳的圆盘正好被北方海平线切成两等分，那我就是在南极了。"

"的确。"我说，"不过，从数学上看，这样的断言未必精确，因为昼夜平分时不一定是正午。"

"有可能，先生，但误差不到100米，这就很不错了。那么明天见。"

尼摩船长回船上去了。我和孔塞耶一直待到5点才回去。我们在沙滩上大步走来走去，进行观察和研究。除了捡到一枚企鹅蛋外，没有任何宝贵的收获。那枚企鹅蛋大得出奇，收藏家会花1000法郎买下来。它呈浅栗色，装饰着象形文字般的线条和纹理，这使它能成为一件稀世摆设。我把它放到孔塞耶手中，这位办事谨慎、走路稳健的小伙子，就像捧着珍贵的中国瓷器那样，把它完好无损地带回了鹦鹉螺号。

我把这枚稀世企鹅蛋放到鹦鹉螺号博物馆里的一个玻璃橱内。晚餐时，我津津有味地吃了一块海豹肝，它鲜美可口，味同猪肝。然后，我就睡觉了。睡前，我像印度教教徒那样，祈求灿烂的太阳赐予恩惠。

翌日，3月21日，清晨5时，我就登上了甲板。尼摩船长已经在了。

"天气有点转晴了。"他对我说，"我希望太阳会出来。吃完饭，我们就上岸，选一个观察点。"

这件事说好后，我去找尼德·兰。我想拉他跟我一起去。顽固不化的加拿大人拒绝了。我清楚地看到，他越来越郁闷，也越来越沉默寡言。不过，在现在的情况下，他执意不去，我并不遗憾，因为陆地上到处是海豹，不应该让这位冒失的猎人受到诱惑。

吃罢饭，我就上岸了。昨天夜里，鹦鹉螺号又上行了几海里。它停在海面上，离海岸足有1法里。海岸上矗立着一座高达四五百米的石峰。和我同乘小艇的有尼摩船长、两名船员，还有仪器，即一个计时器、一副望远镜和一个气压仪。

在驶往海岸时，我看见了许多鲸，属于南极海特有的3个品种：露脊鲸，英国人称真露脊鲸，没有脊鳍；座头鲸，法国人叫鳁鲸，腹部有纵向褶沟，灰白色的鳍肢宽大，虽鳍长，但不形成翼；最后是长须鲸，黄褐色，是鲸类动物中最敏捷者。长须鲸力大无比，呼吸时，喷出高高的水柱，宛若袅袅炊烟，老远就能听到它们喷潮的声音。这些不同种类的鲸类动物，成群结队地在宁静的大海中嬉戏玩耍。我清楚地看到，由于人类对鲸类动物乱捕滥杀，南极海现已成为它们的避难所了。

我还看到了纽腮樽的灰白色环状肌带，那是一种胶质无脊椎动物。还有大型水母，在海浪的旋涡中摇来摆去。

9时，我们靠了岸。天空放晴了，乌云向南逃遁，轻雾正在撤离冰冷的水面。尼摩船长向那座石峰走去，他可能想把这石峰作为观察点。踩着尖细的熔岩石和浮石往上攀登，真是步履维艰，况且空气中还弥漫着火山硫黄气味。尼摩船长尽管已不习惯走陆路，但他在爬世上最陡的坡道时，是那样轻捷灵巧，我简直望尘莫及，连捕岩羚羊的猎人见了也会甘拜下风。

我们爬了两个小时，才登上这座由斑岩和玄武岩组成的石峰。我们极目远望，一片汪洋大海向北延伸，在天尽头画下一条清晰的终线。在我们脚下，是白皑皑的原野，刺得人睁不开眼。在我们头顶上，云雾散尽，露出了淡蓝色的天空。在北边，日轮像个火球，却被海平线的利刃截去了一部分。大海上升起数百束美丽的水柱。在远处，鹦鹦螺号宛若一条酣睡的巨鲸。在我们身后，一望无垠的陆地伸向南边和东边，岩石遍地，厚冰堆积，杂乱无章，无边无际。

尼摩船长登上峰顶后，用气压测高仪仔细测量了石峰的高度，因为峰高也要考虑在内。

11 时 45 分，通过折射的光看见的太阳，此刻犹如一个金轮出现在我们面前，把最后的光芒洒在这荒无人烟的大陆上，和这人迹未至的大海上。

尼摩船长用十字标度线望远镜观察太阳，望远镜凭借一面镜子纠正太阳的折射。太阳沿着一条长长的对角线，渐渐沉入海平线下。我手里拿着经线仪。我心跳加剧。如果日轮正好沉落一半，而测时仪恰好指着正午，那我们就在南极了。

"正午到！"我喊道。

"南极！"尼摩船长庄严地宣布。他把望远镜递给我。望远镜中显示的太阳正好被海平线切成两个等份。

我望着太阳余晖笼罩峰巅，阴影冉冉爬上山坡。

这时，尼摩船长把手搭在我肩上，对我说：

"先生，1600 年，荷兰人杰里特克被海浪和风暴卷到南纬 64°，发现了南设得兰群岛。1773 年 1 月 17 日，杰出的库克沿着东经 38°，到达南纬 67°30'，又于 1774 年 1 月 30 日，来到西经 109°、南纬 71°15'。1819 年，俄国人别林斯高晋到达南纬 69°，又于 1821 年抵达南纬 66°、西经 111°。1820 年，英国人布兰斯菲德被挡在南纬 65° 上。同年，美国人莫雷尔沿着西经 42° 而上，在南纬 70°14' 发现了不冻海，但他的叙述未必可信。1825 年，英国人鲍威尔没能越过南纬 62°。同年，一个普通的猎海豹者，英国人威德尔，沿着西经 35° 航行到了南纬 72°14'，又沿着西经 36° 到达了南纬 74°15'。1829 年，英国人福斯特驾驶雄鸡号，在南纬 63°26'、西经 66°26' 登陆。1831 年 2 月 1 日，英国人比斯特在南纬 68°50' 发现了恩德比地，又于 1832 年 2 月 5

日，在南纬 67° 发现了阿德雷德地，同年 2 月 21 日，在南纬 64°45' 发现了格雷厄姆地。1838 年，法国人迪蒙·迪尔维尔在南纬 62°57' 遇到大浮冰，测定了路易 – 菲力普地的方位；两年后的 1 月 21 日，他在南纬 66°30' 发现了一个新海角，命名为阿黛利地，一星期后，在南纬 64°40'，又命名了克拉里海岸。1838 年，英国人威尔克斯沿着东经 100°，深入到南纬 69°。1839 年，英国人巴尔尼在南极圈的边缘地区，发现了萨布里纳地。最后，1842 年 1 月 12 日，英国人詹姆斯·罗斯登上埃里伯斯和泰罗尔两座火山，在南纬 76°56'、东经 171°07' 发现了维多利亚地；同月 23 日，他测定了南纬 74°，首次有人到达这样高的纬度；27 日，他到了南纬 76°08'，28 日，他抵达南纬 77°32'，2 月 2 日，他来到南纬 78°04；1842 年，他又一次来到南纬 71°，但未能超越。而我，尼摩船长，于 1868 年 3 月 21 日，我到达了南纬 90°，到达了南极，我占领了地球的这一部分土地，相当于第 6 个被确认的大陆。"

"以谁的名义，船长？"

"以我的名义，先生！"

说着，尼摩船长展开一面黑旗，这面黑平纹布旗帜中央印着一个等分的金色"N"。然后，他转身面向太阳，太阳的余晖正在轻轻抚摸大海那一头的海平线。

"再见了，太阳！"他喊道，"消失吧，灿烂的天体！沉入这不冻海中安睡吧！让 6 个月的漫漫极夜将黑暗铺展在我的新领地上吧！"

第十五章

大事故还是小事故？

翌日，3月22日，早晨6时，出发的准备工作开始了。最后几抹微光消融在黑暗中。天气彻骨寒冷。明星皓皓，光芒四射。奇妙的南十字星座在天顶光耀夺目。那是南极地区的指极星。

温度表指示 –12℃。风力增加时，凛冽的寒风会刺伤皮肤。水面上冰块越来越多。大海就要到处结冰了。无数微微发黑的冰块浮在海面上，表明新的冰层即将形成。在持续6个月的冬季里，南极海被厚冰封住，显然是无法通行的。这个时期鲸该怎么办？也许，它们从大浮冰下面游出去，寻找更为适宜的海域。至于海豹和海象，它们已习惯生活在最严寒的气候下，便继续留在这雪盖冰封的沿岸海面上。这些动物本能地在冰原上打洞，并让洞口敞开，需要时，就到冰洞里来憩息。当飞鸟为寒冷所迫向北迁徙时，这些海洋哺乳动物便成了南极大陆唯一的主宰。

这时，压载水舱已注满水，鹦鹉螺号慢慢潜入水下。下到1000英尺，它停了下来。螺旋桨拍击海浪，鹦鹉螺号径直向北驶去，时速15海里。傍晚时分，它已漂浮在宛若无边无际冰甲壳的大浮冰下面了。

为谨慎起见，大客厅的玻璃观光窗板早已关闭，因为鹦鹉螺号有可能撞上没入水中的冰块。因此，这一天，我就整理笔记。我的思想沉浸在对南极的回忆中。我们到达了人类从未涉足的南极，没有丝毫疲劳，没有任何危险，仿佛我们这个漂浮的车厢行驶在一条铁轨上。现在真的踏上了归途。还会有类似的惊喜等待我吗？我想还会有的，因为海底的奇迹层出无穷！然而，自从机缘巧合把我们抛到这条船上，五个半月以来，我们航行了14000法里，在这比地球赤道还要长的旅程中，不知遇到了多少或奇妙或惊险的意外，给我们的旅行平添了多少乐趣：克雷斯波森林打猎、托雷斯海峡搁浅、珊瑚墓地、锡兰采珠、阿拉伯隧道、桑多林岛海底火山、维哥湾千百万财宝、亚特兰蒂斯、南极！夜里，所有这些回忆在我梦中一一闪过，我的大脑一刻也未得休息。

凌晨3时，我被一下猛烈的撞击惊醒。我霍地从床上坐起，在黑暗中侧耳细听，却猛不防被抛到房间中央。显然，鹦鹉螺号撞上了什么东西，船身倾斜得很厉害。

我扶着壁板，从纵向通道一步一步移到大客厅。天花板的灯光照得大客厅亮堂堂。家具倒在地上。所幸玻璃柜的脚站得稳稳当当，没有翻倒在地。由于船身倾斜，挂在右舷上的那些画都紧贴在挂毯上，而在左舷上的画，画框下缘离挂毯有1英尺远。这就是说，鹦鹉螺号是向右侧倾斜，而且，船已彻底停了下来。

我听到船内响起了嘈杂的脚步声和说话声。可是，尼摩船长没有露面。我正要离开大客厅，尼德·兰和孔塞耶进来了。

"出什么事了？"我问他们。

"我就是来问先生的。"孔塞耶回答。

"见鬼！"加拿大人嚷道，"我知道，我！鹦鹉螺号搁浅了，我认为，从倾斜度来看，这次可不像上次在托雷斯海峡中那样能脱险。"

"至少它已经回到海面上了吧？"我问道。

"我们不知道。"孔塞耶回答。

"这不难确定。"我回答。

我看了看压力表。令我大吃一惊的是，压力表指示水深360米。

"怎么回事？"我叫了起来。

"应该去问问尼摩船长。"孔塞耶说。

"到哪里去找他？"尼德·兰问。

"跟我来。"我对两个同伴说。

我们离开大客厅。图书室，没有一个人。中央楼梯间、船员舱，没有一个人。我想尼摩船长可能待在操舵室里，最好还是等一等。我们 3 个又回到大客厅。

这里且不谈加拿大人如何骂骂咧咧，他可逮着机会大发脾气了。我让他尽情发泄，对他置之不理。

我们这样待了 20 分钟，屏息静听船内有什么细微的动静，这时，尼摩船长进来了。他似乎没有看见我们。他平时不露声色的脸上，此刻却忧形于色。他默默地看了看罗盘和压力表，走过来把手指放在平面球形图的一个点上，那是南极海域。

我不想打断他。过了一会儿，当他转身看我时，我才用他在托雷斯海峡用过的一个词回敬他：

"是小事故吗，船长？"

"不，先生，"他回答，"这回是大事故。"

"严重吗？"

"可能。"

"危险迫在眉睫吗？"

"不会。"

"鹦鹉螺号搁浅了？"

"是的。"

"怎么造成的？"

"是大自然的任性，不是人的无能。我们的操作无懈可击。然而，我们无法阻止平衡法则发生作用。人类的法律可以冒犯，但大自然的法则不可抗拒。"

尼摩船长选择了这个奇特的时刻，来进行哲学的思辨。总之，他的回答没给我提供任何信息。

"先生，我能知道这次事故的原因吗？"我问道。

"一块大浮冰，一座冰山，整个儿倒转过来了。"他回答我说，

"由于较为温暖的海水的作用，或者不断受到撞击，冰山底面就会受侵蚀、被磨损，重心就会上升，冰山就会翻筋斗，上下转个儿。这就是我们所处的情况。一座冰山翻筋斗时，撞上了潜航的鹦鹉螺号。然后，冰山钻到船底下，用不可抗力把船顶起来，推到了密度较小的水层中，鹦鹉螺号就侧卧在那里了。"

"能不能把压载水舱排空，让船身恢复平衡，使鹦鹉螺号摆脱困境呢？"

"现在正在这样做，先生。您可以听见水泵在工作。您看压力表的磁针，鹦鹉螺号在上升，可冰块也随之一起上升。除非遇到一个障碍物阻止浮冰继续上升，否则我们的处境不会改变。"

果然，鹦鹉螺号仍然侧向右舷。等浮冰停止上升时，船身可能会正过来。可到那时，谁知道会不会撞到上层大浮冰的底面，可怕地夹在两个浮冰之间上下受挤压呢？

我把这种情况可能导致的后果翻来覆去地思量着。尼摩船长不停地观察压力表。冰山翻筋斗后，鹦鹉螺号大约上升了150英尺，但它右侧倾斜的角度始终未变。

突然，我们感到船身轻微动了一下。显然，鹦鹉螺号稍微正过来一点了。大客厅里悬挂的物品明显地趋向平衡。壁板也趋于垂直。我们谁也不说话。我们紧张地观察着，感到船位越来越回直了。我们脚下的地板在恢复水平状态。10分钟过去了。

"我们终于回直了！"我喊道。

"对。"尼摩船长说道，并向大客厅门口走去。

"我们还能浮起来吗？"我问他。

"当然，"他回答，"压载水舱还没有排空，等水排空了，鹦鹉螺号就要升到海面上去了。"

船长出去了。但我很快看到，根据他的命令，鹦鹉螺号停止上升了。因为再继续上升，可能会撞到上层大浮冰的底面，最好还是待在水中不动。

"我们侥幸脱险啦！"孔塞耶终于说话了。

"不错。刚才，我们很可能夹在两个浮冰之间被挤扁，至少会被困住。那样，因为不能更新空气……不错！我们侥幸脱险了！"

"要能结束就好了！"尼德·兰咕哝了一句。

我不想和加拿大人作无谓的争论，所以没有搭理。况且，此刻玻璃观光窗板打开了，外面的光线透过玻璃窗射进了大客厅里。

正如我前面所说，我们周围都是水，可是，鹦鹉螺号两侧，10米开外，竖着两堵刺眼的冰墙。上下也有两堵冰墙。在上面，是大浮冰的底面，犹如无边无际的天花板。在下面，是翻了筋斗的冰山，它慢慢移动，在两侧的冰墙之间找到了两个支点，卡在中间不动了。鹦鹉螺号被困在一个名副其实的冰隧道里。那冰隧道大约有20米宽，充满了平静的海水。因此，从里面出来并非难事，只要把船往前开，或者往后退，然后潜下去数百米，在大浮冰下能找到一条自由的通道。

天花板吸顶灯早已熄灭，可大客厅依然十分亮堂，因为冰墙强大的反射作用把舷灯发出的层层亮光强烈地反射进来了。电光照在凹凸不平的冰墙上产生的奇妙效果简直难以诉诸笔端：每个角、每条棱、每个面，根据冰上不同的纹理，折射出绚丽多彩的光芒。这是光彩夺目的宝石矿，尤其是蓝宝石矿，蓝色的光束和绿宝石绿色的光束交相辉映。一个个闪光点，宛若一颗颗灿烂夺目的钻石，使人眼花缭乱，无法逼视，而在这些闪光点中间，到处散发出无限柔和的乳光。舷灯的亮度增加了百倍，如同高级灯塔的透镜聚光灯的亮度一样。

"太美了！太美了！"孔塞耶惊叹道。

"是啊！"我说，"这景象真美！是不是啊，尼德？"

"嗯！见鬼！是很美。"尼德·兰回击道，"美极了！这我不得不承认，尽管我因此而很恼火。这样的美景我从未见过。可我们要为此付出巨大的代价。恕我直言，我想，我们看到了上帝禁止凡人看到的东西！"

尼德言之有理。这确实美得过分了。忽然，孔塞耶大叫一声，我转过头去。

"怎么啦？"我问。

"先生快闭上眼睛！先生不要再看了！"

说着，孔塞耶立即用手遮住眼睛。

"你怎么啦，小伙子？"

"我眼花，看不见了！"

我不由自主地把目光转向玻璃窗，但我也忍受不了吞噬玻璃窗的强烈火光。

我明白是怎么回事了。鹦鹉螺号已开始快速航行，冰墙安静的反光骤然变成一条条闪光。无数钻石的闪光交织在一起。鹦鹉螺号在螺旋桨的驱动下，航行在一个光鞘中。

于是，大客厅的玻璃观光窗板关闭了。我们的手仍护着眼睛，因为视网膜前仍浮动着同心圆的光环，仿佛被过于强烈的阳光刺激了一样。过了一会儿，我们紊乱的眼光才恢复正常。

最后，我们把手放下来。

"天哪，若非亲眼所见，我绝不会相信。"孔塞耶说。

"我现在还不相信！"加拿大人反驳道。

"我们饱览了多少自然奇观啊，"孔塞耶又说，"当我们回到陆地后，对贫乏的大陆和人工制造的小作品，会有何感想呢？不，人世间已不适合我们居住了。"

这席话出自一个冷漠的佛兰芒人之口，表明我们的热情是何等高涨。但是，加拿大人照例又泼下一盆冷水。

"人世间！"他摇摇头说，"放心吧，孔塞耶老弟，我们回不去啦！"

那是清晨5时。鹦鹉螺号前部发生了撞击。我明白它的艏冲角锥撞上了一块浮冰。大概是操作不当，因为这条海下冰隧道里到处是浮冰，鹦鹉螺号步履维艰。因此，我想尼摩船长会改变路线，或绕过障碍，或沿着这条隧道迂回前进。总之，无论如何，船都要往前驶。然而，出乎我意料，鹦鹉螺号明显地在往后退。

"我们在往回走？"孔塞耶说。

"是的，"我回答，"想必隧道没有出口。"

"那怎么办？……"

"很简单，"我说，"我们倒回去，从南边的口子出去。如此而已。"

我这样说，是想显得我心情平静，其实我忧心忡忡。这时，鹦鹉螺号后退的速度加快了，螺旋桨倒转着，带着我们飞速倒退。

"这要耽搁时间了。"尼德说。

"早几小时，晚几小时，这倒没关系，只要能出去就行。"

"对，"尼德·兰重复我的话说，"只要能出去就行。"

我在大客厅和图书室之间来回踯躅。我的同伴们坐着，默不作声。转了一会儿，我一下子坐到沙发上，拿起一本书，心不在焉地翻阅起来。

过了一刻钟，孔塞耶走到我身边，对我说：

"先生读的书有趣吗？"

"非常有趣。"我回答。

"我想也是，先生读的是先生的书！"

"我的书？"

的确，我手里的书是《海底的秘密》。我竟然毫无察觉。我合上书，又开始来回踱步。尼德和孔塞耶起身准备出去。

"别走，朋友们，"我拦住他们，"我们一起待着，直到走出死胡同。"

"听先生的。"孔塞耶回答。

几个小时过去了。我不断观察挂在大客厅内壁上的仪表。压力表指明鹦鹉螺号保持在 300 米深处，罗盘一直指向南方，测程仪指示时速 20 海里。在这样狭小的空间航行，这个速度是极端了。尼摩船长知道，他不能过于加速，但他也明白，此时此刻，一分钟等于一个世纪。

上午 8 时 25 分，发生了第 2 次撞击。这次是在后面。我的脸色刷地变白。同伴们走到我身边。我抓住孔塞耶的手。我们面面相觑，这要比语言更能直接表达我们的思想。

这时，尼摩船长走进大客厅。我迎上去，问他：

"南边的路也堵住了吗？"

"是的，先生。冰山翻身时，把所有的出口都堵住了。"

"我们困在里面了吗？"

"是的。"

第十六章

缺少空气

因此，鹦鹉螺号上上下下、前后左右都是不可穿透的冰墙。我们成了大浮冰的囚徒！加拿大人用有力的拳头狠狠敲了下桌子。孔塞耶默不作声。我抬眼望望船长。他脸上又变得像平时那样不动声色了。他交叉着双臂。他思考着。鹦鹉螺号已静止不动。

船长终于说话了。

"先生们，"他说，声音显得很平静，"就我们目前的处境，有两种死法。"

这个怪人就像数学老师，在向学生论证数学题。

"第 1 种，"他继续说，"是被挤死。第 2 种是窒息而死。我不说还可能饿死，因为鹦鹉螺号的食物储备肯定比我们坚持的时间久。因此，我们要担心被挤死或窒息而死的可能性。"

"船长，"我说道，"关于窒息的问题，这倒不必担心，我们的储气舱还满着呢。"

"不错，"尼摩船长接着说，"但储气舱提供的空气只够用两天。可我们在水下已待了 36 个小时了，船内的空气已经污浊，该更新了。48 小时后，储备的空气就会用光的。"

"那好！船长，我们设法在 48 小时内脱险！"

"起码我们要试一试，把周围的冰墙凿穿。"

"凿哪一边的？"我问。

"用探测器测一下就知道了。我把船停在下面的浮冰上，我的人穿上潜水衣，从最薄的冰墙凿通冰山。"

"可以打开窗板吗？"

"没问题，我们停下来不走了。"

尼摩船长出去了。不久，我听到了咕噜咕噜的声音，我知道压载水舱开始进水了。鹦鹉螺号开始缓慢下沉，沉到350米处，就停在了下面的浮冰上。那是下层浮冰沉入海中的深度。

"朋友们，"我说，"情况很严重，但我相信你们的勇气和力量。"

"先生，"加拿大人对我说，"在这个时候，我不能再用数落指责来烦您了。我准备为救我们大家而赴汤蹈火。"

"好啊，尼德。"我说道，并向加拿大人伸出手去。

"还有，"他又说，"我使镐头和使鱼叉一样得心应手，船长有用得着我的地方，让他尽管吩咐。"

"他不会拒绝您的帮助的。来吧，尼德。"

我把加拿大人带到船员们在换潜水衣的更衣舱。我向船长说了尼德的建议，他欣然接受。加拿大人换上潜水服，和他的伙伴们一样立刻准备就绪。每个人肩上背着鲁凯罗尔呼吸器，里面灌满了储气舱提供的纯净空气。这对船上的空气储备是一笔巨大的支出，但很有必要。至于伦可夫灯，在这被电光照得通明的水中，就无用武之地了。

尼德穿戴完毕后，我就回大客厅去了。大客厅的玻璃观光窗板已打开。我走到孔塞耶身旁，开始观察支撑鹦鹉螺号的冰层。

过了一会儿，我们看见十个来人已脚踩下面的冰山了，尼德·兰也在其中。他高头大马，一眼便可认出。尼摩船长和他们在一起。

在凿冰墙之前，尼摩船长让人对冰的厚度作了探测，以确保工程朝正确的方向进行。长长的探头插入两侧的冰壁，插进去15米也未见尽头。探测上面的冰天花板肯定是枉费力气，因为大浮冰高达400多米。于是，尼摩船长让人探测下面的冰山。探头插入10米就见水了。这就是下面冰山的厚度。要把这座冰山凿掉一大块，面积大小与鹦鹉螺号的吃水线相当，大约需挖去6500立方米坚冰，才能挖出一个大窟窿，让鹦鹉螺号从这个冰洞里沉到冰山底下去。

　　凿冰工程立即开始。大家不知疲劳，顽强奋战。尼摩船长没有下令在船周围挖凿，那样困难会更大，而是在离左舷后半部 8 米处，画了个大圈圈，这就是挖坑的范围。然后，船员们同时在这圈圈的几个点上挖凿。镐头猛烈敲凿坚冰，不久，就从冰山上凿下了许多块冰。由于比重的奇妙作用，这些冰块因为比水轻，可以说全都浮到冰隧道的顶上去了。这样一来，上面的浮冰越来越厚，下面的冰山则越来越薄。但这有什么关系，只要下面的冰山变薄就行了。

　　苦战两小时后，尼德·兰精疲力竭地回来了。他和他的伙伴们被另一批人替换下来，我和孔塞耶也在其中，鹦鹉螺号的大副是指挥。

　　我觉得海水彻骨寒冷，但当我挥动镐头时，身上很快就暖和了。尽管是在 30 个大气压下干活，我的动作却轻松自如。

　　干了两小时，我回去吃点东西，休息一会儿。我发现，鲁凯道尔呼吸器提供的纯净空气，同船上的空气大不一样。船上的空气已充满了二氧化碳，48 小时没有更新，因此远不如以前清新了。然而，苦干了 12 个小时，我们在画定的圈圈内才挖掉 1 米，即 600 立方米的坚冰。按这样的速度计算，还需要 4 天 5 夜才能完成这项工程。

　　"4 天 5 夜！"我对我的同伴们说，"可储气舱里的空气只够我们用两天呀！"

　　"而且，"尼德回应说，"即使走出了这个该死的冰牢，我们仍是大浮冰的囚徒，仍然呼吸不到新鲜空气！"

　　这个想法不无道理。谁能预料，起码要多少时间我们才能脱险呢？也许，没等鹦鹉螺号返回海面，我们全都给憋死了。难道这条船和船上所有人注定要葬身在这冰墓中吗？看来形势危如累卵。但我们都正视现实，决心各尽其责，坚持到底。

　　不出我所料，夜里，又从这个大冰洞里挖去了 1 米的坚冰。次日清晨，当我穿着潜水衣，在零下六七摄氏度的冷水里走过时，我发现两侧的冰墙在渐渐靠拢。离作业面较远的水层，因为没有人在那里干活，水温不可能上升，呈现出结冰的趋势。面临这迫在眉睫的新危险，我们脱险的可能性有多大？怎样阻止冰隧道里的海水结冰呢？否则，鹦鹉螺号的内壁会像玻璃杯似的爆裂成碎片。

我没有把这个危险告诉我的两个同伴。他们正拼足全力投入了艰难的自救中，何苦让他们垂头丧气！但是，当我回到船上时，我提醒尼摩船长要注意这个严重而复杂的新情况。

"这我知道。"他镇定地对我说，形势再严峻，他也不会乱了方寸，"又多了个危险，但我毫无办法避免。我们获救的唯一办法，就是凿冰的速度要比结冰速度快。要抢先一步。只有这样。"

抢先一步！好吧，我只好习惯他这种表达方式。

这一天，我顽强地挥动镐头，连续干了好几个小时。工作给我力量。况且，干活就意味着离开鹦鹉螺号，可以直接呼吸从储气舱中取出来的由呼吸器提供的纯净空气，可以远离缺氧的污浊空气。

傍晚时分，那个圈又往下挖掉了 1 米。当我回到船上后，差点被空气中饱含的二氧化碳给憋死。啊！为什么不能用化学手段来清除这有害的气体呢？我们不缺少氧气呀。海水中含有大量的氧，用高效电池把氧从水中分解出来，空气就又可以变得洁净了。我认真地思考过这个问题，但这有什么用！因为二氧化碳是我们呼吸的产物，已经蔓及船的各个角落。要吸收二氧化碳，就必须把苛性碳酸钾放进容器里，不停地晃动。可船上没有碳酸钾，也没有其他替代物。

那天晚上，尼摩船长不得不打开储气舱的阀门，给鹦鹉螺号释放了几注纯净的空气。如果不采取这个预防措施，我们就醒不过来了。

第二天，3 月 26 日，我又去干矿工的活计。开始挖第 5 米了。两侧的冰墙和上面的冰天花板已明显增厚。显然，在鹦鹉螺号脱险之前，它们就会连成一片。我一时感到万分绝望。铁镐差点儿从我手中掉落。假如我注定该窒息而死，被这正在凝固的坚冰挤死，那还有必要再往下挖吗？这样的极刑，连残酷的野蛮人都没有发明出来！我仿佛落进

了一个怪物的嘴巴里，两个吓人的颌骨正在合拢，谁都无法抵抗。

这时，在现场指挥并且身先士卒的尼摩船长从我身边经过。我用手碰了碰他，又指了指冰牢的内壁。右舷的冰墙增厚了许多，离鹦鹉螺号不到 4 米了。

船长明白我的意思，示意我跟他走。我们回到船上。我脱掉潜水服，随他进了大客厅。

"阿罗纳克斯先生，"他对我说，"应该试一试壮烈的做法，否则，我们就要被冻结在冰窟中，就像被浇铸在水泥中一样。"

"是呀！"我说，"可怎么办呢？"

"唉！"他喊道，"假如我的鹦鹉螺号坚如磐石，能经受住这个压力而不被挤扁呢？"

"怎样？"我如堕五里雾中，问道。

"您难道不明白，"他接着又说，"水凝固成冰可能会帮到我们吗？您没看见，水冻结时，困住我们的浮冰可能会爆裂，就像水结冰会使顽石裂开一样？您不觉得我们会因此而得救，而不是相反会毁灭吗？"

"不错，船长，有这个可能。可是，不管鹦鹉螺号的耐压力有多大，它都难以承受如此可怕的挤压，可能会被挤压成一块钢板。"

"这我知道，先生。所以，我们不能指望大自然来救我们，只有靠我们自己。必须阻止海水冻结，得设法控制住。现在，不仅两侧的冰墙在靠拢，而且，鹦鹉螺号前后只剩 10 英尺的水没结冰了。我们周围的水都在冻结。"

"储气舱的空气还够我们用多少时间？"

船长看着我的脸。

"后天就空了。"他说。

我浑身直冒冷汗。不过，对这个回答，我用得着惊讶吗？3 月 22 日，鹦鹉螺号开始潜入南极没有结冰的深海中。今天是 26 日。5

天以来，我们一直靠船上的储备空气过日子！剩下的可呼吸空气，得留给刨冰的人。我在写这些经历时，感受仍那样深刻，一阵恐怖不由自主地掠遍我全身，肺里也好像缺少了空气似的。

这时，尼摩船长在思索。他沉默不语，一动不动。显然，他脑海里正闪过一个念头，但又好像要把它赶走。他在自己否定自己的想法。最后，他脱口而出：

"用开水！"他喃喃自语道。

"用开水？"我惊叫道。

"对，先生。我们被困的空间相对来说比较狭窄。如果用鹦鹉螺号的水泵，不停地往冰窟窿里注入开水，能不能提高这个空间的温度，致使海水冻结的时间推迟呢？"

"应该试一试。"我斩钉截铁地说。

"那就试一试，教授先生！"

从温度表上看，当时外面的气温是 $-7℃$。尼摩船长把我带到厨房，那里，几台大蒸馏器正在工作，通过蒸发，为我们供应可饮用水。我们把蒸馏器装满水，电池发出的电热通过在水中的蛇形管全都传导到水中，不消几分钟，水温就达到了 $100℃$。沸水送进了水泵，同时，在蒸馏器内重新注入冷水。电池发出的电热是那样强大，从海中汲取的冷水只消在蒸馏器内过一下，就变成沸水进入水泵。

沸水开始注入海水中，3 小时后，温度表指示外面的温度为 $-6℃$。上升了 1 度。又过了两小时，温度计显示为 $-4℃$ 了。

我反复观察，密切注视和监督着这一实验的进展。最后，我对船长说：

"我们能成功。"

"我想会的。"他回答说，"我们不会被挤死了。现在，只剩下窒息问题令人担忧了。"

夜里，海水的温度上升到 $-1℃$。再往里面灌沸水，温度也上不去了。好在海水的冰点是 -2℃，海水冻结的危险已不复存在，我放心了。

次日，3月27日，我们已刨出6米深的大坑。只剩下4米了。还要再干48小时。鹦鹉螺号内不可能再供应新鲜空气了。因此，这一天的情况越来越糟。

空气极其污浊，我感到不堪忍受。下午3时，这难受的感觉到了可怕的程度。我不停地打哈欠，打得颌骨差点儿脱臼。我喘息着，寻找着呼吸不可或缺的空气，可它却越来越稀薄。我一下子泄了气。我无力地躺着，几乎失去了知觉。善良的孔塞耶也有同样的症状，遭受着同样的痛苦，却一直守在我身边。他拉住我的手，鼓励我，我甚至听到他低声说：

"啊！要是我能不呼吸，让先生有更多的空气该多好！"

听到他这样讲，我不禁热泪盈眶。

如果说船上的处境令人不堪忍受，那么，当轮到出去干活时，我们赶紧穿上潜水服，心里甭提有多高兴！铁镐敲在坚冰上笃笃响。胳膊累酸了，手掌震裂了，可是，这点疲劳算得了什么！这些伤口有什么要紧！救命的空气输入肺里了！我们呼吸了！终于呼吸了！

然而，没有人超过规定的时间，想在水下多干一会儿。任务一完成，就赶紧把注入生命的呼吸器交给气喘吁吁的同伴们。尼摩船长以身作则，带头遵守这严格的纪律。时间一到，他就把呼吸器让给接班的人，回到船上污浊的空气中去，总是镇定自若，毫不动摇，毫无怨言。

那一天，大家的劲头更足，完成了每天惯常的工作量。只剩2米厚的冰层要挖了！我们同底下的流水相距只有2米了！可是，储气舱几乎空了。剩下来的一点点空气，必须留给干活的人。鹦鹉螺号一丝一毫也得不到。

当我回到船上，几乎透不过气来。多么可怕的一夜啊！我不知道如何来描绘。这样的痛苦是难以形诸笔墨的。第二天，我呼吸急促，头痛难忍，昏昏沉沉，就像喝醉了酒似的。我的同伴们也有同样的症状。有几个船员发出嘶哑的喘息声。

那天，是我们被困的第 6 天，尼摩船长感到用铁锹和镐头进程太慢，决定用船身重量去压碎将我们和流水分隔的冰层。这个人自始至终沉着冷静，毅力超群。他用精神力量战胜肉体痛苦。他运筹帷幄，身体力行。

按照他的命令，鹦鹉螺号减轻身上的负载，也就是说，它通过改变比重，从冰面上稍稍升起了一点。当它浮起来后，我们就设法把它牵引到按它的吃水线挖的大坑上面去。然后，给压载水舱注满水，船体下沉，嵌入了大坑里。

这时，全体船员都回到船上，通往外面的两道门关闭。鹦鹉螺号停在大坑冰层上，冰层不到 1 米厚，已被探头戳得千疮百孔了。

于是，压载水舱的阀门全部打开。100 立方米的海水迅速注入，鹦鹉螺号的重量增加了 100 吨。

我们等着，听着，忘记了痛苦，怀抱着希望。我们把获救的赌注，下在这最后一招上。

我脑袋嗡嗡作响，但不久，我就听到了船身下面的颤动声。鹦鹉螺号垂直向下压。冰层破裂，发出奇怪的撕纸般的咔嚓声。鹦鹉螺号下沉了。

“我们成功了！”孔塞耶在我耳畔轻语道。

我无力回答。我抓住他的手，不由自主地一阵痉挛，把他的手死死握住。

鹦鹉螺号在极度的超重驱动下，突然像一颗炮弹在真空中坠落那样沉入水中。

于是，水泵开足马力，立刻把压载水舱里的水排空。几分钟后，坠落刹住了。甚至不久压力表显示出船在上升。螺旋桨全速转动，震

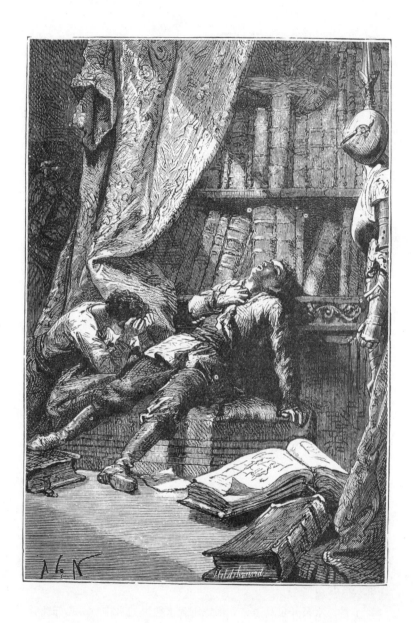

得钢板船壳乃至螺钉都在颤动，它带着我们向北驶去。

可是，从这大浮冰下行驶到不冻海中还需要多少时间呢？还要一天吗？我恐怕在这之前早就死了。

我靠在图书室的一张长沙发上，呼吸十分困难。我脸色发紫，双唇发青，官能丧失。我看不见，也听不见。时间概念已从我头脑中完全消失。我的肌肉绷得紧紧的。

时间就这样过去了，可我不知道已过了多久。但我意识到我已气息奄奄。我明白我要死了……

突然，我苏醒过来。几口新鲜空气吸入我的肺腑。是回到海面上了吗？穿越大浮冰了吗？

不是！是尼德和孔塞耶，我两个善良的朋友，他们舍己救了我。一个呼吸器里还剩下一点儿空气。他们自己没舍得用，而是留给了我。他们把生命一点一滴注入我的身体，自己却憋得喘不过气来。我想推开呼吸器。他们拉住我的手，我呼吸了一会儿，感到十分惬意。

我把眼睛转向挂钟。上午 11 时！应该是 3 月 28 日。鹦鹉螺号风驰电掣般地向前进，时速 40 海里。它在水中扭动着身躯。

尼摩船长在哪里？他死了吗？他的伙伴们也和他一起死了吗？

这时，压力表显示我们离海面只有 20 英尺了。只有一道冰原把我们同大气隔开。能冲破这冰原吗？

可能吧！不管怎样，鹦鹉螺号会搏一搏的。果然，我感到船身前后倾斜了，艉部降低，艏冲角锥抬高。压载水舱注入一点儿水，就能使船身如此倾斜。然后，它就像可怕的羊头撞锤，从下面向冰原发起猛攻。它一点一点地把冰原撞裂，它往后退，又全速冲上去，冰原被撞得四分五裂。最后，它一个冲刺，跃出水面，用自身的重量把冰面压得土崩瓦解。

入口舱盖打开了，可以说是被扯开的。纯净的空气潮水般涌入鹦鹉螺号的角角落落。

第十七章

从合恩角到亚马孙河

我不知道是怎样来到甲板上的。也许是加拿大人背我上来的。反正我在呼吸，畅吸着大海爽人的空气。我的两个同伴就在我身旁，陶醉在这新鲜的空气里。饥饿太久的不幸人，见了施舍的食物，是不能狼吞虎咽的。而我们恰恰相反。我们无须节制，我们可以尽情呼吸这大气的分子。是和畅的微风，正是这和风，给我们送来了沁人心脾的醉意！

"啊！"孔塞耶说，"多好啊，这氧气！先生可以尽情呼吸了。人人都可以畅怀呼吸了。"

至于尼德·兰，他一句话也不说，但他张大嘴巴，那模样简直会吓跑一条鲨鱼。那是多么贪婪的呼吸呀！加拿大人活像一个烧得旺旺的炉灶在"抽气"！

我们很快就恢复了力气。当我纵目四顾，我看见就我们3个人在甲板上。没有一个船员，也不见尼摩船长。鹦鹉螺号的船员真是不可思议，他们只满足于船上流通的空气，没有一个人到外面来畅吸新鲜空气。

我讲的第一句话，便是向我两位同伴表示感谢和感激。在这漫长的垂危中，在我奄奄一息时，是尼德和孔塞耶延长了我的生命。对于如此赤胆忠心，我怎样感激都不过分。

"好了！教授先生，"尼德·兰回答我说，"这不值一提！我们有什么功劳？一点也没有。这不过是一道算术题。您的生命比我们宝贵。因此，应该保全您的生命。"

"错了，尼德，"我回答，"我的生命不比你们宝贵。慷慨而善良

的人是最好的人。你们就是这样的人！”

“好了！好了！”加拿大人不好意思地说。

“而你，我的好孔塞耶，你受苦了。”

“给先生说实话，我没受多少苦。少吸几口空气罢了，但我想我顶得住。再说，我看见先生昏过去了，我就一点也不想呼吸了。就像人们说的，这让我想隔断呼……”

孔塞耶觉得自己说话太俗气，不好意思，没说完就打住了。

“朋友们，”我动情地说，“我们永远是生死与共的朋友，你们对我有权……”

“我会多加利用的。”加拿大人回敬道。

“嗯？”孔塞耶说。

“是的，”尼德·兰接着说，“当我离开鹦鹉螺号这座地狱时，我会利用这个权利，拉你们一起走。”

“说到这个，我们航行的方向对吗？”孔塞耶说。

“对的，”我回答，“因为我们是朝着太阳去的，在这里，太阳在北边。”

“不错，”尼德·兰又说，“但还要知道是去太平洋，还是大西洋，也就是说，是去航船频繁的大海，还是船迹罕至的大海。”

这个问题，我回答不了。我担心尼摩船长要把我们带回濒临亚洲和美洲海岸的那个浩森大海中。这样，他的海底环球旅行就可圆满告终，他就可以回到鹦鹉螺号不受任何约束的大海中。可是，如果我们回到太平洋，远离有人居住的陆地，尼德·兰的计划不就落空了吗？

关于这个至关重要的问题，我们不久就会搞清楚。鹦鹉螺号飞速前进，很快就越过了南极圈，朝合恩角驶去。3月31日，晚上7时，我们就已到达美洲这个岬角的海域了。

那时，我们经历的一切痛苦都已抛置脑后。被困冰洞的惨景已从我们记忆中抹去。我们只考虑未来。尼摩船长不再露面，大客厅里和甲板上都不见他的踪影。大副每天在地球平面图上标出方位，这样，我就可以知道鹦鹉螺号的确切航向。然而，那天晚上，我发现我们显然又回到大西洋，向北航行了，这下可把我高兴坏了。

我把观察的结果告诉了加拿大人和孔塞耶。

"好消息！"加拿大人应答说，"可鹦鹉螺号究竟要去哪里呢？"

"这我说不清楚，尼德。"

"它的船长到了南极后，是不是还想去挑战北极，从那条赫赫有名的西北航道①返回太平洋？"

"这可说不定。"孔塞耶说。

"那好，"加拿大人说，"我们在这之前，就给他来个不辞而别。"

"不管怎样，"孔塞耶又说，"尼摩船长是个了不起的人物。认识他，我们并不遗憾。"

"尤其在离开他之后！"尼德·兰反驳道。

第二天，4月1日，中午前几分钟，当鹦鹉螺号浮出水面时，我们望见西边有一道海岸。那是火地岛②，初期的航海家看见土著人茅屋升起袅袅炊烟，数不胜数，就给起了这个名字。火地岛是一个辽阔的岛群，长30法里，宽80法里，位于南纬53°至56°、西经67°50′至77°15′。我觉得海岸线很低，但远处高山耸立。我甚至还依稀看见了萨米安托峰，海拔2070米，由板岩构成，呈金字塔形，峰顶极其尖峭。尼德·兰对我说，根据那山峰有无雾气笼罩，便可"预知天气的好坏"。

"一个了不起的晴雨表，我的朋友。"

"是的，先生，一个天然的晴雨表。我从前捕鲸经过麦哲伦海峡

---

① 西北航道，位于北美大陆和北极群岛之间，由一系列海峡组成，东起巴芬岛，西至波弗特海，长1450千米。

② 火地岛，南美洲南端的岛群，隔麦哲伦海峡同南美洲相望。

时，它从没有骗过我。"

这时，那座山峰清晰地显露在天尽头。这预示着晴天。果真如此。

鹦鹉螺号潜回水下，向海岸靠拢，沿着海岸前进，离陆地只有几海里。透过大客厅玻璃观光窗，我看见长长的海藻，还有巨大的墨角藻，这种海囊藻，我们在南极不冻海中见到过几个品种。如果把黏糊糊、光溜溜的长丝算在内，它们的长度甚至可达300米。它们比大拇指还要粗，坚韧无比，可谓是地地道道的绳索，常被船用作系泊的缆绳。还有一种名曰维普藻的海草，叶长4英尺，胶着在珊瑚的分泌物中，犹如在海底铺上了一层地毯，无数螃蟹、乌贼等甲壳动物和软体动物把它们当做窝巢和食物。在那里，海豹和海獭找到了鲜美的食物，按照英国人的方式，把鱼肉和海菜混在一起大快朵颐。

鹦鹉螺号从这富饶丰茂的海底飞驶而过。傍晚时分，它向马尔维纳斯群岛靠近，第二天，群岛崎岖险峭的山峰依稀可辨。海水不深。因此，我不无道理地认为，这两座被无数小岛环绕的岛屿，从前是麦哲伦陆地的一部分。马尔维纳斯群岛很可能是著名的航海家戴维斯[①]发现的，他硬给起了个名字叫戴维斯南群岛。后来，理查德·霍金斯[②]把它们叫做处女群岛。再后来，到了18世纪初叶，圣马洛的渔民称之为马尔维纳斯群岛。最后，被英国人叫做福克兰群岛，至今一直属于英国。

在这一带海域，我们的渔网捞上来多种赏心悦目的海藻，特别是一种墨角藻，根上满是贻贝，那是世界上最美味的贻贝。海鹅和海鸭，十几只一群扑到甲板上，马上就在配膳室里就了位。至于鱼类，我特别注意到虾虎鱼属的硬骨鱼，尤其是圆头虾虎鱼，长20厘米，布满了灰白色和黄色斑点。

---

① 戴维斯（约1550—1605），英国航海家。他曾试图寻找穿过加拿大北极地区进入太平洋的西北航路。

② 理查德·霍金斯（1560—1622），英国冒险家。1594年2月，他发现了一个群岛，命名为"霍金斯处女地"，可能就是福克兰群岛（即马尔维纳斯群岛）。

　　我还看见了许多水母，令我赞叹不迭。最漂亮的要算金水母，是马尔维纳斯群岛的特产。它们时而像光滑的半球形的小伞，上面有一道道红棕色条纹，周缘有 12 条规则的花边；时而又像倒置的花篮，从里面逸出一片片红色阔叶和细枝，真是妙趣横生，百看不厌。它们游泳时，摆动着 4 只叶状触手，浓密的触须下垂，随波漂浮。我真想把这些娇弱的植形动物保存几个样本，但它们不过是浮云，是影子，是表象，离开了它们生存的场所，就会化作烟云。

　　当马尔维纳斯群岛最后几座山峰在地平线上消逝时，鹦鹉螺号潜入 20 米至 25 米深的水下，沿着美洲海岸行驶。尼摩船长始终不照面。

　　直到 4 月 3 日，我们始终没有离开巴塔哥尼亚海岸，时而潜入水下，时而浮上海面。鹦鹉螺号驶过了拉普拉塔河宽阔的喇叭形入海口，4 月 4 日，抵达乌拉圭附近，但距海岸 50 海里。它始终沿着南美洲蜿蜒曲折的海岸向北航行。从我们在日本海上船至今，已航行了 16000 法里。

　　上午 11 时许，我们在西经 37° 切过南回归线，驶过了弗里乌角的海面。令尼德·兰大失所望的是，尼摩船长似乎不喜欢靠近巴西人口稠密的海岸。他把船开得逐风追日一般，就连飞得最快的鸟儿、游得最快的鱼儿，都跟不上它的速度，海中天然珍奇一掠而过，我们无法进行观察。

　　一连几天，我们都保持这样的高速度。4 月 9 日晚，我们望见了南美洲最东端的圣罗克角。但鹦鹉螺号又一次离开海岸，潜入深海，去寻找位于圣罗克角和非洲海岸国家塞拉利昂之间的一个海沟。这个海沟在安的列斯群岛的纬度线上兵分两路，北端是一个 9000 米深的大洼地。在这里，一直到小安的列斯群岛，大西洋的地质剖面是一道 6000 米长的悬崖峭壁，在佛得角的纬度上，还有一道同样高大的悬崖峭壁。在这两座峭壁之间，便是沉没于海底的亚特兰蒂斯。这个大海沟绵延起伏着几座海岭，使这里的海底呈现出旖旎的风光。我这样描绘的依据，是鹦鹉螺号图书室里那几张手工绘制的地图。这些地图显然出自尼摩船长之手，是根据他个人的观察绘制的。

鹦鹉螺号利用水平舵，在这荒凉空阔的深海里行驶了两天。它沿着纵对角线曲折航行，可以到达各个不同深度的海底。4月11日，它突然浮出海面，我们又看到了陆地，那是亚马孙河的入海口，宽阔至极，大量淡水流入大海，使得好几法里的海水咸味变淡了许多。

我们越过了赤道。西边20海里处是圭亚那，法国的一块属地，在那里，我们不难找到避难所。但是风大浪急，小艇招架不住这汹涌澎湃的海浪。尼德·兰自然明白这个道理，因为他一声不吭。我也不去提他的逃跑计划，因为我不想怂恿他去进行注定要失败的尝试。

逃跑计划只好推迟，但我从饶有趣味的研究中得到了补偿。4月11日和12日这两天中，鹦鹉螺号一直没有离开海面，拖网捕获了许多植形动物、鱼类和爬行动物，可谓战绩辉煌。

有的植形动物是拖网的链条带上来的。大都属于美丽的海葵目，其中一种为大西洋这部分海域土生土长，躯干很小，呈圆柱状，点缀着一条条直纹和红色斑点，周围的触手犹如怒放的花朵。至于软体动物，它们的品种我以前都看到过：有锥螺、紫框螺，后者壳上有规则的交叉线条，红色斑点衬映着肉红的底色，显得格外璀璨夺目；有稀奇古怪的蜘蛛螺，就像是石化了的蝎子；有半透明的月华螺、船蛸、美味可口的乌贼。还有几种枪乌贼，古代博物学家们把这些品种的枪乌贼列入飞鱼类，主要用作钓鳕鱼的诱饵。

在这个海域里，至今我尚未有机会研究过的鱼类可谓形形色色，品种繁多。在软骨鱼中，有七鳃鳗，为鳗鱼的一种，长15英寸，头浅绿色，鳍紫红色，脊背蓝灰色，腹部银褐色，布满色彩鲜明的斑点，眼睛虹膜周围镶着金边，这种奇妙的动物想必是被亚马孙河的流水带到海洋里来的，因为它们是淡水鱼；有长着结刺的鳐鱼，吻部尖尖，尾巴细长，有一根长长的硬棘刺；有 1 米长的小鲨鱼，身体灰色和淡灰色，牙齿排成数行，往里弯曲，俗称拖鞋匠鱼；有鲼鳒科的蝙蝠鱼，像个淡红色的等腰三角形，0.5 米长，胸鳍呈肉臂状，这使它们看上去像蝙蝠，但鼻孔附近有一个角状物，故有海麒麟之美称；最后是几种鳞鲀，其中一种为大西洋黄鳞鲀，两侧有金光灿灿的斑点；还有一种帆鳍鱼，像鸽子的喉部那样发出淡紫色的闪光。

最后，我还要讲讲我观察到的硬骨鱼，作为这有点枯燥但非常精确的海洋动物分类的结束语：无背鳍属的瘤棘鲆鱼，吻部浑圆雪白，身体乌黑，似是涂了层漂亮的黑漆，有一条细细长长的肉带子；多刺的齿花鲄鱼，长 30 厘米，银光闪闪；长有两个尾鳍的鲭鱼；打着火把捕捉的黑锦鳚，长 2 米，肉白，坚实，肥美，鲜吃味同鳗鱼，晒干后味像熏鲑鱼；淡红色隆头鱼，只在背鳍和尾鳍附近有鳞；雀鲷鱼，闪着金光和银光，堪与红宝石和黄玉一比高低；金尾鲷鱼，肉质极为鲜美，水中若有磷光闪烁，便知有金尾鲷鱼游过；橙黄色的细舌鲷鱼；还有金尾石首鱼、黑刺尾鱼、苏里南四眼鱼；等等。

这"等等"二字并不妨碍我再谈一种鱼，孔塞耶对之耿耿于怀不是没有道理。

我们一张拖网拖上来一条扁平的鳐鱼，若割去尾巴，就像一个圆盘，重达二十几千克。它背部白色，腹部淡红色，散布着深蓝色大圆斑，圆斑边缘为黑色，表皮光滑，尾部裂成两鳍。它平放在甲板上，挣扎着，颤动着，它想翻个身，拼力一跳，眼看就要跃入海中，孔塞耶舍不得让它逃之夭夭，连忙扑过去，没等我阻拦，他已双手抓住了那条鱼。

他即刻摔了个四脚朝天，半身不能动弹，于是大叫大嚷：

"啊！主人！我的主人！快来帮帮我！"

可怜的小伙子，这是他第一次不用"第三人称"同我说话。

我和加拿大人把他扶起来，使劲替他按摩。这个时刻不忘分类的

小伙子，当他恢复知觉后，还断断续续地说：

"软骨纲，软骨鳍目，固定鳃，横口亚纲，鳐科，电鳐属！"

"对极了，朋友，"我回答，"这是一条把你弄得狼狈不堪的电鳐。"

"啊！先生可以相信我，"孔塞耶接口说，"我要报复这家伙。"

"怎么报复？"

"把它吃了。"

当天晚上，他果真这样做了，但纯粹是为了报复。因为，坦率地说，这种鱼的肉硬得嚼不动。

倒霉的孔塞耶不肯放过的那条电鳐叫库马纳，是最危险的电鳐。这种奇怪的动物，在水这样的导体中放电，能把距离几米远的鱼电死，因为它的发电器官功率很大，身体两侧两个主要电场的面积不小于 27 平方英尺。

第二天，4 月 12 日，白天，鹦鹉螺号向荷兰海岸 ① 的马罗尼河口驶去。在那里，我们看见栖息着好几群海牛。它们和儒艮、无齿海牛同属海牛目。这些美丽的动物性情温和，从不伤害人，身长六七米，体重不少于 4 吨。我告诉尼德·兰和孔塞耶，大自然未雨绸缪，赋予这些哺乳动物以重要使命，让它们，还有海豹，必须在海底草原上吃草，从而阻止水草密集，以防水草堵塞热带河流的入海口。

"你们知道这些有用的动物被人类几乎灭绝后，发生了什么事吗？"我接着又说，"腐草污染了空气，空气污染后，黄热病在这些可爱的地区猖獗一时。在这些热带海底，毒草丛生，黄热病势不可当，从拉普拉塔河口湾，一直蔓延到了佛罗里达海峡。"

如果相信图斯内尔的说法，海牛灭绝给人类带来的灾难，与鲸和海豹从海洋上消失可能带来的灾难相比，是小巫见大巫。鲸和海豹一旦灭绝，海洋上将到处是章鱼、水母、枪乌贼，就会成为传染病的大

---

① 荷兰海岸，这里指南美的苏里南海岸。苏里南原为荷兰殖民地，1954 年成立自治政府，1975 年获得独立。

策源地，因为海洋将不再有"这些大胃口的动物秉承上帝旨意清扫海面。"

可是，鹦鹉螺号的船员虽然不敢无视这些理论，却仍然捕捉了6头海牛，因为要为船上食品储备提供美味的牛肉。与陆上的牛肉和小牛肉相比，海牛肉味道更胜一筹。这一次捕猎索然寡味，海牛束手就擒，毫不反抗。数吨海牛肉放进了食品储藏室，等着烘干。

那天，还进行了一场奇特的捕鱼，充实了鹦鹉螺号的食物储存，因为这一带海产丰富多彩。拖网拖上来一种鱼，数量还不少。它们头上有一块椭圆形吸盘，边缘多肉。它们属鲫科，亚软鳍类第3科。它们扁平的吸盘由可活动的横软骨片组成，软骨片之间可以变成真空，这样，它们就可以像吸杯那样吸附在物体上。

我在地中海观察到的印颈鱼，就属于这一类。但这里的软骨吸盘鲫鱼是这个海的特产。我们的水手逮到以后，立即把它们养在装满水的桶里。

捕鱼结束后，鹦鹉螺号就向海岸驶去。那里，有不少海龟在波涛上睡觉。捕捉这些珍贵爬行动物很不容易，因为稍有动静，它们就会惊醒，况且，它们的甲壳无比坚硬，经得住鱼叉的考验。然而，鲫鱼可以把它们逮住，而且万无一失，百发百中。的确，鲫鱼是个活鱼钩，会给天真的钓鱼人带来好运气。

鹦鹉螺号的船员们给这些鲫鱼的尾巴套上一个环，大小刚好不影响鱼的行动，在环上结一根长绳，绳的另一端系在船上。

鲫鱼扔到海里后，立即开始工作，游过去吸附在海龟的腹甲上。它们吸得牢牢的，宁愿被撕裂，也不肯松开。船员们把它们拉回船上，它们吸附的海龟自然也跟着上来了。

因此，我们逮到了好几只赤蠵龟，甲宽1米，体重200千克。甲壳上覆盖着宽大的棕色角质甲片，薄薄的，光亮透明，上面点缀着白色和黄色斑点，这使它们成为海龟中的珍品。此外，从美食角度看，它们味道鲜美，可同正宗的海龟媲美。

我们在亚马孙河入海口的逗留，以捕捉海龟而告终。夜幕降临，鹦鹉螺号又远离海岸，回到浩茫大海中。

第十八章

章　鱼

连续几天，鹦鹉螺号总是避开美洲海岸。显然，它不想在墨西哥湾或安的列斯海域露面。可这一带海域平均深度达 1800 米，因此，不是因为水浅不适合航行。不过，这一带岛屿林立，船来船往，大概不合尼摩船长的心意。

4 月 16 日，我们远远望见马提尼克岛和瓜德卢普岛，离我们大约 30 海里。有一会儿，我依稀看见了岛上高耸的山峰。

加拿大人失望之至，他本想在墨西哥湾实施逃跑计划，或逃上某个陆地，或登上一条航船，那里，常有航船往返于两个岛屿之间。只要尼德·兰能背着船长弄到那条小艇，逃跑就可能成功。可我们航行在茫茫大海上，逃跑之事连想都不要想。

我和加拿大人、孔塞耶就这个问题讨论了很长时间。我们被囚鹦鹉螺号已达半年之久。我们航行了 17000 法里，正如尼德·兰所说，看来还要没完没了地待下去。因此，他给我提了个建议，我颇感意外。他建议我索性去问问尼摩船长，是不是打算永远把我们囚禁在鹦鹉螺号上。

我很不高兴这样做。我认为不会有什么结果。对鹦鹉螺号的船长不应抱任何希望，我们要靠自己救自己。况且，一段时间以来，他这个人变得更加郁郁不乐，更加深居简出、不爱交往了。他似乎在有意躲避我。我难得碰见他。以前，他总喜欢给我讲述海底奇观，现在他让我一个人研究，对我弃之不顾，连大客厅也不再来了。

他内心究竟发生了什么变化？为什么会这个样子？可我并没做错什么呀！也许，他对我们在他船上已感到不堪忍受了？不过，我不敢奢望他会还我们自由。

因此，我请求尼德容我考虑一下再去找船长交涉。如果这样做达不到预期的结果，那么反而会重新勾起尼摩船长的猜疑，我们的处境就会更艰难，加拿大人的计划就会更难实现。我还说，我也不能借口健康问题而提出离开鹦鹉螺号。若把南极大浮冰的严峻考验排除在外，无论是尼德、孔塞耶，还是我自己，我们都身体健康，前所未有。卫生的饮食、有益健康的空气、有规律的生活、均衡的温度，这一切使疾病无机可乘。像这样一种生活，我明白，对尼摩船长那样对陆地生活毫无眷恋的人来说，那是如鱼得水。他就在自己的家里，想上哪儿就上哪儿，沿着在别人看来神秘莫测，在他却习以为常的航道，走向自己的目的地。可我们尘缘未了。就我个人而言，我不想让我空前绝后、极其珍贵的研究同我一起葬身大海。现在，我有资格写一部真正的海洋专著。而这部书，我想让它尽早问世。

即使在这里，在这安的列斯群岛的大海里，离海面10米深的地方，通过大客厅玻璃观光窗，我看见有多少趣味盎然的海洋生物值得载入我的笔记里！在植形动物中，有僧帽水母，俗称蓝瓶僧帽水母，形似狭长的大鱼鳔，散发着珠光，展开着薄膜，蓝色的触手像丝绒般随波漂浮在海面上，看上去是美丽的水母，但用手触摸，却像地道的荨麻，会分泌出一种有毒液体。在节肢动物中，有环节动物，长1.5米，有一个玫瑰色吻管和1700个运动器官，在水下蜿蜒而行，经过时，发出太阳光谱的七色微光。在鱼类中，有蝠鲼，那是长10英尺、重600磅的大型软骨鱼，胸鳍呈三角形，背脊微微隆起，两只眼睛长在头部最前端，它们像船的残骸漂浮在水中，有时贴在我们玻璃观光窗上，犹如不透光的百叶窗。有美洲鳞鲀，大自然只为它们磨碎了黑白两种颜料涂在身上。有瓢虾虎鱼，又长又肥，鳍为黄色，颌骨突出。有鲭鱼，长16分米，牙齿又短又尖，周身覆盖细鳞，属长鳍金枪鱼。还有成群结队的羊鱼，从头到尾饰有一条条金纹，摇动着闪光的鳍条，简直是古人供奉狄安娜①的首饰极品，罗马富人对它们珍爱备至，有一条谚语谈到它们时说："得此鱼者不食之！"最后，还有金刺盖鱼，装饰着翠绿色带子，穿着天鹅绒和丝绸，活像韦罗内塞画中的贵族老爷从我们眼前经过；马刺鲷鱼划动着胸鳍，看见我们就迅速躲开；15英寸长的鳄鱼浑身磷光闪烁；鲻鱼用肥大的尾巴拍击海水；若鲹鱼划动锋利的胸鳍，犹如在斩浪劈波；月亮鱼银光闪闪，叫它们月亮鱼名副其实，它们从水际升起时，宛若一弯弯银光闪烁的月亮。

鹦鹉螺号渐渐潜入深水层，否则我还可以观察到多少美妙新奇的海洋动物啊！水平舵把鹦鹉螺号带到2000米至3500米深的海底。于是，作为动物，只有海百合、海星，还有长着水母头的妩媚动人的五角海百合，其笔直的柄上有一个小花萼。还有马蹄螺、血红色的露齿螺、钥孔帽螺，这些都是近海大型软体动物。

4月20日，我们上浮了一些，航行在平均1500米深的水层中。当时，离我们最近的陆地是巴哈马群岛。那些岛屿宛若一块块铺路石板，星罗棋布地散布在海面上。海底矗立着一座座悬崖峭壁，犹如一道道由粗石砌成的基础宽大的高墙，巉岩之间露出一个个黑洞，我们的电光照不见洞底。

岩石上覆盖着巨型海草、海带、墨角草，可谓一道海洋植物篱笆，是提坦巨神②理想的生活场所。

我和孔塞耶、尼德在谈论这些巨型海洋植物时，自然要谈到巨型海洋动物。因为前者生来是后者的食物。然而，鹦鹉螺号几乎静止不动，我从玻璃观光窗能看到的，只有栖息在植物长叶上的腕足纲的主要节肢动物：长腿紧握蟹、紫岩蟹、菱蝶螺，这些都是安的列斯群岛海域中的特产。

上午11时许，尼德·兰叫我看大海藻中间有什么东西在攒动。

① 狄安娜，罗马神话中的月亮和狩猎女神。
② 提坦巨神，希腊神话中的巨神，是天神乌拉诺斯和地神该亚的子女，共12名，6男6女。

"哈！"我说，"那可是章鱼的巢穴。若在那里面看见几只这样的怪物，我是不会吃惊的。"

"怎么！"孔塞耶说，"那不就是头足纲的枪乌贼，普普通通的枪乌贼吗？"

"不是，"我说，"是大章鱼！不过，兰老弟想必看错了，因为我什么也没看见。"

"太遗憾了。"孔塞耶接口说，"我倒很想亲眼见见这种大章鱼，我常听人说，它们能把航船拖入海底深渊。这些动物叫克拉……"

"克拉克①就够了。"加拿大人揶揄道。

"……肯②。"孔塞耶不理会同伴的热嘲冷讽，坚持把这个词说完。

"我绝不相信有这样的动物存在。"尼德·兰说。

"为什么？"孔塞耶说。"先生说的独角鲸，我们不就相信了。"

"可我们错了，孔塞耶。"

"也许！但还有人仍然信着呢。"

"这很可能，孔塞耶，不过，我决定，只有我亲手杀死了这些怪物，我才相信真有其物。"

"那么，"孔塞耶问我，"先生也不相信有大章鱼吗？"

"嘿！有谁相信过？"尼德大声说。

"人多着呢，尼德老兄。"

"渔民不会相信。学者倒有可能！"

"对不起，尼德。渔民和学者都有人相信。"

"我跟您说，"孔塞耶极其严肃地说，"我清楚地记得，我曾看见一条大船被一只头足纲动物的巨臂拖进海底。"

"您看见过？"加拿大人问。

---

① 克拉克，这里，是 craque 的音译，意思是"吹牛"。
② ……肯，指克拉肯，kraken 的音译，指斯堪的那维亚神话中的海妖。

"是的，尼德。"

"亲眼？"

"亲眼。"

"请问在哪里？"

"在圣马洛。"孔塞耶坚定地回答。

"在港口？"尼德·兰讥讽道。

"不，在一座教堂里。"孔塞耶回答。

"在一座教堂里！"尼德·兰惊叫道。

"是的，尼德老兄。一幅画上有那只章鱼！"

"好极了！"尼德·兰纵声大笑，"孔塞耶先生在耍我哪！"

"关于这点，他没说错。"我说，"我听说过这幅画，但题材来源于一个传说。您知道该如何看待博物学方面的传说。况且，只要涉及怪物，想象力就会误入歧途。不仅有人说这些章鱼可以把船拖入海底，而且，有个叫马格努斯①的人谈到过，有一个头足纲动物长达1海里长，与其说像动物，不如说像个岛。还有人说，有一天，尼德罗主教在一块大岩礁上设了个祭坛。他做完弥撒，那大岩礁就移动起来，回到大海里去了。原来岩礁是头章鱼。"

"说完了？"加拿大人问。

"还有呢。"我回答，"另一个主教，蓬托皮当·德·伯根，也谈起过一头章鱼，说是一个骑兵团都可以在上面操演呢！"

"从前那些主教，他们可真行！"尼德·兰说。

"还有，古代博物学家们谈到过一些海怪，说它们的嘴巴像一个海湾，身体大得连直布罗陀海峡都过不去。"

"好极了！"加拿大人说。

"这些故事有没有真实的成分？"孔塞耶问。

---

① 马格努斯（1490—1557），瑞典历史学家。

"丝毫没有，我的朋友们。至少，那些超出真实界限而变成寓言或传说之类东西，毫无真实可言。不过，要让说故事的人想象出这些故事来，如果不需要原因，至少得有个借口吧。不能否认大章鱼和枪乌贼的存在，但它们比鲸要小。亚里士多德证实，他见过一只5肘，即3.1米长的枪乌贼。我们的渔民常看到身长超过1.8米的枪乌贼。意大利的里雅斯特博物馆和法国蒙彼里埃博物馆还保存着2米长的章鱼标本。况且，根据博物学家们的计算，一只6英尺长的章鱼，其触手可长达27英尺。凭这点，就可以把它们说成是可怕的怪物了。"

"当今有人捕捉吗？"加拿大人问。

"海员们即使捉不到，至少也看得见。我有个朋友，保尔·博斯船长，法国勒阿弗尔港人，他常对我说，他在印度洋遇到过这样一个大怪物。最令人惊讶的事，莫过于几年前即1861年发生的事，这使人们再也无法否认这些庞然大物的存在了。"

"什么事？"尼德·兰问。

"事情是这样的。1861年，在特内里费岛 ① 的东北方向，差不多在我们现在所处的纬度上，阿雷克通护卫舰的水手们看见一头大得超乎寻常的枪乌贼在水面上游动。布盖舰长向那动物靠近，用鱼叉和火枪发起攻击，但劳而无功，因为铁叉和子弹穿过枪乌贼软绵绵的肉体，如同穿过软囊囊的肉冻一般。经过多次徒劳的尝试，水手们终于把一个活结套在枪乌贼身上。那活结一直滑到枪乌贼的尾端才停住。水手们试图把怪物拉上船来，可是它太重，在拉的过程中，它身尾分离，丢下尾巴，消失在水中了。"

"总算有件真事了。"尼德·兰说。

"千真万确，我的好尼德。为此，人们建议把这头章鱼命名为'布

---

① 特内里费岛，北大西洋加那利群岛的最大岛屿。

盖的枪乌贼 [1]，。"

"它有多长？"尼德·兰问。

"是不是 6 米左右？"孔塞耶说。他站在玻璃观光窗旁，又开始注意海底悬崖上的岩缝了。

"一点不错。"我回答。

"它的脑袋上是不是有 8 条腕，"孔塞耶接着说，"在水里游动起来就像一窝蛇？"

"千真万确。"

"它的眼睛是不是突出来，大得离谱？"

"是的，孔塞耶。"

"它的嘴巴是不是像鹦鹉嘴，只是大得吓人？"

"不错，孔塞耶。"

"那好！先生请别见怪，"孔塞耶不动声色地说，"如果这不是布盖的枪乌贼，至少也是它的一个兄弟。"

我看着孔塞耶。尼德·兰奔到窗边。

"可怕的怪物！"他惊叫道。

我也跑过去观看，禁不住一阵恶心。在我眼前，游动着一个可怕的怪物，真可以把它列入畸胎传说中。

这是一个大得吓人的章鱼，有 8 米长。它倒退着向鹦鹉螺号飞速游来。两只海蓝色大眼睛死盯着鹦鹉螺号。脑袋上长着 8 条腕，更确切地说长着 8 个足，因此就有了头足动物的美称。它的 8 条腕足比躯体长一倍，扭动起来宛如复仇女神 [2] 的长发。我们清楚地辨出，它有 250 个吸盘，就像 250 个半球状瓶盖，排列在 8 条腕足的内侧。有时，这些吸盘变成真空后，吸附在大客厅玻璃观光窗上。这怪物的嘴一张

---

[1] 本书作者将"枪乌贼（le calmar）"同"章鱼（le poulpe）"混淆了。其实，枪乌贼通称鱿鱼，多具 10 条腕足，体型较小。而章鱼则称"蛸"，8 条腕足，腕足的展幅几乎可达 9 米。

[2] 复仇女神，希腊神话中，有 3 个复仇女神，身材高大，眼中流血，头发由许多毒蛇盘结而成。

一合，那嘴是角质的，和鹦鹉嘴很相像。它的舌头也是角质的，上面长着好几排尖牙利齿，颤动着从大剪刀似的嘴巴里伸出来。大自然太随心所欲，竟把鸟喙安到了软体动物身上！它的身体呈纺锤形，中间鼓起，形成一个大肉团，重达 2 万至 2.5 万千克。它那变化无常的体色现在因发怒而迅速改变了颜色，从青灰色转成了红褐色。

这个软体动物怎么会发怒呢？想必因为鹦鹉螺号的出现。它发现鹦鹉螺号比自己更大，而自己带吸盘的腕或自己的嘴巴对鹦鹉螺号一筹莫展！可是，这些章鱼是怎样的怪物啊！造物主赋予它们怎样的生命力啊！它们的动作具有怎样的活力啊！因为它们有 3 颗心脏！

机缘巧合让我们遇见了这头章鱼，我不想坐失良机，我要好好研究这个头足纲动物的活标本。尽管它的模样委实可怕，但我竭力克服厌恶情绪，拿起笔，开始把它画下来。

"这说不定就是阿雷克通号护卫舰遇到的那头呢。"孔塞耶说。

"不可能，"加拿大人说，"这一个是完整的，而那一个丢了尾巴！"

"这倒不是理由。"我回答。"这些动物有再生能力，腕足和尾巴断了可以重新长出来。布盖的枪乌贼断尾已有 7 年，无疑有时间长出新的来。"

"不过，"尼德回嘴说，"如果这一个不是，那几个中可能会有一个是的。"

果然，又有几个章鱼出现在右舷的玻璃观光窗口。我数了数，有 7 个。它们像在为鹦鹉螺号保驾护航。我听见它们的喙啄在钢板上发出笃笃的响声。有人伺候我们，这下我们称心如意了！

我继续画章鱼。那些怪物待在我们周围的水中，紧跟着我们，分毫不差，看起来就像静止不动似的，我本可以在窗玻璃上给它们临摹一张缩图的。况且，我们行驶的速度比较慢。

突然，鹦鹉螺号停下来了。一下撞击震得它全身颤动。

"是触礁了吗？"我问。

"如果是触礁，"加拿大人说，"那我们也脱礁了，因为现在我们是漂浮着的。"

鹦鹉螺号是漂浮着，可它停止不前了。螺旋桨的叶片不再击水。一分钟过去了，尼摩船长来到大客厅，大副紧随其后。

我有一段时间没看见船长了。他看上去神色阴沉。他没有同我们说话，可能没有看见我们，径直朝玻璃观光窗口走去，看了看章鱼，对大副说了几句话。

大副出去了。不久，观光窗板全部关闭，天花板的吸顶灯亮了。

我向船长走去。

"一群珍奇的章鱼。"我对他说，语气轻松自若，就像一个业余爱好者在玻璃水族缸前说话一样。

"不错，博物学家先生，"他回答我，"我们就要同它们肉搏一场了。"

我看着船长，以为听错了。

"肉搏？"我重复他的话。

"是的，先生。螺旋桨停住了。我想是其中一头章鱼的嘴巴卡进螺旋桨的叶片中了。我们动弹不得了。"

"那您怎么办？"

"浮到海面上去，把这些坏蛋杀死。"

"谈何容易！"

"是很难。电子弹对这些软肉无可奈何，遇到的阻力不够，就不可能爆炸。不过，我们用斧头来对付它们。"

"还可以用鱼叉，先生，"加拿大人说，"如果您不拒绝我的帮助的话。"

"我接受，兰师傅。"

"我们跟您一起去。"我说。我们跟着尼摩船长，向通甲板的中央

梯走去。

已有十来个人在那里了，他们手拿太平斧，准备投入战斗。我和孔塞耶一人拿一把斧头。尼德·兰抓起一柄鱼叉。

鹦鹉螺号已回到海面上。一个水手站在中央梯的最高梯级上，正在卸掉入口舱盖的螺钉。可是螺母刚拔掉，舱盖就猛地掀开，显然是被章鱼的腕足拽开的。

旋即，一条长腕似蛇一般从入口钻进来，还有20条腕足在舱口舞动。尼摩船长一斧头砍下去，砍断了那条可怕的腕足，只见它扭动着从楼梯上滚了下来。

我们争先恐后地拥到甲板上，另外两条腕足在空中舞动，突然扑到尼摩船长前面那个水手身上，势不可当地把他卷走了。

尼摩船长惨叫一声，跃到甲板上。我们跟着他冲了出去。

场面惨不忍睹！那不幸的水手，被章鱼的腕足缠绕，被章鱼的吸盘吸住，听凭这巨大的卷筒在空中挥来舞去。他咝咝地喘气，他呼吸困难，他大喊大叫："救救我！救救我！"他喊的是法语，我顿然惊得目瞪口呆！船上有我一个同胞！也许有好几个！这撕心裂肺的呼救声，一辈子都会在我耳畔回响！

那个倒霉蛋肯定完了。他被缠得那样紧，谁能把他拉出来？然而，尼摩船长扑向章鱼，一斧头下去，又砍断了章鱼的一条腕足。他的副手怒不可遏，同在船两侧扭动的另外几头怪物展开搏斗。船员们用斧头砍杀。我和加拿大人、孔塞耶也抢起武器，向那些肉团砍去。一股浓烈的麝香味弥漫在空中。真是恐怖至极！

有一刻，我以为被章鱼缠住的那个可怜人有可能从强大的吸盘中救出来。因为8条腕足已砍断了7条，剩下的一条在空中扭动着，将受害者挥来舞去，仿佛在舞动一根羽毛。可当尼摩船长及其副手扑上去时，那动物喷出一股墨汁作烟幕，那是从它腹部的一个液囊里分泌出来的。我们眼前一片漆黑。当这股墨汁消散后，那章鱼已不见踪影，

我那个倒霉的同胞也消失得无影无踪！

我们怒火中烧，誓与这些怪物决一死战！我们再也控制不住了。十来头章鱼爬上了鹦鹉螺号的甲板和两侧。甲板上流满了章鱼的鲜血和墨汁，被斩断的腕足像蛇一般扭来摆去，我们则在这些肉段中翻来滚去。这些黏糊糊的腕足仿佛死而复生了，犹如七头蛇妖，斩掉一个头复又生出一个来。尼德·兰的铁叉百刺百中，叉叉刺中章鱼的蓝眼睛，把它们刺瞎。突然，我这位勇敢的同伴来不及躲闪，被一头怪物的腕足掀倒在地。

啊！我吓得心胆俱裂！那章鱼已向尼德·兰张开血盆大口。可怜的尼德眼看就要被咬成两截。我扑过去救他，但尼摩船长抢先一步，他的斧头插入章鱼的大嘴里。加拿大人奇迹般地获救了。他站起来，将鱼叉整个儿插进章鱼身上，刺透了它的 3 颗心脏。

"我是为了报答您！"尼摩船长对加拿大人说。

尼德鞠了一躬，未作回答。

这场鏖战持续了一刻钟。怪物们一败涂地，被砍断了肢体，受到致命的打击，于是落荒而逃，消失在滔滔大海中。

尼摩船长浑身是血，站在灯舱旁呆若木鸡，凝视着吞噬了自己一个伙伴的大海，不禁潜然泪下。

第十九章

湾 流

4月20日的恐怖场面，我们谁都不可能忘怀。我在写这段往事时，依然心惊胆颤。写好后我又读了几遍，还念给孔塞耶和加拿大人听。他们觉得，事实准确无误，但恐怖气氛描写不够。这样可怕的场面，必须有我们最杰出的诗人、《海上劳工》的作者①之生花妙笔，才能淋漓尽致地描绘出来。

我前面说过，尼摩船长望着滔滔大海痛哭流涕。他心如刀割，痛不欲生。从我们来到船上后，这是他失去的第2个同伴。死得又那样惨烈！他这位朋友，被一头章鱼的巨腕缠烂缠碎，缠得透不过气，被它的铁牙咬得粉身碎骨，不可能同他的伙伴们一起安息在海底宁静的珊瑚墓地里了。

对我来说，在这场鏖战中，那不幸人绝望的惨叫声让我撕心裂肺！这个可怜的法国人，忘记了在船上要说约定的语言，竟然用母语发出最后的呼救！鹦鹉螺号的船员同尼摩船长生死与共，和他一样避开尘世，没想到，在他们中间，居然有我的同胞！在这显然由不同国籍人组成的神秘团体中，难道只有他一人代表法兰西吗？这又是一个找不到答案的问题！它和其他许多问题一样，不断浮现在我脑海里。

尼摩船长回房去了，从此，有一段时间不见他的人影。可是，若从船的表现来判断，他该是多么悲伤绝望，多么犹豫不决！因为他是船的灵魂，船能感觉得到他所有的喜怒哀乐！鹦鹉螺号不再有固定的航向。它就像是行尸走肉，随波漂流，漫无目的。它的螺旋桨已摆脱

---

① 指法国大作家雨果（1802—1885）。

章鱼的障碍，但几乎不派用场。它毫无目的地转来转去，舍不得离开刚刚鏖战过的地方，离开这吞噬了他的一位伙伴的大海！

就这样过了 10 天。到了 5 月 1 日，鹦鹉螺号在望见巴哈马群岛的巴哈马海峡出口时，才又果断地重新北上。于是，我们沿着那条世界最大的洋流前进。这条大河有自己的海岸、鱼类和温度。我在前面曾把它称做湾流。

这的确是一条河流，自由自在地奔流在大西洋中间，河水与大西洋水互不相混。这是一条咸水河，比周围的海水更咸。它的平均深度为 3000 英尺，平均宽度为 60 海里。有些地方的流速每小时为 4000 米。它的水量永恒不变，比地球上任何一条江河的水量都要大。

这条湾流的真正源头，也可以说，它的起点，根据莫里船长的认定，是在比斯开湾①。在那里，尽管水温不高，颜色不深，但暖流开始形成。它沿着赤道非洲向南流去，靠热带地区的阳光晒热波涛，穿过大西洋，抵达巴西海岸的圣罗克角，然后兵分两路，其中一路与安的列斯暖流交汇。湾流担负着平衡水温、中和热带海水和北方海水的使命，于是，它就开始发挥平衡器的作用。它在墨西哥湾被晒得滚烫，然后沿着美洲海岸北上，流至纽芬兰②海岸，被戴维斯海峡的寒流推着偏离了河道，继而沿着地球一个大圆圈等角航线回到大西洋。它在靠近北纬 43°处兵分两路，其中一路受东北信风的影响，又折回比斯开湾和亚速尔群岛，另一路在温暖了爱尔兰和挪威的海岸后，一直流到斯匹次卑尔根群岛以外，在那里，水温降至 4℃，形成北极的不冻海。

这时，鹦鹉螺号正航行在大西洋的这条湾流上。巴哈马海峡出口宽 14 法里，水深 350 米。湾流从巴哈马海峡流出，时速为 8000 米。往北流速呈规律性减慢。真希望这种有规律的减速恒久不变，因为若

---

① 比斯开湾，大西洋的一部分。在欧洲伊比利亚半岛和法国布列塔尼半岛之间。
② 纽芬兰，北美洲东海岸外的大西洋岛屿，属加拿大纽芬兰省。

像有人以为看到的那样，湾流的流速和方向正在发生变化，那么，欧洲的气候就会受到干扰，其后果不堪设想。

中午时分，我和孔塞耶在甲板上。我向他介绍湾流的特点。讲完后，我让他把手伸进流水中。

孔塞耶照我说的做了。但令他吃惊的是，他感觉不出海水是冷还是热。我对他说：

"这是因为湾流从墨西哥湾流出时，水温和人体温度相差无几。这湾流是一个庞大的供热系统，使得欧洲海岸一年四季郁郁葱葱。而且，如果相信莫里所说，把这湾流的热量充分利用起来，足以使一条像亚马孙河或密西西比河那样大的铁水长流保持熔化状态。"

这时，湾流的流速为每秒 2.25 米。湾流的水流同周围海水的差别极其明显，致使受挤压的湾流水面高出洋面，在暖流与周围的冷水之间形成一个水位差。再说，湾流的水色深，富含盐分，靛蓝的流水与周围碧绿的海涛形成鲜明的对照。它们的分界线何其分明，以至于当鹦鹉螺号行至加罗林群岛①的纬度上时，它的艏冲角锥已进入湾流在劈波斩浪了，可螺旋桨仍在拍击大西洋的波涛。

湾流带来了整整一个世界的生物。在地中海常见的船蛸，成群结队地畅游在湾流中。在软骨鱼中，最引人注目的是鳐鱼，尾巴细长，几乎占体长的 1/3，宛若 25 英尺长的大菱形体。有 1 米长的小角鲨，头大大的，吻又短又圆，长着几排尖牙，全身仿佛披着鳞片。

在硬骨鱼中，我看到的有：灰笛鲷——这一带海域的特产；长着火光闪闪虹膜的斑笛鲷鱼；体长 1 米、大嘴里细牙密布、发出轻微叫声的石首鱼；前面提到过的黑锦鳎鱼；披金戴银的鳍鳅鱼；堪称大西洋的彩虹，可与最美的热带鸟争奇斗艳的鹦嘴鱼；长着三角形脑袋的横带宽口鱼；微蓝色的无鳞菱鲆；有一条形似希腊语字母"T"的

---

① 加罗林群岛，太平洋西部群岛，约在北纬 5°至 11°、东经 131°至 163°之间。

黄色阔纹的蟾鱼；一群群体小且长着褐斑的鮈虾虎鱼；长着银白色脑袋、金黄色尾巴的天竺鲷鱼；形形色色的鲑鱼；体形修长、柔光闪烁、被拉塞佩德献给终生伴侣的鲻鱼。最后，还有一种美丽非凡的美国高鳍石首鱼，佩戴着各种勋章和绶带，出没于这一伟大国家的沿海地区，可勋章和绶带在这个国家并不受人赏识。

我还要说，在夜间，湾流之水磷光闪闪，可与我们舷灯的光辉一比高低，尤其在经常威胁我们的暴风雨天气里。

5月8日，我们仍在横穿哈特拉斯角①的湾流，与加罗林群岛处于同一纬度线上。这里湾流宽75海里，深210米。鹦鹉螺号继续随波逐流。船上似乎解除了一切警戒。应该承认，在这种情况下，逃跑有可能成功。因为沿岸有居民，到处都能找到避难所。海上汽轮来来往往，穿梭于纽约或波士顿和墨西哥湾之间，还有双桅纵帆船日夜航行在美国海岸线上，负责沿岸各重镇的联系。我们可望被那些船收留。这是千载难逢的机会，尽管鹦鹉螺号和美国海岸相隔30海里。

但有一个不利情况，使加拿大人的计划无法实施。天气异常恶劣。我们去的海域常常暴风雨骤起，是旋风和飓风的故乡，而这恰恰是湾流引起的。驾一只弱不禁风的小艇，与动辄狂风暴雨的大海对抗，肯定死路一条。尼德·兰也承认不讳。因此，他只好作罢，虽然他难以遏制对故乡的强烈思念，唯有逃跑才能治愈他的思乡病。

"先生，"那天他对我说，"这一切该结束了。事情得有个结果了。您的尼摩避开陆地，重新北上。我可跟您说清楚，南极我已受够了，我决不跟他去北极。"

"那怎么办，尼德？现在又逃不成。"

"我还是那个主张。得和船长谈一谈。我们在您故乡的大海中时，您什么都没对他说。现在到了我故乡的海中，我可要对他说了。我一

①哈特拉斯角，在美国北卡罗来纳州东岸的大西洋上，这里冬季多雾，夏季多飓风。

想到再过几天，鹦鹉螺号就要到达新苏格兰的纬度上，那里，靠近纽芬兰岛，有一个大海湾，圣劳伦斯河就流入这个海湾。圣劳伦斯河是我的河，我的故乡魁北克市的河。我一想到这些，就怒发冲冠，火冒三丈。喂，先生，我宁愿跳海，也决不待在这里！我都快给憋死了！"

显然加拿大人已忍无可忍。他生来精力充沛，难以适应这遥遥无期的囚禁生活。他的面容越来越憔悴，性情越来越阴郁。他内心的痛苦我能感受得到，因为我也饱受思乡之苦。我们差不多有 7 个月没有陆地上的任何消息了。再说，尼摩船长现在离群索居，心境恶劣，尤其在章鱼之战后更是沉默不语，这一切使我对事物的看法有了改变。我不再像起初那样兴致勃勃了。在这适合鲸目动物和海洋生物居住的环境中，只有像孔塞耶那样的佛兰芒人才能做到随遇而安。说真的，这个好小伙子，若是长着鳃而不是肺，我相信他准是条出类拔萃的鱼！

"哎，先生？"尼德·兰见我不吭声，又说道。

"哎，尼德，您要我去问问尼摩船长对我们有什么打算？"

"是的，先生。"

"尽管他早就讲过了？"

"对。我想作最后一次确定。如果您愿意，就为我一个人，以我个人的名义去问好了。"

"我难得碰见他。他甚至在躲着我。"

"这就更有理由去看他了。"

"我会问他的，尼德。"

"什么时候？"加拿大人锲而不舍地问。

"我碰到他时。"

"阿罗纳克斯先生，您是想让我自己去找他吗？"

"不，我去。明天……"

"今天就去。"尼德·兰说。

"好吧。就今天。"我对加拿大人说。如果他去说，准会把事情弄得一团糟。

我独自留下来。既然决定要去问，我打定主意马上就去。我有事喜欢早做完，不喜欢拖拖沓沓。

我回到房间里。我听见尼摩船长房里有脚步声。这是去找他的好机会，不应该错过。我敲敲门。没有回应。我又敲了敲，然后，转动门把手。门开了。

我进去。船长在里面。他正在伏案工作，没听见我进来。我决心不问出个结果就不离开他的房间，于是我走到他跟前。他蓦地抬起头来，皱了皱眉头，以相当生硬的口吻对我说：

"是您！找我有事吗？"

"船长，我要和您谈谈。"

"我正忙着呢，先生，我在工作。我给了您一个人独处的自由，我就不能有这份清静吗？"

接待很冷淡，看来话不投机。但我下决心他说什么我听什么，他问什么我答什么。

"先生，"我冷冷地说，"我要同您谈一件事，不能再拖了。"

"什么事，先生？"他揶揄地回答，"您是不是发现我没发现的东西了？大海向您泄露新的秘密了？"

这离正题太远了。可还没等我回答，他就指着摊在桌上的一份手稿，以更严肃的口吻对我说：

"阿罗纳克斯先生，这是用好几种语言写就的手稿，概括了我对海洋的研究成果，但愿它不与我同归于尽。这手稿署着我的名字，还附有我的生平传记。它将装在一个不沉的容器里。鹦鹉螺号最后一个幸存者将把它扔进海里，让它随波漂流。"

这个人的名字！他自己写传记！他的秘密有一天会揭开吗？不过，此刻，我只想把他这段话当做进入主题的引子。

"船长，"我回答，"您这个想法我十分赞同。不应该让您的研究成果付诸东流。不过，您的做法我认为太原始了点。您知道那东西会被风刮到哪里？会落入谁人之手？您不能找到更好的办法吗？您，或您的一个人不能……"

"绝不可能，先生。"船长生气地打断我说。

"可我和我的同伴们，我们随时准备替您保存手稿，如果您让我们恢复自由……"

"自由！"尼摩船长站起来说道。

"是的，先生，我正想同您谈谈这件事。我们来您船上已有 7 个月了，今天，我想以我和我同伴们的名义问问您，您是不是打算永远把我们留在船上？"

"阿罗纳克斯先生，"尼摩船长说，"我今天给您的回答和 7 个月以前一样。谁上了鹦鹉螺号，就别想离开。"

"您把我们当奴隶了！"

"随您怎么说。"

"可是任何地方的奴隶都有重获自由的权利！不管用什么样的手段，都可以被认为是正当的。"

"你们这个权利，谁否认了？"尼摩船长回答，"我想过要用誓言把你们拴住吗？"

船长交叉双臂瞅着我。

"先生，"我对他说，"关于这个问题，我和您都不会愿意再谈第二次。不过，既然开了头，那我们还是好好谈一谈吧。我重复一遍，这事不仅仅涉及我个人。对我而言，研究是一种救助，一种强效的消遣，一种驱动，一种迷恋，可以使我忘却一切。和您一样，我是个甘愿默默无闻生活的人，只有一个小小的希望，那就是有一天，把我的研究成果遗赠给未来，装进一个假想的容器中，让它随风浪漂流。总之，我可以钦佩您，愉快地跟随您扮演一个角色。在某些方面，我很理解。可我感到，您生活中还有许多方面是那样错综复杂、神秘莫测。在这条船上，只有我和我的同伴们是局外人。甚至，当我们的心可以为您跳动，为您的痛苦感到难过，或被您天才的和英勇的行为所震撼时，我们也不得不抑制住自己的情感。看到美好的东西，不管是来自朋友还是敌人，人们总会发出赞叹，可我们不敢让这种情感有丝毫流露。唉！我们感到，对于您的一切，我们都是局外人，正是这种感觉，使我们的处境变得不可接受，不堪忍受，尤其对于尼德·兰，甚至对于我。任何人，就因为是人，就值得别人重视。您想过没有，对自由的热爱，对奴役的憎恨，会在尼德·兰这种性格人的心中萌生复仇计划吗？您想过他可能想什么，试图和力图做什么吗？"

我停住话头。尼摩船长站了起来。

"尼德·兰想什么，试图和力图做什么，跟我有什么关系？又不是我请他来的！也不是为了取乐我才留他在船上的！至于您，阿罗纳克斯先生，您这样的人能够理解一切，甚至理解沉默。我没有更多的话要对您说了。您是第一次来谈这个问题，希望也是最后一次，再有第二次，我理都不会理您。"

我退下了。自那天起，我们的处境变得十分紧张。我把谈话的结果转告给我的两个同伴。

"现在我们知道了，"尼德·兰说，"从这个人那里没什么可指望的了。鹦鹉螺号正驶近长岛，不管天气如何，我们一定要逃走。"

但是，天气越来越恶劣，已有暴风雨的迹象。天空灰蒙蒙的。天边，滚滚卷云被雷雨积云取而代之。低云飞逝而过。大海在膨胀，浪涛在翻滚。海鸟无影无踪，唯有魔鬼夜鹰例外，它们是暴风雨的朋友。气压表上的数值明显下降，表明大气的湿度很高。在饱和的大气电作用下，气候变化预测管里的混合物开始分解。自然力的一场搏斗即将开始。

5 月 18 日白天，风暴骤起，鹦鹉螺号正好航行在长岛的纬度上，离纽约航道只有几海里。自然力鏖战的景象我现在可以描绘出来，因为尼摩船长不知出于什么原因，竟心血来潮，没有躲进深海，而是迎着暴风雨，航行在海面上。

狂风从西南方刮来。开始是疾风，风速每秒 15 米。到了下午 3 时许，风速升至每秒 25 米。这是暴风的数值了。

尼摩船长站在甲板上，任凭风吹浪打，依然不折不挠。他在腰间系了一根缆绳，以抵挡汹涌而至的惊涛骇浪。我也上了甲板，也在腰里拴了一根绳子。我对暴风雨赞叹不已，更对这个顶天立地的男子汉由衷敬佩。

一片片乌云扫过咆哮的大海，被惊涛骇浪溅得浑身透湿。在巨涛间的深谷里不再有小波浪。只有煤烟色的长浪绵延起伏，浪峰并不汹涌，因为一浪接一浪，十分密集，互相推涌着，你赶我追着，浪头越来越高。鹦鹉螺号时而侧卧，时而桅杆竖立，摇晃颠簸，令人胆战心惊。

下午 5 时许，暴雨倾盆而下，但依然狂风呼啸，大海怒号。飓风的速度每秒 45 米，差不多每小时 40 法里。这样的风速能刮倒房屋，把屋顶瓦片卷入屋里，砸断铁栅栏，移动 240 毫米口径的大炮。然而，鹦鹉螺号在暴风雨中坚如磐石，这证实了一位博学的工程师所说的，"没有坚不可摧的船身，就不能挑战大海！"浪涛欲摧毁的不是一块坚固的岩石，而是一个钢筋铁骨的纺锤，它服从指挥，灵活机动，没有帆缆，没有桅樯，任凭惊涛骇浪，它自岿然不动。

我端详着汹涌澎湃的浪涛。它们有 15 米高，150 米至 175 米长，奔腾的速度为风速的一半，每秒 15 米。水越深，浪涛越大，势头也越猛。于是，我明白了海浪所起的作用，它们把空气裹在腋下，压入海底，带去了氧气和生命。据有人计算，它们的压力达到极点时，砸在海面上的力量每平方英尺达 3000 千克。正是这样的激浪，在赫布里底群岛，曾把一块重达 84000 磅的岩石冲走。也正是这样的激浪，

1864年12月23日，在把日本江户市的一部分夷为平地后，又以每小时700公里之速度奔腾而去，当天就席卷了美洲海岸。

黑夜降临，风暴愈演愈烈。就像1860年留尼汪岛那场龙卷风一样，气压表上的数值降到了710毫米。太阳落山时，我看见天际有一艘大船在艰难地搏击风浪。它顶风低速航行，以便能在浪涛中保持平衡，可能是一艘从纽约开往利物浦或勒阿弗尔的汽轮。它很快就消失在夜幕中了。

夜晚10时，天空像着了火似的，被一道道强烈的闪电划破。我受不了闪电的光焰，可尼摩船长却注目逼视，仿佛要把风暴的灵魂吸入自己的躯体。可怕的巨响充斥天空，那是一种复杂的响声，由波涛的撞击声、狂风的呼啸声和霹雳的轰隆声混合而成。天尽头，风在旋转，四面开花，它从东面出发，经过北面、西面和南面，又旋回东面，这跟南半球旋风的方向正好相反。

啊！这湾流！称它为风暴之王，真是恰如其分！正是这湾流，由于它上空各层空气的温度不同，造成了可怕的飓风。

暴雨过后，又是一阵闪电。雨点变成了一道道闪光。尼摩船长似乎在寻找一种适当的死法，想让雷电把自己劈死。鹦鹉螺号一阵猛烈颠簸，艏冲角锥朝天竖起，就像一根避雷针插入天空，射出一道道长长的火星。

我精疲力竭，匍匐着向入口舱盖滑去。我打开舱盖，回到大客厅。此时暴风雨正酣，在船内根本无法站稳脚跟。

尼摩船长将近半夜才回来。我听见压载水舱正在慢慢注水，鹦鹉螺号徐徐潜入海里。

从拉开窗板的玻璃观光窗，我看见惊惶失措的大鱼，似幽灵般从电光闪烁的海水中经过。有几条就在我眼前被雷电劈死了。

鹦鹉螺号继续下潜。我原以为，到了15米深处，就可以恢复平静了。可我想错了。上层的波涛太过汹涌，下潜到50米处，到了大海的腹部，我们才得以安心休息。

　　这里多么安宁、多么寂静啊！真是个和平静谧的世界！有谁会说，此时此刻，一场可怕的暴风雨正在大西洋上作威作福呢？

第二十章

北纬 47°24'、西经 17°28'

那场暴风雨把我们抛回到大西洋东边。在纽约海岸或圣劳伦斯河口逃跑的希望化作了泡影。可怜的尼德绝望了，他也像尼摩船长那样闭门不出。孔塞耶和我，我们形影不离。

我刚才说，鹦鹉螺号被飓风刮到东边去了。其实，我应该说得更确切些，是被刮到了东北方。一连几天，它时而在海面上漂流，时而潜入水下。海上大雾笼罩，这样浓的雾会让航海人胆战心惊。浓雾主要是由冰融化所致，冰融化致使大气层异常潮湿。多少航船眼看就要望见海岸灯塔朦胧的闪光了，却葬身在这些海域中！多少海难由这些浓雾造成！多少航船因风声盖过激浪声而触礁！多少船因互相碰撞而船毁人亡，尽管亮着船位灯，尽管鸣笛和敲钟发出警报！

所以，这一带海底真像个战场，被大西洋吞噬的所有沉船至今仍横躺于此，有的年代久远，已腐烂臃肿，另一些历时不久，包铁部分和铜船体机身反射出鹦鹉螺号舷灯的光芒。其中多少船是在拉斯角、圣保尔岛、贝尔岛海峡、圣劳伦斯河口沉没于大海之中的，连同它们的财物、船员和乘客！在统计表上，这些地方都被列入危险海域。仅仅最近几年，在罗亚尔－马伊、英曼、蒙特利尔等航线上，就有许多遇难船只被列入海难年鉴中！索尔维号、伊希斯女神号、帕拉玛塔号、匈牙利号、加拿大号、盎格鲁－撒克逊号、洪堡号、美利坚合众国号，它们都是触礁而沉没的；阿蒂克号、里昂号则是两船相撞而船毁人亡；而总统号、太平洋号、格拉斯哥号的失踪却原因不明。鹦鹉螺号就行驶在这阴森可怖的沉船残骸中，仿佛是在检阅死人！

5月15日，我们来到纽芬兰浅滩的最南端。这浅滩由海洋冲积而成，是有机物残屑的堆积，这些垃圾是被暖流从赤道，或被寒流从北极沿着美洲海岸带来的。这里，还堆积着冰川融化冲刷下来的岩石。数以亿万计的鱼类、软体动物或植形动物在这里死去，尸骨堆积，形成了一个广袤无际的骸骨场。

在纽芬兰浅滩，海水并不很深，至多几百英寻。但往南一些，海底突然下陷，形成一个深达3000米的海沟。在这里，湾流变宽，水流散开，流速变缓，温度降低，于是变成了大海。

鹦鹉螺号经过时，惊动了众多鱼群。有1米长的圆鳍鱼，背脊微黑，腹部枯黄，配偶忠贞不贰，堪称楷模，但很少为同类仿效；绿裸鳎鱼，身体很长，是一种翡翠色的海鳝，味道十分鲜美；花狼鱼，眼睛很大，脑袋有点像狗头；鳊鱼，和蛇一样为卵生动物；圆头虾虎鱼，或称黑鮈鱼，长20厘米；长尾鳕鱼，银光闪闪，游速很快，常常远离北极海域，跑到外面来闯荡。

渔网还打上来一条杜父鱼，那是北方海里的品种，浑身疙瘩，体棕鳍红。这种鱼胆大勇敢，体壮有力，头上有棘，鳍上有小刺，体长两三米，是名副其实的蝎子，为鳊鱼、鳕鱼和鲑鱼之劲敌。鹦鹉螺号负责捕鱼的几名船员费了老大的劲儿，才把这条杜父鱼逮住。这鱼的鳃盖骨构造特殊，可以防止呼吸器官因接触空气而变得干燥，因此，杜父鱼离开水仍可存活一段时间。

我现在再举几种鱼以备忘：体小的横带宽口鱼，常陪伴在北极海的航船左右；欧白鱼，北大西洋的特产；还有伊豆鲉鱼。最后，我还要提一提鳕科类鱼，主要是大西洋鳕鱼，在纽芬兰这个鱼类取之不尽的浅滩上，我无意中看见了这样的鳕鱼，这是它们最喜爱的水域。

可以说，大西洋鳕鱼是山鱼，因为纽芬兰岛其实是一座海底大山。当鹦鹉螺号在密集的大西洋鳕鱼群中穿行时，孔塞耶不禁大发议论。

"啊！居然是鳕鱼！"他说，"我一直以为鳕鱼是扁扁的，就跟黄盖鲽鱼或鳎鱼那样！"

"幼稚！"我喊道，"鳕鱼在食品店里才是扁的呢，它们被剖开后展示在那里。但在水里，它们和鲻鱼一样是纺锤形的，这种形体极有利于在水中穿行。"

"我愿意相信先生，"孔塞耶说，"一群一群的！密密麻麻！"

"哎！朋友，假如没有敌人，没有伊豆鲉鱼和人类，它们还要多呢！你知道，有人在一条雌鳕鱼体内数到多少个卵吗？"

"我们往多里说，"孔塞耶回答，"50万。"

"1100万，朋友。"

"1100万！除非我亲自数过，否则打死我也不会相信。"

"你去数好了，孔塞耶。不过，你不用数就会相信的。法国人、英国人、美国人、丹麦人、挪威人不计其数地捕捞鳕鱼。他们消费鳕鱼的数量大得吓人，幸亏这种鱼有惊人的繁殖力，否则很快就会灭绝的。仅拿英国和美国来说，就有5000艘渔船、7.5万名水手用来捕捞鳕鱼，平均每条船捕鳕鱼4万条，合起来就是2500万条。挪威沿海的情况大致相同。"

"好吧，"孔塞耶回答，"我相信先生，我不数了。"

"不数什么？"

"1100万个卵啊！不过，我还有个看法。"

"什么看法？"

"如果所有的卵都孵出鱼来，那仅需4条鳕鱼就可以满足英国、美国和挪威的需求了。"

当我们在纽芬兰浅滩潜行时，我清楚地看见了许多长长的钓鱼线。每条船投下十二三根钓鱼线，每根线上有200个鱼钩，下端用四爪钩拉着，在水面上则用浮标索固定在一个锚浮标上。鹦鹉螺号必须机灵地穿梭于这水底钓鱼线网中。

在这个海域里，过往行船很多，鹦鹉螺号没作久留。它北上行至北纬 42°。这是纽芬兰的圣约翰斯和哈茨康坦的纬度，横贯大西洋的电报电缆在这里终止。

鹦鹉螺号不再继续北上，而是向东航行，似乎想沿着这敷设电缆的海岭前进。经过人们反复探测，这海岭的地势早已测得一清二楚了。

我是在 5 月 17 日发现敷设在海底的电缆的。那里距哈茨康坦 500 海里，水深 2800 米。我没有事先把海底电缆的事告诉孔塞耶，他以为是一条大海蛇，准备按惯例进行分类。但经我一讲，可敬的小伙子恍然大悟。为了不使他太沮丧，我给他介绍了敷设海底电缆的细节。

第 1 条海底电缆是在 1857 年至 1858 年间敷设的，可是，才传送约 400 份电报就中止了。1863 年，工程师们又敷设了一条新电缆，长3400 公里，重 4500 吨，由大东方号负责运载。这一次尝试又以失败告终。

5 月 25 日，鹦鹉螺号潜入 3836 米深的海底，正是电缆断裂，导致工程功败垂成的地方，距爱尔兰海岸 638 海里。下午 2 时，大东方号发现同欧洲的电报联系突然中断。船上的电工们决定在打捞电缆前，先把电缆剪断，夜里 11 时，他们把损坏的电缆拉回到船上。他们重新做了个接头，然后又把电缆投进海底。可是，几天后，电缆又一次断裂，并从此沉入深海，再也收不回来了。

美国人毫不气馁。敷设大西洋海底电缆的创始人，大胆无畏的菲尔德①，发起了一次新的认购运动，并把自己的全部财产投了进去。认购额很快就完成了。一种新型的更完善的电缆问世。电缆导线束用古塔胶皮包裹绝缘，外面再套上起保护作用的金属纤维管。1866 年 7 月13 日，大东方号再次扬帆起航。

电缆敷设非常顺利，但也出现了意外。在放电缆时，电工技师们多次发现，有人在电缆上插进了钉子，企图破坏芯线。安德森船长同

---

① 菲尔德（1819—1892），美国金融家，以敷设第 1 条大西洋电缆闻名。

助手和工程师们开会研究，最后贴出告示，宣布如果船上有人犯罪被抓获，不经审判就扔进大海。从此，再没发生类似的犯罪行为。

1866 年 7 月 23 日，当大东方号收到从爱尔兰发来的电报，获悉普鲁士和奥地利在萨多韦① 战役后签订了停战协定的消息时，离纽芬兰岛只有 800 公里了。7 月 27 日，大东方号在浓雾中测定了哈茨康坦的位置。电缆顺利铺竣。年轻的美国在发给古老欧洲的首封电报中，写着充满睿智，但极少有人真正明白的两句话："光荣属于天上的上帝，和平属于地上的善良的人们。"

我并没指望看到海底的电缆同它们出厂时的样子完全一样。这条长蛇身上覆盖着破介壳和有孔虫类，裹着一层石质糊状物，这反而起到了保护作用，使它免受钻孔软体动物的破坏。它静静地卧躺在海底，不受海浪的冲击，所受的电压能使它在 0.32 秒内将电报从美国传到欧洲。这条电缆的寿命可能是无限的，因为据观察，古塔胶皮在海水中浸泡的时间越长，性能越好。

此外，幸亏选择这个海岭来敷设电缆，因为在那样的深度，电缆不可能断裂。鹦鹉螺号沿着电缆线路航行，一直驶至它的最低处，水深 4431 米，电缆静卧在那里，仍不受任何拉力。然后，我们向 1863 年发生事故的地点驶去。

这时，海底形似一个宽达 120 公里的大峡谷，若把勃朗峰② 放进这峡谷里，峰顶都不会露出海面。这山谷的东边是一堵高达 2000 米的峭壁。1868 年 5 月 28 日，我们到达大峡谷，鹦鹉螺号距爱尔兰只有 150 公里了。

尼摩船长会不会继续北上，在不列颠群岛靠陆呢？他没有这样做。相反，令我大吃一惊的是，鹦鹉螺号竟然掉头南下，驶回欧洲海

---

① 萨多韦，捷克斯洛伐克的一个村庄。1866 年 7 月 3 日，德国人在那里战胜奥地利人。这个胜利标志着普鲁士强大的开端。

② 勃朗峰，欧洲南部阿尔卑斯山的最高峰，高度为 4807 米。

域。在绕过祖母绿岛时，有一会儿，我曾望见克利尔角和法斯耐特岛的灯塔。这灯塔是给成千上万艘从格拉斯哥^①或利物浦驶出的船只指引航行的。

这时，一个重要的问题浮现在我脑海里：鹦鹉螺号敢走英吉利海峡吗？自从我们接近陆地后，尼德·兰又露面了，他不停地向我提这个问题。怎样回答他呢？尼摩船长一直没有露面。他让加拿大人远远望见美洲海岸后，现在难道要向我展示法国海岸吗？

鹦鹉螺号继续南下。5 月 30 日，它从英国的最西端和锡利群岛^②中间驶过，以一睹兰兹角^③风采。鹦鹉螺号从右舷望见了兰兹角。

鹦鹉螺号如想进入英吉利海峡，就必须毫不犹豫地向东拐。它没有这样做。

5 月 31 日，整整一个白天，鹦鹉螺号都在海上来回转悠，我深以为怪。它似乎在寻找某个地方，却很难找到。中午，尼摩船长亲自来大客厅确定方位。他没有和我说话。我感到他比以往更郁郁寡欢。谁能使他如此忧郁？是因为接近欧洲海岸了吗？他回忆起被他离弃的故乡某些往事了吗？他有什么感受？内疚还是遗憾？这些想法在我脑海中久久盘旋，我似乎隐隐感到，不久将会发生什么意外事件，将船长的秘密暴露无遗。

次日，6 月 1 日，鹦鹉螺号依然来回兜着圈子。显然，它想找到大西洋中某个准确的地点。尼摩船长像昨天那样，又来观测太阳的位置。大海碧波清浪，天空万里无云。在东边 8 海里处，在海平线上，出现了一艘大轮船。船的斜桁上没有悬挂国籍旗，因此，我无法确认是哪个国家的船。

再过几分钟，太阳就要经过子午线了，尼摩船长拿起六分仪，进

---

① 格拉斯哥，英国苏格兰最大的城市和港口。

② 锡利群岛，英国康沃尔郡西南方岛群。

③ 兰兹角，英国康沃尔郡最西端的半岛，其顶端是英国的最西点，为该国主要旅游胜地之一。

行精密的观测。海面风平浪静，十分有利于观测。鹦鹉螺号纹丝不动，既不摇摆，也不颠簸。

那时，我正在甲板上。测毕，尼摩船长只说了句：

"就是这里！"

他从甲板舱口下去了。他看没看见那艘轮船正在改变航向，似乎要向我们驶来？这我就说不清楚了。

我回到大客厅里。入口舱盖合上了，我听见压载水舱注水的汩汩声。鹦鹉螺号开始垂直下沉，因为螺旋桨已制动，不再给它传送任何动力。

几分钟后，它在833米深处停下来，歇在海床上。

这时，大客厅天花板吸顶灯熄灭，玻璃观光窗板打开，透过玻璃窗，我看见大海方圆半海里被舷灯照得通亮。

我从左舷窗口望去，只见一片平静如画的苍茫大海。

在右侧，海底隆起一块，吸引了我的注意力。看上去好似一堆废墟，外面裹着厚厚一层白色贝壳，犹如穿着一件白色大衣。我定睛凝视这堆东西，认出那是一条外形变厚了的帆船，桅杆已折断，可能是船艏先往下沉。这场海难肯定发生在遥远的年代。沉船外面裹着如此厚的一层贝壳，一定在这海底躺了不知多少年了。

这是条什么船？为什么鹦鹉螺号要来拜谒它的墓地？难道这条船不是因为遇险才沉入海底的？

我百思不得其解。正在这时，我听见尼摩船长在我身旁慢声慢气地说：

"从前，这条船叫马赛号。船上有74门火炮，是1762年下水服役的。1778年8月13日，它在拉·普瓦普－韦特里厄舰长的指挥下，同英国普雷斯顿号战舰进行了英勇的战斗。1779年7月4日，它和德斯坦海军上将的舰队一起，夺取了格林纳达岛①。1781 年 9 月 5 日，它在切萨皮克湾②参加了格拉斯伯爵指挥的战斗。1794 年，法兰西共和国给它改了名字。同年 4 月 16 日，它在布列斯特③同维拉－儒瓦厄兹的舰队会合，为从美洲运回小麦的船队护航，冯·斯塔贝尔海军上将是该船队的指挥。共和二年牧月④11 日和 12 日，这支舰队与英国战舰遭遇。先生，今天是牧月 13 日，公历 1868 年 6 月 1 日。74 年前的今天，就在这里，北纬 47°24'、西经 17°28'，经过一场浴血奋战，这艘战舰折断了 3 根桅杆，海水涌入船舱，1/3 水手丧失了战斗力，但它宁愿带着 356 名水手沉入海底，也不愿向英国人投降，它把国籍旗钉在船艉上，在'共和国万岁'的高呼声中，消失在滚滚波涛下！"

"复仇者号！"我惊叫道。

尼摩船长交叉双臂，喃喃低语：

"是的！先生。复仇者号！多好的名字啊！"

---

① 格林纳达岛，位于西印度群岛中向风群岛南部。

② 切萨皮克湾，在美国东海岸，是大西洋由南向北伸入内陆最深入的海湾。

③ 布列斯特，法国大西洋海岸的军港。

④ 牧月，法兰西共和历的第 9 个月，相当于公历 5 月 20 日至 6 月 18 日。

第二十一章

大屠杀

　　这种说话的方式，这个意外的场面，这艘爱国战舰的记事性叙述，还有，这个怪人说最后几句话时的激动心情，这个耐人寻味的"复仇者号"的名字，这一切，使我的思想受到了强烈的震撼。我双眸久久凝视尼摩船长。他双手伸向大海，用炽热的目光打量着这艘光荣舰艇的遗骸。也许，我永远都不会知道此人是谁，他从哪里来，要到哪里去，可我越来越清楚地知道他不是学者。让尼摩船长及其同伴离群索居在鹦鹉螺号上的，不是一般的愤世嫉俗，而是一种不能随时间磨灭的丑恶抑或崇高的深仇大恨。

　　这一仇恨还在伺机报复吗？不久，我也许就会知道了。

　　这时，鹦鹉螺号正在徐徐升上海面，复仇者号的模糊身影在我视线中渐渐消失。不久，船身有些轻微晃动，我意识到我们漂浮在海面上了。

　　这时，传来一声沉闷的爆炸声。我看了看船长，船长没有动弹。

　　"船长？"我说。

　　他没有回答。

　　我离开船长，登上甲板。孔塞耶和加拿大人已捷足先登了。

　　"这爆炸声是从哪里来的？"我问。

　　"是炮声。"尼德·兰回答。

　　我朝刚才看见的那艘船的方向望去。那船离鹦鹉螺号更近了，我们看见它在全速前进。它距离我们只有6海里了。

　　"这是什么船，尼德？"

　　"从船缆索具，从桅杆的高度，"加拿大人回答，"我敢打赌这艘军舰。但愿它朝我们开过来，必要的话，把这该下地狱的鹦鹉螺号击沉！"

"尼德老兄，"孔塞耶说，"它奈何得了鹦鹉螺号吗？能到水下去攻击它吗？能到海底去炮轰它吗？"

"告诉我，尼德，"我问，"您能辨认出这艘船的国籍吗？"

加拿大人皱起眉头，眯起眼睛，凝集目光，盯着那艘船看了好一会儿。

"不行，先生，"他回答，"我无能为力。它没有挂国籍旗。但我可以确定那是艘军舰，因为它的主桅杆顶端挂着一面狭长形小旗。"

我们继续观察了一刻钟，那船径直朝我们驶来。但我不能肯定它在这个距离能认出鹦鹉螺号，更不能肯定它知道这艘潜水船是什么船。

不久，加拿大人告诉我这是艘大型军舰，船艏有冲角，船上有双层装甲板。两座烟囱冒着滚滚浓烟。船帆密集，分不清横桁。斜桁上没有挂国籍旗。因距离关系，看不清那面舰旗的颜色，只见它像一条飘带迎风招展。

军舰飞速前进。假如尼摩船长让它靠近，我们就能得救。

"先生，"尼德·兰对我说，"等这艘船离我们1海里时，我就跳入海中，我劝您也这样做。"

我对加拿大人的建议不置可否，继续观察那条船，眼看它变得越来越大了。不管它是英国的、法国的、美国的，还是俄国的，如果我们能登上船去，肯定会被收留。

"先生好好想一想，"这时孔塞耶说，"我们有过泅水的经历。如果先生觉得应该跟尼德兄走，可以相信我，我会把先生拉到那条船上去的。"

我正要回答，不料那战舰的前部冒出一股白烟。几秒钟后，一个重物坠入水中，水花四溅，溅得鹦鹉螺号船艉满是水。不久，就听到了爆炸声。

"怎么？他们向我们开炮？"我惊叫道。

"真是好人！"加拿大人咕哝道。

"这么说，他们没把我们看做攀在一条沉船上的遇难者！"

"先生请别见怪……该死！"孔塞耶说，一面把第2颗炮弹溅到身上的水抖落掉，"先生请别见怪，他们认出独角鲸了，他们在向独角鲸开炮。"

"可是，"我嚷道，"他们也该好好看看，这上面有人哪！"

"也许正因为这个！"尼德·兰看着我，回答道。

我恍然大悟。也许，对于这个所谓怪物的存在，人们现在已心中有数了。也许，当亚伯拉罕·林肯号靠近这个所谓怪物，加拿大人用铁叉叉它时，法拉居特船长就已认出这只独角鲸是一艘潜水船，比一头超自然的鲸还要危险。

对，事情很可能是这样。现在，说不定人们在海洋上到处追踪这个可怕的毁灭性机器呢。

如果正像假设的那样，尼摩船长利用鹦鹉螺号来进行复仇，那的确太可怕了！在印度洋上，那天夜里，他把我们关在禁闭室里，不就向某条船发起过攻击吗？现已葬身在珊瑚墓地的那个人，难道不是鹦鹉螺号制造的撞船事件的牺牲品吗？是的，我可以肯定，事情很可能是这样。尼摩船长神秘莫测的生活，现已部分揭开了面纱。即使他的身份尚未确认，但至少，那些国家现在联手追捕的不再是一头怪物，而是一个对他们怀有弥天大恨的人！

这些可怕的往事一一浮现在我眼前。在这艘正向我们逼近的船上，我们不可能遇到朋友，只能是冷酷无情的敌人。

这时，落在我们周围的炮弹越来越多。有几颗炮弹接触水面后，漂掠到很远的地方。可是，没有一颗击中鹦鹉螺号。

战舰离我们只有3海里了。尽管炮火猛烈，尼摩船长就是不到甲

板上来。可是，如果这些圆锥形炮弹，其中有一颗命中鹦鹉螺号船体，后果将不堪设想。

这时，加拿大人对我说：

"先生，无论如何我们得设法摆脱险境。发信号吧！见鬼！也许他们会明白我们是好人！"

尼德·兰拿出手帕，准备在空中挥动。他刚展开手帕，就被一只有力的铁手击倒在甲板上，尽管他力大无比，也没能招架得住。

"混蛋！"船长喊道，"你要我在鹦鹉螺号扑向那艘船之前，先把你钉在艏冲角锥上吗？"

尼摩船长的话可怕，他的脸色更吓人。他心脏抽紧，脸色苍白，心跳可能停了一会儿。他的瞳孔可怕地缩小了。他的声音不是在说话，而是在吼叫。他身体前俯，死死抓住加拿大人的肩膀。

然后，他放开加拿大人，转向那艘战舰，炮弹雨点般落在他周围：

"啊！你知道我是谁吗？该死的国家，该死的船！"他扯起嗓门吼道，"你不挂旗，我也认得你！瞧！我让你看看我的旗！"

尼摩船长在甲板前方展开一面黑旗，跟他插在南极的那面旗一模一样。

这时，一颗炮弹斜向打在鹦鹉螺号身上，但并无大碍。炮弹从船长身边掠过，最后落入海中。

尼摩船长耸了耸肩，然后以命令的口吻对我说：

"下去，下去，您和您的同伴都下去！"

"先生，"我大声嚷道，"您要攻击这条船？"

"先生，我要击沉它。"

"您不能这样！"

"我就要这样！"尼摩船长冷酷地说，"别在我面前指手画脚，先生。命运让您看见了不该看见的东西。人家来进攻了。反击将会很可怕。

回舱里去吧。"

"这艘船，是哪个国家的？"

"您不知道？这样更好！至少，它的国籍对您是永远的秘密。下去吧！"

我和加拿大人、孔塞耶，我们都无可奈何，只得服从。十五六名水手围在船长身旁，怀着无比的仇恨，望着那艘船向他们逼近。可以感到，在这些人的心中激荡着同样的复仇情绪。

我下去时，又一颗炮弹落下来，擦破了鹦鹉螺号一层皮，我听见船长大声吼道：

"打吧，你这条疯船！糟蹋你的炮弹吧！你躲不过鹦鹉螺号的艏冲角锥，但你不应该死在这里！我不想让你的残骸和复仇者号混在一起！"

我回到房间里。船长和他的副手留在甲板上。螺旋桨转动起来。鹦鹉螺号飞速驶离，很快就在炮弹的射程之外了。可是，战舰紧追不放。尼摩船长只满足于同它保持应有的距离。

我心烦意乱，忧心忡忡。将近下午4时，我忍无可忍，又向通甲板的中央梯走去。入口舱盖开着。我冒险上了甲板。船长仍在上面走来走去，脚步显得烦躁不安。那船在下风处，离我们五六海里。船长盯着那艘船。他像野兽那样围着那战舰兜圈子。他把战舰引向东边，任其追赶，但不攻击。也许他还在犹豫？

我想作最后一次干涉，但我刚招呼尼摩船长，他却不让我说话：

"我是权利！我是正义！"他对我说，"我是被压迫者，它是压迫者！就因为它，我所热爱、珍爱和敬爱的一切，祖国、妻儿、父母，我目睹着他们一一死去。我所仇恨的一切就在那里！请您闭上嘴巴！"

我最后看了一眼战舰，它正全速朝我们驶来。然后，我去找尼德和孔塞耶。

"我们逃吧！"我喊道。

"好,"尼德说,"这是哪个国家的船?"

"不知道。但不管是哪个国家的,天黑前就要被击沉。不管怎样,宁愿与它同归于尽,也不要同尚不能确定是不是公正的复仇行为同流合污。"

"这正合我意。"尼德·兰冷静地说,"等天黑吧。"

黑夜降临。船上寂静无声。罗盘指明鹦鹉螺号没有改变航向。我听见螺旋桨迅速而规则地拍击海水。它仍航行在海面上,轻微的摇曳使它时而侧向这边,时而侧向那边。

我和我的同伴们决定,等战舰离我们足够近时,我们就逃跑,或者大声喊叫,或者设法让他们看见我们。这天月光皎皎,因为 3 天后就是满月了。一旦上了那艘船,即使我们不能防范鹦鹉螺号对它袭击,至少也可以视情况尽力而为。好几次,我都以为鹦鹉螺号准备攻击了。但它只是让敌人靠近自己,随即又全速溜走了。

午夜已过,什么事都没发生。我们在等待机会。我们心潮澎湃,因此很少说话。尼德·兰想跳入海中,我强迫他再等一等。依我看,鹦鹉螺号会在海面上攻击这艘双层甲板船,这样,逃跑不仅可能,而且非常容易。

凌晨 3 时,我坐卧不宁,就上了甲板。尼摩船长还在那里。他站在甲板前方,待在他的旗帜旁边,微风吹拂,那黑旗在他头顶上迎风飘扬。他双眸凝视战舰。他目光灼灼,对战舰仿佛有一种不可抗拒的吸引力和蛊惑力,就是用缆绳牵引,那战舰也未必会跟得如此紧。

这时,月亮正经过子午线。木星在东方冉冉升起。在这平静如画的大自然中,天空和海洋在比赛谁最安宁。大海为月亮献上了一面最美丽的镜子,月亮的倩影也许从没有映照得如此美丽。

当我想到自然界是那样静谧安宁,而在渺小的鹦鹉螺号上正酝酿着如此强烈的怒火,不禁浑身战栗。

战舰离我们 2 海里。它径直朝显示鹦鹉螺号所在地的闪闪磷光驶

来，已经逼近我们了。我看见了它的两盏船位灯，一绿一红，还看见射出白光的舷灯挂在前桅的支索上。朦胧的反光照亮了船缆索具，这表明灯光已达到最强亮度。一束束火星，一团团燃烧着的煤渣，从烟囱里冒出来，宛若星辰，散布在空中。

我这样在甲板上一直待到清晨6时，尼摩船长似乎没有看见我。敌舰离我们1.5海里，大炮迎着曙光，又开始轰击。鹦鹉螺号发起攻击的时刻可能不远了，我和我的同伴们，我们将要永远离开这个人——这个我不敢妄加评论的人。

我正准备下去通知我的同伴们，大副到甲板上来了，后面跟着好几名水手。尼摩船长没有看见他们，或不想看见他们。他们做了些准备工作，可称之为鹦鹉螺号的"战斗准备"。其实很简单，把甲板周围用作护栏的扶手绳放下；将灯舱和操舵室缩进船壳里，与船壳严丝合缝。这个长雪茄般的钢铁躯壳，外部不再有任何突出物可以妨碍它的行动了。

我回到大客厅。鹦鹉螺号仍然浮在海面上。几道曙光射进水中。波浪微微起伏，朝阳的红色霞光在玻璃窗上欢快地跳跃。6月2日，这可怕的一天开始了。

5时，测程仪告诉我，鹦鹉螺号在减速前进。我明白，它有意在让敌舰靠近。另外，炮声听上去愈加猛烈了。炮弹在周围海面划出一道道深痕，带着奇怪的呼啸声，一头钻进水中。

"朋友们，"我说，"时候到了。握一握手，愿上帝保佑我们！"

尼德·兰坚定不移，孔塞耶沉着冷静，而我紧张不安，不能自已。

我们走进图书室。就在我推开通往中央楼梯间的舱门时，忽听得上面的入口舱盖砰的一声关上了。

加拿大人冲向楼梯，但被我制止了。我听到熟悉的汩汩声，知道压载水舱正在注水。果然，不久，鹦鹉螺号就沉入水下几米了。

我明白它要干什么了。但为时已晚，我们来不及行动了。这艘双层甲板舰的铁甲难以穿透，鹦鹉螺号不想直接攻其甲板，而是向它的水位线下发起进攻，那里，船底包板没有钢壳保护。

我们又被囚禁起来，被迫成为酝酿中的恐怖惨剧的见证人。再说，我们也来不及思考。我们躲在我的房间里，面面相觑，沉默不语。我的脑袋麻木了，思维停滞了，我魂不守舍，坐立不安，等待着令人恐怖的爆炸。我等着。我听着。我的生命中只有听觉还在运作！

这时，鹦鹉螺号的航速明显加快，它在冲上去。它全身都在颤动。

突然，我大叫一声。两船相撞了，但相对来说撞得不重。我感觉到了钢冲角锥的穿透力。我听到了划破和刮擦钢板的声音。可是，鹦鹉螺号在巨大的推动力下，拦腰穿过敌舰，犹如帆船的尖杆刺透布帆一般！

我再也克制不住了，发疯似的冲出房间，奔到大客厅里。

尼摩船长在那里。他不言不语，脸色阴沉，怀着难以平息的仇恨，从左舷观光窗口往外面瞧。

一个庞然大物正在沉入海底。为了一睹敌舰垂死的惨象，鹦鹉螺号也和它一起沉入深渊。离我 10 米远处，我看见敌舰已被开膛剖肚，海水汹涌而入，发出雷鸣般的声音。接着我看见了两排火炮和舷墙，甲板上到处有慌乱的黑影在晃动。

海水不停地往上涌。不幸的人们纷纷冲向桅杆，抓住桅索，在水中拼力挣扎。他们就像一群被海水侵袭的蚂蚁！

我也在观看。我急得浑身僵硬，不能动弹，头发竖了起来，眼睛瞪得很大，呼吸十分困难，喘不过气，说不出话。一种无法抗拒的吸力，把我紧紧地吸在玻璃观光窗上！

巨大的战舰缓缓沉没。鹦鹉螺号紧随其后，窥视它的一举一动。忽听得一声爆炸。压缩空气炸飞了甲板，就像燃料油舱着火了似的。水的推力大得连鹦鹉螺号都偏离了方向。

于是，倒霉的战舰下沉的速度更快了。首先看到的是桅楼，上面挤满了受害者，继而是横杆，被一串串人压弯，最后是主桅的顶端。然后，那黑沉沉的庞然大物消失在大海中，同时消失的还有全体船员，他们的尸体被一个大旋涡卷入海底……

我转向尼摩船长。这个可怕的伸张正义者，彻头彻尾的复仇天使，仍在目不转睛地观望着。当一切结束后，尼摩船长向自己的房间走去，打开门，进去了。我目送他走进房间。

在他房间里首的壁板上，在他那些英雄的肖像下方，我还看见一张画像，上面是一个年纪尚轻的女人和两个孩子。尼摩船长向他们伸出双臂，出神地看了他们一会儿，然后双膝跪地，呜呜咽咽地哭了起来。

第二十二章

尼摩船长的最后几句话

这幕恐怖的景象，随着玻璃观光窗板的关闭而消失了，可大客厅里的灯光依然未亮。鹦鹉螺号内一片漆黑，寂静无声。它在水下 100 英尺，正飞速驶离这伤心之地。它去哪里？往北还是往南？那个人进行惨绝人寰的报复之后，现在正逃往哪里？

我已回到我的房间里，尼德和孔塞耶也在我房间里，默默地待着，一句话也不说。我对尼摩船长感到无比厌恶。不管他曾蒙受多大的痛苦，他也无权进行如此残酷的报复。他虽然没让我成为同谋，但至少让我成了他复仇行为的见证人！这实在太过分！

11 时，电灯亮了。我去大客厅。里面没有一个人。我把各种仪器查看了一遍。鹦鹉螺号以每小时 25 海里的速度向北逃跑，时而浮出海面，时而深入水下 30 英尺。

我在地图上测定了方位，我看见我们正在经过英吉利海峡口，以无可比拟的速度向北极海驶去。

我勉强看见一闪而过的各种鱼类：有经常出没于这些海域的长鼻鲨、锤头双髻鲨、猫鲨，有身体硕大的鹰石首鱼，有成群结队的、同国际象棋中的马十分相似的海马，有像金蛇烟火蜿蜒游动的鳗鲡，有不计其数的将两只大螯交叉在甲壳上斜向逃跑的螃蟹，最后，还有一群群同鹦鹉螺号赛跑的鼠海豚。可要对它们进行观察、研究和分类，现在已谈不上了。

傍晚时分，我们已穿越大西洋 200 法里了。夜幕降临，大海被黑暗吞噬，直至明月升起。

我回到房间里。我难以成眠。我不停地做着噩梦，可怕的毁灭性场面一次次在我脑海里重演。

从那天起，谁能说清楚，在这北大西洋大海盆里，鹦鹉螺号已把我们带到了哪里？它一直以难以估量的速度向前飞驰！一直被极北方的浓雾团团包围！它到过斯匹次卑尔根群岛的岬头和新地岛的陡峭海岸了吗？它穿越过不为人知的白海、喀拉海、鄂毕海和利亚霍夫群岛，以及那些不知其名的亚洲海岸了吗？我说不清楚。流逝了多少时光，我无法估计。船上的几只大钟早已停摆。正如在极区那样，白昼和黑夜不再按正常的规律运行。我仿佛被带进了埃德加·坡极度亢奋的想象力自由驰骋的奇妙王国。每时每刻，我就像他虚构的人物戈登·皮姆①那样，期望看见"那个比陆地居民高大许多、横在南极瀑布屏障上面的蒙面巨人"。

我估计——但也可能搞错——我估计鹦鹉螺号像这样冒险奔跑了15天到20天，要是没有发生那场大灾难，鹦鹉螺号的海底旅行不知何时才告结束。尼摩船长不再露面。大副也不再照面。船员全都不见踪影。鹦鹉螺号几乎一直在海下潜航。当它浮出水面换气时，入口舱盖总是机械地打开又合上。地球平面球形图上不再标出方位，我不知道我们在什么地方。

我还要说的是，加拿大人也闭门不出了。他已筋疲力尽，不能自己。孔塞耶逗他说话，他就是不开口。孔塞耶怕他难以遏制思乡之苦，一时糊涂而自寻短见，因此，一直尽心尽力地时刻守在他身边。

我们明白，这样的景况无论如何不能忍受了。

一天早晨——究竟是哪一天，我说不清楚——我到天快亮时才昏昏入睡。那是极其难受的病态的半睡眠状态。我醒来时，看见尼德·兰向我俯着身子，我听见他悄悄对我说：

"我们逃吧！"

---

① 戈登·皮姆，美国小说家埃德加·坡（1809—1849）的科幻小说《亚瑟·戈登·皮姆历险记》中的主人公。

我一骨碌坐了起来。

"什么时候？"我问。

"今天夜里。鹦鹉螺号的所有警戒似乎都取消了。船上好像人心慌乱。您准备好了吗，先生？"

"准备好了。我们这是在哪里？"

"望得见陆地了。今天早晨我刚测定过，在东边 20 海里的地方，被浓雾包围着。"

"那是什么地方？"

"不知道。不管什么地方，我们都逃过去。"

"好的，尼德！好的，今夜就逃，哪怕被大海吞没！"

"海浪很大，风也很大，不过，驾着鹦鹉螺号的小艇行 20 海里，我不会被吓倒的。我瞒着船员们，已偷偷搬了些食物和几瓶水到小艇上了。"

"我跟着您。"

"而且，"加拿大人又说，"如果被发现了，我就抵抗，就让他们杀死我。"

"要死我们一起死，尼德朋友！"

我决定孤注一掷了。加拿大人出去了。我上了甲板。海浪撞击船身，我在甲板上难以站稳。天空乌云密布，暴风雨即将来临，可是，既然那边浓雾中有陆地，就应该逃跑。一天、一小时都不应该耽搁。

我回到大客厅，希望能遇见尼摩船长，但又怕遇见他，既想看见他，又不想看见他。我对他说什么呢？我能掩饰自己对他不由自主产生的厌恶情绪吗？不能！那就最好不要同他打照面儿！最好把他忘记！然而……

这可能是我在鹦鹉螺号上度过的最后一天了。这一天多么漫长啊！我独自待着。尼德·兰和孔塞耶尽量不同我说话，以免露出马脚。

晚 6 时，我吃晚饭，但我一点也不饿。尽管我见到食物就厌恶，仍强迫自己吃一点，不想到时没有力气。

6时30分，尼德·兰来到我的房间里。他对我说：

"出发前我们不再见面了。10点钟月亮还不会升起，我们趁黑行动。您自己到小艇来。我和孔塞耶在那里等您。"

说完，加拿大人不等我回答便出去了。

我想核实一下鹦鹉螺号行驶的方向。我去了大客厅。我们在海下50米，以惊人的速度向东北偏北方向疾驶。

我最后又看了看堆积在这博物馆里的大自然奇珍异宝和艺术瑰宝，这些无价之宝将和它们的收藏者一起葬身海底。我想让这些珍藏在我的脑海里留下不可磨灭的记忆。我就这样待了一个小时，在天花板灯光的照耀下，我把玻璃柜里那些璀璨瑰宝仔细看了一遍。然后我就回房去了。

回到房里，我穿上结实的潜水服。我收拾好笔记本，当作心肝宝贝地将它们贴在胸口。我的心剧烈跳动。我无法抑制脉搏跳动。如果尼摩船长在场，肯定会从我局促不安的慌乱神情中发现我的秘密。

他此刻在做什么？我在他门口侧耳细听。我听见有脚步声。尼摩船长在里面。他还没有睡。他每走一步，我都觉得他就要出现在我面前，质问我为什么要逃跑！我时刻都在提心吊胆，想象力使我的惊慌有增无已。这种感觉叫我无法忍受，我甚至想，倒不如进去与船长对峙，用手势和目光向他挑战！

疯子才会有这个念头。幸亏给我压下去了。我躺到床上，以平息身体的烦躁不安。我紧张的神经松弛了一些，可大脑依然异常兴奋，我在鹦鹉螺号上的种种经历一一闪过，我从亚伯拉罕·林肯号上消失之后遇到的所有事件，不管是快乐的，还是痛苦的，纷纷重现在我脑海里：海底打猎、托雷斯海峡、巴布亚野蛮人、触礁、珊瑚墓地、阿拉伯隧道、桑托林岛、克里特岛潜海人、维哥湾、亚特兰蒂斯、大浮冰、南极、被困冰窟、血战章鱼、湾流风暴、复仇者号，还有那艘战舰及其船员被击沉的惨烈场面……所有这些，犹如剧院舞台的布景，从我眼前鱼贯掠过。于是，在这个奇异的环境中，尼摩船长变得越来越高大。他这个典型越来越突出，越来越超凡脱俗。他不再是我的同类，他是洋中人，海中神。

9 时 30 分了。我双手捧着脑袋，怕它会爆裂。我双目紧闭。我不想再胡思乱想了。还要等半个小时！再做半小时的噩梦！我会发疯的！

这时，我隐约听到了管风琴声，这是一种难以形容的优美乐曲，哀婉动听，是一个要与尘世绝缘的人发自肺腑的哀诉。我调动一切感官，屏气凝神地倾听，也像尼摩船长那样，对这乐声心醉神迷，恍若置身尘世之外。

突然，一个想法闪过我的脑海，吓得我魂飞魄散。尼摩船长已经离开他的房间了！他就在我逃跑必经的大客厅里！我会在那里最后一次遇见他，他会看见我，也许会同我说话！他做一个手势，我就会吓瘫，下一道命令，我就会被铁链锁在船上。

可是，就快到 10 点了。我得离开房间，去和两位同伴会合了。

不能再犹豫了，哪怕尼摩船长突然出现在我面前。我小心翼翼打开房门，可我感到门把转动时发出了巨大的声响。这声音也可能是我想象出来的！

我弯着腰，摸索着穿过鹦鹉螺号昏暗的纵向通道，每走一步都要停一停，平息一下剧烈的心跳。

我走到大客厅角门前，轻轻把门打开。大客厅里黑得伸手不见五指，管风琴的和弦声轻轻回荡。尼摩船长在那里。他看不见我。我甚至想，即使灯光明亮，他也未必看见我，因为他已完全沉浸在音乐中。

我在地毯上慢慢移动，以免碰到东西发出响声而暴露我的存在。我走了 5 分钟，才走到大客厅尽头通往图书室的门口。

我正要开门，这时，尼摩船长长叹一声，吓得我不敢挪步。我明白他站起来了。我甚至看见了他的身影，因为图书室亮着灯，几道光线透进了大客厅里。他双臂交叉在胸前，悄然无声地向我走来，与其说在走路，不如说在滑行，就像一个幽灵。他沉重的胸口因呜咽而起伏。我听见他喃喃自语：

"万能的上帝！够了！够了！"

这是我听到他说的最后几句话。难道此人良心发现而脱口流露了内心的悔恨？

我发狂般奔进图书室。我爬上中央梯，沿着上层纵向通道，来到小艇旁。我从开着的舱门上了小艇，我的同伴已在里面了。

"快走！快！"我喊道。

"就走！"加拿大人回答。

鹦鹉螺号船体钢板与小艇相通的舱口，被尼德·兰用事先备好的扳手关闭，并用螺钉拧紧了。小艇的舱口也关上了。但小艇仍被螺母固定在潜水船上，尼德·兰开始拧松螺母。

突然，船内传来了说话声。有人在大声叫嚷，互相应答。出什么事了？他们发现我们逃跑了？我感觉到尼德·兰将一把匕首塞到我手里。

"对！"我喃喃地说，"我们死也要死得其所！"

加拿大人已停住手中活。但是，一个词，一个重复了20遍的词，一个可怕的词，使我明白了船上骚动的原因。船员们大叫大嚷并不是针对我们的！

"大旋流！大旋流！"他们喊道。

大旋流！能有比这更可怕的字眼在更可怕的情况下传入我们的耳朵吗？难道我们是在挪威海岸最危险的海域中？鹦鹉螺号在我们的小艇就要脱离它时，被卷进大旋流中了吗？

众所周知，大海涨潮时，法罗群岛和罗弗敦群岛①之间的海水，因空间狭窄而变得汹涌澎湃，不可阻挡。它们形成了大旋流，船被吸进去了就别想再出来。滔滔巨浪从四面八方涌来，形成了被称做"大西洋肚脐眼"的深渊，其引力波及15公里之远。不仅船，而且鲸，甚至北极地区的白熊，都可能被吸进去。

鹦鹉螺号被它的船长无意抑或有意地带到了这里。它旋转着，半径越来越小。小艇仍挂在它的一侧，和它一起，被大旋流飞速卷了进去。我感觉到小艇在旋转。那种旋转的感觉，就跟转圈时间太久产生的眩晕感觉差不多。我们惊恐万状，恐惧到了极点，血液循环停止了，神经反应消失了，我们就像垂死者，浑身冷汗淋漓！在我们纤弱的小艇周围，响起了多么可怕的声音！在几海里远的地方，响起的回声犹如狮虎在咆哮！激流冲击海底陡礁，发出的爆裂声令人肝胆俱裂！最坚硬的物体撞在礁石上都会粉身碎骨！树干撞上去，拿挪威人的话来说，会撞成"茸茸的毛皮"！

处境岌岌可危！我们颠簸得很厉害。鹦鹉螺号就像人那样自卫着。它的钢筋铁骨嘎嘎作响。有时，它竖了起来，我们也随之竖起来！

"挺住！"尼德说，"得把螺母拧紧！如果仍和鹦鹉螺号拴在一起，说不定我们还有救……！"

他话音未落，只听见咔嚓一声，螺母松开了，小艇脱离了它所在的收纳槽，犹如一块投石，被抛进了旋流里。

我的脑袋撞到小艇的一根铁肋上，我被撞得失去了知觉。

---

① 罗弗敦群岛，挪威北部、挪威海中的群岛，岛间海峡水流湍急。

第二十三章

尾　声

　　下面是这次海底环球旅行的结尾。那天夜里发生了什么，小艇是如何摆脱可怕的大旋流的，我和尼德·兰、孔塞耶，我们是怎样死里逃生的，我都说不清楚。而当我醒过来时，我躺在罗弗敦群岛一个渔民的小木屋里。我的两个同伴安然无恙，他们就在我身边，紧紧握着我的手。我们激动地拥抱在一起。

　　这个时候，我们还不能考虑回法国去。挪威南北之间交通不便。从北角开来的轮船半个月才有一次，我只好耐心等待。

　　因此，就在这里，在这些收留我们的善良正直的人们中间，我把我写的海底历险记校阅了一遍。这些叙述正确无误。没有漏掉一个事件，没有夸大一个细节。这是一部匪夷所思的在人类不可接近的海底进行探险的忠实记述，我相信随着人类的进步，总有一天，海底将能自由出入。

　　读者会相信我的叙述吗？我不知道。然而，这并不重要。但有一点我现在就可以肯定：我有资格谈论这些海洋，在不到10个月的光景里，我在海底周游了两万法里；我有资格谈论这次海底环球旅行，我穿越了太平洋、印度洋、红海、地中海、大西洋、南极海和北极海，看到了多少海洋奇物、奇观和奇迹。

　　可是，鹦鹉螺号怎么样了？它忍受住大旋流越来越紧的拥抱了吗？尼摩船长还活着吗？他还继续在海洋下面进行惨绝人寰的报复吗？抑或经历上次大屠杀后金盆洗手了？海浪有朝一日会把记载着他一生经历的手稿送到岸上吗？我最终会知道此人的真名实姓吗？那艘沉舰的国籍，是否也是尼摩船长的国籍，知道了这艘战舰的国籍，是

否也就知道了尼摩船长的国籍呢?

　　希望是这样。我也希望,所向无敌的鹦鹉螺号能够战胜最可怕的大旋流,在无数船只被吞噬的地方能够死里逃生!如果真是这样,如果尼摩船长依然生活在他选定的祖国——海洋——中,但愿仇恨已在他愤世嫉俗的心中烟消云散!但愿饱览海洋奇迹,能够抚平他的复仇情绪!但愿他不再是伸张正义的人,而是作为学者平静安宁地继续探索海洋的秘密!如果说他的命运是离奇的,那也是超凡脱俗的。我不是亲身感受到了吗?这种超凡脱俗的生活,我不是亲身经历了10个月吗?因此,如果要回答6000年前《传道书》①中提出的问题"有谁探测过这个深渊有多深",就目前而言,世界上只有两个人有资格回答:尼摩船长和我。

---

① 《传道书》,《圣经·旧约》中的一篇。

审校说明

　　《海底两万里》是法国著名文学家儒勒·凡尔纳于19世纪中叶创作的经典科幻文学作品，一百多年来，始终深受世界各地读者的欢迎。鉴于本书创作年代较早，当时的科学研究、理论水平等存在较多局限与错误，因此，书稿中难免会出现与今天的科学认识偏差之处。关于此，针对书中一些重要的错误，译者已在译文中作出了更正及说明。而针对部分具体已不可考且不影响阅读体验的讹误，如部分篇章中的时间及经纬度上的矛盾等，则不作更动或说明，以示对原著及译者译文的尊重。

　　编者学识有限，若有不妥及错漏处，敬请读者指正。

编者